KB192228

REVIEW

열일곱 살에, 학교 도서관에서 처음 캐드펠 수사 시리즈를 읽었는데 완전히 푹 빠지고 말았다. 어떻게 21세기 한국의 고등학생이 12세기 영국의 수도사에게 친밀감을 느낄 수 있었을까? 책을 펼치면 캐드펠 수사가 가꾸는 허브밭의 싱그러운 향이 미풍에 실려 오는 것만 같았고, 부지불식간에 이웃처럼 정이 든 마을 사람들이 삶의 우여곡절을 겪을 때는 함께 탄식했다. 그 생생한 경험을 통해 역사와 문학을 동시에 사랑하게 되었는지도 모르겠다.

서른다섯 살이 되어 캐드펠 시리즈를 다시 읽고 싶어졌는데, 혹시 두 번째로 읽었을 때의 감회가 예전만 못할까 걱정했었다. 기우 중의 기우였다. 열일곱 살에 발견하지 못했던 부분들을 잔뜩 발견하며 읽을 수 있었고, 역사추리소설을 추천하는 자리에서 매번 자신 있게 추천하곤 했다. 소박하고 담백하게 시작해 역사의 큰 톱니바퀴와 힘 있게 맞물려 들어가는 이 놀라운 이야기에 대해 말할 때 한없이 행복했다.

엘리스 피터스가 육십대 중반에 이처럼 대단한 시리즈를 시작했다는 것을 떠올리면 마음에 환한 빛이 든다. 먼 길을 다녀와 켜켜이 쌓인 지혜를 품고 유적지를 직접 걸으며 작품을 구상했을 작가를 상상하고 만다. 멋진 일은 언제든 시작될 수 있고, 심혈을 다해 빚은 이야기는 시간과 공간을 뛰어넘는다는 것을 보물 같은 작품들을 통해 믿게 되었다.

정세랑
소설가

REVIEW

엘리스 피터스는
가장 뛰어난 추리소설 작가다.
UMBERTO ECO
움베르토 에코

캐드펠 수사는 한 세기를
완벽하게 구가한 셜록 홈스에
비견되는 창조물이다.
LOS ANGELES TIMES
BOOK REVIEW
LA 타임스 북 리뷰

이보다 더 매력적이고 인상적인 탐정은
찾기 어려울 것이다.
SUNDAY TIMES
선데이 타임스

서스펜스와 역사소설이 혼합된
유쾌하고 독창적인 작품.
LONDON EVENING
STANDARD
런던 이브닝 스탠더드

시리즈가 추가될 때마다 기쁨을 느낀다.
연대기 시리즈가 계속 이어지기를 바란다.
USA TODAY
USA 투데이

캐드펠 수사는 분명 범죄소설의
컬트적 인물이 될 것이다.
FINANCIAL TIMES
파이낸셜 타임스

엘리스 피터스의 미스터리는 역사적 디테일,
마을과 수도원의 중세 생활상, 생생한
캐릭터 묘사, 우아하고 문학적인 문체 등
이야기 그 자체로 즐거움을 선사한다.
THE WASHINGTON POST
워싱턴 포스트

스타일과 격조를 갖춘 미스터리로
멋지게 포장된 뛰어난 역사소설.
THE CINCINNATI POST
신시내티 포스트

엘리스 피터스는 중세인들의 삶을 상세하고
설득력 있게 재현함으로써, 독자들을
강력하게 흡인하여 교묘하게 짜여진
중세의 어두운 미로 속으로 데려간다.
YORKSHIRE POST
요크셔 포스트

고전적인 의미의
선과 악이 격투를 벌이는 역작.
CHICAGO SUN-TIMES
시카고 선 타임스

고행의 순례자

THE PILGRIM OF HATE

THE PILGRIM OF HATE
Copyright ⓒ 1984 by Ellis Peters
All rights reserved.

Korean translation copyright ⓒ 2024 by Bookhouse Publishers Co.
Korean edition is published by arrangement with
Intercontinental Literary Agency(ILA) through EYA(Eric Yang Agency).

이 책의 한국어판 저작권은 에릭양 에이전시를 통해 Intercontinental Literary Agency(ILA)와
독점 계약한 (주)북하우스 퍼블리셔스에 있습니다. 저작권법에 의해 한국 내에서 보호를 받는
저작물이므로 무단 전재와 무단 복제를 금합니다.

고행의 순례자

엘리스 피터스 장편소설
김훈 옮김

북하우스

CADFAEL

중세 웨일스

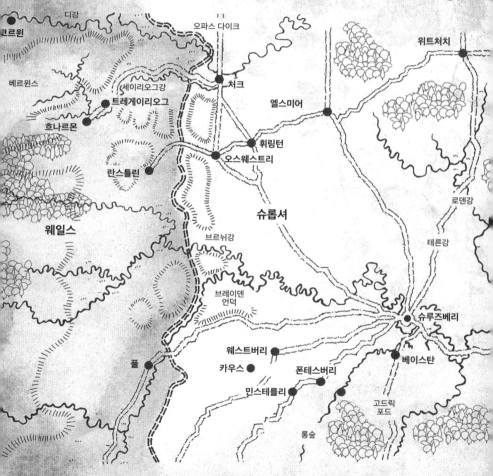

CADFAEL

슈롭셔주 슈루즈베리

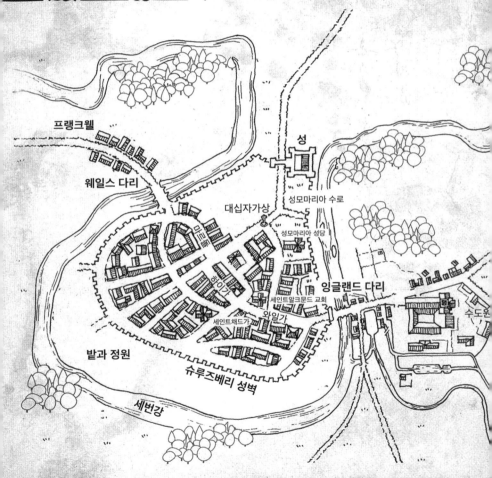

프랭크웰

웨일스 다리

성

대십자가상

성모마리아 수로

성모마리아 성당

잉글랜드 다리

세인트알크문드 교회

와일가

세인트채드가

수도원

밭과 정원

슈루즈베리 성벽

세번강

CADFAEL

슈루즈베리
성 베드로 성 바오로 수도원

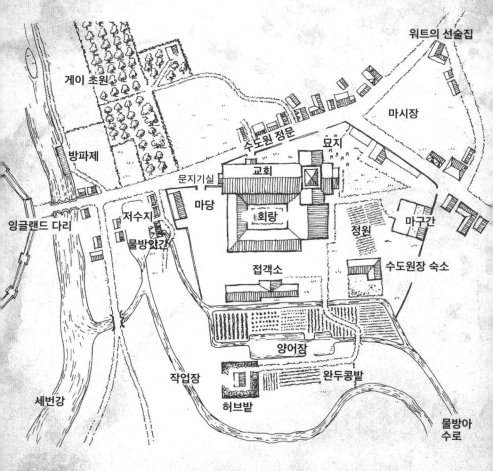

워트의 선술집

게이 초원

마시장

방파제

수도원 정문

묘지

문지기실

교회

마당

잉글랜드 다리

저수지

물방앗간

회랑

정원

마구간

수도원장 숙소

접객소

양어장

작업장

완두콩밭

세번강

허브밭

물방아
수로

일러두기. 주석은 모두 한국어판 주다.

1

　1141년 5월 25일 오후, 캐드펠 수사와 슈롭셔 행정 장관 휴 베링어는 슈루즈베리 성 베드로 성 바오로 수도원[1] 허브밭의 오두막에서 만났다. 두 사람은 나라의 중대사에 관해, 그리고 왕권을 둘러싸고 치열한 각축을 벌이다 마침내 서로 다른 운명에 처한 스티븐 왕[2]과 모드 황후[3]에 관해 이야기를 나누었다.

　"어쨌든, 황후는 아직 왕위에 오르지도 못했잖습니까!" 휴 베링어는 작금의 부정적인 상황을 타개할 방법을 찾아내기라도 한 듯 단호하게 입을 열었다.

　"그래, 아직 런던에 입성하지도 못했지." 캐드펠은 화로의 석탄불 위에 놓인 단지의 약이 끓어넘치지 않도록 조심스럽게 저으면서 말했다. "런던 시민들이 웨스트민스터 사원[4]에 들여보내주기 전까지는 왕위에 오를 수 없어. 듣자 하니, 런던 시민들이 서둘러 황후를 맞아들이려 하는 것 같지는 않더군."

"하지만 추위를 느끼는 이들은 결국 햇볕이 드는 곳에 모여들기 마련이죠." 휴가 우울한 어조로 말을 이었다. "제가 추구하는 대의명분은 그늘 속에 잠겨 있고요. 헨리 주교[5]가 돌아서면 모두가 그와 함께 돌아서고 말 겁니다. 마치 이부자리가 젖혀진 듯 다들 그 솔기에 달라붙어 함께 가겠죠."

"다는 아니지." 캐드펠은 약을 저으면서 살짝 웃었다. "자네는 아니잖나. 남을 사람이 자네 한 사람뿐이라고 생각하나?"

"제발 그런 일은 없어야겠죠!" 휴는 소리 내어 웃으며 우울한 기분을 떨쳐냈다. 투명한 햇살이 덤불과 허브밭을 부드러운 황금빛으로 물들이고, 습한 정오의 대기가 어지러울 정도로 진한 허브 향기를 피워 올리고 있었다. 그는 오두막 안으로 완전히 들어와 벽에 기대놓은 긴 의자에 마른 몸을 앉힌 뒤 부츠 신은 두 발을 쭉 뻗었다. 깔끔해 보이는 인상을 지닌 왜소한 사내. 많은 이들은 그 아담한 키와 가벼운 몸무게만으로 그를 대수롭지 않게 여기곤 했다. 덤불 사이로 일렁이는 햇살이 커다란 유리병에 반사되면서 거무스레하게 그을린 휴의 여윈 얼굴, 구변 좋은 입과 검은 눈썹이 돋보이는 그 말끔한 얼굴을 언뜻언뜻 비추었다. 단정하게 깎은 검은 머리와 내면에서 의심이나 회의가 일 때마다 금세 위로 치솟는 눈썹. 표정은 풍부하나 좀처럼 속내를 짐작하기 어려운 신비로운 얼굴이었다. 캐드펠 수사는 그의 표정을 읽을 줄 아는 극소수의 사람들 중 하나였다. 어쩌면 휴의 아내인 얼라인도 캐드펠보다는 그 속을 모를 터였다. 캐드펠은 올해 예순두 살이고 휴는 아직 서른에서 한두 살 모자라는 젊은이지만, 이렇게 캐드펠의 오두막에서 만날 때면 두 사람은 마치 동년배를 대하듯 허물없이 편안해지곤 했다.

"그렇게 되지는 않을 겁니다." 휴가 가늘게 뜬 눈으로 주위를 둘러보며 신중하게 말했다. "절대 그럴 리 없죠. 소수이긴 하되, 그런대로 괜찮은 입지를 확보한 우리 편이 아직 남아 있어요. 켄트에는 마틸다 왕비[6]님이 군사를 거느리고 있고요. 그분이 런던 남쪽 언저리에 버티고 있는 한 글로스터의 로버트 백작[7]도 섣불리 등을 돌려 이곳을 치러 나서지는 못할 겁니다. 그리고 귀네드의 웨일스인들도 배후에서 체스터의 라눌프 백작[8]을 견제하고 있으니, 우리는 스티븐 전하를 위해 이곳을 지키며 적당한 때가 오기를 기다리면 됩니다. 운은 언제고 다시 뒤집힐 수 있어요. 무엇보다 황후는 아직 잉글랜드의 여왕이 아니고요."

하지만 언제 여왕이 될지 모르지, 캐드펠은 에일윈 수사의 종아리 상처에 쓸 약을 묵묵히 저으며 생각했다. 외사촌 간인 스티븐 왕과 모드 황후는 지난 3년간 잉글랜드의 왕권을 차지하기 위해 치열하게 싸워왔고, 그 사이에서 백성들은 거듭되는 살인과 약탈로 인해 엄청난 고통을 겪은 터였다. 도시의 장인이든 농촌의 소작인이든 장원의 농노든, 그저 안심하고 생업에 종사할 수 있는 조용하고 안정된 분위기만 확보해준다면 그게 누구라도 두 손 들어 환영하고 싶은 심정이리라. 그러나 휴 같은 사람에게는 그렇게 간단한 문제가 아니었다. 그는 스티븐 왕의 가신이자 이젠 왕의 치하에 놓인 슈롭셔주의 행정 장관으로서 이 지역을 사수하겠다고 맹세한 사람이었다. 지난 2월 왕이 링컨 전투에서 패배한 뒤 브리스틀 성에 갇히며 제각기 잉글랜드의 주권자임을 자처하던 두 사람의 운명은 완전히 뒤바뀌었으니, 모드 황후는 구름 위로 높이 치솟아 올랐고, 정식으로 왕위에 올랐던 스티븐은 경비병들의 엄중한 감시를 받는 비참한 포로 신세가 되어 있었다. 스티븐의 동생이자 지지자인 윈체스터 주교, 교황 대사요 잉글랜드에서 가장 영향력 있는 고관이기도 한 블루아의 헨리 주교로서는 아주 곤혹스러운 상황에 몰린 셈이었다. 형을 지지하는 종래의 입장에 변함이 없음을 공개적으로 천명해 영웅이 될 수도 있겠지만, 그랬다가는 떠오르는 태양처럼 기세충천한 황후의 증오를 사 위험한 처지에 놓일지 몰랐다. 반대로 방향을 바꾸어 황후 편으로 넘어감으로써 역전된 운세의 흐름에 편승하는 방법도 있었다. 그럴 경우 그는 매우 신중한 태도로 그럴싸한 명분을 내세워 이 변절 행위를 보기 좋게 포장할 것이다. 물론 헨리 주교 역시 진심으로 평화와 안정을 바라며, 따라서 이 나라의 질서와 평화를 회복시켜줄 사람이라면 둘 중 어느 쪽이라도 기꺼이 지지할 의향을 갖고 있으리라고 캐드펠은 생각했다.

"괴로운 건, 믿을 만한 어떤 정보도 얻을 수 없다는 겁니다." 휴가 초조하게 말했다. "그저 소문만 무성하죠. 도대체가 종잡을 수 없는 얘기들뿐입니다. 매번 먼젓번과는 전혀 딴판의 소문이 나돌아요. 라둘푸스 수도원장[9]님이라도 하루빨리 수도원으로 돌아오셨으면 좋겠는데요."

"이 수도원에 있는 모든 수사의 심정 역시 그렇다네." 캐드펠이 동의를 표했다. "물론 제롬 수사만은 예외일 테지만. 로버트 부수도원장[10]이 원장 역할을 대행할 때마다 아주 의기양양해지는 사람이니 말이야. 원장님이 윈체스터로 호출되어 가신 요 몇 주 내내 하늘을 둥둥 떠다니는 듯 희희낙락하더군. 하지만 그 외의 다른 수사들은 로버트 부수도원장의 지시를 달갑지 않게 여기지."

"그분이 이곳을 비운 지 얼마나 됐죠?" 휴는 혼자 가만히 따져 보더니 얼른 말을 이었다. "벌써 두 달 가까이 됐나요? 교황 대사는 그동안 줄곧 자신의 궁 안에서 주교들을 잔뜩 거느리고 있었던 셈이네요. 그런 식으로 세를 과시하는 것도 황후의 위세에 맞서는 데 어느 정도 도움이 될 겁니다. 헨리 주교는 어떤 군주에게든 쉽사리 고개를 숙일 사람이 아니에요. 할 수 있는 한 모든 고위 성직자들을 총동원해서 등 뒤에 거느리려 하겠죠."

"하지만 이제 한두 명씩 그곳에서 내보내는 것 같더군. 아마 자기 나름대로 뭔가 해결책을 찾은 모양이지. 아니면 찾았다고 착각했거나. 안 그래도 레딩에서 수도원장님이 소식을 보내오셨네. 일주일 안에 여기 도착하실 거야. 지금으로서는 그분보다 더 나은 정보원을 얻기도 어려울걸."

그사이 헨리 주교도 사태의 흐름을 장악하고자 꽤 애를 써온 터였다. 지난 4월 초에는 모든 고위 성직자들과 주교급 수도원장들을 윈체스터로 불러 교황 대사의 주재하에 고위 성직자 협의회를 개최한다고 선포했으며, 이어 잉글랜드 교회 문제와 관련해서는 자신의 상관이라 할 수 있는 캔터베리 시어볼드 대주교[11]를 제치고 주도권을 장악했다. 캐드펠이 보기에는 일이 순리대로 흘러간 셈이었다. 시어볼드야 원체 그런 것에 크게 개의치 않는 사람이니까. 그처럼 조용하고 소심한 사람이라면 바깥의 뙤약볕 아래서 고생하는 일은 교황 대사에게 맡겨두고 자신은 그늘 속에 조용히 숨어 있는 쪽을 더 반기리라.

"그렇겠죠. 원장님께서 저 남쪽 상황이 어떤 식으로 흘러가고 있는지 말씀해주시면 저도 어찌어찌 대비책을 세울 수 있을 겁니다. 일단 우리는 거기서 꽤 멀리 떨어져 있고, 또 켄트에 계신 왕비님도—주여, 그분을 지켜주소서—휘하에 막강한 군사력을 끌어모았으니까요. 여기에 링컨에서 탈출한 플라망 용병들까지 가세해 이제 한층 군세가 강력해졌고요. 왕비님은 전하를 구해내기 위해 무엇이든 하실 겁니다. 정당한 방법이건 비열한 방법이건 가리지 않으시겠죠." 휴는 확신에 찬 어조로 말을 이었다. "아닌 게 아니라, 왕비님은 전하보다 뛰어난 군인이에요. 물론 전하도 탁월한 군인이긴 합니다. 제가 링컨에서 직접 목격한바, 전 유럽을 다 뒤져봐도 그런 분은 찾아보기 어려울 거예요. 참 놀라운 분이죠! 하지만 왕비님은 전하보다 훨씬 더 뛰어나요. 전하가 늘

쉽사리 싫증을 내고 새로운 사냥감을 찾아 나서는 반면, 왕비님은 한번 적과 붙었다 하면 적을 끝까지 물고 늘어지거든요. 왕비님이 템스강 남쪽에서 런던 쪽으로 계속 육박해 들어가고 있다는 말이 돌던데, 저로서는 그 소문이 사실이길 바랄 뿐입니다. 적들이 웨스트민스터에 접근하면 할수록 왕비님이 친 덫은 더 팽팽하게 조여들 거예요."

"런던 시민들은 결국 황후를 들여보내기로 결정한 걸까? 듣자하니 런던 측 대표가 헨리 주교의 협의회에 뒤늦게 나타나 자신들이 황후를 받아들이기 전에 먼저 스티븐 왕을 석방해달라고 호소했다 하더군. 윈체스터의 헨리 주교와 직접 얼굴을 맞대고서 그가 내린 결정에 조건을 단다는 게 이만저만한 용기가 필요한 일이 아니었을 텐데."

"예, 그들은 황후를 받아들이는 데 동의한 셈입니다. 결국 황후를 왕으로 인정한 것이나 다름없죠. 하지만 저도 비슷한 얘기를 들었어요. 그와 관련해 여러 가지 조건을 내걸고 있다고요. 사실 저나 전하의 입장에서는 시간이 지체될수록 좋습니다. 그런 식으로 얻게 되는 유예의 시간은 그야말로 천금의 값어치가 있어요." 유리병에 반사된 햇살을 받은 그의 얼굴 윤곽이 갑자기 선명해지며 두 눈이 날카로운 빛을 발했다. "아, 브리스틀에 믿을 만한 우리 사람을 들여보낼 수만 있다면! 성이나 지하 감옥에 침투하는 일은 그리 어렵지 않을 겁니다. 두셋이면 은밀히 일을 해치울 수 있어요. 처우에 불만을 품고 있는 간수를 찾아 황금을 한

움큼 쥐어준다거나…… 간수를 매수해 감옥에 갇힌 왕을 끌어낸 일은 과거에도 여러 번 있었습니다. 사슬에 묶인 왕도 풀어냈죠. 더욱이 지금 전하는 사슬에 묶여 있는 것도 아니니…… 후, 다 부질없는 소리죠! 지금 이곳을 무사히 지켜내는 일조차 제대로 해낼 수 있을지 어떨지 모르는 판국이니까요. 당장 브리스틀에서 전하를 빼내 올 만한 뾰족한 수가 있는 것도 아니고…….”

“이곳을 반드시 사수해야 하네.” 캐드펠이 말했다. “왕이 감옥에서 풀려난다 해도, 재기를 위해서는 지역적인 발판이 필요할 거야.”

화로에서 단지를 들어 곁에 있는 납작한 돌판 위에 내려놓고서 허리를 펴는 순간, 뜨끔한 통증이 느껴져 캐드펠은 당혹감을 느꼈다. 그러잖아도 최근 여러 부분에서 노화를 실감하던 터였다. 다행히 일단 자세를 바로 세우자 움직임에는 아무런 지장이 없었다.

“나도 요즘 여기서 이런저런 큰일을 하고 있지.” 캐드펠이 국자를 잡고 있느라 우묵하게 들어간 손바닥의 자국을 지우려고 두 손을 비비며 말을 이었다. “밖으로 나가 우리가 그동안 가꿔온 꽃들을 좀 보게나. 성 위니프리드[12] 축제 때 쓸 거야. 수도원장님이 돌아오시면 세인트자일스에서 의식을 주재하실 걸세. 우리 접객소가 가득 찰 정도로 엄청난 순례자들이 몰려오겠지.”

4년 전, 그들은 위니프리드 성녀가 매장된 웨일스의 귀더린에서 유골을 가져와 수도원 앞 큰길 끄트머리에 자리 잡은 세인트자일스 구호소의 제단에 안치했다. 구호소는 슈루즈베리 시내에 자유롭게 드나들 수 없는 감염병 환자들과 나환자들을 수용하고 치료하는 곳이었다. 그런 뒤 화려하게 장식한 성녀의 관은 수도 원 성당에 마련된 제단으로 옮겨졌고, 이는 성당의 장식품이자 경이요, 간절한 바람이나 경건한 마음을 품고서 찾아오는 사람들에게는 치유와 축복의 수단이 되었다. 올해 수도원 측에서는 그 마지막 여정을 되풀이하여 관을 세인트자일스로 가져갔다가 다시 수도원으로 옮겨 오겠다고 공표했다. 긴 행렬이 뒤따르는 장 엄한 의식과 함께 수도원 성당으로 관을 옮긴 뒤에는 기도나 봉헌물을 바치고자 찾아오는 모든 사람에게 제단을 공개할 예정이 었다. 해마다 성녀는 수많은 사람들을 이곳 슈루즈베리로 불러들였으며, 특히 운구 행사가 있는 올해에는 일찍이 볼 수 없었던 엄청난 규모의 순례자들이 몰려올 것이다.

"누가 보면 혼례식이라도 준비하는 줄 알겠는데요." 부드럽고 여린 봄의 기운을 벗고 여름의 찬연한 빛으로 타오르기 시작하는 꽃밭에 다리를 넓혀 선 채 휴가 말했다.

화단의 울타리를 이루는 개암나무들과 산사나무들이 은빛 감도는 엷은 초록빛 꽃차례를 늘어뜨린 채 이파리를 떨구었고, 그 너머 풀밭에서는 무성한 노란구륜앵초들 사이로 아이리스들이 단단한 꽃봉오리를 내밀기 시작했다. 장미나무에도 꽃봉오리가 잔뜩 돋아나 있었으니 얼마 지나지 않아 화사한 꽃들이 앞다투어 피어날 터였다. 담으로 둘러싸인 허브밭에서는 막 동그란 꽃망울을 터뜨린 모란도 자라고 있었다. 캐드펠은 모란 씨를 약으로 사용했고, 수도원장 공관 전속 요리사인 페트러스 수사는 음식에 넣는 향신료로 쓰곤 했다.

"순수하고 영원한 혼례식인 셈이지." 캐드펠은 노고의 결실을 흐뭇한 기분으로 바라보며 대꾸했다. "그 웨일스 출신의 성녀는 죽는 날까지 동정이었다네."

"사후에 결혼식을 올리지 않았나요?" 국가의 중대사에 골몰하던 끝에 잠시 머리를 식힐 겸 건성으로 던진 질문이었다. 수많은 꽃들이 화사한 꽃망울을 터뜨리려 하는 그런 곳에서는 평화와 풍요로움, 인간의 우애에 대한 믿음이 금세 생기는 법이다. 그러나 뜻밖에도 깊고 의미심장한 침묵이 돌아오자 휴는 신경을 바짝 곤두세운 채 고개를 돌려 친구의 얼굴을 살폈다. 무언가가 그의 심기를 거스른 걸까? 아니면 그저 잠시 무념무상의 상태에 잠겨 있는 걸까?

"결혼시키지는 않았지만 합장을 하기는 했지." 잠시 후 캐드펠이 담담하게 입을 열었다. "정직한 투사라 할 수 있는 훌륭한 남자와 함께 말이야. 그런 보상을 받을 만한 사람이었어."

휴는 무슨 뜻인지 몰라 눈썹을 치올린 채 어깨 너머로 웅장한 성당의 기다란 지붕을 힐끗 쳐다보았다. 그곳에 그 유명한 성녀가 잠들어 있었다. 자신의 제단에 놓인 밀봉된 유골함 속, 조그마한 웨일스 성녀의 유골 한 구를 수습하기에 딱 알맞은 우아한 관 속에.

"두 사람이나 들어갈 자리는 없어 보이던데요." 휴는 부드럽게 말했다.

"저기 있는 관은 아니지. 하지만 우리가 그 두 사람을 합장해 준 관은 꽤 크고 넓다네." 캐드펠은 휴가 비상한 관심을 기울이 며 자신의 이야기를 듣고 있음을 알아차렸다. 정확한 내용은 알지 못해도, 아마 그 속에 무언가 비밀이 담겨 있다는 사실 정도는 간파했으리라.

"혹시…… 사람들의 생각과 달리 성녀가 저 우아한 유골함 속에 잠들어 있는 게 아니라고 말씀하시는 건가요?" 그가 여전히 부드러운 말투로 물었다.

"그거야 모를 일이지. 사실 성녀의 유골이 동시에 두 곳에 존재할 수 있다면 얼마나 좋을까 하는 생각을 얼마나 많이 했는지 모르네. 나 같은 인간에게는 더없이 어려운 일이지만 성인에게는 가능한 일일 수도 있지 않을까? 어쨌든 저 관 속에서 사흘 밤 사흘 낮을 지냈으니 거기 자신의 성스러움을 일부나마 남겨놓긴 했 겠지. 거기서 꺼내 자신이 애초에 원했던 곳으로 돌려놓아준 것에 감사하다는 뜻에서라도 말일세. 나는 그 성녀가 고향에 묻히고 싶어 했을 거라고 믿네. 앞으로도 그 믿음에는 변함이 없을 거고." 이어 캐드펠은 고개를 절레절레 흔들었다. "그럼에도 한 자락의 의심이 남아 여전히 나를 괴롭히고 있다네. 혹시라도 내가 그분의 참뜻을 잘못 해석한 것은 아닐지……."

"그 의심에서 벗어날 수 있는 유일한 길은 고해를 통해 속죄하는 것뿐이겠죠." 휴가 가볍게 말했다.

"마크 수사가 사제가 되기 전에는 그럴 수 없어!" 젊은 마크는
공부를 다 마칠 때까지 학비를 대주겠다는 레오릭 애스플리의 뜻
에 따라 수도원과 세인트자일스의 식구들 곁을 떠나 리치필드의
주교관으로 간 터였다. 이제 그의 앞에는 그 자신이 간절히 바랐
던 꿈, 사제가 되겠다는 목표가 환하게 빛나고 있었다. 아마도 이
는 신께서 그를 위해 예비하신 목표이기도 할 것이다. "그날이
올 때까지는 내가 지은 모든 죄를, 내 그릇된 판단으로 죄가 아
니라 생각했던 모든 죄를 마음속에만 간직해둘 참이네. 마크 수
사는 3년 동안 내 오른팔 노릇을 했고 또 나와 흉금을 터놓고 지
내온 사이야. 살아 있는 이들 가운데 그 친구만큼 내 마음을 잘
아는 사람은 없을 걸세. 아니, 자네 정도만 예외라고 할 수 있을
까?" 그는 사심 없는 진솔한 눈빛으로 친구를 바라보았다. "어쨌
든 그러면 무엇이 진실인지 알 걸세. 그리고 나는 그 친구가 어떤
판단을 내리든, 그리고 내 죄를 사면하기 위해 어떤 고행을 부과
하든 다 따를 생각이야. 휴 자네도 판단을 내릴 수야 있겠지만 내
죄를 사면해줄 수는 없지."

"적절한 고행을 부과할 수도 없는 입장이고요." 휴는 허심탄
회하게 웃으며 말을 이었다. "그러니 제게 모든 걸 털어놓으시고
고행 없이 자유로워지시죠."

믿을 만한 사람에게 비밀을 털어놓는다니, 생각만 해도 속이
시원해지는 기분이었다. "꽤 긴 이야기일세." 캐드펠이 경고하듯

말했다.

"그럼 지금부터는 수사님의 시간입니다. 저야 그저 잠자코 앉아 주의 깊게 귀 기울이기만 하면 되겠죠. 근사한 이야기를 들을 수 있다면 그런 기회를 미룰 이유가 있겠습니까? 수사님도 저녁기도 때까지는 딱히 바쁜 일이 없으시잖아요." 그러면서 휴는 사제처럼 엄숙한 표정을 지어 보였다. "누가 알겠어요? 저 같은 속인에게 영혼의 짐을 덜어냄으로써 마음이 편해질 수도 있을지…… 저도 여느 고해신부처럼 비밀을 지켜드릴 겁니다."

"그럼 잠시 기다려주게." 캐드펠이 말했다. "잘 숙성된 포도주를 좀 가져오지. 해가 잘 드는 북쪽 담벼락에 붙은 벤치에 가 앉아 있는 게 좋을 걸세. 긴 얘기가 될 테니 조금이라도 편한 자리가 나을 테지."

*

"그러니까, 자네와 알게 되기 1년 전 무렵의 일일세." 캐드펠은 햇볕에 따뜻하게 달궈진 허브밭 담장의 거칠거칠한 돌벽에 편안하게 기대앉아 입을 열었다. "그때 우리 수도원에는 시시한 성인조차 없어서 웬로크[13] 사람들을 부러워하는 처지였지. 자네도 알겠지만 웬로크의 클뤼니 수도원[14] 사람들은 색슨족 시조인 성밀부르가[15]의 유골을 발견한 뒤로 그걸 대대적으로 홍보하고 있었거든. 그러던 중 우리 쪽 수사 하나가 모종의 계시를 받고는 어느 병든 수사를 웨일스 홀리웰로 보내 목욕을 시켰어. 성 위니프리드가 처음 죽은 곳이 바로 그 홀리웰이었고, 거기서 병을 낫게 해주는 힘을 지닌 샘이 터져 나왔거든. 성 베이노께서 그녀를 살려낸 뒤에도 그 샘물은 계속 흘러나와 많은 기적을 일으켰어. 그런데 그곳에서 목욕을 하고 돌아온 수사가 로버트 부수도원장의 귀가 번쩍 뜨일 만한 얘기를 한 거야. 귀더린 사람들을 잘만 설득하면 두 번째로 죽음을 맞이하여 그곳에 묻힌 성녀의 유골과 그 영광을 이곳 슈루즈베리로 옮겨 올 수 있을 것 같다고 말이지. 부수도원장은 그쪽 교구 사람들이 위니프리드 성녀의 유골을 포기하게끔 교섭하고 설득하기 위해 나섰고, 나 역시 그 무리에 끼어 웨일스로 갔네."

"그 일에 대해서는 저도 잘 압니다." 이야기를 주의 깊게 듣고 있던 휴가 말했다 "이곳 사람이라면 모두가 알죠."

"그야 그렇지! 하지만 그 뒤에 일어난 일에 대해서는 전혀 모를걸. 당시 귀더린에는 그 누구도 성녀를 성가시게 하도록 내버려두지 않으려는 영주가 있었다네. 설득에도 매수에도 위협에도 넘어가지 않을 사람이었어. 그리고 그 사람은 죽어버렸네, 휴. 살해됐지. 우리 중 한 사람이자 처음 그곳으로 가 목욕을 했던 수사가 그런 짓을 벌인 거야. 그는 이미 주교의 관까지 넘보고 있었다네. 다른 사건이 일어나지만 않았다면 우리가 그를 고발했을 거야. 그런데 그곳에 사는 젊은 남녀 한 쌍이 그 일에 말려들어 위험에 처했지. 청년은 자기 애인이 부상당해 피 흘리는 광경을 보고 분노에 휩싸였고, 자신도 모르게 그 살인자의 목을 부러뜨리고 말았어. 완력이 워낙 대단한 사람이었거든."

"그 사건에 대해 아는 사람은 몇이나 됩니까?" 휴는 미간을 좁힌 채 장미나무의 반짝이는 이파리들을 응시하며 물었다.

"그 연인 한 쌍과 죽은 수사, 그리고 나뿐이야. 아, 물론 위니프리드 성녀님도 아시지. 우리는 성녀를 무덤에서 끌어내 자네와 다른 모든 사람들이 알고 있는 그 관에 안치해두었었네. 그래, 성녀도 이 사건을 속속들이 알고 계셔. 그때 그 자리에 있었으니까. 사실 난 그분의 유골을 끄집어냈을 때부터, 그 여윈 뼈들을 무덤에서 들어낸 순간부터 감지하고 있었네. 그분은 그저 원래의 자리에서 평화롭게 쉬기만을 원하셨어. 그래서 그런 짓을 벌이기로 했네. 무덤에서 성녀를 끌어낸 사람도, 그곳에 다시 돌려놓은 사람도 바로 나였어. 아직까지도 그렇게 하길 잘했다 싶네. 아주 한적하고 황량한 곳에 자리한 작은 무덤이지. 오랫동안 방치된 조그만 성당 곁, 사방에 피어난 들꽃들 가운데 잔풀로 뒤덮인 아주 수수한 무덤. 무엇보다 웨일스 땅에 자리 잡은 무덤일세! 성녀는 나처럼 웨일스 사람이었네. 그분의 교회는 옛 종파에 속한 교회고. 그런 분이 잉글랜드에 있는 이 낯선 지역에 대해 뭘 알겠나? 게다가 나로서는 그 젊은이들을 보호해주지 않을 수 없었네. 잉글랜드 교회의 막강한 힘에 맞서면서까지 그 젊은이들의 말을 믿어줄 사람이 과연 얼마나 됐을까? 교회 사람들은 죽은 수사의 시신과 함께 그의 추문까지 모두 파묻어버리기 위해 일치단결하여 온갖 힘을 동원했을 걸세. 그 불쌍한 청년에게 모든 죄를 뒤집어 씌웠겠지. 그는 그저 자기 애인을 보호하려 했을 뿐이었는데 말이야. 그래서 내가 몇 가지 조치를 취했다네."

휴의 입술 양 끝이 비죽이 말려 올라갔다. "정말이지, 사람 놀라게 하는 재주를 가지셨네요! 그래, 어떤 조치를 취하신 겁니까? 그 수사의 죽음을 그럴싸하게 설명하고 로버트 부수도원장을 납득시키는 게 그리 쉽지는 않았을 텐데……."

"아, 로버트 부수도원장은 본인이 생각하는 것보다 훨씬 단순한 사람이야. 게다가 죽은 수사 자신이 어느 정도 우릴 도운 셈이지. 그는 성스러운 인물이라는 명성을 얻고자 안간힘을 쓰고 있었어. 성녀가 자신에게 계시를 내려줬다고 주장했지. 살해당한 영주를 자기가 떠난 무덤에 파묻으라고 명했다나. 그런 계시를 받은 뒤 자기는 이 세상을 벗어나 천국에서 살게 해달라고 기도하며 황홀한 잠 속으로 빠져들었다고…… 그래서 우리가 그 사람에게 약간의 호의를 베풀어주었지. 그렇게 낡은 성당에서 혼자 기도하며 밤을 새운 그가 다음 날 아침 온데간데없이 사라져버린 것으로 만들었어. 그가 무릎 꿇고 기도하던 단 위에는 사제복과 샌들만 나뒹굴고 있었지. 법의 주위에는 산사나무 이파리들이 흩어진 가운데 향기로운 냄새가 감돌았고. 그 사람이 성녀의 계시를 받았다고 주장하면서 산사나무 이파리들이 흩어져 있었다는 둥, 향기로운 냄새가 났다는 둥 얘기했었거든. 그 내용을 기억하고 있던 부수도원장으로서는 그의 승천 사실을 믿지 않을 도리가 없었지. 아무튼 그 사람이 사라진 건 분명하니까. 그러니 무엇 하러 그를 찾으려 들겠나? 아무려면 우리 수도원의 고매하신 수사께서 발가벗은 채 웨일스의 숲속을 뛰어다닐 리도 없고 말이야."

"그럼 저 관에 안치된 게 그 성녀의 유골이 아니라는……?" 휴가 조심스럽게 물었다. "당시 관을 밀봉하지 않았던가요?" 두 눈썹이 검은 앞머리에 닿을 정도로 치올라갔으나 그의 목소리만큼은 내내 부드럽고 평온했다.

"그러니까……" 캐드펠은 쑥스러운 듯 엄지와 검지로 자신의 뭉뚝한 갈색 코를 연신 잡아당겼다. "밀봉하긴 했지. 하지만 그걸 열었다가 아무도 눈치채지 못할 정도로 감쪽같이 다시 밀봉할 수 있는 방법이 있다네. 내가 가진 다소 수상쩍은 기술들 중 하나라 할 수 있지. 어쨌든 그때는 기쁜 마음으로 그렇게 했어."

"성녀의 유골은 그분을 지키려 애썼던 그 영주와 함께 원래의 무덤에 되돌려놨고요?"

"참 고결하고 훌륭한 사람이었지. 당당한 자세로 성녀의 마음을 대변해주는…… 위니프리드 성녀님도 그 사람과 한 공간에 있는 걸 그리 싫어 하지 않을 걸세. 그리고 난 그분이 우리를 원망하지 않는다고 늘 생각해왔네. 그 이후로 귀더린에서 수많은 기적을 통해 자신의 권능을 보여주셨거든. 만일 마음이 언짢았다면 그럴 리가 없잖은가. 다만 조금 찜찜한 건, 이곳 슈루즈베리에서는 그분이 우리를 수호해준다는 징조를 전혀 볼 수가 없다는 점이야. 그런 게 있었다면 부수도원장이 몹시 기뻐했을 거고

나도 마음이 편했을 텐데. 몇 가지 사소한 이적 같은 건 있었지만 확실한 표적이 나타난 일은 없었지. 혹시 내가 성녀를 불쾌하게 했다면 어쩌지? 나야 어찌 되든 상관없네. 잘못했다면 벌을 받아 싸지! 하지만 아무것도 모르는, 성녀에 대한 깊은 믿음을 품고 은총을 기대하며 이곳에 오는 죄 없는 이들이 걱정일세. 그 사람들이 내 잘못 때문에 소중한 걸 잃거나 큰 손해를 본다면……."

"마크 수사가 하루빨리 사제가 되어 수사님의 어깨에서 그 짐을 내려줘야겠군요." 휴는 딱하다는 듯 말하고는 미소 띤 얼굴로 캐드펠을 바라보며 한마디 덧붙였다. "위니프리드 성녀님이 먼저 수사님께 자비를 베풀어 확실한 표적을 보여주지 않는 한 말입니다."

"당시 나로서는 달리 어쩔 도리가 없었네." 캐드펠은 생각에 잠겨 말을 이었다. "그게 최선이었다는 생각에는 지금도 변함이 없어. 이곳 사람들과 그곳 사람들을 동시에 만족시킬 방법은 그것뿐이었지. 그 두 젊은이는 홀가분한 마음으로 결혼해서 행복하게 지내고, 마을 사람들은 여전히 자기네 수호성인과 함께 있고, 성녀는 동족들에게 둘러싸인 채 편안히 잠들어 있고, 로버트 부수도원장은 자기가 얻고자 하는 걸 얻었고―아니 얻었다고 생각하는 거지만 결국 그게 그거니까. 그리고 지금 슈루즈베리 수도원 사람들은 접객소가 꽉꽉 들어차는 광경을 보며 수도원에 더없는 영광과 함께 쏠쏠한 수입이 들어오리라는 기대감을 품은 채축제 준비에 한창이지. 그저 성녀가 내 나름의 해결책에 자비로운 눈길을 던져주기만 하면 좋을 텐데. 내가 그분의 마음을 바로 짚었다는 점을 확인할 수 있도록 윙크 한 번만 해준다면……."

"다른 사람에게는 이 얘기를 일절 하지 않았나요?"

"입도 뻥긋하지 않았지. 하지만 귀더린 주민들은 죄다 알고 있을 걸세." 캐드펠은 씩 웃어 보였다. "그 얘기를 입 밖에 낸 사람도 들은 사람도 없지만, 모두들 알고 있어. 우리가 슈루즈베리를 향해 출발할 때 온 마을 사람들이 다 나와 조그만 마차에 관 싣는 걸 거들고 마차가 떠날 수 있도록 힘껏 밀어주더군. 부수도원장은 자기가 그 사람들을 잘 다뤘나 보다 생각했지. 다들 처음에는 우릴 아주 못마땅하게 여겼거든. 그래서 크게 기뻐했어. 얼마나 단순한 사람인지! 요즘 그는 위니프리드 성녀님의 생애와, 자기가 성녀를 슈루즈베리로 옮겨 온 과정에 관한 책을 쓰느라 아주 바쁘네. 이제 와 속사정을 밝힌다면 엄청나게 낙심하겠지."

"타격이 크겠군요. 저 같아도 못 밝히겠습니다. 가급적 비밀로 해두는 게 모두에게 좋겠어요. 하느님의 은혜로, 저는 교회법과 아무 상관도 없는 사람입니다. 정말 다행이에요. 무법천지에 가까운 나라의 일반 관습법만 다루는 데도 이렇게 골치가 아프니 말입니다." 휴에게 비밀을 지켜달라는 말은 굳이 할 필요도 없었다. 두 사람 모두 이를 당연한 사실로 여기는 터였다. "수사님은 성녀의 뜻을 대변해주신 셈입니다. 계시가 있든 없든, 그분께서는 수사님의 마음을 충분히 이해하실 거예요. 그리고 또 누가 압니까? 수도원 축제 날―6월 22일인가요?―그분께서 수사님의 불안한 마음을 안타까워하셔서 큰 기적을 행사해주실지."

*

그로부터 한 시간 뒤, 캐드펠은 저녁기도 종소리를 듣고 성당으로 향하며 생각에 잠겼다. 휴의 말대로 성녀께서 정말 그런 기적을 행사해주신다면 얼마나 좋을까. 자신은 아직 부족할지언정, 끊임없이 이어지는 순례자들의 행렬 중에는 그런 기적을 목격할 자격이 있는 사람들이 분명 끼어 있으리라. 그들이 기적을 본다면 정말 기쁘고 만족스러워할 텐데. 하지만 만일 성녀의 영혼이 여기서 100킬로미터도 넘게 떨어진 곳, 유골이 묻혀 있는 고향에서 움직일 수 없다면 어쩌지? 한때 잔혹한 죽음을 맞이했다가 다시 살아난 바 있는, 그야말로 기적이라 할 수 있는 그런 존재의 영혼이 과연 시공간 같은 것에 제약을 받을까? 어쩌면 성녀는 자신의 무덤 속에서 만족스러운 기분으로 그저 리샤르트와 조용히 쉬며 산사나무 사이로 메아리치는 새소리에 귀 기울이고 있을지도 모른다. 그리고 이곳 콜룸바누스의 관 속에는 성녀의 영광을 드높이기 위해서가 아니라 자기 자신을 위해서 살인을 저지른 하찮은 인간의 영혼만이 도사리고 있을 뿐이고…….

캐드펠 수사는 오랫동안 숨기고 있던 비밀을 친구에게 털어놓은 뒤 이상하리만큼 홀가분한 기분이 되어 저녁기도를 드리러 갔다. 이는 휴를 만나기 전에 일어난 사건이었다. 애초에 캐드펠과 휴 베링어는 잠재적인 적수로 서로를 교묘하게 속여 넘기려 애쓰던 사이였으나, 얼마 지나지 않아 서로 얼마나 많은 공통점을 갖고 있는지 깨닫고는 아주 가까운 사이가 되었다. 인생의 절정기를 어느 정도 지난 노인(캐드펠 자신도 혼자 있을 때면 내심 이 점을 인정했다), 그리고 이제 막 세상에 나와 결혼과 출세를 꿈꾸던, 남다르게 뛰어난 머리와 기지를 지닌 젊은이. 이제 휴는 그 두 가지 목표를 모두 이룬 터였다. 비록 적에게 생포되어 실권을 잃은 왕의 지배하에 있긴 하지만 그래도 명실상부한 슈롭셔주의 행정 장관 자리를 차지하고 있는 데다, 슈루즈베리 시내의 성모마리아 성당 근처에 자리 잡은 사저에서는 아름다운 아내와 한 살짜리 아들이 매일 저녁 그에게 아늑한 행복감을 선사하니 말이다.

캐드펠은 자신의 대자代子를 떠올렸다. 그 튼튼한 개구쟁이는 벌써부터 뒤뚱거리며 이 방 저 방 기운차게 누비고 다니는가 하면, 제 힘으로 대부의 무릎 위에 기어오르고, 긍정과 의문과 분노와 애정을 말로 표현하기 시작한 참이었다. 사람은 누구나 자녀를 원한다. 휴는 굵은 줄기에서 막 움이 터 장차 튼실한 가지로 자라날 자신의 아들을 가졌으며, 캐드펠 또한 휴의 대리인으로서 아들을 가진 셈이었다.

끊임없는 투쟁과 잔혹과 탐욕으로 갈가리 찢기고 난도질당한 이 세상에도 인간적인 행복은 얼마든지 존재한다. 세상은 늘 그래왔고 앞으로도 그럴 것이다. 그러니 기쁨의 환한 불꽃이 다하지 않는 한, 그냥 그렇게 돌아가게 가만 내버려두자.

이제 제법 해가 길어진 5월 말의 따사로운 공기 속에서 저녁 식사를 끝내고 식후 기도까지 마친 뒤 모든 수사가 막 자리에서 일어서려는 순간, 삭발한 정수리 가장자리가 은발로 덮이고 상앗빛 피부에 엄숙한 표정을 띤 로버트 부수도원장이 길고 여윈 몸을 벌떡 일으켜 세웠다.

"수도원장님으로부터 새로운 소식이 왔소, 형제들. 지금 워릭에 도착하셨다는군. 6월 4일, 혹은 그 이전까지는 이곳에 돌아오실 거라면서, 우리의 더없이 은혜로운 수호성인인 위니프리드 성녀님의 운구 행사를 준비하는 일에 소홀함이 없도록 하라고 당부하셨소." 물론 수도원장이 그런 지시를 내린 건 사실이리라. 그러니까, 지나가는 말 정도로 말이다. 하지만 자신을 위니프리드 성녀의 수호자쯤으로 여기는 로버트는 이를 아주 중요한 임무로 강조하며, 크고 귀족적인 두 눈으로 수도원에서 중요한 직책을 맡고 있는 수사들의 얼굴을 하나하나 더듬어나갔다. "행사에 쓸 음악은 준비됐소, 안젤름 형제?"

제2성부를 위한 음표들과 악기들에 관한 생각에 완전히 빠져 있던 선창자 안젤름 수사는 갑작스러운 질문에 정신을 차리고 눈을 동그랗게 뜬 채 부수도원장을 바라보았다. "예, 모두 준비해 뒀습니다."

"그리고 데니스 형제, 손님들을 먹이고 재우는 데 필요한 물품들의 준비 상태는 어떻소? 아마 동원할 수 있는 침대와 접시를 모조리 끌어모아야 할 거요."

그동안 접객소를 든든하게 관리해왔으며 이런 큰 행사에도 익숙한 데니스 수사는 자신이 필요하다고 생각하는 모든 물품을 최대한 구비해놓은 것은 물론이고, 나아가 필요할 때면 언제든 동원할 수 있는 예비 물품들까지 미리 준비해두었다고 조용히 대답했다.

"워낙 많은 인파가 몰릴 테니 환자가 발생하는 상황에도 대비해야 할 것이오."

이에 진료소를 책임지는 에드먼드 수사는 활달한 어조로 예상되는 수요를 참작해 필요한 침상들과 약들을 충분히 갖춰놓았다고 말하고는, 캐드펠 수사 역시 환자들에게 필요할 모든 치료약을 구비했으며 그 밖의 돌발 상황에 대비해 만반의 준비를 갖추었다고 덧붙였다.

"잘됐군." 로버트 부수도원장이 말을 이었다. "더불어 수도원장님께서 특별히 당부하신 것이 또 하나 있소. 윈체스터에서 기독교인의 의무에 따라 각 당파를 중재하고 화해시키려다 비열한 방식으로 살해당한 훌륭한 영혼의 안식을 위해 대미사 때마다 기도를 올려달라고 하시더군."

한순간 캐드펠 수사는 의아한 생각이 들었다. 남쪽 멀리 떨어진 곳에서 목숨을 잃은 한 사람을 그 정도로 엄숙하게 대접해야 할까? 그 죽음에 그렇게 대단한 존경의 예를 바쳐야 할 이유가 있는 걸까? 다른 대다수 수사들도 비슷한 생각을 하는 듯했다.

시체로 뒤덮인 링컨 들판에서 공격군의 약탈로 온 거리에 선혈이 낭자했던 우스터에 이르기까지, 집권자에게 불만을 품은 백작들이 귀족들을 학살하는 행위부터 법질서가 무너진 농촌의 비열한 산적들이 마을을 약탈하는 행위에 이르기까지, 너무나 오랫동안 죽음이 일상화되어버린 나라에서 한 사람이 살해당한 사건이 뭐 그리 대단한 일이란 말인가. 하지만 캐드펠은 수도원장의 마음을 헤아리며 이내 생각을 고쳐먹었다. 수도원장들과 귀족들이 모여 평화와 통치권의 문제를 놓고 협상을 벌이던 도시에서 한 사람이, 한 당파가 다른 당파를 해하려는 것을 저지하려다 살해당한 것이다. 그것도 주교이자 교황 대사의 발치에서 말이다. 이는 성당 제단 아래서 사람을 도살한 것과도 같은 흉악한 신성모독 행위였다. 단순히 한 사람의 죽음을 넘어선 사건, 법과 희망과 화해를 거부하는 일종의 상징적인 몸짓이었던 셈이다. 라둘푸스 수도원장은 그 사건을 아주 심각한 일로 여겼고, 그리하여 이곳 슈루즈베리 수도원에서의 의식을 통해 기리려는 것이었다. 죽은 사람에게 응당 바쳐야 할 엄숙한 감사의 표시이자, 하늘나라에 세우는 일종의 기념비로서 말이다.

"수도원장님께서 당부하시기를⋯⋯" 로버트 부수도원장이 말을 이었다. "모드 황후 편에 섰던 라이날드 보사르 기사의 정의로운 노력에 감사드리며 그의 영혼의 안식을 위해 기도해달라고 하셨소."

*

　"그냥 적군 중 한 사람에 불과하잖아요." 수도원 안마당에서 한 젊은 견습 수사가 불만스러운 목소리로 중얼거렸다. 이 지역 사람들은 왕의 대의명분을 마치 자기들의 것인 듯 생각하는 경향이 있었다. 그도 그럴 것이, 지난 4년간 스티븐 왕 치하에서 잉글랜드의 다른 많은 지역 사람들에 비해 비교적 안전하게 지내오며 최악의 혼란을 면한 터였다.

　"아니, 그렇게 생각해선 안 돼." 견습 수사들을 돌보는 폴 수사가 그를 부드럽게 나무랐다. "훌륭하고 고결한 사람은, 그가 비록 이 분쟁에서 우리 지역 사람들의 반대편에 섰다 하더라도 우리의 적이 아니야. 이 세상의 충절 같은 건 우리와 상관없는 일이고. 물론 그들의 의지를 존중해야겠지. 우리가 주님께 드린 서약이 우리 자신에게 중요한 것처럼 그들의 서약 역시 그들에게는 소중한 것이니까. 왕이나 황후나 각기 제 나름의 정당성을 주장하고 있으니, 그들이 왕한테 서약을 했든 황후한테 서약을 했든 자신들의 소신을 지키려 애쓰는 걸 나무랄 수는 없네. 그리고 그 사람은 틀림없이 존경할 만한 인품을 지녔을 거야. 그러지 않고서야 수도원장님께서 우리에게 그 사람을 위해 기도해달라고 당부하셨을 리 없지."

　한편 안젤름 수사는 그 이름을 한 음절 한 음절 마음속으로 되뇌다 어느새 일정한 가락에 맞추어 돌 벤치를 두드리며 나직하게 흥얼거리고 있었다. "라이날드 보사르, 라이날드 보사르……."

거듭되는 그 가락이 캐드펠 수사의 귓전을 울리는가 싶더니 이윽고 그의 마음속에도 깊숙이 자리 잡았다. 이곳 사람들에게는 별다른 의미가 없는 사람. 생김새도 인상도 나이도 성격도 알 수 없는, 그저 이름에 불과한 존재. 몸체 없는 영혼이요 영혼 없는 이름이었다. 하지만 그 이름이 숙사에 있는 방으로 캐드펠을 따라왔고, 마지막 기도를 드린 뒤 샌들을 벗고 잠자리에 누울 때까지 마음을 떠나지 않았다. 그의 꿈을 꾸고 있는 것도 아닌데, 그 가락이 몽롱한 잠에 취한 그의 내면에서 내내 메아리쳤다. 번개가 마치 이름을 되뇌듯 가락에 맞춰 번쩍였다. 캐드펠은 눈을 감은 채로도 그 환한 섬광을 감지하고 놀라 곧 소나기가 오려나 보다 생각하면서 천둥이 울리기를 기다렸다. 그러나 천둥은 좀처럼 울리지 않았고 혹시 환각을 보았던 것일까 생각한 순간, 아주 멀리서 조용하면서도 무언가 불길한 소리가 울려 퍼졌다. 눈꺼풀로 덮인 망막 저 안쪽에서 번갯불이 연이어 번쩍이다 사라지고 나서 한참이 지난 뒤였다. 더없이 먼 곳에서 아주 나직하게 울리는 소리…….

어쩌면 저 전설적인 도시 윈체스터만큼 먼 곳에서 온 소리가 아닐까. 나라의 중대사들이 결정되는 곳, 캐드펠이 한 번도 가보지 못했고 앞으로도 결코 가보지 못할 그곳. 멀리서 울려온 천둥이 슈루즈베리 성벽을 무너뜨릴 수 없듯이, 그 도시로부터의 위협 또한 이 도시의 안정을, 이곳 사람들의 마음을 뒤흔들 수는 없

으리라. 그럼에도, 캐드펠이 혼곤한 잠의 늪에 빠져들 무렵까지
그 음산하고 불온한 웅얼거림은 내내 귓전에 남아 있었다.

2

　라둘푸스 수도원장은 6월 3일, 그의 보좌 수사이자 사제인 비탈리스 수사의 호위를 받으며 성 베드로 성 바오로 수도원으로 돌아왔다. 수사 쉰세 명과 견습 수사 일곱, 수도원 학교 학생 여섯 명, 그리고 속인 신분으로 수도원에서 일하는 집사들과 하인들이 모두 나와 그를 영접했다.

　키가 크고 여윈 편이지만 강건한 몸매에 금욕적이고 수척한 얼굴, 학자풍의 예리한 눈매를 지닌 50대의 수도원장은 공관으로 가서 목욕을 하거나 휴식을 취하며 여독을 푸는 대신 원기 넘치는 모습으로 말에서 내려 곧장 성당 대미사를 주재했다. 수사들에게 미리 지시했던 일, 즉 서기 1141년 4월 9일 수요일 저녁에 윈체스터에서 살해된 라이날드 보사르의 영혼의 안식을 위해 기도드리는 일도 잊지 않았다. 슈루즈베리의 무관심한 시민들이나 베네딕토회에 속한 이 수도원 사람들에게 잉글랜드 땅 길이의 절반에 이르는 머나먼 곳에서, 그것도 여덟 주 전에 발생한 라이날드 보사르의 죽음은 어떤 의미였을까?

적어도 이튿날 오전 수사회가 열리고 수도원장이 저 남쪽에서 있었던 모임, 잉글랜드의 미래를 결정짓고자 마련된 그 중요한 협의회의 전말에 관해 자세히 설명해주기 전까지 그의 죽음은 별다른 의미가 없는 삽화에 불과할 터였다. 그러나 휴 베링어는 그때까지 기다릴 수 없었다. 그가 이날 오후 수도원장 공관을 방문해 알현을 요청하자 수도원장은 즉각 수락하여 그를 만나주었다. 상황이 상황인지라, 잉글랜드 어디에서고 세속의 권력자들과 종교계의 권력자들은 여태껏 이 땅에서 간신히 명맥을 유지해온 법과 질서를 수호하기 위해서라도 상호 긴밀하게 협력하지 않을 수 없었다.

수수한 가구들로만 꾸며진 수도원장 공관의 응접실은 그 주인만큼 검소해 보였다. 두 개의 격자 창문을 활짝 열어둔 덕에 한낮의 햇살이 돌바닥으로 길게 드리웠고, 담으로 둘러싸인 아담한 정원의 신록과 화사한 꽃들도 잘 내다보였다. 실내를 둘러싼 짙은 빛깔의 장식 패널들에서 밖의 눈부신 햇살과 상쾌한 바람, 꽃과 신록이 빚어낸 빛의 얼굴들이 환하게 피어났다 사라지고 또 반사되며 서로 어지럽게 뒤엉켰다. 휴는 그늘진 곳에 앉아 환한 햇살 속에 드러난 수도원장의 선 굵은 옆얼굴의 검고 뚜렷한 윤곽을 지켜보았다.

"수도원장님은 제가 누구에게 서약을 했는지 잘 알고 계십니다." 그가 선연하게 떠오른 수도원장의 기품 있고 차분한 표정에 내심 감탄하며 말문을 열었다. "저 역시 원장님이 어느 분께 서약을 했는지 대충이나마 짐작하고 있고요. 하지만 우리의 목적은 많은 면에서 일치하지요. 저는 윈체스터에서 있었던 일들을 꼭 알아야 할 입장이니, 원장님께서 아시는 대로 말씀해주시면 고맙겠습니다."

"그 심정 이해하오." 라둘푸스는 안타까움과 긴장이 뒤섞인 미소를 지어 보였다. "나는 나를 불러들일 권한을 가진 분의 명을 받아 그곳에 갔소. 당시 왕은 포로가 되었고, 황후는 남부의 상당 부분을 장악한 데다 승리자로서 당연히 통치권을 주장할 수 있는 위치에 오른 상태였지. 거기서 어떤 문제들이 논의되었을지는 장관도 나 못지않게 잘 알고 있을 거요. 우리가 모인 첫날, 그러니까 월요일인 4월 7일에는 실질적인 논의가 전혀 이루어지지 않았소. 그저 일종의 환영식 비슷한 행사가 있었는데, 그 자리에서 불참한 이들의 사연과 변명이 적힌 편지들이 낭독되었지. 불참자들이 꽤 많더군! 그때 황후도 윈체스터에 있긴 했지만, 우리가 토의를 하는 내내 그 근처, 레딩이나 그 밖의 지역들을 몇 차례 돌아다닐 뿐 모임에는 참석하지 않았소. 그런대로 신중한 처신이었던 셈이오." 지극히 건조한 말투였다. 휴로서는 황후가 꽤 신중하게 행동했다는 뜻인지, 아니면 신중함이 다소 부족했다는 뜻인지조차 감을 잡을 수 없었다. "그리고 둘째 날에는……" 수도 원장은 잠시 말을 멈추고 자신이 목격한 사실들을 머릿속으로 더듬어보았다. 휴는 정신을 바짝 차린 채 꼼짝 않고 기다렸다. "둘째 날인 4월 8일에는 교황 대사가 거창한 연설을 했지……."

그 모습을 상상하기란 그리 어렵지 않았다. 윈체스터 주교에 교황 대사요 스티븐 왕의 동생으로 여태껏 왕의 편에 서 있던 사람. 잉글랜드의 정치적 맥박을 정확히 짚어낼 뿐 아니라 영리한 머리로 그 흐름까지 교묘하게 조정해나갈 능력을 지닌 블루아의 헨리 주교는 자신이 선택한 안마당이라 할 만한 주교구 성당의 참사회 회의장에서 누구도 넘볼 수 없는 우월한 지위를 차지한 인물이나 당장은 다소 수세적인 입장에 몰려 있었다. 노련한 정치 전문가인 그로서도 생전 처음 겪는 일이리라. 휴는 헨리 주교를 본 적도, 그가 지배하는 영역 가까이 가본 일도 없었다. 그 사람에 대해 아는 것은 오로지 풍문을 통한 내용뿐이었지만, 이 순간 그는 아주 침착하고 오만한 태도로 다소 내키지 않는 모임을 주재하는 헨리 주교의 모습을 선명하게 그려볼 수 있었다. 주교는 어려운 역할을 해내야만 했다. 이제껏 자신이 누리던 지위를, 또 자기와 뜻을 같이하는 사람들과 함께 휘둘러온 막강한 영향력을 그대로 유지하되 체면 깎이는 일 없이 점잖은 모양으로 형을 지지하던 종래의 입장에서 슬그머니 발을 빼야 하는 처지였다. 게다가 노련하며 호락호락하지 않은 모드 황후가 이제부터 보여줄 지도력과 돌파력에 따라 그를 파멸시킬 수도 지위를 유지시킬 수도 있는 막강한 권력을 확보한 채 그의 일거수일투족을 면밀히 주시하는 상황이었다.

"한동안은 꽤 지루한 얘기를 늘어놓더군." 수도원장은 솔직한 태도로 말을 이었다. "하지만 연설 솜씨가 상당히 뛰어나긴 했소. 그분은 먼저 우리가 잉글랜드를 혼란과 파멸에서 구하기 위해 모였다는 점을 주지시켰소. 그런 뒤 고故 헨리 왕 시대에 관해, 이 나라 전역에서 질서와 평화가 유지되던 시절에 관해 이야기하고, 아들을 두지 않은 그분이 귀족들에게 자신의 유일한 자식이요 한때 프랑스의 황후였다가 남편을 잃고 다시 앙주 백작과 재혼한 모드 황후에게 충성을 맹세하라고 명했던 일을 상기시키더군."

그래서 그 귀족들 대부분은 충성 서약을 했었지. 휴는 경멸과 연민이 뒤섞인 묘한 미소를 머금은 채 고개를 끄덕였다. 휴 자신은 그러한 상황에 부딪쳐본 일 없이 제 의지대로 주군을 선택한 터였다. "주교 각하로서는 그럴싸한 핑계를 늘어놓아 발뺌을 해야 했겠지요."

이 암시적인 비난에도 수도원장은 아무 대꾸 없이 무덤덤한 표정이었다. "그분은 황후가 노르망디에서 지체하는 동안 발생한 국정의 공백 상태 때문에 나라의 안녕을 걱정하는 사람들이 많아졌다고 했소. 모든 것이 불확실한 채로 방치되어 있는 상태였고, 그래서 당신의 형인 스티븐 백작이 왕의 지위를 자청하고 나섰을 때 많은 이들이 합의하에 그를 받아들여 왕으로 삼았다는 거요.

그 과정에서 자신이 일정한 역할을 했다는 점 또한 인정했지. 그러더니, 처음에 스티븐 왕은 성스러운 교회를 존중하고 경건하게 떠받들 것이며 이 나라의 복리를 증진시키고 정당한 법질서를 유지하겠다고 하느님과 인간 모두에게 맹세했지만 결국 부끄럽게도 그 약속을 지키지 못했다고 덧붙이더군. 하느님 앞에서 자기 형을 보증한 사람으로서, 그분은 분하고 서글픈 심경을 드러내며 그렇게 선언했소."

면목 없는 변절의 과정이 바로 그런 식으로 이루어졌군, 휴는 생각했다. 모든 잘못을 스티븐 왕에게 뒤집어씌웠어. 왕이 경건한 동생을 기만하고 자신이 한 약속을 이행하지 않아서, 하느님을 받드는 사람으로서도 인내심의 한계에 부딪쳤다고, 그런 핑계로 자신을 정당화하면서 군주를 바꿔 섬기고자 한 거야.

"특히 그분은 왕이 주교들 일부를 파멸과 죽음의 구덩이에 몰아넣었다는 점을 상기시켰소." 라둘푸스가 말했다.

물론 거짓이라 할 수는 없는 얘기였다. 그 와중에 죽은 사람은 딱 한 사람, 솔즈베리의 로버트 주교뿐이고, 굳이 따지자면 워낙 고령인 데다 실권한 것에 상심하고 절망해서 자연사한 것에 가깝지만 말이다.

"그래서……" 수도원장의 냉정하고 신중한 목소리가 이어졌다. "하느님이 심판을 내려 왕을 적들의 포로로 붙잡히게 만드신 것이라 하더군. 그러니 성스러운 교회를 위해 헌신적으로 봉사하는 입장인 본인은 육신의 형을 섬길 것인지, 아니면 영원불멸한

하느님 아버지를 섬길 것인지 선택해야 하는 기로에 서서 하늘의 칙령을 따르지 않을 수 없었다는 거요. 결국 머리가 잘려 나간 한 왕국이 완전한 파멸의 구렁텅이로 떨어지는 걸 막기 위해 우리 모두를 소집했다는 얘기였지. 그 전날에는 잉글랜드의 최고위 성 직자들끼리 모여 아주 신중하게 논의하는 시간을 가졌다더군. 그 분의 표현을 빌리자면, 여타의 성직자들을 능가하는 특권을 지닌 사람들이 왕을 선임하는 일에 대해 이야기했다고 했소!"

건조하고 신중한 그의 목소리에는 모종의 망설임이 깃들어 있 었다. 헨리 주교의 태도는 전례를 찾아볼 수 없는 파격적인 것이 었으니, 휴 또한 라둘푸스의 말투와 표정에서 그에 대한 의구심 을 읽어낼 수 있었다. 교황 대사는 기름을 바른 듯 매끄러운 혀로 그럴싸한 말들의 성찬을 펼침으로써 자신의 체면을 살려야 할 입 장이었으리라.

"그런 모임이 실제로 있었습니까? 원장님도 그 모임에 참석하 셨나요?"

"있긴 있었지." 라둘푸스는 말했다. "모인 시간이 길지도 않았 고 뭘 의논하는지도 모호했던 모임이 있었다오. 주로 교황 대사 혼자서 이야기를 늘어놓았지. 황후 편 사람들도 참석했고." 차분 하고 부드러운 목소리였으나, 마음만큼은 말투처럼 평온해 보이 지 않았다. "그분이 말한 우리의 특권 같은 건 없었소. 찬성과 반 대 의사조차 묻지 않더군."

"제가 짐작하기엔 결론을 내지도 않았을 것 같은데요. 사람의 머릿수나 거수한 손을 헤아리는 일 같은 게 없었다면 말입니다."
혹시 그런 게 있었다 해도, 반대편 숫자부터 헤아리고 나서 상황
이 불리하면 셈을 엉망으로 만들어버리는 일이 비일비재한 세상
아닌가.

"그분은……" 라둘푸스는 건조하고 차분하게 말을 이었다.
"우리가 헨리 왕의 고귀한 혈통과 평화를 이룩하려는 의지를 상
속받은 그분의 딸을 잉글랜드의 여왕으로 선택했다고 선언하더
군. 부친이 우리 시대의 다른 누구도 따라가기 어려울 만큼 뛰어
난 역량을 지닌 분이었으니, 그 피를 이어받은 딸 역시 뛰어난 활
약상을 보이며 이 어지러운 나라에 평화를 가져다줄 거라고—분
명히 이렇게 얘기했소!—따라서 이제 황후에게 진심 어린 충성
을 바치자고 말이오."

그렇게 하여 교황 대사는 교묘하게 곤경에서 빠져나온 셈이다.
하지만 황후는 어떻게 생각할까? 누구보다 단호하고 대담하며
복수심 강한 그 인물은 과거에 이미 자신에게 진심 어린 충성을
바쳤다가 스티븐의 압력을 받자 재빨리 등을 돌렸던, 그리고 이
제 또다시 재빨리 자기에게로 돌아서려는 사람들을 탐탁잖게 여
길 것이다. 지혜로운 사람이라면 분노와 증오를 최대한 억제하고
교황 대사가 조심스레 자기 곁으로 다가왔듯이 자신 역시 그의
곁에 다가서려는 배려를 아끼지 않으리라. 하지만 황후는 과거의
일을 결코 잊지도 용서하지도 않을 사람이었다.

"그 말에 이의를 제기하는 사람은 없었습니까?" 휴가 부드럽

게 물었다.

"없었소. 그럴 기회 자체가 없었고, 또 분위기상 감히 엄두를 내기가 어려웠지. 그 선언과 함께 헨리 주교는 런던시에서 대표단을 초대했다고 발표했소. 그들이 곧 도착할 예정이니 더 이상의 논의는 다음 날로 미루는 게 좋겠다고. 그러나 이튿날 런던 사람들은 오지 않았고 우리는 다른 날보다 다소 늦은 시각에 다시 모였지. 런던 사람들은 뒤늦게야 그 자리에 모습을 드러냈소. 다소 굳은 표정에 목을 빳빳하게 세운 채, 자기네가 전 런던 자치시를 대표하는 사람들이며 링컨 전투 이후 많은 귀족들이 자신들에게 가담했다고 하더군. 그리고 우리 모임의 적법성에 이의를 제기할 생각은 없으나 다 함께 뜻을 모아 스티븐 왕의 석방을 청원한다고 했소."

"대담한 행동이네요." 휴가 눈썹을 치올리며 감탄하듯 말했다. "주교님은 그 제안에 어떻게 반응하던가요? 꽤 당황스러우셨을 텐데."

"다소 동요한 듯했지만 그 자리에서 눈에 띄게 그런 기색을 드러내지는 않았소. 그 대신 긴 연설을 시작했고, 그로써 적어도 얼마간은 다른 사람들을 침묵시킬 수 있었지. 왕에게 사악한 충고를 건네 길을 잘못 들게 해놓고 막상 전쟁이 벌어지자 왕을 버린 자들을 받아들여줬다며 런던 사람들을 나무라더군. 결국 그들 때문에 왕이 하느님의 정의를 저버렸으며 그로 인해 전쟁에서 패배하고 포로가 되는 심판을 받았으니, 이제 그런 가짜 친구들의 청원이 어떻게 왕을 구해낼 수 있겠느냐는 얘기였소. 또 그 사람들은 그저 제 이익만을 위해 당신들한테 아첨하는 거라고 덧붙였지."

"하긴, 링컨 전투에서 내뺀 플라망 용병들 얘기를 하는 거라면 아주 틀린 소리도 아니죠." 휴가 말했다. "하지만 그들이 런던 사람들에게 접근한 것이 단지 그 때문만일까요? 다른 이유가 있을 것 같은데…… 런던 사람들은 어떤 반응을 보였습니까? 헨리 주교에게 맞서 계속 주장을 고수하던가요?"

"그의 연설에 어떤 식으로 응해야 할지 혼란스러워하는 것 같더군. 잠시 의논을 하겠다며 다른 곳으로 갔소. 그렇게 해서 회의장이 잠시 조용해진 틈에 갑자기 한 사람이 성직자들 사이에서 앞으로 나오더니 양피지 문서를 헨리 주교에게 건네며 큰 소리로 낭독해달라고 요구했소. 워낙 당당하고 자신만만한 태도라, 나로선 헨리 주교가 곧바로 응하지 않는 게 이상할 지경이었지. 하지만 주교는 그걸 낭독하는 대신 조용히 혼자 읽기 시작했소. 그러다 잠시 후 노기충천해서는, 이런 수치스러운 문서는 성직자들 모두를 모욕하는 것이며 여기 서명한 자들은 성스러운 교회의 적이나 마찬가지라고, 자신이 주재하는 참사회 회의장에서 이 문서의 한 구절이라도 낭독하는 건 있을 수 없는 일이라고 으르렁거리더군." 수도원장은 심각한 표정으로 말을 이었다. "그러자 그 성직자가 문서를 낚아채더니 직접 낭독하기 시작했소. 그를 제지하려고 고래고래 소리치는 주교보다 훨씬 더 큰 목소리로 말이오. 그건 스티븐 왕의 왕비 마틸다가 거기 모인 사람들, 특히 왕의 동생인 교황 대사에게 왕에 대한 충성심을 회복하고 배신자들로 인해 포로가 된 왕을 풀려나게끔 도와달라고 부탁하는 탄원서였소. 그 용감한 사람은 문서를 모두 낭독한 뒤 자신의 신분을 밝혔소. '내 이름은 크리스천, 마틸다 왕비님 밑에서 일하는 성직자입니다. 난 여기 계신 그 어느 분 못지않게 진실하고 충실한 기독교인입니다.'"

"정말 용감한 사람이군요!" 휴가 나직하게 휘파람을 불었다. "하지만 그런 노력도 결국 허사로 돌아갔겠죠."

"교황 대사는 그 전날 우리한테 그랬듯이 장광설로 응답했소. 그것도 노발대발하면서. 그 바람에 런던 사람들은 위축되어 우물쭈물하다가 마지못해 협의회에서 황후를 새로운 왕으로 선출했다는 사실을 자기네 시민들에게 보고하고 가급적 최선을 다해 그 결정을 뒷받침하겠다는 식으로 나왔지. 당신 말대로 헨리 주교를 몹시 화나게 한 크리스천이라는 사람은 아무 소득도 거두지 못한 채 그날 저녁 왕비에게 돌아가다가 윈체스터 거리에서 피습당했소. 건달 네댓 명이 어둠 속에서 그 사람을 습격한 거요. 그때 황후 편 기사 하나와 그의 부하들이 나타나 건달들과 싸움을 벌였고, 그 와중에 다들 뿔뿔이 도망쳤기 때문에 아무도 그들의 정체를 모르오. 그 기사는 어떤 것이 되었든 자기 명분을 관철하기 위해 사람을 살해하려는 건, 더구나 아무 두려움 없이 공개적으로 자기주장을 표명한 정직한 사람을 죽이려 드는 건 수치스러운 일이라고 소리치면서 그들을 격퇴했다더군. 성직자는 몇 군데의 타박상만 입었을 뿐이지만 그를 도운 기사는 뒤에서 갈빗대 사이로 뚫고 들어온 칼에 심장을 찔려 윈체스터 거리의 도랑에 쓰러져 죽고 말았소. 평화를 조성하고 서로 대립하는 적들을 화해시켜야 한다고 주장해온 우리 모두에게 실로 수치스러운 일이 아닐 수 없지."

분노로 수도원장의 얼굴 음영이 한층 짙어졌다. 단 하나의 무자비한 행위가 선한 의지와 정의, 화해라는 모든 가치를 송두리째 벗겨버린 것이다. 자신과 반대되는 신념을 솔직하게 드러냈다는 이유로 한 사람을 공격하고, 이를 막으려 나선 공정하고 의로운 사람까지 해한 일은 교황 대사가 조성하려는 평화로운 미래에 있어 지극히 불길한 징조나 마찬가지였다.

"그럼 그 기사를 살해한 죄로 아무도 체포되지 않았다는 말씀인가요?" 휴가 미간을 찌푸린 채 물었다.

"그렇소. 다들 어둠 속으로 도망쳐버렸지. 설령 그자들의 이름이나 은신처를 아는 사람이라 해도 쉽게 말을 꺼낼 수 없었을 거요. 이제 죽음은 너무나 흔한 일이 되어버렸으니까. 어둠 속에서 비열하게 습격당해 죽는 일도 다반사고. 이 사건도 다른 사건들처럼 곧 잊힐 것 같소. 어쨌든 그 이튿날 협의회는 스티븐 진영 사람들의 상당수를 파문하는 것으로 끝을 맺었다오. 교황 대사는 황후를 축복하는 모든 이들은 축복을 받을 것이요, 황후를 저주하는 사람들은 저주를 받을 것이라 선언했소. 그런 뒤 우리를 해산시켰지. 하지만 그러고도 몇몇 수도원장을 몇 주 더 붙잡아두더군."

"황후는요?"

"황후를 언제 어떻게 어떤 조건으로 런던에 들여보낼 것인지, 황후가 웨스트민스터로 들어갈 때 몇 사람이나 동반할 수 있을지 하는 문제들을 두고 런던시 대표단과 기나긴 협상을 벌이는 사이 옥스퍼드로 철수했소. 런던 사람들은 황후가 나아갈 하나하나의 단계마다 일일이 문제점들을 짚어가며 끈질기게 물고 늘어졌소. 하지만 이제 열흘 정도만 지나면 황후는 런던에 입성할 테고, 그러자마자 대관식이 거행될 거요." 수도원장은 근육질의 기름한 손을 쳐들었다가 다시 사제복으로 덮인 무릎 위에 떨어뜨렸다. "적어도 내가 보기에는 그리될 것 같소. 자, 더 듣고 싶은 이야기가 있소?"

"제가 알고 싶은 건 이런 것들입니다." 휴가 말했다. "황후는 자신을 승인하는 과정이 그렇게 더디게 진행되는 것에 어떤 식으로 반응하고 있는지, 새로 자기편으로 전향한 귀족들을 어떻게 다루고 있는지, 또 그들이 자기들끼리 마찰을 일으키지는 않는지…… 옛 가신들과 새 가신들 간의 알력을 조정해 하나로 묶는다는 게 결코 쉬운 일은 아니지요. 이곳저곳의 영지들을 두고 논란이 벌어질 테고, 이 사람한테서 얼마간의 땅뙈기를 떼어내어 저 사람한테 주는 등의 문제로 시끌벅적할 겁니다. 물론 그런 문제들에 대해서는 원장님도 잘 아시겠죠."

"황후를 현명한 인물이라 할 수는 없소." 라둘푸스가 조심스럽게 말했다. "아버지의 명령에 의해 얼마나 많은 사람들이 자신에게 충성을 맹세했다가 스티븐 왕에게로 돌아섰는지, 또 이제 자기가 승승장구하는 걸 보고 다시 재빨리 돌아서는 작태를 보이고 있는지 그녀는 너무나 잘 알고 있소. 기회가 날 때마다 그런 자들을 가혹하게 찔러대며 즐거움을 맛보는 취미도 충분히 이해할 만하지. 지혜로운 짓은 못 될지언정 인간적인 행동이니. 그러나 황후는 한 번도 동요하지 않은 이들에게마저 거만하고 냉정한 태도로 일관하고 있소. 엄청난 피해를 감내하면서도 시종 지조를 지켜온 일부의 사람들에게조차 말이오. 물론 그들은 황후가 어떻게 나오든 흔들리지 않겠지만, 지금껏 내내 자기의 오른팔과 왼팔 구실을 해온 이들을 그렇게 함부로 대하는 건 대단히 어리석고 부당한 일 아니겠소."

적잖이 위안이 되는 이야기군, 휴는 수도원장의 수척하고 고요한 얼굴을 지그시 바라보며 생각했다. 옥좌 바로 앞까지 다가선 지금 글로스터의 로버트 백작 같은 충신들마저 그런 식으로 대하며 무시한다면 황후도 제정신은 아닌 셈이다.

"황후는 또한 스티븐 왕이 아들에게 불로뉴와 모르텡 영주로서의 권리와 작위를 물려주려는 것을 반대하여 주교를 크게 화나게 한 바 있소." 수도원장이 말을 이었다. "아들이 아버지의 권리와 작위를 상속받는 건 지극히 당연한 일인데도 말이오. 하지만 황후는 절대 허락하려 하지 않았고, 그 바람에 주교는 얼마간 황후의 궁을 떠나 있었지. 아마 황후가 다시 그분을 끌어들이기까지 꽤 애를 먹었을 거요."

더더욱 반가운 소리였다. 주교마저 쫓아낼 정도로 완고한 성격이라면 이후 그와 다른 사람들이 자신을 위해 이루어놓은 일들을 모조리 망쳐버릴지도 몰라. 두 손에 쥐고 있던 왕관을 바닥에 떨어뜨리거나, 심지어 자신의 철천지원수에게 던져주게 될 수도 있겠지. 이어 수도원장이 전하는 상세한 내용과 황후의 모든 면면이 휴에게는 적지 않은 위로가 되었다. 황후는 몇몇 사람들에게서 땅을 빼앗아 다른 이들에게 주었으며, 다소 비굴한 태도로 다가온 새로운 전향자들을 거만한 자세로 맞아들인 뒤 과거 자신에게 적대적으로 행동했던 일들을 상기시킴으로써 등골을 오싹하게 만들었다. 어떤 사람들은 한때 그녀에게 피해를 끼쳤다는 이유로 쫓겨나기까지 했다. 왕권을 두고 다른 이와 다투는 입장이라면 관대한 자세로 과거의 일들을 잊어버려야 하거늘……. 그래, 황후가 제멋대로 굴도록 가만 내버려두고 기도나 드리자! 다른 사람이 아니라 바로 황후 자신이 제 무덤을 팔지도 모를 일이다.

오랜 시간에 걸쳐 수도원장의 이야기를 들은 뒤, 휴는 자신이 직면하게 될 이런저런 가능성에 관한 그림을 제법 선명하게 그려보며 자리에서 일어났다. 제아무리 황후라 해도 냉혹한 현실을 경험하며 교훈을 얻어야 하는 법이다. 물론 그녀는 별다른 일 없이 웨스트민스터에 입성해 왕관을 거머쥘 것이다. 노르망디 공 윌리엄[16]의 손녀요 헨리 1세[17]의 딸을 과소평가할 수는 없다. 그러나 바로 그 혈통이 관용과 용서를 모르는 강한 성격을 빚어 냈으니, 결국 황후를 파멸로 이끄는 것 또한 그 혈통이 될지 몰랐다.

"수도원장님, 윈체스터에서 죽은 라이날드 보사르…… 황후 편의 기사라는 사람 말입니다. 그 사람은 누구의 가신입니까?" 휴는 왜 마지막 순간에 돌아서서 그런 질문을 던졌을까? 그 자신도 모를 일이었다.

*

수도원장의 응접실에서 나온 휴는 허브밭 오두막으로 향했다. 자신이 새로 알아낸 사실들과 의심스러운 것들을 언제나 공정하고 냉철한 친구에게 털어놓고 의견을 구하기 위해서였다. 그에게 이는 질 좋은 숫돌에 낫을 가는 과정이나 마찬가지였다. 캐드펠은 과발효된 포도주를 돌보느라 분주하게 움직이며 그의 이야기를 들었다. 그러나 휴는 불안하지 않았다. 틀림없이 자신의 억양 하나하나까지 세세히 귀 기울이고 있을 것이다. 그는 가끔 한 번씩 내용을 확인하듯 휴를 힐끔 바라보기도 했다. 모든 내용을 정확하게 마음에 담아놓으려는 것 같았다.

"자넨 편안히 앉아 사태가 어떻게 전개되는지 지켜보기만 하면 되겠군그래." 마침내 캐드펠이 입을 열었다. "브리스틀에는 이미 정탐꾼을 보내두었을 테고…… 스티븐 왕은 황후가 쥐고 있는 유일한 카드이자 인질일세. 그러니 왕이 놓여나면, 혹은 왕이 지닌 무게에 버금가는 황후 진영의 인물, 예컨대 로버트 백작이나 브라이언 피츠카운트[18] 같은 사람을 자네가 사로잡기만 하면 일이 쉽게 풀릴 거야. 이런, 세상의 어떤 군주도 섬기지 않는 내가 자네한테 조언을 해주고 있다니!" 그러나 캐드펠 자신도 그 마지막 말의 진실성을 확신할 수 없었다. 짧은 동안이나마 스티븐을 접해보고 그에게 큰 호감을 느낀 터였다. 비록 무분별한 실수를 저질러 슈루즈베리 성의 수비대원들을 모조리 학살한 일도 있었지만, 스티븐은 그 기억이 되살아날 때마다 뼈저린 고통을 느끼며 후회를 곱씹곤 했다. 더구나 브리스틀의 지하 감옥에 갇힌 지금은 천성에 맞지 않는 야만성을 완전히 지워버렸으리라.

"윈체스터 거리에서 칼을 맞고 죽은 라이날드 보사르라는 기사 말인데요." 휴가 깊은 생각에 잠긴 채 입을 열었다. "여기 수사님들이 기도를 올려주고 있는 그 사람이 누구의 가신인지 아십니까?"

캐드펠은 거품이 이는 단지에서 고개를 돌려 친구의 얼굴을 지그시 바라보았다. "우리가 아는 거라곤 황후 편 사람이라는 것뿐이지. 하지만 자네는 그보다 자세한 얘기를 들은 모양이구먼."

"로랑스 당제를 섬겼다더군요."

캐드펠은 급하게 몸을 일으키다가 허리를 삐끗하고는 투덜거리듯 신음했다. 로랑스 당제, 그동안 한 번도 본 적 없는 인물이지만 두 사람 모두의 내면에 생생한 기억을 불러일으키는 이름이었다.

"그 로랑스 말인가! 글로스터의 귀족이자 황후의 가신인 그 사람! 다들 여기 붙었다 저기 붙었다 하며 마음을 바꾸는 와중에 한 번도 신조를 바꾸지 않은 드문 이들 중 하나지. 우스터시가 약탈당한 뒤 길을 잃고 헤매던 두 아이의 숙부이기도 하고. 자네가 그 아이들을 도와 브롬필드에서 제 숙부에게로 돌려보내주지 않았나. 그해 겨울이 얼마나 추웠는지 기억하나? 맹렬한 바람이 산언덕에 내린 눈을 밤새 말끔히 쓸어가 다음 날 아침이 오기도 전에 골짜기를 덮어버리곤 했지. 그때를 생각하면 지금도 바람이 뼛속까지 파고드는 것 같네……."

캐드펠은 그 겨울의 여정에 관해 무엇 하나 잊지 않고 있었다. 우스터시가 공격당하고 그곳의 두 남매가 슈루즈베리를 향해 강추위를 헤치며 도망친 것이 지금으로부터 불과 1년 반 전의 일이다. 이번 사건의 라이날드 보사르가 그렇듯, 당시 로랑스 당제 역시 그들에겐 그저 이름으로만 알려진 인물이었다. 황후의 지지자인 그는 자신의 어린 조카들을 찾기 위해 스티븐 왕이 지배하는 영역에 들어가기를 요청했으나 거절당했고, 그러자 휘하에 있는 한 기사를 은밀히 보내 아이들을 데려오라고 지시했다. 캐드펠에게는 평생 잊지 못할 기억이었으니, 그들 세 사람의 모습이 아직도 기억 속에 선연했다. 당시 열세 살이었던 영리하고 용감한 이브. 그의 누나인 사랑스러운 에르미나. 막 여성으로서의 성숙함을 갖추기 시작한 에르미나는 위기 속에서도 노르만인의 혈통을 이어받은 여성답게 당당함을 잃지 않았으며, 제 어리석음이 빚어낸 결과를 스스로 책임지려는 단호한 태도를 보였다. 그리고 그 기사는…….

"가끔 그들 생각을 하며 궁금해하곤 했어요." 휴가 상념에 잠긴 채 말했다. "이후 어떻게 됐을지…… 저는 그 문제를 온전히 수사님께 맡겼죠. 수사님은 일행이 무사히 떠나게 도와주셨을 테고요. 하지만 그래도 꽤 위험한 여정이었을 겁니다. 언제 그들 소식을 들을 수 있을지 모르겠지만, 틀림없이 이브 위고냉이라는 이름은 세상에 널리 알려지게 될 겁니다." 휴는 그 사랑스러운 소년을 떠올리며 빙그레 웃었다. "아, 그리고 두 남매를 데려간 피부 검은 기사가 있었죠. 산사람 차림을 하고는 팔라딘[19]처럼 싸웠던 사람 말입니다…… 그 친구에 대해서는 수사님이 저보다 훨씬 더 많이 알고 계실 것 같은데요."

화로의 불빛을 받은 캐드펠의 얼굴에 미소가 번졌다. 그는 휴의 말을 부인하지 않은 채 화제를 돌렸다. "황후의 수행원들 중에 그 사람의 주군인 당제가 포함되어 있었군. 그리고 윈체스터에서 죽은 기사는 당제의 가신이었고…… 참 안타까운 일이야."

"라둘푸스 수도원장님도 그렇게 생각하시더군요." 휴는 우울하게 말했다.

"저녁 어스름 녘 혼란 속에서 일이 벌어졌다는 얘기구먼. 사건이 난 뒤에는 칼을 휘두른 자까지 포함해 죄다 도망쳐버렸고. 어

56

쩌다 우연히 일어난 일도 아니고, 참 비열한 짓을 했어. 크리스천이라는 성직자는 다행히 그들의 마수에서 빠져나왔지만 그를 구해낸 사람이 죽어버리다니. 내빼기 직전에 그런 짓을 저지른 것을 보면, 자기네 일을 방해한 그 기사에게 이를 갈고 제대로 덤빈 게 분명해. 인적이 아예 없지도 않았을 텐데 다들 그냥 보고만 있었던 건가? 확고하고 단호한 자세로 정의를 대표해야 할 사람들로 가득한 윈체스터 같은 곳에서?"

"성직자가 그 기사처럼 피 흘리며 도랑에 쓰러졌다면 크게 기뻐할 사람도 꽤 많았을 겁니다. 심지어 몇몇은 그 성직자를 뒤쫓기까지 했을걸요."

"그나마 황후 편 사람들 가운데 정직한 적수를 존중하여 죽음을 무릅쓰고 그를 도와줄 만큼 용감한 자가 적어도 한 사람 있었다는 사실은 황후 자신의 명성을 높여줄 만하지. 그 의로운 죽음이 미결로 끝나버린다면 수치스러운 일이 될 걸세."

"지난 몇 년간 이 나라에서 그런 일은 무수히 많았죠." 휴는 자리에서 일어나 서글픈 어조로 말했다. "이젠 다들 한숨을 푹푹 쉬다가도 어쩔 수 없다는 듯 어깨를 으쓱이고는 깨끗이 잊어버립니다. 제가 알기로 수사님은 그런 태도와 거리가 먼 분이지만요. 저로선 수사님이 관례를 뒤집어엎는 모습을 여러 차례 봐왔고 그럴 때마다 내심 기쁘기도 했습니다. 하지만 라이날드 보사르 사건 같은 경우에는 수사님도 그저 그의 영혼을 위해 기도해주는 것 말고 달리 어쩔 도리가 없을 듯하군요. 윈체스터는 워낙 멀리 떨어진 곳이기도 하니까요."

"그렇게 멀지 않네. 물리적인 거리는 큰 문제가 되지 않지." 캐드펠은 휴가 아니라 자기 자신에게 다짐하듯 중얼거렸다.

*

캐드펠은 저녁기도에 갔다가 식사를 마친 뒤 성서 독회와 마지막 기도에도 참석했다. 감사와 찬미와 겸손의 마음으로 열렬히 기도를 드리긴 했지만, 한 사람의 얼굴이 계속 마음속에 아른거려 좀처럼 마음을 집중하기가 어려웠다.

에르미나의 어깨 너머로 처음 보았던 그 얼굴. 위고냉 집안의 아이들을 그들의 후견인이자 숙부에게 데려다주기 위해 온 기사의 그 거무스레한 얼굴은 놀라우리만치 준수했으며, 지극히 온화하고 젊고 생기발랄해 보였다. 여위고 기름한 윤곽에 잘 빠진 언월도처럼 솟은 코, 짙은 눈썹, 부드러운 윤곽을 지닌 입술, 두려움을 모르는 매의 것처럼 빛나는 황금빛 눈, 접힌 날개인 듯 그의 뺨과 관자놀이를 감싼 검푸른 곱슬머리. 아주 젊은 나이에도 분명하게 틀이 잡힌, 동서양의 특징이 절묘하게 조화된 얼굴. 노르만인처럼 말끔하게 면도한, 그리고 시리아인처럼 올리브빛을 띤 그 얼굴에는 성지聖地에 관한 캐드펠의 모든 기억이 깃들어 있었다. 로랑스 당제가 총애하는 그 기사, 곧 올리비에 드 브르타뉴는 십자군 원정을 떠났다가 돌아오는 주군을 따라 잉글랜드에 왔다고 했다.

만일 주군이 자신의 가신들과 함께 저 남쪽에서 황후를 수행하고 있다면 올리비에도 그곳에 있지 않을까? 수도원장은 알지 못하는 사이에 올리비에와 어깨를 마주치며 지나쳤을지도 모른다. 어쩌면 군과 함께 말을 타고 가는 그의 모습을 보고 참 잘생긴 젊은이라고 찬탄했을 수도 있다. 그렇게 뛰어난 용모를 지닌 극소수의 사람들은 범상한 대중 속에서도 금세 모든 이의 시선을 모으게 되어 있으며, 특히 신의 섭리를 수행하는 사명을 지닌 수사라면 그런 사람들을 한눈에 알아볼 터였다.

존경할 만한 적수를 위해 정의로운 일에 나섰다가 목숨을 잃은 라이날드 보사르는 올리비에와 같은 주군을 섬기던 동료였다. 둘다 주군을 따라 황후 편에 섰다. 라이날드 보사르의 죽음은 올리비에에게도 커다란 슬픔을 안겨주었으리라. 올리비에의 슬픔은 나의 슬픔이요, 누군가 올리비에에게 피해를 끼쳤다면 나에게도 피해를 끼친 셈이야. 캐드펠은 생각했다. 윈체스터가 아무리 멀리 있을지언정, 그의 마음은 한 기사가 고결한 일을 하다 죽은 그어두운 거리에서 그의 죽음을 애도하며 서 있었다. 크리스천이라는 성직자가 제 사명을 충실히 이행하고 무사히 왕비에게 돌아갔으니, 그의 죽음도 헛되지는 않은 셈이다.

빈약한 칸막이 너머 숙사의 나직한 잡음들이 침묵으로 잦아들고도 한참이 지난 뒤에야, 내내 무릎을 꿇고 있던 캐드펠은 마침내 몸을 일으켜 샌들을 벗었다. 성당으로 이어지는 계단 곁에 놓인 작은 등불의 희미한 빛이 어둠에 감싸인 그의 방을, 이제는 그의 고향이요 안식처가 된 그 작은 방 위로 높이 솟은 희부연 지붕과 들보를 어른어른 비추었다. 이곳에서 지낸 지가 벌써 18년째인가? 아니, 19년 됐나? 기억이 잘 나지 않았다. 방은 이제 그의 일부와도 같았다. 그의 가슴과 정신, 혹은 영혼의 일부였다. 그에게 이 생활은 세상에서 물러난 것이라기보다, 그저 고향으로 돌아와 태어날 때 유산으로 받았던 무언가를 되찾은 것이나 다름없었다. 동시에 그는 바깥세상에서 표류했던 세월을 기꺼이, 감사하는 마음으로 인정하고 받아들였다. 원기 왕성하고 모험을 즐기던 젊은 시절의 기억, 열정으로 불타는 마음과 함께 십자군의 일원으로 출정했던 기억, 그가 알고 지냈거나 사랑했던 여자들에 대한 기억, 예루살렘 왕국의 해안 지역을 떠돌던 시절의 기억, 종내 그를 이곳으로 인도한 그 모든 순례의 기억을 그는 겸허히 떠올려보았다. 어리석고 엉뚱하기는 했을망정 헛되이 흘려보낸 세월은 아니었다. 결국 그 모든 일들이 그로 하여금 지금의 이 좁은 영역에 편안히 깃들게끔 해주었으니 말이다. 신이 그에게 계시를 내려주셨으니, 그는 무엇도 후회할 필요가 없었다. 그저 인간들이 아니라 하느님 앞에서 자신의 모든 걸 허심탄회하게 드러내기만 하면 되었다.

그는 마치 관 속에 누운 사람처럼 팔을 양 옆구리에 편안히 늘어뜨린 채 반듯이 누워, 반쯤 뜬 눈으로 희미한 빛이 들보에 어른거리는 궁륭을 응시하면서 몽상에 젖어들었다.

그날 밤 번개는 치지 않았다. 새벽기도 시간을 전후해 나직한 천둥소리만 잠시 그르렁거렸을 뿐이다. 워낙 작은 소리라 수사들 중 이에 귀를 기울인 사람은 거의 없었다. 캐드펠은 잠자리에서 일어날 때, 또 새벽기도를 마친 뒤 다시 잠자리에 누울 때 그 소리를 들었다. 새삼스레 라이날드 보사르를 떠올리며, 그는 윈체스터가 정말로 슈루즈베리 쪽으로 좀 더 가까이 다가왔다는 확신을 느꼈다. 하늘이 자신의 마음을 헤아려주는 것만 같았다. 누가 아는가? 그가 라이날드 보사르의 억울함을 조금이라도 풀어주는 일에 미약하게나마 일조할 수 있을지. 그는 모종의 기대감을 품은 채 다시금 곤한 잠에 빠졌다.

3

　6월 17일, 은으로 장식되고 납으로 빈틈없이 봉한 위니프리드 성녀의 정교한 참나무 관이 엄숙하고 차분한 의식과 함께 수도원 성당에 자리한 성녀의 영광스러운 제단에서 임시 휴식처인 세인트자일스 구호소로 옮겨졌다. 며칠간 그곳에 안치해두었다가 경사스러운 날인 6월 22일에 다시 수도원 성당으로 옮겨 올 예정이었다. 좀처럼 구름을 찾아보기 어려울 정도로 화창하고 고요하며 쾌적한 것이, 순례자들이 여행을 떠나기에는 더없이 좋은 날씨였다. 이들은 다음 날인 18일부터 드문드문 도착하기 시작했다. 이제 하루 이틀만 지나면 더욱 많은 순례자들이 속속 밀려들리라.

　캐드펠 수사는 귀더린에서 보낸 그 여름날 밤의 일들을 모두 털어놓았음에도 여전히 조금은 죄스러운 기분으로 성녀의 관이 떠나는 모습을 지켜보았다. 그가 그런 일을 벌인 것은, 무엇보다 성녀가 지극히 웨일스인다운 심성을 지닌 사람이요, 따라서 자신과 친숙한 웨일스 사람들에게 둘러싸여서 지내기를 바랄 것이라고 느꼈기 때문이었다. 아닌 게 아니라 계절이 고요히 순환하는 내내 그녀는 고향에 누워 편안히 쉬면서 동족들의 마음을 따뜻하게 어루만져주는 자그마한 기적들을 무수히 베풀었다. 캐드펠로서는 자신의 선택이 잘못되었다고 생각할 수 없었다. 다만 성녀가 눈앞에 잠시만이라도 나타나 따스하게 미소 지으며 잘했다고 말해주기를 바랄 뿐이었다.

제일 먼저 도착한 한 순례자가 데니스 수사에게 허브밭으로 가는 길을 물었다. 그날 오후 캐드펠은 박하와 백리향과 샐비어를 심은 밭의 잡초를 뽑느라 부지런히 움직이던 참이었다. 지난봄 우기와 건기가 적절히 조화를 이룬 덕에 밭은 흡사 초록빛 전쟁터가 되어 있었다. 난숙한 6월을 맞아 캐드펠은 꼼꼼한 손길을 요구하는 잡초 뽑기 작업을 묵묵히 이어갔고, 그렇게 앉은 채로 뒷걸음질 치면서 풀을 다 뽑은 뒤 밭고랑으로 물러난 다음에야 뒤편에 누군가가 있음을 깨닫고는 놀라서 몸을 일으키며 돌아보았다. 그곳에는 그보다 열다섯 살쯤 젊어 보이는, 그러나 그와 똑같이 햇볕에 잔뜩 그을린 얼굴에 형색도 비슷한 수사 한 사람이 서 있었다. 다부지고 단단한 몸매를 지닌 두 사람은 잠시 이해와 인정이 깃든 눈길로 같은 교단의 형제인 서로를 가만히 바라보았다.

"캐드펠 형제 되시죠?" 낯선 수사가 노랫가락처럼 부드럽고 울림 좋은 목소리로 먼저 입을 열었다. "접객소 일을 맡아 보는 분께서 형제가 여기 계실 거라고 하더군요. 저는 레딩에서 온 애덤이라고 합니다. 형제가 하시는 일과 똑같은 일을 맡아 하고 있죠. 여기서 남쪽으로 멀리 떨어진 고장이지만 거기서도 형제의 명성은 익히 들어왔습니다."

말을 하면서도 그는 연신 눈동자를 굴려 캐드펠의 희귀한 보물들을 살폈다. 캐드펠이 성지에서 가져와 공들여 가꾸는 동양산 양귀비와 햇빛이 잘 드는 북쪽 담 곁에서 무성하게 자라는 우아한 무화과나무 따위를 특히 눈여겨보는 듯했다. 그 재빠른 눈길, 그리고 말끔히 면도한 둥그런 얼굴에 살짝 드러나는 감탄과 욕심이 캐드펠의 마음에 호감을 불러일으켰다. 자신감 있고 활달하게 움직이는 강건하고 다부진 몸. 누군가가 도전해오면 당당하게 대응할 법한 남자. 얼굴이 햇볕에 검게 그을린 것으로 보아 주로 야외에서 시간을 보내는 사람임이 분명했다.

"이곳에 오신 걸 환영합니다." 캐드펠은 진심으로 말했다. "성 위니프리드 축제 때문에 오셨겠군요. 여기 사람들이 숙사에 방을 마련해드리던가요? 우리 교단의 형제들을 위해 따로 비워둔 방들이 있을 겁니다."

"레딩에 있는 저희 수도원장님이 레민스터 수녀원에 소식을 전할 일이 있어 저를 보내셨습니다." 애덤 수사는 캐드펠이 공들여 가꾼 박하밭의 기름진 땅을 발끝으로 살짝 헤집어보더니 존경

어린 눈길로 그를 응시했다. "그리로 가는 길에 위니프리드 성녀님의 유골함을 옮기는 의식을 참관하고 싶어 허락을 구했지요. 이렇게 북쪽으로 멀리 올 수 있는 기회가 그리 쉽게 오질 않아서요. 이런 기회를 놓친다면 애석할 겁니다."

"숙사의 방을 배정받으셨습니까?" 캐드펠이 재차 물었다. 허브 재배자 겸 식물학자인 베네딕토회 수사에게 일반 접객소의 방을 내주어서는 안 될 일이었다. 게다가 자신이 일궈놓은 최상의 성과들을 금세 알아보는 예리한 안목까지 소유한 사람 아닌가. 탐낼 만한 인물이군, 캐드펠은 생각했다.

"접객 담당 책임자인 형제가 아주 친절하더군요. 저는 견습 수사들 구역 근처의 방을 배정받았습니다."

"그럼 내 방과도 가깝겠군요." 캐드펠은 흡족한 얼굴로 말을 이었다. "자, 갑시다. 보여드릴 만한 것들은 다 보여드리죠. 우리 수도원의 본농원은 수도원 앞 큰길 건너에 강둑을 따라 펼쳐져 있습니다. 여긴 내가 개인적으로 허브를 재배하는 농원이고요. 레딩까지 안전하게 가져갈 수 있는 게 있다면 뭐든 가져가셔도 좋습니다."

그들은 흥겨운 기분에 젖어 담으로 둘러싸인 허브밭을 이리저리 답사하며 허브 재배와 사용 경험에 대해 쉴 새 없이 이야기를 나누었다. 애덤 수사는 과연 진기한 약초를 금방 알아보는 예리한 안목을 지니고 있었다. 아마 그것들을 모두 얻어 갈 생각인 것 같았다. 가지런하고 깔끔하게 정돈된 캐드펠의 작업장과, 천장의 들보며 처마에 줄줄이 매달린 갖가지 마른 허브 다발들, 선반에 늘어선 작은 약병들과 단지들과 포도주 병들을 보고도 그는 경탄을 금치 못했고, 나아가 자기 나름의 의견과 조언을 보태기도 했다. 이렇게 우정 어린 대화를 나누며 두 사람은 오후 내내 즐거운 시간을 보냈다. 저녁기도 시간이 되기 전 큰 마당으로 나가보니, 그곳은 이미 행사의 북새통이 시작되기라도 한 듯 활기찬 분위기에 휩싸여 있었다. 마부들은 연신 말들을 마구간 마당으로 몰아갔고, 하인들은 짐을 접객소로 나르느라 분주했다. 말을 타고 여행하기에 적당한 옷차림을 한 건장하고 나이 지긋한 남자 하나가 수도원에 막 도착해서는 첫 기도를 드리려고 성당 쪽으로 걸어가고 하인 하나가 종종걸음 치며 그 뒤를 따르는 모습도 보였다.

폴 수사가 돌보는 나이 어린 학생들은 정문 앞에 몰려서서 호기심 가득한 시선으로 때 이르게 도착하는 순례자들을 구경했다. 언제나처럼 부수도원장의 심부름을 하느라 바삐 움직이던 제롬 수사가 호통을 치면 다들 쫓겨 들어가는 척하다가도 제롬이 사라지자마자 이내 다시 정문 앞으로 모여들기를 되풀이했다. 수도원 앞 동네 주민 몇몇도 큰길로 나와 둘러서 있었고, 그들의 다리 사이로는 흥분한 개들이 뛰어다녔다.

"내일은 더 많은 순례자들이 몰려올 겁니다." 캐드펠이 그 광경을 바라보며 말했다. "이제 시작에 불과하죠. 날씨만 이런 상태로 계속되어준다면 아주 근사한 축제가 벌어질 거예요."

정작 성녀는 여기서 아주 멀리 떨어진 곳에 누워 있긴 하지만,

캐드펠은 생각했다. 그래도 이곳의 모든 사람이 자신을 기리고 있다는 걸 아실 거야. 그리고 자비심을 발휘해 우리를 찾아와줄지도 모를 일이지. 성인에게 거리 따위가 무슨 문제가 되겠는가. 아마 눈 깜박할 사이에 자신이 가고 싶은 곳으로 갈 수 있으리라.

*

이튿날에도 접객소에는 사람들이 꾸준히 들어찼다. 순례자 행렬은 온종일 이어졌다. 혼자 온 사람들, 길에서 우연히 만나 오는 동안 가까운 사이가 되어 여럿이 함께 들어온 사람들, 걸어온 사람들, 조랑말을 타고 온 사람들. 가까운 곳에서 온 사람들은 물론 아주 멀리서 오랜 여정을 거쳐 도착한 이들도 있었다. 축제를 맞이하여 건강하고 활기찬 모습으로 들어서는 사람들이 있는가 하면, 목발을 짚거나 다른 친구들의 부축을 받아 힘겹게 도착한 이들, 그보다 상태가 안 좋은 환자나 피부병 환자, 기력이 쇠한 환자도 꽤 많았다. 그 모든 이가 바라는 것은 오직 하나, 구원과 안식이었다.

캐드펠은 성당과 허브밭을 오가며 관례적인 일과를 수행하면서도 활기로 가득한 큰 마당을 가로지를 때마다 눈에 들어오는 모든 광경을 유심히 살폈다. 그곳에 도착한 모든 인물, 모든 얼굴이 그의 관심을 끌었지만, 아직은 그저 멀리서만 지켜볼 뿐 이름도 모르는 판국이라 다들 낯설기만 했다. 그 가운데 캐드펠의 도움이 필요한 이들이 있다면 접객소의 수사들이 곧장 캐드펠의 작업장으로 보내줄 것이다. 그렇게 그를 찾아오는 이들은 누구나 무료로 정성 어린 치료와 도움의 손길을 받을 수 있었다.

맨 처음 그의 관심을 끈 이는 아침기도 직후 수도원 앞 동네 시장에서 산 갓 구운 빵과 조그만 케이크 따위가 든 바구니를 옆구리에 끼고 큰 마당을 부지런히 가로질러 접객소로 들어가는 한 여자였다. 축일을 맞아 한가롭게 쉴 수 있음에도 수도원 주방에서 제공하는 빵이 미덥지 않아 아침 일찍부터 장을 보러 다니는 찬찬한 주부. 건강한 몸에 자신감 넘치는 태도를 지닌, 아마 50대쯤 된 듯 보이는 그 여자의 얼굴은 온통 장밋빛 홍조로 물들어 있었다. 수수하나 질 좋은 천으로 만든 옷은 잘 손질해 아주 말끔해 보였으며, 머리에는 눈처럼 하얀 베일이 드리운 갈색 리넨 두건을 쓰고 있었다. 키는 그리 크지 않았지만 자세가 반듯해서 보통 사람들보다 더 커 보였고, 둥그런 얼굴에 자리 잡은 커다란 눈과 펑퍼짐한 뺨, 단호해 보이는 턱이 눈에 띄었다.

그녀는 활기 있게 접객소로 들어갔다. 지나치며 얼핏 보았을 뿐인데도 그날 아침기도를 드리고 오전 일과를 수행하는 내내 그녀의 모습이 캐드펠의 마음을 떠나지 않았다. 이어 대미사가 끝난 뒤 신도들이 떠날 때 그는 다시 그 여자를 보았다. 그녀는 몰이꾼이 닭을 몰듯 두 팔을 벌린 채 앞에 선 두 젊은이를 데리고 나가는 중이었는데, 젊은이들의 모습은 그녀의 넓고 풍성한 스커트에 가려 잘 보이지 않았다. 아닌 게 아니라, 그녀는 모든 게 다

커 보이는 그런 사람이었다. 필요 이상으로 높고 거대한 머리 장식에 페티코트로 잔뜩 부풀어 오른 엉덩이, 너그럽고 활기차 보이는 한편 다소 부산스럽고 모든 걸 제 뜻대로 휘두르는 듯한 분위기를 풍기는 사람. 그토록 넓고 기운찬 날갯짓에 꼼짝없이 내몰리는 두 젊은이에게 일말의 연민을 느끼면서도 캐드펠은 그녀의 에너지와 활력에 호감을 품지 않을 수 없었다.

그날 오후, 그는 축일을 준비하는 세인트자일스 구호소에 가져다줄 갖가지 약제와 물품을 꾸리느라 자신의 조그만 왕국 안을 부지런히 오갔다. 다음 날 아침까지는 가져다주어야 했다. 워낙 바빠 오전에 본 여자는 물론 접객소에 묵고 있는 어떤 순례자에 대해서도 생각할 틈이 없었다. 아직 그의 도움을 요청한 이가 전혀 없기도 했다. 목이 좋지 않은 사람들에게 도움이 될 만한 박하 알약을 조그만 상자에 담고 있는데, 문득 작업장의 열린 문 앞에 큼직한 그림자 하나가 드리우더니 생기 있고 쾌활한 목소리가 들려왔다. "실례합니다, 수사님. 데니스 수사님이 이곳으로 가보라고 하셔서 왔습니다."

두 손을 앞으로 모은 채 넓은 어깨로 문틀을 가득 채우다시피 하면서 얼굴을 불쑥 들이민 사람은 바로 그 여자였다. 연푸른빛을 띤 커다란 눈이 짧고 듬성한 속눈썹 아래서 아주 단호하게 빛나고 있었다.

"제 조카아이 때문에요." 그녀는 거침없이 말했다. "여동생의 아들이죠. 동생이 멍청하게도 빌스 출신 떠돌이 웨일스 남자와 결혼해서 고향을 떠났는데, 남편을 먼저 보내더니 곧 자기도 세상을 떠나고 말았어요. 고아가 된 두 아이를 남겨놓은 채 말이에요. 아이들을 돌봐줄 사람은 저 말고 아무도 없었죠. 게다가 제 남편도 슬하에 위안이 되어줄 아이 하나 남겨놓지 않고 저세상으로 가버린 터라 제가 집안을 떠맡아 돌보는 중이에요. 물론 지난 스무 해 내내 옷감 짜는 일을 익혀온 덕에 그 일이나 직인들을 부리는 일은 그럭저럭 어렵잖게 해내고 있지만, 아들이 있었다면 사정이 훨씬 더 나았겠죠. 아무튼 그렇게 여동생의 아이들을 기꺼이 제 집으로 들였답니다. 사실 그중 한 아이는 건강이 좋지 않지만 아주 착해요. 수사님도 그렇게 사랑스러운 아이는 처음 보실걸요. 자신의 병약함에 대해 불평 한 마디 한 적이 없다니까요. 하지만 그 아이가 괴로워할 때마다 제 가슴은 찢어진답니다. 그래서 이렇게 수사님을 찾아온 거예요."

"일단 안으로 들어오시죠, 부인." 캐드펠은 쉬지 않고 이어지던 그녀의 이야기가 잠시 끊긴 사이 얼른 말을 가로챘다. "잘 오셨습니다. 조카가 어떻게 아픈지 말씀해주시면 부인이나 그 아이를 위해 제가 할 수 있는 일을 해드리지요. 하지만 아이를 직접 만나 얘기를 나눠보는 게 제일 좋긴 합니다. 본인의 병은 본인이 잘 아니까요. 어쨌든 지금은 혼자 오셨으니 여기 편히 앉아 아이의 증세에 대해 설명해주시죠."

여자는 주저 없이 들어와 벽에 기대놓은 긴 의자에 풍성한 치마를 펼치고 자리를 잡았다. 이어 사방 벽을 빙 돌아가며 선반 위에 늘어선 물건들이며 들보에 매달린 허브 다발들, 화로와 단지와 플라스크 따위를 호기심 어린 눈길로 둘러보았으나, 그 눈빛에서 캐드펠과 그의 신비로운 기술에 대한 외경심 같은 것은 찾아볼 수 없었다.

"전 캠프덴 근방의 작은 마을에서 왔어요. 직물로 유명한 곳이죠. 제 남편의 성은 위버[20]랍니다. 대대로 이어받은 가업에서 유래한 성이에요. 제 이름은 앨리스 위버고, 그이가 하던 일을 그대로 물려받아 하고 있어요. 웨일스 남자를 따라 고향을 떠난 동생이 죽은 뒤 전 사람을 시켜 그 아이들을 데려오게 했어요. 여자애는 이제 열여덟 살이 됐는데, 아주 부지런한 편이죠. 언제고 좋은 신랑감을 만나 잘 살 거예요. 동생과 달리 건강하고 튼튼한 데다 워낙 일솜씨가 좋은 아이라 시집을 가면 저로선 퍽 아쉬울 것 같지만요. 그 애는 어느 웨일스 성인의 이름을 딴 희한한 이름을 갖고 있죠. 멜랑에홀이라고, 혹시 그런 이름 들어보셨나요?"

캐드펠은 웃으면서 말했다. "저도 웨일스 사람이랍니다. 잉글랜드 사람들은 우리 웨일스식 이름을 발음하기 어려워하죠."

"아, 그러셨군요. 아무튼 그에 비하면 동생 이름은 아주 짧고 쉬워요. 흐륀이라는 이름이죠. 그 애는 올해 열여섯 살로, 누나랑 두 살 차이예요. 하지만 그 가여운 아이는 누나와 달리 영 기운이 없어요. 몸은 잘 자랐고 얼굴도 아주 잘생겼지만 아이 적부터 오른쪽 다리에 이상이 있었어요. 힘이 없고 뒤틀려 발끝만 땅에 댈 수 있죠. 다리가 한쪽으로 돌아간 터라 몸무게를 버티지 못해 목발에 의지하고 다녀요. 제가 여기 온 건, 위니프리드 성녀님이 그 애를 위해 뭔가 해주실지도 모른다는 생각이 들어서예요. 우린 일찌감치, 그러니까 석 주 전에 출발했죠. 쉬엄쉬엄 오긴 했어도 그 애한테는 고생스러운 길이었을 거예요."

"줄곧 걸어오신 건가요?" 캐드펠은 놀라서 물었다.

"살림이 넉넉지 못해 말이라곤 가게에서 부리는 녀석 한 마리 뿐이거든요. 오는 길에 친절한 마부 두어 명을 만나 신세를 졌을 때 빼고는 줄곧 걸었어요. 성 위니프리드 축제에 참석하러 오는 사람들 중에는 저희 말고도 그런 사람들이 꽤 많을걸요. 그 애보다 몸이 더 불편한 사람도 많을 테고요. 어쨌든 이제 접객소에 들어가 편히 쉬게 되었으니 다행이죠. 그리고 만일 제 기도가 힘을 발휘한다면 돌아갈 때는 그 애도 다른 건강한 사람들처럼 말짱한 두 다리로 걷게 되리라 믿어요. 당장은 몹시 아파하고 있지만요."

"아무래도 그 아이를 여기 데려오시는 게 좋겠습니다." 캐드펠이 말했다. "어떻게 아프다고 하던가요? 걸어 다닐 때 아픈 겁니까? 아니면 가만히 누워 있을 때 아프다고 하던가요? 다리뼈에서 통증이 이는 건가요?"

"밤에 잠자리에 누웠을 때 제일 아프대요. 집에 있을 때도 간혹 밤이면 고통을 못 이겨 울곤 했죠. 숨죽여 울긴 해도 전 다 알아요. 가끔은 통증 때문에 밤을 꼬박 새우는 경우도 있어요. 뼈도 아프지만 장딴지 근육에 쥐가 날 때도 많다더라고요."

"제가 치료를 해볼 수 있을 겁니다." 캐드펠은 생각에 잠긴 채 말했다. "적어도 시도는 해봐야겠죠. 통증을 덜어주어 밤에 잠을 이룰 수 있게끔 해주는 약들도 있고요."

"위니프리드 성녀님을 믿지 않는 건 아니에요." 위버 부인이 근심스럽게 말을 이었다. "하지만 그분이 오시기를 기다리는 동안이라도 가급적 그 애를 편안하게 해주고 싶어요. 병으로 고통받는 아이가 수사님처럼 깊은 신앙심과 많은 의학 지식을 지닌 훌륭한 분께 도움을 받지 말아야 할 이유도 없잖아요?"

"그럼요! 우리 같은 사람들도 은총의 도구니까요. 자신의 능력이 아니라 주님의 권능에 의해서 말입니다. 자, 얼른 아이를 데려오시는 게 좋겠군요. 이곳에서라면 조용히 치료받을 수 있어요. 접객소는 시끄럽고 어수선할 겁니다."

위버 부인은 만족스러운 표정으로 자리에서 일어났지만 그 길고도 험난한 여정에서 겪은 일들에 대해 여전히 할 말이 많이 남은 듯했다. 다른 사람들한테서 사소하나마 친절한 대접을 받은 일, 그리고 도중에 만난 동료 순례자들……. 그들 중 일부는 그들보다 먼저 수도원에 도착해 있었다고 했다.

"저곳에는 우리 흐륀 말고도 수사님의 도움이 필요한 사람들이 여럿 있어요." 그녀가 턱으로 접객소의 높은 뒷담을 가리키며 말을 이었다. "여행이 끝날 무렵 며칠간 함께 온 두 청년은 우리가 보조를 맞출 있을 수 있을 정도로 느릿느릿 움직이더라고요. 그중 한 사람은 건강하고 원기 왕성했지만 자기 친구 앞으로

한 발짝도 더 나가려 하지 않았어요. 그 친구는 절룩거리면서 우리보다 훨씬 더 먼 거리를, 그것도 맨발로 걸어오느라 두 발이 엉망이 되어 있었고요. 발을 헝겊 같은 것으로 감싸지도 않았어요! 예, 그 사람은 전혀 그럴 생각이 없더라고요. 여행이 끝날 때까지 신발을 신지 않겠다고 맹세했다나요. 그리고 목에는 아주 무거운 십자가를 매달고 있었어요. 그 줄에 목이 쓸려 벌건 생채기가 났죠. 그것도 맹세의 일부였대요. 멀쩡한 젊은이가 왜 자진해서 그런 고통을 겪기로 마음먹었는지 저로서는 알 길이 없어요. 하지만 세상에는 이상한 짓을 하는 사람들이 많죠. 아마 그 청년은 고행을 통해 큰 은혜를 받고 싶어 하는 것 같아요. 하지만 그렇게 여기 도착했으니 이제 쉬는 동안 발에 연고라도 바를 수 있지 않겠어요? 그 사람한테도 수사님을 뵈러 오라고 전할까요? 그런 사소한 일 정도는 기꺼이 할 테니 시켜만 주세요. 아, 그리고 오는 길에 웬 미친 작자들이 말을 타고 급하게 지나치는 바람에 멜랑에흘이 옆으로 밀려나 도랑으로 굴러떨어질 뻔했거든요. 그때 그 두 청년 중 건강한 쪽, 그러니까 매슈라는 사람이 얼른 잡아줘서 큰일을 면했죠. 저는 흐륀을 돌보느라 정신이 없었거든요. 그때까진 멜랑에흘이 무거운 짐을 혼자 들다시피 하고 있었는데, 매슈가 아예 짐도 건네받아 들어주더라고요. 그 사람 태도로 보아, 아무래도 우리 멜랑에흘한테 반한 게 아닌가 싶어요. 줄곧 제 친구 곁에 붙어 걸으면서도 그 애에게서 시선을 떼지 않더라고요. 뭐, 맹세는 맹세잖아요. 한 사람이 자진해서 고행하기로 선택했는데 다른 사람이 어떻게 그걸 막을 수 있겠어요? 그저 동행이 되어주는 것 외에는 도리가 없겠죠. 매슈는 한 번도 친구의 곁을 떠난 적이 없으니 그 의무를 성실하게 이행한 셈이에요."

위버 부인은 문밖으로 나가 햇살을 받은 허브들에서 풍겨나는 진한 향을 맡더니 고개를 돌려 한마디 덧붙였다. "여기 모인 이들 중에는 영 찜찜한 자들도 한두 명 있어요. 본인들은 순례차 왔다고 떠들어대지만요. 불한당은 어느 무리에나 섞여 있는 법이잖아요. 심지어 성인이 있는 곳에도 말이죠."

"그분들을 보러 온 신자들이 지갑이나 다른 값나가는 것을 갖고 있는 한, 그런 자들은 나타나기 마련이지요." 캐드펠은 씁쓸하게 맞장구를 쳤다.

*

위버 부인이 함께 여행한 그 이상한 청년에게 오두막에 들러보라는 얘기를 벌써 전했는지 어쨌는지, 그는 불과 30분 뒤에, 심지어 흐뤈이라는 소년이 나타나기도 전에 캐드펠의 작업장을 찾아왔다. 캐드펠은 풀을 뽑고 있다가 뒤에서 누군가 다가오는 소리를 들었다. 건강한 사람이 느린 걸음으로 보도의 자갈을 밟는 소리였다. 또 다른 사람은 혹사당한 발의 통증을 최소화하느라 가장자리의 풀밭을 조심스레 디디고 있었다. 그에게선 발소리가 나지 않았으나 고통 때문인지 긴 한숨 소리 비슷한 작은 신음이 들려왔다. 자리에서 일어나 등을 돌린 순간 캐드펠은 그들이 누구인지 짐작할 수 있었다.

두 청년은 체격도 피부색도 무척 비슷했다. 앞에서 힘겹게 걸음을 옮기는 청년은 허리를 구부정하게 굽힌 채였으나 둘 다 키가 큰 편이었고, 똑같은 갈색 머리에 똑같은 검은 눈동자, 나이는 둘 다 스물대여섯쯤 되어 보였다. 하지만 형제나 사촌이라 여길 만큼 닮은 외모는 아니었다. 건강한 쪽은 평소 야외에서 많은 시간을 보내는 듯 피부색이 더 짙고 광대뼈와 턱뼈도 더 넓었다. 고집 세고 자존심 강해 보이는 인상에 표정이 아주 차분한 것이 좀처럼 속내를 짐작할 수 없는 사람 같았다. 발을 다친 청년은 불쑥 솟은 광대뼈 아래 양 볼이 움푹 파인 기름한 얼굴을 하고 있었다. 입술을 꾹 다물고 있는데도 표정이 풍부해 보이는 것으로 미루어 아마 뜨거운 감정에 곧잘 사로잡히는 열정적인 성격인 듯했다. 다리를 절룩이며 걸어오는 그의 뒤에서 매슈라는 청년은 걱정스러운 눈으로 친구를 살피고 있었다.

위버 부인이 수다스레 늘어놓은 이야기를 떠올리며 캐드펠은 청년의 잔뜩 부풀어 오른 상처투성이 발로, 이어 피부가 벗겨진 목으로 시선을 옮겼다. 수수한 짙은 색 상의를 걸친 그 청년은 가장자리에 나뭇잎 문양이 수놓인 긴 리넨 천을 목에 감고 있었다. 무거운 쇠 십자가를 지탱하는 가느다란 금속 끈의 마찰을 조금이나마 줄이려는 방편이리라. 하지만 천에 빨간 핏자국이 스며든 것을 보니 아마 그걸 감은 지 얼마 되지 않았거나, 아니면 그것으로도 목을 보호하기에는 부족했던 모양이다. 목걸이의 줄은 너무나 가늘었고 십자가는 너무나 무거워 보였다. 대체 어떤 소망이나 목적을 품고 있기에 저토록 혹심한 고행을 감수한단 말인가? 정말 그런 고통이 하느님이나 위니프리드 성녀께 자그마한 즐거움이라도 안겨주리라 생각하는 걸까?

"캐드펠 수사님이신가요?" 청년이 열에 들뜬 두 눈을 캐드펠에게 고정한 채 낮은 소리로 물었다. "접객소의 수사님께서 말씀해주셨어요. 수사님이라면 제게 도움이 될 만한 연고나 고약을 갖고 계실 거라고요." 이어 그는 의미심장한 표정으로 덧붙였다. "과연 이 세상에 그런 게 있다면 말입니다."

캐드펠은 아무것도 묻지 않고 사려 깊은 눈빛으로 그를 바라보다가 두 사람을 작업장 안으로 들였다. 발을 자세히 살피기 위해 환자를 자리에 앉혔는데, 그때까지도 매슈라는 젊은이는 안쪽 깊숙이 들어오지 않고 열린 문 곁에 걸음을 멈춘 채 그림자가 지지 않게끔 한쪽으로 비켜서 있었다.

"맨발로 먼 길을 걸어왔군." 캐드펠은 무릎을 꿇고 상처를 살펴보면서 입을 열었다. "굳이 이렇게 발을 학대할 이유라도 있나?"

"그럼요. 아무 목적 없이 이런 일을 감내할 만큼 저 자신을 미워하는 건 아니니까요." 그의 대답에 문가에 서 있던 매슈가 몸을 살짝 움직였지만 여전히 말은 없었다. "맹세를 했거든요. 그걸 어기고 싶지 않았습니다." 모든 질문을 봉쇄하려는 듯 청년은 단호한 태도로 말을 이었다. "제 이름은 키아란입니다. 어머니가 웨일스인이시죠. 지금은 제가 태어난 곳으로 돌아가는 중이에요. 거기서 인생을 시작했으니 죽을 때도 거기서 죽을 겁니다. 수사님은 지금 제 발의 상처를 보고 계시지만 저를 가장 고통스럽게 하는 건 외부의 상처가 아닙니다. 저는 치명적인 병을 안고 있습니다. 남들에게는 전혀 해를 끼치지 않는 병, 그러나 조만간 제 목숨을 빼앗아갈 병이죠."

그렇구먼. 부어오른 발바닥과 자갈이며 돌에 베인 발가락들을 세척용 기름으로 부지런히 닦아내며 캐드펠은 생각했다. 청년의 퀭한 눈에 어린 뜨거운 불길은 그보다 훨씬 맹렬한 내면의 불을 반영한 것이리라. 이제 비교적 안정을 찾은 이 청년의 젊은 몸은 틀이 잘 잡혀 있고 많이 여위지도 않았으나, 그게 건강의 증거가 될 수는 없었다. 키아란의 목소리는 낮고 고르면서도 확고했다. 그는 이미 자신의 죽음을 담담히 받아들이고 있는 것이다.

"그래서 무엇보다 중요한 제 영혼의 건강을 위해 계속 참회의 순례를 이어갈 생각입니다. 무거운 짐을 지고 맨발로 아베르다론에 있는 성당까지 걸어갈 거예요. 죽은 뒤 성스러운 섬 어니스 엔흘리에 묻힐 수 있게끔 말이에요. 그곳의 흙은 수많은 성인의 뼈와 티끌로 이루어져 있죠."

"글쎄," 캐드펠이 부드럽게 말했다. "여느 사람들처럼 신발을 신고 조용하고 겸허한 자세로 가도 그런 특권은 얻을 수 있을 것 같은데." 어찌 됐건, 자신의 죽음이 가까워졌음을 예감한 신심 깊은 웨일스계 청년으로서는 자연스러운 소망이었다. 흘레인반도 끝자락, 험난한 바다 건너 웨일스 교단에서 가장 성스러운 곳으로 통하는 섬을 마주 보고 서 있는 아베르다론 성당은 수많은 웨일스인의 마지막 안식처 역할을 해온 터였다. 성당 사람들은 그곳을 찾아오는 이가 누구든 진심 어린 마음으로 맞이한다고들 했다. "자네의 헌신을 의심하는 건 아니네. 하지만 스스로에게 그런 혹심한 고통을 부과하는 건 겸허함이 아니라 일종의 오만으로 여겨질 수도 있어."

"그럴지도 모르죠." 키아란이 무뚝뚝하게 대꾸했다. "하지만 이젠 어쩔 수 없습니다. 전 이미 결심을 굳혔으니까요."

"그건 사실입니다." 문 곁에 서 있던 매슈가 불쑥 입을 열었다. 친구보다 더 깊은 울림을 지닌 차분한 목소리였다. "단단히 마음을 굳혔죠! 우리 둘 다 그렇습니다. 저도 이 친구 못지않게 확고해요."

"이 친구와 똑같은 고행을 맹세했으면 그렇게 확고하지 못했을 걸세." 캐드펠은 매슈가 신고 있는 튼튼한 신발을 바라보며 대꾸했다. 뒤축이 좀 닳긴 했지만, 그의 구두는 험한 길에서도 전혀 망가지지 않을 만큼 견고해 보였다.

"아, 물론 같은 맹세를 하지는 않았죠. 하지만 저도 저 나름의 굳은 맹세를 했습니다. 이 친구가 자신의 맹세를 잊지 않듯이 저역시 그 맹세를 잊지 않고 있어요."

캐드펠은 한쪽 발에 연고를 다 바른 뒤 바닥에 깔아놓은 천에 발을 내려주고는 다른 발을 자신의 무릎 위에 올려놓았다. "내가 다른 이더러 맹세를 지키라느니 깨라느니 함부로 얘기할 수는 없지. 자네들은 각자 해야 할 일을 하게. 하지만 적어도 축제가 끝날 때까지는 여기서 발을 좀 쉬게 해줘도 좋을 거야. 앞으로 사흘쯤 여유가 있고, 또 이 수도원 땅은 그리 거칠지 않으니 발의 상처도 어느 정도는 아물 테지. 상처가 아물면 발바닥을 단단하게 만드는 데 도움이 될 만한 약을 발라주겠네. 다시 여행길에 나설 수 있게끔 말이야. 자네가 다른 인간에게서 어떤 도움도 받지 않기로 결심하지 않은 이상 그 정도는 상관없겠지? 이곳으로 날 찾아온 걸 보면 그렇게까지 극단적인 결심을 한 건 아니라 보네만. 자, 약이 잘 마르게 잠시 가만 앉아 있게."

캐드펠은 자리에서 일어나 약이 제대로 발렸는지 살펴보고는 키아란의 목에 감겨 있는 리넨 천으로 눈길을 돌렸다. 이어 십자가가 매달린 금속 끈을 살짝 잡아 청년의 머리 위로 들어 올리려고 했다.

"안 돼! 안 돼요! 그대로 놔두세요!" 키아란이 갑자기 고함을 지르며 두 손으로 십자가와 줄을 꽉 움켜쥐었다. "건드리지 마세요! 그냥 두시라고요!"

"그래그래, 알았네." 캐드펠은 적잖이 놀라 당황한 목소리로 말을 이었다. "내가 치료하는 동안만이라도 잠시 벗고 있으면 안 되겠나? 아주 잠깐이면 되는데."

"안 됩니다!" 키아란은 십자가를 움켜쥔 두 손을 가슴으로 끌어당기며 소리쳤다. "밤이든 낮이든, 단 한 순간도 벗을 수 없어요! 이건 그냥 놔두세요!"

"그럼 내가 상처에 약을 바르는 사이 그걸 잡아 들고 있게나. 자네를 속이지는 않을 테니 걱정 말고. 그저 이 천을 풀어 목에 난 상처만 보게 해주게."

"저걸 벗겨내야 합니다." 매슈가 나직하게 말했다. "저도 제발 벗으라고 내내 사정을 했죠. 그러지 않고서야 어떻게 그 고통에서 벗어날 수 있겠어요?"

리넨을 풀자 끈이 닿는 부위를 따라 반쯤 마른 피딱지 사이로 여전히 피가 스며 나오는 가늘고 긴 상처 부위가 드러났다. 캐드펠은 따끔거리는 물약으로 먼지를 제거하고 피부 껍질을 소독한 뒤 상처를 아물게 해주는 갈퀴덩굴 연고를 바르고서 리넨을 다시 가지런하게 접어 끈이 닿는 부위에 조심스럽게 감아주었다. "자, 자네는 서약을 어기지 않았으니 마음의 짐은 내려놓게. 두 손으로 그 십자가를 든 채 걷고 잠자리에 누울 때 끈을 느슨하게 풀어주면 다시 여행길에 나서기 전까지는 상처가 좀 나을 거야."

두 사람은 마음이 급한 듯 보였다. 키아란은 캐드펠한테서 놓여나자마자 양손으로 무거운 십자가를 쥔 채 살며시 발을 디뎌 일어났고, 매슈는 이미 열린 문을 통해 햇살 찬란한 허브밭으로 나가 친구가 나오기를 기다리고 있었다. 감사 인사 같은 건 없었다. 키아란은 그저 고개만 까딱여 보일 뿐이었다.

"두 사람에게 일러주고 싶은 말이 있네." 캐드펠이 사려 깊은 눈으로 두 사람을 응시하며 입을 열었다. "자네들은 지금 수많은 기적을 베푼 성녀님의 축제에 참석하고 있네." 그는 힘주어 말을 이었다. "금방 죽음을 맞이할 운명인 사람들조차 그분의 은총을 받아 생명을 얻은 바 있지. 그 점을 명심하게. 성녀님이 지금도 우리 이야기에 귀 기울이고 있을지 모르니!"

그들에게선 아무런 대꾸도 없었다. 두 청년은 햇살 속에서 진한 향기를 뿜어내는 허브밭에 선 채 그저 놀라움과 긴장이 깃든 눈빛으로 멀거니 그를 바라보다가, 약속이나 한 듯 동시에 고개를 돌리고서 그곳을 떠났다.

4

본격적으로 잡초 뽑기 작업을 시작하기도 전에 또 다른 젊은 이 한 쌍이 나타났다. 방금 왔던 젊은이들과 허브밭 가장자리에 서 마주쳤겠군, 캐드펠은 생각했다. 슈루즈베리로 오던 길에 만 나 마지막 여정을 함께한 사이니, 아마 서로 다정한 인사말 한두 마디 정도는 나눴으리라.

여자는 동생이 평탄한 자리를 골라 발을 디디게끔 신경을 쓰 면서 조심스럽게 걸어왔다. 여차하면 곧바로 잡아 지탱하려는 듯 동생의 왼쪽 팔꿈치 밑 허공에 한 손을 살짝 밀어 넣은 자세였다. 애정과 신중함이 어린 눈길은 끊임없이 동생을 살피고 있었다. 세심한 보살핌을 받는 도련님과 건강한 짐말 같은 누나. 누가 그 렇게 표현한다 해도 그녀는 아무런 불평도 하지 않을 것 같았다.

동생한테 모든 관심을 쏟으면서도 딱 한 번, 망설임이 담긴 묘한 미소를 머금은 채 뒤돌아보기는 했지만 말이다. 그녀는 수수하고 깔끔한 홈스펀 드레스 차림이었다. 단정하게 땋아 내린 머리에 얼굴은 장미꽃처럼 생생한 빛을 발했다. 동생의 걸음에 맞추느라 천천히 움직이고 있었으나 그 동작 하나하나에 발랄하고 열정적인 영혼에서 비롯한 경쾌한 탄력과 우아함이 깃들어 있었다. 웨일스 여자답게 피부가 무척 희었고, 머리는 붉으레한 금발에 큼직한 푸른 눈 위로는 머리보다 짙은 빛깔을 띤 눈썹이 보기 좋게 아치 모양을 이루고 있었다. 위버 부인의 말이 옳았다. 저 자그마하고 상큼한 여성이 도랑으로 쓰러지려는 걸 두 팔로 안아 끌어올린 젊은이는 그 경험을 즐겁게 되새기며 비슷한 일이 또 일어나기를 마음속으로 은근히 바랐으리라. 자기 친구한테서 시선을 뗄 수 없는 상황만 아니었다면 얼마나 좋았을까!

남동생은 두 개의 목발과 왼쪽 다리에 체중을 실은 채 안쪽으로 뒤틀린 오른쪽 발로는 지면을 스치듯 살짝살짝 디디며 다가왔다. 똑바로 서기만 하면 제 누나보다 한 뼘쯤은 더 클 듯한데, 지금은 어깨를 구부정하게 숙이고 있어서인지 꽤 작아 보였다. 그러나 사려 깊은 눈빛으로 그를 주시하던 캐드펠은 소년이 아름다우리만치 균형 잡힌 몸매를 갖고 있다는 걸 금세 알아보았다. 넓은 어깨에 날씬한 허리. 성한 쪽 다리는 길고 맵시 있게 뻗어 있었다. 다소 마른 편이라 살이 더 붙는다 해도 움직임에 큰 불편이 없을 테지만, 매일 통증으로 괴로움을 겪는다면 식욕을 별로 느끼지 못할 것이다.

캐드펠의 시선은 소년의 뒤틀린 오른쪽 다리에서부터 서서히 위로 올라가다가 그 얼굴에 이르러 멎었다. 소년의 머리칼은 누나보다 더 옅은 밀빛이었고, 여위고 매끄러운 피부는 상앗빛을 띠었다. 긴 속눈썹 사이로 드러난 수정처럼 맑고 투명한 회청색 눈동자가 캐드펠을 응시했다. 삶의 고통과 인내를 마음 깊이 체득한 사람만이 보일 법한, 더없이 고요하고 평온한 얼굴이었다. 흐뢴과 처음으로 시선을 마주한 순간, 캐드펠은 위버 부인의 소망이 무엇이든 소년 자신은 그 어떤 기적도 바라지 않는다는 사실을 짐작할 수 있었다.

"이모가 동생을 데려가보라고 말씀하셔서 이렇게 왔어요." 누나가 수줍은 듯 입을 열었다. "이 아이는 흐뢴이고 저는 멜랑에 흘이라고 합니다."

"이모님께 얘기 들었네." 캐드펠은 작업장 쪽으로 가자고 손짓하며 말을 이었다. "먼 길을 걸어왔다지? 자, 안으로 들어가게. 내가 동생 다리를 살펴보는 동안 자네는 편히 앉아 쉬면 돼. 혹시 동생이 전에 다리를 다친 일이 있나? 쓰러졌다든가, 말에 차였다든가…… 혹은 아무 일도 없었는데 갑자기 뼈에 통증이 생긴 건가?" 캐드펠은 소년을 긴 의자에 앉힌 뒤 목발을 건네받아 옆에 가지런히 눕히고는 아이의 몸을 돌려 두 다리를 편안히 뻗게 했다.

소년은 차분한 눈빛으로 캐드펠의 얼굴을 지그시 바라보며 천천히 고개를 가로저었다. "사고 같은 건 없었어요." 어른처럼 낮고 또렷한 목소리였다. "언젠가부터 서서히 이렇게 됐는데, 정확히 어느 시점이었는지는 기억이 나질 않아요. 듣기로는 제가 서너 살 무렵부터 비틀거리거나 넘어지기 시작했다더라고요."

"다리에 대해서는 흐뢴이 전부 말씀드릴 거예요." 멜랑에흘은 조금 전에 매슈가 그랬던 것과 꼭 마찬가지로 문가에 선 채 머뭇머뭇 좌우를 두리번대다가 급하게 고개를 돌려 말했다. "아마 수사님과 둘이서만 얘기하는 걸 더 편하게 생각할 것 같네요. 전 밖에 앉아 기다리고 있을게요."

"그래, 나가봐." 흐뢴이 햇살을 받은 얼음처럼 투명하고 맑은 눈에 따스한 미소를 머금은 채 캐드펠의 어깨 너머로 누나를 바라보았다. "날이 무척 화창하네. 누나도 잠시나마 날 떼어놓고 홀가분한 시간을 가져야지."

멜랑에흘은 불안스러운 기색으로 한동안 동생을 지그시 바라보았지만 마음은 이미 그곳을 떠나 있는 듯했다. 이윽고 믿음직한 사람에게 동생을 맡겼다는 생각에 안심이 되었는지, 그녀는 급하게 인사를 한 뒤 도망치듯 그곳을 빠져나갔다. 작업장에 남은 캐드펠과 흐뢴은 아직 낯설기는 하나 조금씩 서로에게 호감을 느끼며 상대를 물끄러미 응시했다.

"누나는 매슈를 찾으러 갔을 거예요." 흐뢴이 말했다. 캐드펠도 이미 눈치챘으리라 확신한 모양이었다. "그 사람이 누나한테 아주 잘 대해줬거든요. 물론 저한테도 그랬고요. 우리가 하룻밤을 보낸 여인숙까지 저를 업고 가기도 했죠. 누나는 그 사람을 좋아해요. 그 사람도 누나를 제대로 바라본다면 서로 마음이 통할 텐데, 키아란 아닌 다른 사람한테는 거의 신경 쓸 틈이 없는 것 같더라고요."

가식이라곤 전혀 없이 불쑥불쑥 내뱉는 말투만 두고 그를 아무것도 모르는 순진한 아이라 여긴다면 아마 큰 오해일 것이다. 흐륀은 지금 자신이 상대하는 이의 사람됨을 이미 파악하고서 솔직한 태도를 내비치는 게 분명했다. 그동안 무료한 시간을 메우기 위해 많은 것을 관찰하고 기억해온 그로서는 사람을 알아보는 능력이 뛰어날 수밖에 없으리라.

"그 사람들도 여기 왔었죠?" 자신이 입은 긴 바지를 수월하게 벗길 수 있게끔 엉덩이와 장애가 있는 다리를 이리저리 움직이며 흐륀이 물었다.

"그래, 왔었지. 얘기도 좀 나눴고."

"누나가 행복해졌으면 좋겠어요."

"누나는 아주 행복해질 거야." 캐드펠은 부드럽게, 거의 무의식적으로 대꾸했다. 소년은 상대방으로 하여금 아무 생각 없이 자연스럽게 대답하게 만드는, 그렇게 대답하지 않을 수 없게 만드는 특이한 능력을 갖고 있었다. '누나'라는 단어를 발음하는 그의 목소리에서 모종의 긴장이 느껴졌다. 본인의 행복에 대해서는 아무런 기대가 없지만 누나만은 행복하기를 바라는 것이다. 캐드펠은 허리를 숙이며 말을 이었다. "자, 이제 다리에 집중해. 이 과정은 아주 중요하니까. 내가 여기저기 짚어보는 동안 두 눈을 감고 있다가 통증이 느껴지면 말하는 거야. 우선 편안한 자세를 취해봐라. 지금 어디 아픈 곳이 있니?"

흐뤼은 시키는 대로 두 눈을 감은 채 조용히 호흡하며 자신의 육신을 느끼다가 대답했다. "아뇨, 지금은 아주 편안해요."

좋아, 모든 근육이 적절히 이완된 상태에서는 통증이 없군. 캐드펠은 손가락으로 오른쪽 다리의 허벅지에서 종아리에 이르는 모든 근육을 아주 부드럽게 어루만지며 내려가기 시작했다. 편안하게 다리를 뻗자 뒤틀린 오른쪽 다리도 약간이나마 반듯한 형태를 갖추는 것이 그런대로 골격이 잘 형성된 듯했으나, 왼쪽 다리와 비교하면 근육이 많이 위축되고 쇠약한 데다 안으로 뒤틀린 발가락들과 단단하게 뭉친 종아리 근육으로 인해 제 기능을 많이 상실한 상태였다. 이러한 점들을 파악한 캐드펠은 단단하게 뭉친 근육들을 손가락으로 깊숙이 눌러보았다.

"거긴 좀 아파요." 흐뤼이 심호흡을 하면서 말했다. "통증이라고 할 수는 없고…… 예, 아프긴 하지만 눈물이 나올 만큼은 아니에요. 그저 적당히 아픈 정도……."

이제 캐드펠은 두 손바닥에 오일을 발라 잔뜩 위축된 종아리를 부드럽게 문지르다가 손가락 끝에 힘을 주어 근육을 풀어주기 시작했다. 잔뜩 긴장된 발가락들로 지면을 살짝살짝 디딜 때 말고는 여러 해 동안 제대로 쓰인 적이 없어 단단하게 뭉친 근육들의 저항을 느끼며, 그는 느리고도 부드럽게 마사지를 이어나갔다.

경직이 워낙 심해 웬만큼 해서는 쉽게 풀어지지 않을 터였다. 그렇게 기계적으로 손가락을 움직이다 보니 소년에 대한 다른 궁금증들이 떠올랐다.

"일찍 부모님을 잃었다지? 이모님과 같이 산 지는 얼마나 되었니?"

"이제 7년째예요." 부드러운 손놀림에 긴장이 풀린 듯 흐뢴이 나른한 어조로 대답했다. "우리 남매가 이모한테 짐이 된다는 건 알아요. 물론 이모는 한 번도 그런 말을 한 적이 없고, 남들이 그런 말을 하도록 내버려두지도 않지만요. 이모네 가게가 그런대로 잘 굴러가긴 해도 규모가 작은 편이에요. 이모랑 다른 두 직공이 먹고사는 데는 큰 문제가 없지만 넉넉한 편은 못 되죠. 누나 같은 경우엔 열심히 일하며 집안 살림을 도맡아 하고 있으니 제 밥벌이는 하는 셈이에요. 반면에 저는 옷감 짜는 기술을 배웠어도 일손이 워낙 느린 데다 오래 서 있거나 앉아 있는 것도 힘들어 별 도움이 못 되고요. 그래도 이모는 결코 그런 것에 대해 언급하는 법이 없어요. 마음만 먹으면 얼마든지 심한 말을 할 수 있는 분인데도요."

"그럴 수 있는 분이지." 캐드펠은 담담하게 말했다. "걱정거리가 많은 사람은 종종 나쁜 의도 없이 무뚝뚝한 말을 내뱉곤 하는 법이니까. 이모님이 기적을 바라며 너를 이곳에 데려오셨다는 거 알고 있니? 그러지 않고서야 왜 매일 네 걸음에 맞춰가며 석 주에 걸쳐 힘들게 여기까지 오셨겠어? 그런데 내가 보기에 너는 은총을 바라는 것 같지 않구나. 위니프리드 성녀님에 대한 믿음이 없는 거니?"

"제가요?" 소년이 큼직한 눈을 더욱 크게 뜨며 되물었다. 오래전 캐드펠이 항해했던, 반짝이는 흰 모래밭을 향해 물결치는 지중해 동쪽 변두리의 바닷물보다도 맑은 눈이었다. "아, 그건 수사님이 오해하신 거예요. 물론 성녀님을 믿고말고요. 하지만…… 그분이 왜 제게 그런 은총을 베풀어주시겠어요? 저는 저같은 장애인을, 심지어 저보다 훨씬 고약한 처지에 있는 사람들을 수천 명 봤어요. 그런데 어떻게 제게만 은총을 내려달라고 요구할 수 있겠어요? 게다가 저는 제 병을 참고 견딜 수 있잖아요. 세상에는 자신의 병을 견디기 힘들어하는 사람들도 많아요. 그러니 성녀님도 어느 쪽을 선택해야 할지 잘 아시겠죠. 그분이 저를 선택하실 이유가 없어요."

"그럼 왜 여기까지 따라온 거지?"

흐뤈은 고개를 돌렸다. 아네모네 꽃잎처럼 푸른빛이 도는 눈꺼풀이 잠시 내리덮여 눈동자를 감추었다. "이모와 누나가 원했으니까요. 저는 두 사람이 원하는 대로 했을 뿐이에요. 특히 누나를 생각하면……."

무슨 뜻인지 알 만하군, 캐드펠은 아름답고 명랑하고 매력적인 멜랑에흘을 떠올리며 생각했다. 소년은 제 누나가 장차 좋은 사람과 결혼해 행복해지기를 바라는 것이다. 그들 고장 사람들은 지참금도 없이 이모의 집에서 집안일이나 하고 지내는 멜랑에흘의 처지에 대해 잘 알고 있으니 아무도 그녀와 결혼하려 들지 않을 터였다. 먼 곳으로의 도보 여행. 그것은 소년에게 일종의 기회로 여겨졌으리라. 길에서 다양한 이들과 어울리다 보면 우연히 괜찮은 사람을 만날 수도 있지 않겠는가.

흐뤤은 근육의 통증을 느끼며 조심스럽게 몸을 움직여 나무 벽에 편안히 기대앉았다. 캐드펠은 홈스펀 바지를 다시 잘 입힌 뒤 소년의 양쪽 다리를 살그머니 당겨 흙바닥에 내려주었다.

"내일 대미사가 끝난 다음 다시 오렴. 내가 조금이나마 너에게 도움을 줄 수 있을 것 같구나. 자, 누나를 데려올 때까지 여기 앉아 있어라. 누나가 멀리 갔다면 시간이 좀 걸릴 테니 편히 쉬고 있어. 그리고 오늘 밤 잠자리에 들기 전에 먹을 약을 주마. 그걸 먹으면 고통이 줄어 잠을 이루는 데 도움이 될 거야."

멜랑에흘은 볕을 받아 따뜻해진 벽에 혼자 기대앉아 있었다. 무언가 실망스러운 일이 있었는지 조금 전까지만 해도 기대감이 내비쳤던 그 얼굴에 어두운 그늘이 드리운 채였다. 그러나 동생을 다시 마주하자마자 그녀는 다시 싱긋이 웃어 보였다. 두 사람이 천천히 그곳을 떠날 때, 그녀의 목소리는 전과 다름없이 명랑하고 활달했다.

*

다음 날 대미사 시간, 캐드펠에겐 그들 모두를 자세히 살펴볼 좋은 기회였다. 마음이 더 높고 숭고한 것으로 향해야 마땅함을 알고 있었지만 그의 시선은 위버 부인의 가늘게 떨리는 머리 장식과 매슈의 단정한 곱슬머리 위로 좀처럼 올라가지 못했다. 접객소에 든 모든 순례자들, 남녀로 나뉘어 두 곳의 넓은 공동 숙소에 머무는 서민들은 물론 독방을 사용하는 부자들까지 전부 가장 좋은 옷을 차려입고 그날의 큰 행사인 대미사에 참석해 있었다. 위버 부인은 시종 경건한 자세로 앉아 미사를 주재하는 수사의 말 한 마디 한 마디에 귀를 기울이면서도, 연신 다른 쪽으로 고개를 돌리곤 하는 멜랑에흘의 옆구리를 찌르느라 몇 번이고 팔꿈치를 놀렸다. 그도 그럴 것이, 멜랑에흘의 시선은 제단 쪽보다 매슈가 앉은 쪽에 더 자주 가 있었다. 온 마음이 그에게 깊숙이 쏠려 있는 모양이었다. 매슈는 늘 그렇듯이 키아란의 곁에 서 있었는데, 그 또한 여러 번 고개를 돌려 멜랑에흘을 쳐다보았다. 담담한 표정에 차분한 눈길이었지만 시선이 마주친 순간에는 당황한 듯 황급히 외면해버리곤 했다.

다른 일에 정신을 팔 여유가 없다는 거군, 캐드펠은 두 남녀의 시선이 좀처럼 오랫동안 얽히지 못하는 것을 눈치채고 생각했다. 그에겐 누구의 방해도 용납할 수 없는 중요한 임무가 있으니까. 자기 친구를 무사히 아베르다론까지 데려가는 일 말이다.

키아란은 이미 수도원에서 유명한 인물이 되어 있었다. 아무 경계심 없이 겸손한 태도로 자신의 사연을 털어놓은 터였다. 원래는 사제가 될 작정이었다고, 그러나 보조 사제로서의 첫 단계를 넘어서기도 전에 병을 얻었고 이제 그 꿈은 영영 물 건너갔다고 그는 말했다. 키아란에게 접근해 이런저런 질문을 던진 사람은 늘 고결하고 성스러운 인물인 듯 행세하는 제롬 수사였다. 그는 만나는 수사마다 붙잡고 그의 이야기를 떠벌리며 다녔고, 그리하여 이내 키아란이 치명적인 병을 갖고 있으며 아베르다론으로 속죄의 순례를 떠날 예정이라는 사실이 모든 이의 귀에 들어가게 되었다. 그가 스스로에게 부과한 고행은 뭇사람에게 깊은 인상을 안겨주었으며, 특히 제롬 수사는 이런 인물의 방문이 수도원의 명예와 영광을 높여주는 일이라고 생각했다. 아닌 게 아니라, 여위고 민감해 보이는 키아란의 얼굴과 더부룩한 갈색 머리 아래 드러난 타는 듯한 눈빛에는 강렬한 에너지와 열정이 깃들어 있었다.

흐륀은 무릎을 꿇을 수 없어 목발을 짚고 선 채 크고 맑은 눈으로 시종 제단을 응시하고 있었다. 본당의 석조 벽과 바닥이 바깥의 화창한 햇살을 반사하여 부드럽고 어슴푸레한 빛을 내뿜는 가운데 차분하게 서 있는 소년의 모습은 무척이나 아름다웠다. 그의 얼굴 윤곽은 소녀처럼 부드럽고 우아했으며, 곱슬한 금발로 감싸인 두 귀와 양 볼은 천사처럼 순수하고 정결해 보였다. 아들을 두지 못한 위버 부인으로서는 그런 조카에게 사랑을 쏟는 것이 당연하리라. 혹시라도 기적이 나타나 그 아이의 다리가 나을지 모른다는 마음에 몇 주 동안 밥벌이도 팽개친 채 여기까지 걸어온 그녀를 그 누가 이상하다 손가락질하겠는가?

캐드펠은 자꾸만 엉뚱한 곳으로 관심을 돌리는 스스로와 싸우다가 결국 포기하고 마음과 눈길이 본당을 가득 메운 경건한 순례자들 사이를 배회하도록 내버려두었다. 많은 순례자가 모이는 곳은 종종 장터와 그 분위기가 비슷하여 온갖 부류의 불청객들이 꼬이기 마련이었다. 소매치기, 기념품이며 달콤한 과자며 특효약 같은 것을 파는 말주변 좋은 장사치, 점쟁이, 노름꾼, 사기꾼이나 야바위꾼……. 그런 이들 가운데 일부는 점잖은 옷차림을 하고 아주 정중한 태도로 수도원 경내까지 들어와 판을 벌이기도 했다. 그러니 말썽의 근원이 될 만한 자들을 미리 파악해두기 위해서라도 수도원 안에 들어온 모든 사람을 늘 유심히 살펴봐야 했다. 물론 수도원 밖에서는 휴의 치안관들이 같은 일을 하고 있을 것이다.

성당에 모인 사람들은 대체로 경건한 순례자들 같았지만 한두 명쯤 의심스러운 구석이 엿보이는 자들도 눈에 띄었다. 자못 평범해 보이는 장인 세 사람, 장갑 제조공 월터 바곳과 양복장이 존 슈어, 말편자공인 윌리엄 헤일스가 바로 그들이었다. 이들은 비슷한 시점에 차례로 수도원에 들어와 공공연한 자리에서 인사를 나누며 금세 가까워졌으며, 그 이후로는 꽤 조용하고 점잖은 태도로 처신하고 있었다. 언뜻 소소한 여름휴가를 즐기기 위해 이곳을 찾은 장인들 같아 보이기도 했으나, 경건하게 두 손을 모으고 있는 양복장이의 손톱을 캐드펠은 놓치지 않았다. 양복 일을 하는 사람에게는 어울리지 않는, 장터의 사기도박꾼처럼 길고 잘

다듬어진 손톱이었다. 캐드펠은 그들의 모습을 하나하나 기억에 담아두었다. 장갑 제조공의 둥글둥글한 얼굴은 마치 가죽용 기름을 바르기라도 한 듯 번들거렸고, 가느다란 머리카락으로 뒤덮인 양복장이의 길고 갸름한 얼굴은 차분하면서도 왠지 침울해 보이는 인상이었으며, 말편자공은 각진 얼굴에 장난기 어린 반짝이는 갈색 눈을 한 것이 소탈한 호인의 느낌을 주었다.

그 세 사람은 진짜 장인들일 수도, 그렇지 않을 수도 있었다. 휴 또한 이들을 주시하고 있으리라. 수도원 앞 동네와 시내의 찬찬한 술집 주인들도 못된 놈들이 이웃들과 단골들을 등쳐 먹지 못하게끔 열심히 지켜볼 터이고.

대미사가 끝난 뒤 캐드펠은 깊은 생각에 잠긴 채 동료 수사들과 함께 성당을 나와 허브밭으로 향했다. 흐뤼이 벌써 와서 그를 기다리고 있었다.

*

흐뤼은 정중하게 인사하고는 얌전히 앉아 캐드펠의 손길에 몸을 맡겼다. 캐드펠의 섬세한 손가락이 다리의 굳은 근육들을 부드럽게 어루만지자 이내 소년의 온몸이 나른하게 풀어지기 시작했다. 때로 손가락에 힘을 주어 아프도록 눌러도 뒤끝이 시원한지 아이는 나무벽에 머리를 기댄 채 편안한 자세로 마사지를 받았고, 그렇게 시간이 지나면서 그의 눈꺼풀이 점차 무겁게 내려

앉았다. 뺨과 입술에 어린 긴장감으로 보아 분명 잠든 것은 아니었으나 눈이 감겨 있기에 캐드펠은 부지런히 손을 놀리며 소년의 얼굴을 면밀히 관찰할 수 있었다. 오늘따라 그의 얼굴은 유난히 더 창백했고, 양쪽 눈 밑에는 검은 그늘이 드리워 있었다.

"밤에 먹으라고 준 약은 먹었니?" 어떤 대답이 나올지 짐작하면서도 캐드펠은 그렇게 물었다.

"아뇨." 흐뢴이 눈을 떴다. 캐드펠이 나무라지나 않을까 염려하는 눈빛이었다. 그러나 캐드펠은 놀라는 기색도, 나무라는 기색도 보이지 않았다.

"왜 안 먹었지?"

"저도 모르겠어요. 갑자기 그럴 필요가 없다는 느낌이 들어서……." 흐뢴은 자신의 행위와 그 동기를 차분히 되짚어보려는 듯 다시 눈을 감았다. "그냥…… 기도했어요. 저는 성녀님의 권능을 의심하지 않아요. 그런데 문득 병이 낫기를 바랄 필요조차 없다는 생각이 들더라고요. 아무 대가도 바라지 않은 채 이 몸 상태와 그로 인한 고통을 그분께 바쳐야 한다는 느낌…… 다른 사람들은 여러 가지를 바칠 수 있지만 전 이것들 말고는 바칠 게 없잖아요. 그런데 성녀님께서 그런 걸 받아주실까요? 제 온 마음을 다해 바치고 싶은데."

위니프리드 성녀를 경배하러 온 이들 가운데 그보다 더 값진 것을 바칠 수 있는 사람은 아무도 없으리라. 머나먼 길을 힘겹게 걸어온 끝에 흐뢴은 자신의 고초와 고통이 내면의 확신과 영혼의 안식 외에는 어떤 결과도 가져다주지 않을 것임을 깨닫는 경지에 이른 것이다. 오로지 자신만을 희생하고자 하는 겸허한 수용의 자세. 만일 고통받는 다른 이들에게 고통을 덜 방법이 있다면, 그는 그들이 부디 그런 고통에서 헤어나기를 바랄 터였다.

"그래서, 잠이 잘 오더냐?"

"아뇨. 하지만 상관없어요. 저는 밤새 조용히 누워 있었어요. 그런 상태를 기꺼이 받아들이려 애썼죠. 게다가 잠을 이루지 못하는 사람이 저 하나만도 아니었고요."

흐륀이 사용하는 남자 공동 숙소에는 이런저런 이유로 고통을 받는 이들이 몇 사람 더 있을 것이다. 에드먼드 수사가 진료소에 따로 격리하여 수용한 감염병 환자들이나 그 밖의 중환자들은 차치하고라도 말이다. 흐륀은 기억을 더듬으며 말을 이었다. "키아란도 잠을 이루지 못했어요. 그러다 새벽기도가 끝나고 사방이 조용해지자 다른 사람들이 깨어나지 않도록 살며시 자리에서 일어나더니 문 쪽으로 가더라고요. 벨트랑 보따리까지 들고 가길래 이상하다 생각했죠……."

캐드펠은 주의 깊게 귀 기울이고 있었다. 밤중에 변소에 가려고 일어났다면 굳이 소지품을 챙길 필요가 없었을 텐데. 하기야, 여럿이 공동으로 쓰는 방에 묵고 있으니 잠이 덜 깬 상태에서도 도둑질에 대비하는 습관이 무의식중에 작용했을 수도 있겠지.

"그랬구나. 그런 다음엔 어떤 일이 있었지?"

"매슈는 밤에도 자기 짚자리를 키아란 곁에 바싹 붙이고 한 손을 키아란의 몸에 얹어둔 채 잠을 자요. 게다가 친구가 괴로워하면 본능적으로 그걸 알아차리는 것 같더라고요. 아무튼 매슈도 곧바로 일어나 키아란한테 가서는 팔을 붙잡았죠. 그러자 키아란이 움찔하더니, 무슨 소리에 놀라 방금 깨어난 사람처럼 연신 눈을 깜박이고 주위를 둘러보며 꿈을 꿨다고 했어요. 다시 여행길에 나서는 꿈을 꿨다고…… 매슈는 키아란에게서 보따리를 받아 자신의 잠자리 곁에 내려놓고 그 사람이랑 같이 누웠어요. 곧 다시 조용해졌죠. 하지만 그러고도 키아란은 꿈 때문에 심란했던지 제대로 잠을 이루지 못한 것 같았어요. 오랫동안 이리저리 몸을 뒤채는 소리가 들렸거든요."

"네가 깨어서 자기네 얘기를 들었다는 걸 그 사람들이 알았을까?"

"글쎄요." 소년이 대답했다. "굳이 자는 척을 하지는 않았어요. 그들도 제가 몸을 뒤척이는 소리를 들었을 거고…… 통증 때문에 어쩔 수가 없었거든요. 그래도 그 사람들 이야기는 그냥 못 들은 척했어요. 실례가 되는 일이니까요."

어쩌면 키아란은 흐뭰이나 다른 사람들을 납득시키느라 꿈이라고 둘러댔을지도 모른다. 밤중에 변소에 갈 일이 생겨 친구가 깨지 않도록 살며시 빠져나갈 수야 있겠지만, 정말로 그랬던 거라면 매슈가 깨어나 자기 팔을 잡았을 때 사실대로 사정을 설명하고 그대로 나갔다가 돌아오지 않았을까? 하지만 그는 꿈을 꾸었다고 변명한 뒤 다시 잠자리에 누웠다. 물론 몽유병 증세가 있는 사람들은 자기도 모르게 이리저리 걸어 다니곤 하니 어쩌면 그의 말이 사실일 수도 있지만 말이다.

"한동안 그 두 사람과 함께 여행했다고 했지?" 캐드펠이 물었다. "그렇게 같이 오는 동안에는 어떤 일이 있었니? 이런저런 얘기를 나누면서 그들에 대해 꽤 상세히 알게 되었을 텐데."

"누나가 도랑으로 떨어질 뻔한 걸 매슈가 달려들어 구해준 이후로 두 사람이 우리의 속도에 맞춰주어서 줄곧 같이 걷게 되었어요. 그 사건이 일어났을 땐 그들이 느리게나마 우리를 추월하려던 참이었는데 이후로는 내내 함께 왔죠. 하지만 그들에 대해 상세히 알게 되었다고 하기는 어려워요. 둘은 서로에게 너무나 열중해 있었거든요. 그리고 당시 키아란은 워낙 고통이 커서 내내 입을 다문 채 걸었고요. 어디로, 왜 가는지 정도만 들었을 뿐이에요. 누나랑 매슈는 우리 뒤에서 나란히 걸어왔고요. 짐이 거의 없는 매슈가 멜랑에흘 누나의 짐을 나누어 들어줬죠. 저는 키아란이 얼마나 큰 고통을 겪고 있는지 짐작할 수 있었고, 그래서 그 사람이 시종 입을 다물고 있는 것을 전혀 이상하게 생각하지 않았어요. 게다가 이모는 혼자서 두 사람 몫까지 도맡아 이야기를 이어갈 수 있는 분이죠."

물론 위버 부인은 능히 그럴 만한 사람이었다. 아마 슈루즈베리까지 오는 내내 혼자 떠들어댔으리라.

"키아란과 매슈가 어떻게 해서 함께 여행길에 오르게 되었는지 얘기하지는 않던?" 캐드펠은 조심스럽게 캐고 들었다. "자기네가 친척 간이나 친구 사이라 했다든지, 혹은 길에서 우연히 만나 함께 오게 되었다든지…… 두 사람은 나이가 비슷하니, 어쩌면 성직자 공부를 함께하던 사이였을 수도 있겠지. 아니면 같은 주군을 섬겼을지도 모르고. 내 보기에 친척은 아닌 것 같구나. 본인들도 그렇게 얘기한 바가 없고 말이다. 둘의 행동거지를 보면 아주 딴판이라, 나로선 그들이 어쩌다 함께 여행하게 되었는지 궁금하더구나. 너희 일행은 워릭 남쪽에서 그들을 처음 만났다지? 그 사람들은 얼마나 멀리서 왔다던?"

"아, 그런 걸 말한 적은 없네요." 흐뢴은 생각에 깊이 잠겨 입을 열었다. "저희는 튼튼한 청년이 한 사람이라도 우리와 동행하게 되어 그저 다행스럽게 여기기만 했던 것 같아요. 여자 둘에 저 같은 장애인까지 셋이서만 달랑 여행하는 건 위험한 일이잖아요. 그런데 지금 수사님의 말씀을 듣고 생각해보니 그들이 어떻게 해서 함께 오게 되었고 어디서 출발했는지에 대해서 전혀 아는 바가 없어요. 누나는 혹시 알지도 모르지만요." 그는 캐드펠의 동작에 맞추어 몸의 자세를 바꾸며 말을 이었다. "매슈랑 꽤 친해져서 마지막 며칠은 우리 뒤에서 많은 얘기를 나누며 왔지요."

하지만 캐드펠이 보기엔 그 두 사람도 서로의 신상에 관해서는 간단한 사실 정도만 알고 있을 것 같았다. 초여름 햇살 속에 넓은 길을 따라 소매를 맞부딪치며 즐거운 기분으로 사소한 이야깃거리를 주고받았으리라. 멜랑에홀은 매슈가 자기 몸을 낚아채 가슴에 끌어안고 도랑을 건너던 순간을 거듭 되새기면서, 매슈는 잔뜩 겁을 집어먹은 이 소녀를 붙잡았을 때 닿았던 그 가볍고 따듯한 몸의 감촉을 거듭 반추하면서.

"하지만 매슈는 이제 도무지 멜랑에홀에게 눈길을 주지 않는 것 같아요." 흐륀이 안타깝다는 듯 말했다. "온 관심이 키아란한테 쏠려 있어서 누나가 속상해하더라고요. 하지만 매슈도 힘들 거예요. 누나를 외면하는 게 쉽지 않겠죠."

캐드펠은 오른쪽 다리를 전체적으로 부드럽게 문질러주고는 오일이 묻은 손을 마주 비비며 일어섰다. "오늘은 이걸로 됐다. 여기서 잠시 조용히 쉬었다 가렴. 오늘 밤에 먹을 약을 가져가겠니? 최소한 곁에 두기라도 하면 좋을 텐데. 그랬다가 네가 내키는 대로 선택하면 되잖니. 가끔은 도움을 받아들이는 것도 큰 친절이란다. 도움을 주는 사람에게 친절을 베푸는 셈이지. 혹시 키아란처럼 일부러 스스로에게 고통을 가하려는 생각은 아니지? 아무렴, 아닐 거야. 너는 아주 겸허한 사람이잖니. 남들보다 더 용감하고 더 존경받을 만한 사람이 되기 위해 무리해서 애를 쓸 리 없지. 그러니 자신의 불편함을 덜려는 노력이 잘못된 것이라는 생각은 버리는 게 좋을 거다. 다만 이 모든 건 너 자신의 선택에 달려 있으니 스스로 옳다고 생각하는 대로 하렴."

흐륀이 목발을 집어 들고 큰 마당 쪽으로 뻗은 길을 따라 절룩이며 나아가자 캐드펠은 멀찍이 거리를 두고 뒤따라가면서 그의 걸음을 유심히 살폈다. 오른쪽 다리가 여전히 안으로 뒤틀린 채 지면을 제대로 디디지 못하는 것이 육안으로 보기에는 별 차도가 없는 듯했으나, 그럼에도 근육들이 완전히 퇴화되고 위축된 상태에서 벗어나 뻣뻣하게나마 힘을 쓰고 있다는 걸 알 수 있었다. 저 아이가 여기 오래 머물기만 하면 오른쪽 다리를 어느 정도 쓰게 해줄 수 있을 텐데. 하지만 아이는 곧 이곳을 떠날 터였다. 사흘 뒤면 모든 행사와 의식이 끝나고 접객소는 텅 비게 되리라. 키아란과 그의 친구이자 보호자인 매슈는 웨일스를 향해 북서쪽으로, 위버 부인은 두 조카를 데리고 캠프덴으로 돌아갈 것이다. 상황이 지금과 달랐더라면 아주 걸맞은 짝이 될 수도 있었을 두 남녀는 서로 다른 길을 가 다시는 만나지 못할 것이다. 이곳 축제에 참석하기 위해 모여든 다른 사람들 역시 뿔뿔이 흩어져 각자의 생업으로 돌아갈 테고……. 하지만 그들 모두 아무것도 달라지지 않은 채 올 때와 똑같은 모습으로 돌아가야 할 이유는 없었다.

5

　수도원 숙사에서 다른 수사들과 함께 지내고 있는 애덤 수사는 비교적 한가로운 편이라 미사를 드릴 때나 수도원 경내를 오갈 때마다 다른 순례자들을 느긋하게 관찰하곤 했다. 오후 중반쯤 그와 캐드펠이 허브밭에서 걸어 나오는데, 마침 키아란과 매슈가 저녁기도에 앞서 회랑으로 둘러싸인 안마당에서 한두 시간가량 햇볕을 쬘 겸 큰 마당을 가로질러 가고 있었다. 마당에는 그들 외에도 많은 수사들과 속인 신분으로 수도원에서 일하는 고용인들, 손님들이 각자의 일로 분주하게 오가고 있었으나, 키아란의 남다른 인상과 고통을 견디며 조심스럽게 움직이는 모습은 금세 애덤 수사의 눈길을 끌었다.

　"저 두 사람, 전에도 본 적이 있습니다." 애덤 수사가 걸음을 멈추고 말했다. "레딩을 떠나 첫 밤을 보낸 애빙던에서요. 저들도 거기서 하룻밤을 묵었죠."

"애빙던이라!" 캐드펠이 말을 받았다. "그럼 저 친구들은 그보다 더 남쪽에서 온 모양이군. 그 뒤로 여기까지 오면서 저 친구들을 또 만나지는 않았습니까?"

"만날 수가 없었죠. 저는 말을 타고 왔으니까요. 게다가 우리 수도원장님의 심부름을 하느라 레민스터로 방향을 꺾었거든요. 그때 이후로는 처음 봅니다. 하지만 분명 저 친구들이었어요. 워낙 특이한 한 쌍이니 잊기 어렵지 않겠습니까?"

"애빙던에서는 어떤 모습을 하고 있던가요?" 캐드펠은 안마당으로 사라지는 그들을 눈으로 좇으며 물었다. "이미 여러 날을 여행해온 것 같던가요? 저 사람은 아베르다론까지 맨발로 가기로 맹세한 사람이니 아마 집을 떠난 지 얼마 지나지 않아 다리를 절기 시작했을 겁니다."

"예, 그때도 다리를 약간 절고 있었죠. 둘 다 멀리서 온 사람들처럼 먼지를 뒤집어쓴 채였고요. 뭐, 하루 사이에도 그렇게 될 수 있긴 하지만, 제 눈에는 먼 길을 걸어온 듯 보였습니다."

"저 청년이 어제 발을 치료받느라 내게 왔었죠. 오늘 저녁에도 다시 찾아올 겁니다. 사흘쯤 잘 쉬면 여행을 이어가는 데 큰 지장은 없을 거예요." 애빙던에서 남쪽으로 하루 거리 이상 떨어진 곳으로부터 웨일스 끝자락까지. 그야말로 머나먼 여정이다. "자기가 선택하지도 않은 고통을 안고 태어나 겸허한 태도로 이를 감내하는 이들이 얼마든지 있는 세상에 굳이 스스로에게 요란한 고행을 부과한다니, 사실 내겐 뭔가 초점이 어긋한 이상한 행동으로 여겨집니다. 경건한 행동일지는 몰라도 통 곱게 보이지가 않아요."

"단순해서 그렇죠." 애덤 수사는 관대하게 말했다. "그런 행위가 복을 가져다준다고 믿는 겁니다. 별다른 미덕도 없고 쌓아둔 덕행도 없으니 그런 식으로라도 해야겠다 마음먹고 덤벼들지 않았겠습니까?"

"내가 보기에 그 친구는 그렇게 단순한 사람이 아니에요." 캐드펠은 확신을 갖고서 말을 이었다. "자기가 치명적인 병을 앓고 있다더군요. 그래서 아베르다론으로 가 축복과 안식 속에 마지막 날을 보낸 뒤 어니스 엔흘리 섬에 뼈를 묻을 거라고요. 웨일스인의 혈통을 타고난 사람이 품음 직한 숭고한 희망이죠. 하지만 죽음의 운명이 다가오고 있음을 알면서도 고통을 자청하는 건 도리어 죽음을 향해 주먹을 흔드는 일종의 도전 행위나 다름없다는 생각이 들어요. 이해할 수는 있지만 찬성하고 싶지는 않군요."

"형제께서 눈살을 찌푸리실 만도 합니다." 애덤은 일종의 동류의식을 느끼며 싱긋이 웃어 보였다. "지금껏 식물들의 효능을 빌려 사람들의 고통을 덜어주는 일을 해오셨으니 그런 행위들이 일종의 모독으로 여겨지는 게 당연하죠." 애덤이 자신의 허리띠에 매달린 가죽 주머니를 툭툭 두드리자 그 안에 담긴 씨앗들이 응답하듯 부드러운 마찰음을 냈다. 두 사람은 올해 캐드펠이 허브밭에 재배한 외래 작물 두세 종의 수분 작업을 하고 나온 참이었다. "우리에게 고통이란 맞서 싸워야 할 적에 가깝지 않습니까? 세상 그 무엇보다 까다롭고 힘겨운 적 말입니다."

많은 이가 부산하게 오가는 광경을 바라보며 접객소 현관으로 이어지는 돌계단을 향해 느긋하게 걷던 중, 애덤 수사가 갑자기 걸음을 멈추고 누군가를 지그시 응시했다. "이 수도원에 성인 지망생들뿐 아니라 저 남쪽에서 온 범죄자들도 일부 섞여 있는 것 같군요."

캐드펠은 놀라 멈춰 서서는 애덤의 시선을 좇았다. 문제의 인물은 지극히 평범해 보이는 자로, 새롭게 도착한 순례자들과 장사꾼들을 구경하느라 늘 문지기실 근처에 모여 있는 작은 무리 속에 섞여 있었다. 덩치가 큰 편이지만 품새가 워낙 단정해 그리 눈에 띄지 않는 사람이었다. 수수하니 헐렁한 가운의 허리를 죈 벨트에 양손 엄지를 찔러 넣은 채였는데, 잘 재단된 그 가운으로 보아 아마 견실한 중류계급, 즉 유복한 상인이나 장인쯤 되는 듯했다. 수많은 잉글랜드 도시의 중추를 이루는 이들 중 하나로 가끔 휴가차 순례를 다닐 만큼 형편이 넉넉한 사람. 그는 살집이 좋으면서도 예리해 보이는 멀끔한 얼굴에 흡족한 미소를 머금은 채 주위에서 분주하게 오가는 모든 이를 느긋하게 지켜보고 있었다.

"여름 장사가 잘된 덕에 모처럼 시간을 내어 영혼의 안식을 위해 순례하러 온 길드퍼드의 상인 시미언 포어군요." 캐드펠은 의아한 기색으로 애덤 수사를 바라보았다. "내가 듣기로는 그렇습니다. 한데 뭐가 문제죠? 범죄자라 생각할 만한 무슨 이유라도 있는 겁니까?"

"시미언 포어라…….." 애덤 수사가 말했다. "그게 저 친구의 본명일 수도 있겠죠. 아니면 필요할 때마다 꺼내 들이댈 수 있는 이름 대여섯 개 중 하나일지도 모르고요. 이름이야 모르지만, 저는 저 얼굴을 분명히 압니다. 우리 수도원장님께서 수도원 밖에 일이 생길 때마다 저를 내보내곤 하셔서 시내와 장터에 자주 들르는 편인데, 거기서 저 친구를 본 적이 있어요. 그땐 그리 점잖은 옷차림이 아니었지만요. 지금 차려입은 모양을 보아하니 요즘 사업이 잘되는 모양이군요. 원래 이런저런 지역의 장터를 돌아다니며 그런 자리에 모여드는 풋내기 한량들과 잘 어울리는 친구입니다. 그 사람들 주머니에 담긴 걸 훑어내려는 목적으로 말이지요! 대개 주사위 노름으로 돈을 뜯어내는데, 면마다 무게를 달리 적용해 만든 주사위를 가지고 사기를 치죠. 사업이 신통치 않을 땐 남의 호주머니를 슬쩍하는 경우도 적지 않을 겁니다. 위험 부담이 크긴 하지만 보다 신속하게 목적을 달성할 수 있는 방법이니까요."

아는 것이 많고 세상 경험이 풍부하지만 오랫동안 선량한 이들을 주로 상대해온 캐드펠과 달리, 애덤 수사는 수도원장의 심부름으로 수도원 밖을 자주 출입하며 보다 다양한 종류의 사람들을 접해온 듯했다. 캐드펠은 존경과 애정이 담긴 눈길로 그를 바라보다가 문제의 상인 쪽으로 시선을 돌려 그를 좀 더 면밀히 살피기 시작했다.

"그 사람이 확실합니까?"

"틀림없습니다. 하지만 워낙 수완이 좋은 녀석이라 함부로 다루기 어려워요. 지금껏 한 번도 체포당한 적이 없을 정도입니다. 아니, 딱 한 번 붙잡히긴 했는데, 교묘한 술수를 써서 집행관의 손아귀를 빠져나갔죠. 어쨌든 녀석을 철저히 감시하는 게 좋을 겁니다. 어쩌면 이곳에서 결정적인 실수를 범하고서 마땅히 받아야 할 벌을 받게 될지도 모르죠. 제아무리 재주 좋은 악당이라 해도 결국은 붙잡히고 마는 법이니까요."

"그렇다면 저자는 지금 자기 영역에서 멀리 벗어나 있는 셈이군요." 캐드펠이 말했다. "내 경험에 의하면 저런 부류는 자신이 모든 사정을 훤히 꿰고 있는 본거지를 좀처럼 떠나지 않는 법인데 말입니다. 혹시 남쪽 지방을 모두 훑고서 새로운 영역을 찾아 이리로 온 걸까요? 그렇다면 주사위 사기보다 훨씬 더 고약한 짓을 계획하고 있을지도 모르겠는데요."

"그럴 수도요." 애덤 수사가 어깨를 으쓱여 보였다. "저런 쓰레기 같은 놈들은 당파 간의 분쟁을 아주 기꺼워합니다. 제 사욕만 챙기는 주군이나 영주에게 그렇듯이, 저놈들한테도 그런 혼란이 아주 유리한 환경을 조성해주거든요. 물론 전쟁까지는 바라지 않을 테지만, 서로 반목하는 당파들이 맞부딪치는 도시에서 일어나는 소동 같은 건 녀석들에게 고기와 술이나 다름없습니다. 혼란스러운 소동이 일어나면 놈들은 얼른 다른 이의 뒤로 슬그머니 다가가 주머니를 털고, 부유해 뵈는 노인들을 후려갈기거나 칼로 찌르는가 하면, 돈주머니 끈을 살짝 끊어버리죠. 시골에 사는 부류들처럼 숲속으로 들어가 짐승을 사냥하는 쪽보다 그게 훨씬 안전하고 편한 방법이라 생각하는 겁니다."

윈체스터의 그자들처럼 말이지, 캐드펠은 생각했다. 거기서도 한 사람이 뒤에서 날아온 칼에 찔려 목숨을 잃었다. 혹시 저자는 남쪽 지방 관리들의 추적을 피해 자신의 본거지를 떠나 이렇게 먼 곳으로 도망쳐 온 게 아닐까? 어리석은 풋내기 청년들을 사기 도박판에 끌어들여 돈을 갈취한 것보다 훨씬 더 중대한 잘못을 저질러서? 예컨대 살인이라든가…….

"사실 접객소의 공동 숙소에도 내가 조심스레 주시하고 있는 두세 사람이 있습니다." 캐드펠은 말했다. "지켜본 바에 의하면 저자는 그들과 어울리지 않지만, 형제의 말을 명심하고 경계를 게을리하지 않겠습니다. 데니스 수사한테도 같은 얘기를 전하고, 오늘 해가 저물기 전에 행정 장관인 휴 베링어에게도 통보할 생각이에요. 믿을 만한 제보를 들으면 휴와 이곳 시장도 기뻐할 겁니다."

캐드펠은 키아란의 발과 목에 발라줄 연고와 그의 부드러운 발바닥을 자극해 단단하게 만들어줄 물약을 가지고 안마당에 들어섰다. 두 발이 멀쩡하고 튼튼한 샌들까지 신은 그가 굳이 작업장에 앉아 몸도 성치 않은 키아란이 오기를 기다릴 이유가 없다는 생각에서였다. 오후의 햇살이 내리비치는 안마당은 무척 쾌적했다. 바닥에 깔린 풀밭은 제법 푹신했고, 때마침 만발한 장미꽃의 진한 향은 마치 하늘의 축복처럼 포근한 대기를 가득 채우고 있었다. 그러나 두 청년의 얼굴에는 먹구름이 가득했다. 키아란에게 정말로 육신의 죽음이 임박한 것일까? 그리하여 조만간 가까운 친구를 잃으리라는 사실 때문에 매슈의 얼굴도 저리 어두운 것일까?

키아란은 매슈에게 무언가 열심히 이야기하는 중이었다. 처음에 그는 캐드펠이 다가오는 것을 눈치채지 못했으나 이내 기척을 느꼈고, 그런 뒤에도 여전히 말을 이어갔다. "……다 시간 낭비일 뿐이야. 어차피 그런 일은 일어나지 않을 테니 기대하지 마. 절대 일어나지 않는다니까! 자넨 그냥 내 곁을 떠나 집으로 가는 편이 나아."

매슈가 위니프리드 성녀의 권능을 믿고 친구에게 기적을 내려 달라 기도했던 것일까? 그리고 흐륀이 그렇듯이 키아란 역시 병의 치유보다 자신의 때 이른 죽음을 기꺼이 하늘에 바치겠다는 열정적인 마음에 사로잡혀 있는 것일까?

매슈는 캐드펠의 존재를 아직 알아채지 못한 터였다. 그는 깊은 울림을 지닌 낮은 목소리로 차분하면서도 단호하게 말했다. "쓸데없는 소리 마! 나는 마지막 한 걸음까지 너와 함께 갈 거야."

캐드펠이 더 가까이 다가가자 두 청년은 짐짓 아무 일도 없던 듯 호흡을 가다듬고 태연한 표정을 지어 보였다. 나란히 돌 벤치에 앉아 있던 그들은 서로 약간 거리를 두고 떨어지며 다소 긴장 어린 미소로 캐드펠을 맞았다.

"내가 자유롭게 움직일 수 있는데 굳이 자네더러 오라 가라 할 이유가 없다 싶어 이렇게 왔네." 캐드펠은 연초록 풀밭에 무릎을 꿇고 앉아 들고 온 자루를 열며 말했다. "편히 앉아 그 발이나 좀 보여주게. 상태가 어떤지 확인하고 더 치료할 게 있으면 해야지. 그래야 씩씩하게 다시 여행을 시작할 수 있지 않겠나."

"정말 친절하시군요." 키아란이 한숨을 내쉬곤 말했다. "여정이 얼마 남지 않았어요. 가뿐한 기분으로 다시 출발하면 곧 목적지에 도착할 수 있을 겁니다."

"아멘!" 매슈가 나직하게 중얼거렸다.

이어 침묵이 흐르는 가운데 캐드펠은 혹사당해 심하게 부풀어 오른 발바닥을 소독제로 잘 닦아내고 약을 바른 뒤 서서히 가라앉기 시작한 목의 상처에도 갈퀴덩굴 연고를 발라주었다.

"자, 됐네!" 그가 말했다. "내일은 가급적 발을 쓰지 말게나. 여기서야 어디 멀리 갈 일도 없을 테니까. 내일도 다시 와서 치료해주지. 그러면 성녀님이 제단으로 돌아오시는 모레에는 좀 더 오래 걸어 다닐 수 있게 될 거야." 위니프리드 성녀를 입에 올리는 지금 자신이 정말 그 성녀의 유골에 관해 이야기하고 있는 건지, 아니면 다른 사람의 유골이 담긴 관마저 당신의 거룩함으로 가득 채울지 모를 그분의 영혼에 관해 이야기하고 있는 건지, 캐드펠은 좀처럼 가늠할 수가 없었다. 아닌 게 아니라 그 관 속에 있는 것은, 평소 종종 인자한 미소를 머금고 다니기는 했으나 성녀의 자비심에는 전혀 미치지 못할 변덕스러운 심성을 지녔던 자의 유골이니 말이다. 그렇지만 기적의 현상에 대해 논리적으로 설명할 수 있다면 그것을 과연 기적이라 할 수 있을까?

그는 조그마한 모직 천으로 두 손을 닦으며 자리에서 일어났다. 이제 20여 분 뒤에는 저녁기도가 시작될 것이다.

그곳을 떠나 큰 마당으로 이어지는 아치 통로에 가까이 이르렀을 즈음, 뒤에서 누군가 급하게 다가와 그의 소매를 붙잡았다.

"캐드펠 수사님," 매슈의 목소리였다. "이걸 놓고 가셨네요."

연고가 들어 있는 작고 투박한 초록색 단지였다. 풀밭에 놓인 것을 못 보고 그냥 온 모양이었다. 단지를 내미는 매슈의 손은 노동에 익숙한 이의 것처럼 두툼하고 억세 보였지만 손가락들은 꽤 길고 우아했으며, 평소 좀처럼 속내를 드러내지 않는 차분한 그 눈길에는 강한 호기심이 어려 있었다.

캐드펠은 고맙다는 말과 함께 단지를 받아 들어 자루에 집어넣었다. 키아란은 멀찌감치 제자리에 앉아 타는 듯한 눈으로 그들을 지켜보고 있었다. 햇살이 환하게 드는 자리에 혼자 동그마니 앉아 있는 모습이, 한순간 세상의 모든 이에게서 완전히 고립된 채 버려진 사람 같았다.

캐드펠과 매슈는 상대의 의중을 가늠하며 서로의 눈을 물끄러미 응시했다. 필요하다 싶을 땐 지체 없이 행동에 나설 수 있는 유능한 젊은이 같군, 캐드펠은 생각했다. 또한 그는 세상 경험이

없는 순수한 멜랑에홀이 온 마음을 쏟는 사람, 또 흐뤈이 자신이
야 어찌 되든 상관없이 그저 누나가 행복해지기를 바라는 마음에
장차 그녀의 신랑감이 되어주기를 기대하는 사람이기도 했다. 아
마 젠트리[21] 출신으로 라틴어도 좀 알고 무술도 웬만큼 익힌 교
양 있는 청년일 것이다. 그런 청년이 어쩌다 이렇게 가난한 떠돌
이처럼 온 나라를 헤매고 다니게 되었을까? 죽어가는 친구에 대
한 무분별한 애정 때문에?

"솔직히 말해주게." 캐드펠이 먼저 입을 열었다. "키아란이 죽
을 자리를 찾아 여행하고 있다는 게 사실인가?"

매슈의 커다란 두 눈이 한층 더 커지며 어두워졌다. 그는 잠시
침묵을 지키다가 이윽고 부드러운 어조로 천천히 말했다. "사실
입니다. 저 친구는 이미 죽음의 낙인이 찍힌 몸입니다. 성녀님께
서 기적을 베풀어주시지 않는 한 저 친구를 구할 길은 없어요. 아
니면…… 제가 죽든지요!" 그렇게 마지막 말을 툭 내뱉고서 그
는 몸을 돌려 친구에게로 돌아갔다.

*

캐드펠은 저녁 식사도 마다하고 경내를 떠나 시내 쪽으로 향
했다. 세번강을 가로지르는 다리를 건너 시내로 들어가는 큰 대
문을 통과한 뒤 구불구불한 와일가의 언덕길에 올라 걸음을 멈춘
곳은 다름 아닌 휴 베링어의 집이었다. 대자인 자일스가 다가와

그에게 안겼다. 튼실하고 잘생긴 외모에 고집이 센 그 아이는 엄마를 닮아 피부가 희고 팔다리가 길쭉한 것이, 장차 검은 피부에 왜소한 체구를 지닌 제 아버지를 더욱 작아 보이게 할 만큼 훌쩍 자랄 듯했다. 얼라인은 음식과 포도주를 내온 뒤 자리에 앉아 바느질을 하면서 이따금씩 따뜻한 미소가 어린 부드러운 눈길로 두 사람 쪽을 바라보았다. 이윽고 자일스가 캐드펠의 무릎에서 잠이 들자 그녀는 아들을 살며시 안아 들었다. 자일스는 이미 힘에 부칠 정도로 묵직해졌지만 얼라인은 팔과 어깨를 이용해서 힘들이지 않고 아이를 안는 법을 터득한 모양이었다. 캐드펠은 아이를 안고 옆방으로 들어가는 얼라인을 애정 어린 눈길로 지켜보았다.

"나날이 더 아름다워지고 화사해지는구먼. 결혼한 뒤에 이내 시들어버리는 사람도 종종 있는데, 얼라인은 결혼을 해서 더 빛이 나는 것 같아. 성인에게 후광이 드리우듯 말일세."

"저런, 결혼 생활에 대해 잘 아시는 듯 말씀하시는군요!" 휴가 다정한 농담조로 대꾸했다. "그쪽 일에 대해서만은 제가 수사님보다 더 뛰어날 텐데요. 아니, 오랫동안 독신으로 지내온 보통의 성직자들에게는 결혼한 사람들의 생활이 색다르게 보일 수 있어도, 수사님은 이미 세상 곳곳을 떠돌아다니며 별의별 일을 다 경험하셨으니 결혼 같은 걸 대단찮게 여기실지도 모르겠네요. 혹시, 그래서 성직자가 되신 것 아닙니까? 원기 왕성한 젊은이로서 탁월한 무용을 지닌 사람들과 함께 동방을 누비고 다니다 마흔 살을 넘기고서야 서약을 하셨잖아요. 그러고 보니 수사님의 추억 깊숙한 곳에 수사님만의 얼라인이 있을지도 모르겠군요. 혹시 압니까? 어딘가 자일스 같은 아들까지 있을지……." 휴는 야릇한 미소를 머금은 채 한마디 덧붙였다. "그렇다면 지금쯤 다 큰 어른이 되어 있겠군요."

캐드펠은 아무 대꾸도 없이 느긋한 자세로 앉아 있었으나 날카로운 감각을 지닌 휴는 그 침묵 속에서 심상치 않은 기미를 포착했다. 기나긴 하루를 보낸 뒤 안락의자에 앉아 나른한 기운에 몸과 마음을 맡기고 있던 그는 문득 눈을 크게 뜨고 탐색하는 듯한 눈길로 친구의 무표정한 얼굴을 응시하다가 재빨리 화제를 바꾸었다.

"그 시미언 포어라는 자는 남쪽에서 꽤 알려진 사람이더군요. 아직 이곳에서는 활동을 개시하지 않은 듯하지만 어쨌든 알려주셔서 정말 고맙습니다. 애덤 수사께도 감사 인사를 전해주세요. 그리고 수사님이 말씀하신 또 다른 자들 말인데요. 그들은 수도원 앞에 있는 워트의 술집에서 이번 축제를 맞아 찾아온 외지인들을 눈여겨보는가 하면 시내 전역을 누비고 돌아다니는 모양입니다. 워트 말로는 자기 술집에 낯선 자들이 일부 섞인 떠들썩한 패거리 하나가 들락거린다는데, 그 낯선 자들이 바로 수사님이 말씀하신 사람들인 것 같아요. 물론 패거리 중 몇몇은 시내와 수도원 앞 동네에 사는 젊은 한량들일 겁니다. 다들 술을 엄청나게 마셔대면서 주사위 노름을 했다더군요. 워트는 그 주사위가 영 수상쩍다고 했어요."

"짐작대로군." 캐드펠은 고개를 끄덕였다. "그자들은 도처에서 판을 벌일 걸세. 동네 얼간이들이야 돈을 내던지든 말든 그냥 내 버려두게나. 자기들 욕심에 합당한 대가니까. 어차피 워트는 주사위 구르는 모양만 봐도 그게 사기인지 아닌지 금세 눈치챌걸."

"게다가 자기 가게에서 성가신 자들을 몰아내는 방법도 잘 알죠. 워트가 그 낯선 자들 중 하나한테 이곳 치안 당국에서 술집을 감시하고 있다고 귀띔해주자 황급히 자기네 패거리를 끌고 나갔다더군요. 그래서 놈들에게 심부름꾼 하나를 붙여놓았답니다. 오늘 밤에는 어디서 만나는지 알아내려고요. 일이 순조롭게 진행된다면 수도원 측에서 축제를 거행하는 데 아무 지장이 없게끔 우리가 그자들을 덮쳐 일망타진해버릴 겁니다."

휴의 말대로 되면 좋으련만, 캐드펠은 수도원으로 돌아가면서 생각했다. 다리 밑에서는 황혼 녘의 붉은빛으로 물든 강물이 소용돌이치며 흐르고 있었다. 여름철이라 수위가 낮아지면서 시든 갈색 잡초들이 길게 드러누워 있는 몇 개의 섬들이 모습을 드러냈다. 그는 저 머나먼 남쪽 지방에서 일어난 한 기사의 죽음을 떠올렸다. 그 사건에 대해서는 아직 어떤 단서도 드러나지 않은 터였다. 강물에 반사되어 어른거리는 석양빛 얼룩처럼 희끄무레한 무엇이라도 잡히면 좋으련만. 상인으로 위장한 시미언 포어가 바로 그곳에서 왔다. 그는 왜 이곳에 왔을까? 성녀의 영혼을 경배하기 위해서? 아니면 얼뜨기들의 돈을 후려내는 일보다 훨씬 무거운 범죄를 저지르고 관리들에게 쫓겨 도망쳐 온 것일까? 욕심

많은 얼간이들은 사기꾼에게 돈을 뜯겨도 싸다는 식으로 내뱉긴 했지만, 그게 공정하지 못한 말이라는 사실은 캐드펠 자신도 잘 알고 있었다.

수도원의 정문은 굳게 잠긴 채였지만 아직 쪽문이 열려 있어 그곳으로 서쪽의 석양빛이 비쳐 들었다. 그 환한 빛 속에 들어서는 순간, 또 다른 누군가가 뒤에서 바짝 다가서며 한 손으로 그의 팔꿈치를 공손하게 붙드는 바람에 캐드펠은 깜짝 놀랐다.

"안녕하세요, 수사님!" 그 사람은 상냥하게 인사를 건네며 수도원 경내에 발을 들여놓더니 활달한 걸음으로 큰 마당을 가로질러 접객소의 돌계단을 향해 부지런히 걸어갔다. 강건하고 다부진 몸에 모직 가운을 걸친 남자, 길드퍼드에서 온 상인으로 자처하는 시미언 포어였다.

6

위니프리드 성녀의 관을 운구하기 전날인 6월 21일 오전, 대미사가 끝난 뒤 사람들이 햇살 환한 성당 밖으로 몰려나오고 수도원장은 자신의 공관을 향해 천천히 걸어갈 때였다. 신자들 사이에서 갑자기 당혹스러운 외침이 터져 나오는가 싶더니, 한 남자가 거친 물줄기처럼 인파를 가르며 맨발로 허둥지둥 수도원장 앞으로 튀어나와서는 그의 옷자락을 붙잡고 요란하게 울부짖었다.

"수도원장님, 잠깐만 제 말 좀 들어주십시오! 제 물건이 사라졌습니다! 우리 가운데 도둑이 있습니다!"

수도원장은 분노와 비탄으로 온몸을 떨고 있는 키아란의 얼굴을 놀란 눈으로 내려다보았다.

"원장님, 부디 정의를 베풀어주십시오! 원장님이 도와주시지 않으면 저는 큰 곤경에 빠지게 됩니다!" 이어 뒤늦게야 자신의 행위가 얼마나 무례한 짓인지 깨달았는지, 얼른 무릎을 꿇고서 말을 이었다. "소란을 피워 죄송합니다. 용서해주십시오! 정신이 없어 제가 무슨 말을 하는지도 잘 모르겠습니다!"

막 미사를 마치고 다가온 축제의 분위기에 들떠 왁자지껄하게 떠들며 몰려나오던 이들이 한순간 물을 끼얹은 듯 일제히 말을 멈추고는 수도원장과 그 남자 주위로 몰려들기 시작했고, 무리를 이루어 질서 정연하게 걸어가던 수사들은 느닷없이 앞을 가로막은 이 사내를 못마땅한 눈빛으로 바라보고 있었다. 캐드펠은 무릎을 꿇은 채 용서를 비는 키아란의 어깨 너머로 그의 단짝인 매슈를 찾으려고 이리저리 두리번거렸다. 잠시 후 군중 사이를 뚫고 앞으로 나오는 그의 모습이 보였다. 그는 몹시 당황한 듯 눈을 둥그렇게 뜨고 입을 벌린 채 몇 발짝 떨어진 곳에서 걸음을 멈추고는 찡그린 낯으로 두 사람을 번갈아 쳐다보았다. 단짝인 매슈도 영문을 모르는 어떤 일이 키아란에게 일어난 것일까?

"일어나시오!" 라둘푸스가 조용히 말했다. "내게 무릎 꿇을 필요는 없소. 할 말이 있거든 무슨 말이든 해보시오. 잘못된 게 있으면 바로잡아줄 테니."

군중 사이로 서서히 번져나가던 침묵이 큰 마당 제일 끝까지 이르자 이미 멀리 흩어져 있던 이들도 모두 돌아서서 눈을 크게 뜨고 귀를 쫑긋 세우며 수도원장과 키아란을 둘러싼 사람들 뒤편으로 슬그머니 다가섰다.

키아란은 꾸물꾸물 몸을 일으키더니 똑바로 서기도 전에 다시 말문을 터뜨렸다. "수도원장님, 저는 반지를 하나 갖고 있었습니다. 윈체스터 주교 각하께서 이따금 끼고 다니시는 반지의 모조품으로, 그분을 상징하는 문장紋章과 성함이 새겨져 있는 물건입니다. 각하께서는 외부에서 당신의 업무를 대행하는 파견인들에게 통행권 삼아 그런 반지들을 하사하십니다. 그 반지를 끼고 있는 사람은 여행하는 동안 묵을 곳을 제공받고 신변 보호를 받을 수 있지요. 그런데 그 반지가 없어졌습니다, 원장님!"

"블루아의 헨리 주교 본인이 직접 그대에게 반지를 주었단 말이오?" 라둘푸스가 물었다.

"아닙니다, 원장님. 각하가 직접 주신 건 아닙니다. 저는 하이드 수도원²²에서 부수도원장님을 모시던 중 치명적인 병에 걸려 남은 생애를 아베르다론 성당에서 보내기로 결심했습니다. 수도원장님도 아시다시피 하이드 수도원은 오랫동안 원장 자리가 비어 있어 부수도원장님이 그 직위를 대행하고 계시는데, 그분이 주교 각하께 제가 여행하는 동안 신변 보호를 해주십사 청원을 드려서……."

그렇게 이 맨발의 여행이 시작된 거로군, 캐드펠은 생각했다. 윈체스터 대성당이라……. 헨리 주교가 주재하는 올드 민스터²³의 라이벌로 존재해온 뉴 민스터²⁴를 30년 전 그 자리에서 쫓아내고 도시 북서쪽 교외에 있는 하이드 미드로 옮겨 가게 만든 바로 그 성당. 주교는 하이드 수도원을 직접 관할하고자 자신의 영향력을 이용하여 아주 오랫동안 수도원장 자리를 공석으로 놔두었고, 그리하여 하이드 수도원 측 사람들은 헨리 주교에게 은근한 적개심을 품고 있었다. 수도원을 장악하려는 주교의 다양한 공작, 그리고 모든 수단을 동원해 이에 저항해온 하이드의 부수도원장. 그 두 사람의 갈등은 오래 지속되어왔으나, 이 수도원에 소속된 사람이 치명적인 병에 걸리자 헨리 주교도 자기 나름의 자비를 베푼 모양이었다. 교황 대사이자 주교인 헨리가 보호하는 여행자는 사법 당국의 힘이 살아 있는 지역이라면 어디든 아무 어려움 없이 자유롭게 다닐 수 있었다. 아마 구제불능의 무법자들만이 감히 그의 앞을 가로막을 수 있으리라.

"원장님, 반지는 바로 오늘 오전에 사라졌습니다. 이것 좀 보세요. 칼로 잘라낸 자국입니다!" 키아란은 자신의 허리띠에 매달린 갈색 리넨 자루를 들어 대롱거리는 두 가닥의 끈을 보여주었다. "여기 있는 누군가가 아주 예리한 칼로 자루 속 끈을 잘라내고 제 반지를 가져간 겁니다!"

"수도원장님, 이 사람의 말은 사실입니다!" 어느새 곁에 다가서 있던 로버트 부수도원장이 말을 받았다. 그는 평소와 달리 잔뜩 흥분한 모습이었다. "저도 이 젊은이가 지니고 있던 반지를 봤습니다. 더없이 서글프면서도 엄숙한 의미가 함축된 이 여행을 이어가는 동안 여러 가지 편의와 도움을 제공받을 수 있게끔 주어진 반지였지요. 그런 게 없어졌으니, 조사를 위해 일단 정문부터 닫는 게 좋지 않겠습니까?"

"그렇게 하시오." 라둘푸스는 그렇게 대답한 뒤 조용히 서서 늘 부수도원장의 손발과도 같은 역할을 하는 제롬 수사가 이 명이 제대로 실행되는지 확인하기 위해 정문으로 달려가는 광경을 바라보았다. "자, 이제 한숨 돌리고 차분히 생각해보시오. 반지는 멀리 있지 않을 거요. 그대는 반지를 끼고 있었던 게 아니라, 그 자루의 끈에 매두었던 거요?"

"예, 원장님. 더할 나위 없이 소중한 물건이었으니까요."

"반지가 제자리에 있다는 걸 마지막으로 확인한 게 언제였소?"

"오늘 아침에도 봤습니다. 제 소지품이라고 해봐야 이 자루 속에 담긴 게 전부예요. 밤에 자는 동안 누가 줄을 끊었다면 바로 알았을 겁니다. 아침까지만 해도 틀림없이 전부 고스란히 제자리에 있었어요. 저는 끝까지 맨발로 여행하겠다고 맹세한 터라 여기서 쉬는 동안에는 가급적 발을 사용하지 않고 있습니다. 오늘도 대미사에만 참석했고요. 그러니 신도들이 빈틈없이 들어차 있던 바로 이곳 성당에서 어떤 악한 자가 금제禁制를 깨뜨리고 제 반지를 훔쳐 간 게 분명합니다."

캐드펠은 호기심에 차서 구경하는 모든 이의 얼굴을 사려 깊은 눈길로 찬찬히 훑어보았다. 그렇게 북적이는 자리에서는 자루에 손을 넣어 살그머니 줄을 끊어버리고 반지를 가져가는 일이 그리 어렵지 않았을 것이다. 사람들의 몸이 서로 맞부딪치는 와중에 조심스레 움직였다면 피해 당사자는 물론 주위 사람들도 전혀 눈치채지 못했으리라. 다만, 자기 친구에게 일어나는 일은 무엇 하나 놓치는 법이 없는 매슈조차 알아채지 못할 정도였으니 꽤 전문적인 솜씨를 지닌 사람의 소행임이 틀림없었다. 매슈는 이 상황에 어떻게 대처해야 할지 모르겠다는 듯 여전히 가만 서 있었는데, 그러면서도 표정 변화를 일절 보이지 않은 채 가늘게 뜬 예리한 눈으로 키아란과 수도원장, 부수도원장의 얼굴을 번갈아 응시했다. 캐드펠은 멜랑에홀이 어느 틈에 그의 곁으로 다가와 조심스럽게 매슈의 소매를 잡는 광경을 포착했다. 매슈는 그 손길을 뿌리치지 않았다. 고개가 살짝 들리고 눈빛이 달라지는 것으로 미루어 누가 자기 소매를 잡았는지 짐작한 모양이었다. 그럼에도 그는 그녀를 내버려둔 채 키아란에게만 모든 관심을 집중했다. 그들 뒤편으로 그리 멀리 떨어지지 않은 곳에서 목발에 몸을 기댄 채 당혹스러운 듯 낯을 찌푸리고 있는 흐륀과 그 곁에서 호기심 어린 눈길로 이쪽을 바라보는 위버 부인의 모습이 눈에 들어왔다. 자, 이렇게 모두 모였구먼, 캐드펠은 생각했다. 하지만 다른 사람의 마음속에서 어떤 생각이 교차하는지, 누가 이런 짓을 저질렀는지, 이 사건이 그들 각자에게 어떤 결과를 불러올지는 아직 그 누구도 모를 것이다.

"미사가 진행되는 동안 누가 그대 곁에 서 있었는지 혹시 기억하시오?" 부수도원장이 물었다. 분노와 슬픔이 깃든 목소리였다. "어떤 불량한 자가 감히 미사 도중에 도둑질을 하여 그 성스러움을 모독했는지……."

"원장님, 저는 그저 제단만 바라보고 있었습니다." 키아란은 얼마 되지 않는 소지품이 들어 있는 자루를 열어 보이며 단호하게 고개를 가로저었다. "워낙 많은 이들이 촘촘히 들어차 있어서…… 이렇게 성스러운 분을 모시는 성당은 으레 그렇잖습니까…… 매슈가 바로 뒤에 있었던 건 기억합니다. 그 친구야 언제나 제 곁을 떠나지 않는 사람이니까요. 하지만 또 어떤 사람이 근처에 있었는지 제가 어떻게 알 수 있겠습니까? 모두가 다른 사람들의 몸으로 빈틈없이 둘러싸여 있던 판국에……."

"사람이 많긴 했지." 로버트 부수도원장이 중얼거렸다. 그 또한 미사에 몰려온 수많은 인파를 보며 꽤 흡족해하던 터였다. "원장님, 정문을 완전히 닫아걸었습니다. 미사에 참석했던 이들이 고스란히 여기 모여 있는 셈이지요. 그리고 우리 모두 이 일의 진실이 밝혀지기를 바라고 있습니다."

"그렇지, 단 한 사람만 제외하고 말이오." 라둘푸스는 담담하게 말을 이었다. "이렇게 튼튼한 줄을 단번에 베어낼 수 있을 만큼 날카로운 단검을 이곳에 들여온 범인의 바람은 다르겠지. 어떤 의도를 가지고 이 수도원에 왔든, 그 사람은 자신의 영혼을 생각하며 두려움에 떨고 있을 거요. 자, 반지는 분명 이곳에 있소. 여기 계신 선한 분들 모두 기꺼이 우리를 도와 각자가 가진 물건들을 흔쾌히 보여주시리라 믿소. 훔친 물건을 소지하고 있지 않은 이상 당연히 그렇게 해주시겠지. 그리고 소중한 물건을 잃어버린 또 다른 사람이 있는지도 확인해야겠소. 이곳에 도둑이 있다면 그가 단 하나의 물건만 훔쳤으리라 장담할 수는 없으니 말이오."

"맞습니다, 원장님." 로버트가 열정적으로 말을 받았다. "정직하고 경건한 순례자라면 누구나 기꺼이 우리를 돕겠지요. 이곳에서 도둑과 함께 지내고 싶은 사람이 어디 있겠습니까?"

모여 서 있던 사람들은 잠시 망설이며 서로의 얼굴을 바라보다가 이내 그 말이 옳다며 이구동성으로 그러겠다고 찬동하고 나섰다. 이곳저곳에서 모여든 이들은 며칠 전까지만 해도 서로 낯선 사이였으나 축제를 맞아 흥겨운 기분으로 함께 지내며 친분을 맺은 터였다. 그러나 세속의 검은 손이 수도원 경내에까지 그 무자비한 손길을 뻗친 지금 누가 결백한 사람이고 누가 의심스러운 사람인지 어찌 확신하겠는가?

"원장님," 키아란은 여전히 근심과 고통을 떨쳐내지 못한 듯 몸을 떨고 진땀을 흘리며 입을 열었다. "저부터 제 모든 소지품이 들어 있는 이 자루를 넘겨드리겠습니다. 이걸 먼저 조사해보시고 제가 정말로 도둑을 맞았다는 사실을 모든 분께 분명히 밝혀주십시오. 저는 맨발로 이곳에 왔으며, 제가 가진 물건들은 원장님 손에 들린 그 자루 속에 죄다 담겨 있습니다. 또한 기꺼이 자신의 결백함을 증명해주실 다른 모든 분께 모범을 보이는 의미에서 제 친구 매슈도 자기 자루를 흔쾌히 열어 보일 겁니다. 우리가 이렇게 자발적으로 나서면 다른 분들도 거부하지 않으시겠죠."

그 말을 듣기 무섭게 매슈는 자기 소매를 잡고 있던 멜랑에홀의 손을 얼른 떨쳐버리더니, 키아란의 것과 비슷하게 생긴 갈색 천 자루를 엉덩이께에서 앞쪽으로 돌렸다. 키아란의 자루 속 초라한 소지품들을 꺼내 들여다보고 있던 부수도원장은 물건들을 다시 집어넣은 뒤 키아란의 시선이 가리키는 곳을 눈으로 좇았다.

"기꺼이 이 자루를 넘겨드리겠습니다." 매슈가 허리띠에서 자루를 떼어내 부수도원장에게 건넸다.

로버트는 고개를 끄덕이며 자루를 받아 열고는 손을 넣어 자루 속의 물건들을 하나하나 뒤적거리기 시작했다. 여행 중 물에 빨아서 쑤셔 넣은 듯 심하게 구겨진 여분의 셔츠 하나와 리넨 속옷들, 남자들이 사용하는 몸단장 도구들과 면도칼, 잿물 비누 한 도막, 가죽 표지로 감싸인 성무일도서, 얄팍한 지갑, 얌전히 접힌 리본 장식……. 그러다 부수도원장이 그중 어떤 물건을 하나 꺼냈다. 이것만은 사람들 앞에 꺼내 보여줘야 할 것 같다는 생각이 들어서였다. 남자들이 흔히 뒤춤에 차고 다니는 손바닥만 한 단검이 칼집에 잘 담겨 있었다.

"예, 제 물건이 맞습니다." 매슈는 라둘푸스 수도원장의 두 눈을 똑바로 쳐다보면서 말했다. "하지만 이걸 친구의 자루 줄을 끊는 데 사용한 적은 없습니다. 이 수도원에 들어온 뒤로는 자루에서 꺼낸 적도 없었죠. 정말입니다, 수도원장님."

라둘푸스는 단검을 들여다보다가 그 주인에게로 시선을 옮긴 뒤 고개를 끄덕였다. "요즘 같은 세상에 자기를 방어할 무기 하나

없이 여행을 다니는 젊은이는 없겠지. 게다가 무기를 지니지 않은 동료까지 지켜줘야 할 입장이니. 그대의 상황은 충분히 이해하오, 젊은이. 하지만 이 경내에서 무기를 소지해서는 안 되오."

"그럼 어떻게 해야 옳았을까요?" 매슈가 고개를 빳빳이 세운 채 물었다. 자칫 반항적이라 여겨질 만큼 퉁명스러운 태도였다.

"지금이라도 문지기실의 수사에게 맡기는 게 좋겠소." 라둘푸스는 단호하게 말을 이었다. "다른 사람들도 모두 그렇게 했으니까. 무기는 이곳을 떠날 때 돌려받도록 하시오."

상황이 상황인지라 매슈로서도 점잖게 고개를 숙이고 물러설 수밖에 없었지만, 여전히 그의 얼굴엔 불만이 가득했다. "예, 말씀대로 하지요. 사전에 미리 조언을 구하지 않은 점 용서하시기 바랍니다."

"그나저나 원장님, 제 반지 말입니다……." 키아란이 근심스러운 얼굴로 호소하듯 입을 열었다. "그건 제게 통행권이나 마찬가지입니다. 그게 없으면 목적지까지 가는 동안 어떻게 제 목숨을 보전할 수 있을지……."

"그 반지를 찾기 위해 이 경내를 샅샅이 수색할 것이오." 수도원장은 숨죽인 채 귀 기울이고 있는 저 뒤편의 구경꾼들까지 똑똑히 들을 수 있게끔 목청을 높였다. "반지와 아무 관련이 없는 사람이라면 자신의 소지품을 흔쾌히 꺼내 보여주겠지. 자, 어서 수색을 시작하시오, 로버트!"

사람들은 수도원장이 지시를 내리고 공관으로 돌아가는 내내 숨죽이고 서 있다가 그의 모습이 사라지자마자 와자지껄하게 떠들어대면서 사방으로 흩어지기 시작했다. 로버트 부수도원장은 데니스 수사에게 도움을 구하고자 키아란과 함께 접객소를 향해 엄숙하게 걸음을 옮겼고, 매슈는 주저하는 눈길로 멜랑에흘을 몇 번 쳐다보더니 곧 급하게 몸을 돌려 그들의 뒤에 따라붙었다.

*

그날 슈루즈베리 수도원 손님들보다 더 싹싹하고 협조적인 사람들을 찾기란 어려울 것이다. 모두 자신의 결백을 증명하기 위해 하나같이 성의 있게, 그리고 신속하게 짐 보따리와 상자를 열어 보여주었다. 더없이 세심하게 진행된 수색은 오후가 저물도록 이어졌으나 수도원 측에서는 반지의 그림자도 찾아내지 못했다. 게다가 공동 숙소에 묵고 있던, 비교적 부유한 축에 드는 한두 사람이 여태 자세히 살펴볼 기회를 갖지 못하다가 수사들에게 보여주느라 짐을 샅샅이 풀어낸 결과 놀라운 사실이 밝혀졌다. 리치필드에서 온 어느 향사는 지갑에 넣어 보따리 깊숙이 감춰둔 비상금이 절반 이상 없어졌다는 걸 알았다. 그리고 상인인 시미언 포어—그는 이 불경스러운 범죄를 누구보다 더 큰 목소리로 매도하면서 제일 먼저 짐을 풀어 보여준 이들 중 하나였는데—는 짐을 풀더니 다음 날 제단에 바치려 했던 은사슬을 도둑맞았다고 주장했다. 이번 순례로 평생의 소원을 성취했다며 흡족해하던 한

가난한 교구사제는 자신이 1년이 넘는 시간에 걸쳐 손수 제작한 물건, 은과 유리로 상감하여 아름답게 장식한 조그만 함을 잃어버렸다며 슬픔에 잠겼다. 그 함 속에 이번 순례 여행을 기념할 만한 몇 가지 물건들, 예컨대 수도원 정원에서 따낸 마른 꽃이나 위니프리드 성녀의 관 밑에 놓인 제단 천 가장자리에서 뽑아낸 실 한두 올 따위를 담아 가지고 돌아갈 생각이었다는 것이다. 한편 우스터에서 온 어느 상인은 내일의 행사를 위해 아껴둔, 가장 좋은 코트에 어울릴 만한 질 좋은 가죽 벨트를 잃어버렸다고 했다. 또 다른 한두 사람도 누군가 자기네 물건들에 손을 댔다가 별 가치가 없다 여기고는 제자리에 그냥 내버려둔 것 같다며 찝찝해했다.

*

결국 조사가 아무 성과 없이 끝날 즈음, 캐드펠은 흐뢴이 오기로 한 시간에 맞추어 자신의 작업장으로 돌아갔다. 잠시 기다리자 소년이 골똘히 생각에 잠긴 듯한 표정으로 도착해서는 묵묵히 캐드펠에게 제 다리를 내맡겼다. 캐드펠은 그의 뭉치고 굳은 근육을 마사지하는 손길에 조금씩 힘을 더해갔다.

"단검은 발견되지 않은 건가요, 수사님?" 마침내 흐뢴이 캐드펠을 올려다보며 말했다.

"그래, 그런 건 나오지 않았어." 물론 여행 중 여인숙이나 길가 나무 밑에 앉아 빵과 고기를 썰 때 사용할 만한 칼은 잔뜩 나왔다. 그런 일상적인 용도로 사용하기에는 부족함이 없지만, 아무에게도 들키지 않고 튼튼한 줄을 단번에 끊어낼 수 있을 만큼 날카롭지는 않은 흔한 주머니칼들이었다. "하지만 평소 면도를 하는 사람들은 면도칼도 지니고 다니지. 그런 사람들은 칼이 무딘 걸 아주 싫어하고. 일단 도둑 하나가 수도원 경내에 들어오면 정직한 사람들이 그자를 막기란 쉽지 않은 법이야. 양심의 가책을 느끼지 않는 자는 늘 규칙을 지키는 사람들보다 유리한 입장에 서게 되니까. 너는 누구에게도 나쁜 짓을 하지 않았으니 신경 쓸 필요 없다. 이런 일로 내일의 축제를 망치지 말도록 하렴."

"예, 그래야죠." 그러나 소년은 여전히 그 사건에 마음을 빼앗긴 채였다. "하지만 수사님, 단검이 있었어요. 칼집 속에 들어 있는 꽤 긴 단검이 적어도 하나는 더 있었다고요. 전 분명히 알아요. 어제 미사 때 그걸 지니고 있던 사람이 저랑 찰싹 붙어 있었거든요. 수사님도 아시다시피 전 미사가 끝날 때까지 목발을 단단히 붙잡고 서 있었는데, 워낙 사람들이 빽빽이 들어차 있어서 그의 허리에 매달린 큼직한 리넨 자루가 제 손과 팔에 닿았어요. 그때 분명히 느껴졌어요. 단검의 손잡이 부분이랑 그 밖의 모든 형태까지 고스란히 말예요. 틀림없어요! 하지만 수사님들은 그걸 찾아내지 못하셨죠."

"그 사람이 누구였니?" 캐드펠은 손가락에 저항해오는 근육들을 조심스레 풀어주면서 물었다. "대체 누가 미사 자리에 그런 무기를 지니고 들어왔지?"

"올이 굵은 모직으로 만든 좋은 가운 차림의 덩치 큰 남자였어요. 옷감에 대해서는 저도 배운 바가 있어서 잘 알죠. 사람들이 시미언 포어라 부르는 상인, 바로 그 사람이에요. 하지만 수색 때 단검이 발견되지 않았다니…… 아마 그 사람도 매슈처럼 자기 단검을 문지기실 수사님께 맡겼나 봐요."

"그랬을지도 모르지. 그 사람 자루 속에 단검이 들어 있다는 걸 알아챈 게 어제라고 했니? 그럼 오늘은? 그 사람이 오늘도 네 곁에 서 있었니?"

"아뇨, 오늘은 아니었어요."

그래, 아까 수도원장이 매슈더러 단검을 문지기실에 맡기라고 지시할 때 그자는 누가 요구하면 언제든 모든 사람 앞에 제 자루를 펼쳐 보일 태세로 느긋하게 웃으며 그 소동을 여유작작하게 지켜보고 있었지. 이미 단검을 어딘가에 감춰두었던 게 분명해. 수도원 경내에 단검이나 귀중품처럼 자그마한 물건들을 숨길 곳은 얼마든지 있었다. 관리들이 대문을 굳게 닫아건 뒤 모든 손님을 경내에 가둔 채 정원 땅을 샅샅이 파헤치고 숙사의 모든 침대부터 벤치와 홀까지 완전히 뒤집어놓지 않는 한, 수색 작업은 그저 요식행위에 그치고 말 것이다. 악인들은 항시 정직한 사람들보다 한두 걸음 빠른 법이다.

"정말 불공평해요. 매슈만 단검을 빼앗겼잖아요." 흐륀이 말을 이었다. "그리고 키아란은 반지 없이 여행하는 걸 벌써부터 몹시 겁내며 괴로워하고 있어요. 보아하니 내일까지는 접객소 밖으로 나오지도 않을 것 같더라고요."

그는 정말이지 고통스러워 보였다. 하지만 참 이상한 일 아닌
가? 자기가 금세 죽을 운명이라 태연히 말하던 사람이 반지 하나
잃어버렸다고 두려워하며 진땀까지 흘리다니. 어차피 곧 죽을 사
람이라면 두려움 같은 건 없어야 마땅할 텐데.

하긴, 사람이란 원래 모순적인 존재니까, 캐드펠은 생각했다.
게다가 인적 드문 험난한 길 어딘가에서 낯선 괴한이나 노상강도
에 의해 잔인하게 학살당하는 건, 아베르다론에서 이미 마음의
준비를 갖춘 채 비슷한 심성을 지닌 경건한 사람들의 기도와 연
민과 축복에 둘러싸여 조용한 죽음을 맞이하는 것과 전혀 다른
이야기이리라.

그 시미언 포어라는 자는 어제처럼 오늘 미사 때도 단검을 지
닌 채 성당에 들어왔을 가능성이 높았다. 그런데 키아란이 반지
를 잃어버렸다는 걸 눈치채기도 전에 어찌 그리 재빨리 단검을
숨겼을까? 그리고 그걸 얼른 처리해야 한다는 건 어떻게 알았
지? 도둑이 아니라면 굳이 그걸 감춰야 할 이유가 없지 않은가.

"매슈나 키아란 때문에 네가 골머리를 앓을 필요는 없다." 캐
드펠은 소년의 아름답고 연약한 얼굴을 내려다보며 입을 열었다.
"그저 내일 성녀님께 나아갈 일만 생각하도록 해. 성녀님과 하느
님은 우리 모두를 내려다보고 계시니 네가 뭘 바라는지도 굳이
말할 필요가 없을 거다. 네가 할 일은 결과야 어찌 되었든 간에
그저 조용히 기다리는 것뿐이야. 아무튼 터무니없는 일은 일어나

지 않을 테니까. 그래, 간밤에 약은 먹었니?"

"아뇨." 흐륀은 햇살을 받은 얼음처럼 투명하고 맑은 눈을 커다랗게 떴다. "어제는 몸이 아주 편안했어요. 성녀님께 감사 기도를 드렸죠. 아, 물론 수사님이 저를 위해 해주시는 일들을 무시하는 건 아니에요. 그저 저도 그분께 뭔가를 드리고 싶어서…… 아무튼 그러고서 잠을 잤어요. 정말로 아주 편안히, 잘 잤죠."

"오늘 밤에도 그렇게 하려무나." 캐드펠은 부드럽게 말하고는 소년의 몸을 한 팔로 감싸 안아 천천히 일으켜 세웠다. "성녀님께 기도를 드리고, 약을 먹어야 할지 조용히 생각해본 뒤 네 마음 가는 대로 하고, 잘 자도록 해. 살아 있는 그 어떤 사람도, 왕이건 황제건 간에 그보다 더 나은 복락을 기대할 수는 없을 게다."

*

그날 키아란은 접객소 안에 처박혀 꼼짝하지 않았다. 매슈는 웬일로 키아란과 함께 움직이지 않고 혼자서 접객소를 나와 큰 마당으로 이어지는 돌계단 꼭대기에 서더니, 두 팔을 아치 통로 양옆에 닿을 정도로 넓게 벌리고 고개를 뒤로 젖힌 채 가슴 가득 저녁 공기를 들이마셨다. 마지막 기도를 앞두고 호젓한 분위기에 감싸인 큰 마당에는 저녁 식사를 마친 몇몇 사람들만 조용히 지나다닐 뿐이었다.

캐드펠 수사는 허브밭에서 처리할 일들 때문에 성서 독회가 끝나기도 전에 참사회 회의장을 나와 넓은 마당을 가로지르다가 계단 꼭대기에서 심호흡을 하며 저녁나절의 고즈넉한 분위기를 즐기고 있는 매슈를 발견했다. 혼자 있는 매슈는 왠지 더 크고 젊어 보였으며, 여전히 무표정한 그 얼굴에는 부드러운 저녁 빛과 함께 깊은 평온함이 깃들어 있었다. 매슈가 계단을 내려오기 시작한 순간 캐드펠은 무심결에 뒤쪽으로 시선을 돌려 그의 짝, 평소라면 매슈의 바로 앞에서 걷곤 하던 사람을 찾았지만 키아란의 모습은 보이지 않았다. 아마 안에서 쉬고 있는 모양이었다. 그동안 밤이고 낮이고, 쉴 때든 움직일 때든, 매슈가 자기 친구 곁을 떠난 적이 있었던가? 심지어 눈으로 멜랑에흘을 좇으면서도 그는 늘 친구와 함께였는데.

사람이란 정말이지 알 수 없는 존재야, 캐드펠은 느긋하게 걸음을 옮기며 생각했다. 그들에 대한 내 호기심은 끝이 없고 말이지. 그 자체로 고해하고 용서를 구해야 할 죄악이었다. 동료 인간에 대한 한 인간의 호기심, 그는 걸신들린 듯 탐욕스레 이를 좇으며 살아가는 셈이었다. 사람들은 왜 이렇게, 혹은 저렇게 행동할까? 자기가 중병에 걸려 죽어가고 있음을 알고 임종 전에 포근한 안식처에 이르고 싶다면, 어째서 굳이 맨발로, 게다가 목에 무거운 짐을 매단 채 그 머나먼 여행길에 오른 걸까? 뒤틀린 고집에 의한 행동이 아니라 그저 장애를 갖고 태어나 절룩이며 걷고 있는 흐륀 같은 사람은 대체 왜 스스로 은총을 받을 자격이 없다고 생각하는 것일까? 매슈는 왜 친구를 따라 땅끝까지 가는 일에 자기 젊음과 힘을 바치고 있을까? 키아란은 키아란 대로, 친구에게 산뜻하게 작별을 고해야 마땅한 상황에서 왜 그가 제 그림자 노릇을 하도록 내버려두는 것일까?

캐드펠은 주목 울타리를 돌아가면서 장미밭을 들여다보았다. 누군가 꽃밭 가장자리의 풀밭에서 두 팔로 무릎을 끌어안고 그 위에 턱을 받친 채 오도카니 앉아 경사진 완두밭 너머, 수위가 낮아져 여기저기 바위들이 돌출한 은빛 메올 시내를 응시하고 있었다. 여자였다. 앨리스 위버 부인은 또래 부인 대여섯과 어울려 수다를 떨고 흐뤈은 이미 잠자리에 들었을 이 시각, 멜랑에흘이 혼자 살그머니 빠져나와 정원에 조용히 앉아 불안하게 흔들리는 꿈과 굳건한 소망들을 되새기고 있었다. 그녀의 아담한 몸이 휘황한 서쪽 하늘을 배경으로 황금빛 후광을 두른 검은 실루엣으로 떠올랐다. 하늘의 빛깔로 미루어 위니프리드 성녀의 날인 내일은 구름 한 점 없는 화창한 날이 될 것 같았다.

그들 사이에 넓은 장미밭이 가로놓인 터라 멜랑에흘은 캐드펠의 기척을 전혀 느끼지 못했다. 캐드펠은 잔풀이 깔린 길을 따라 조용히 작업장으로 향했다. 모든 물건이 가지런히 잘 치워졌는지, 포도주 병이나 플라스크의 마개들은 잘 닫혀 있는지, 조금 전까지 불기가 남아 있던 화로가 완전히 꺼졌는지 점검해야 했다. 오스윈 수사는 열정적이고 헌신적인 젊은이지만, 그리고 이젠 그릇들을 깨먹는 일도 많이 줄었지만, 여전히 사소한 일들을 그냥 지나치고 넘어가는 경우가 잦았다. 작업장에 도착한 캐드펠은 모든 것이 제대로 되어 있음을 확인한 뒤 자리에 앉았다. 마지막 기도까지 시간이 좀 남았으니 목재 향내가 감도는 이 침침한 작업장에서 얼마간 명상에 잠길 수 있으리라. 하루를 마무리하는 시간, 누군가는 효율적으로 사용하지만 누군가는 허투루 날려버리는 시간이었다. 같은 순간 세 장인, 장갑 제조공 월터 바곳과 양복장이 존 슈어와 말편자공 윌리엄 헤일스는 휴가 설치해놓은 함정인 줄은 꿈에도 모른 채 주사위 노름을 하는 패거리가 모이는 장소로 간 터였다. 절도 사건의 주요 용의자인 시미언 포어도 자리를 비웠을 것이다. 노름이 벌어지는 곳으로 갈지, 아니면 어둠을 틈타 무슨 일을 벌이느라 또 다른 장소로 갈지는 모를 일이었다. 캐드펠은 이미 세 장인 중 두 사람이 먼저 정문을 빠져나가고 그로부터 몇 분 뒤 나머지 한 사람이 나가는 광경을 목격한 참이었다. 아마 길드퍼드의 상인을 자처하는 문제의 남자도 머지않아 정문을 빠져나갈 것이다.

캐드펠은 나무 벤치에 앉아 두 발을 쭉 뻗고 눈을 감았다. 또한 그 시간은 좀처럼 속내를 짐작하기 어려운 고독한 젊은이가 모처럼 자유를 얻어 경내를 배회하다가 자신처럼 고독한 한 여자와 마주할 시간이기도 했다.

*

매슈는 기척도 없이 그녀의 등 뒤로 접근해왔다. 들판 가장자리에 무성하게 자란 마른 풀밭에 발을 디디는 소리에 멜랑에홀이 깜짝 놀라 얼른 고개를 돌렸다. 그녀는 그때껏 줄곧 지켜보고 있던 일몰의 찬연한 빛에 반쯤 눈이 먼 상태로 매슈가 선 방향을 멍하니 올려다보았다. 아무 경계 없이 열려 있는, 아이처럼 순수하고 연약한 얼굴이었다. 매슈는 문득 이곳으로 오던 중 자신이 말들을 피해 그녀를 끌어안고 도랑을 뛰어 건넜을 때 보았던 그녀의 표정을 떠올렸다. 놀라서 눈을 휘둥그레 뜨고 그를 올려다보던 그녀의 눈빛에 떠오른 경탄과 기쁨. 마치 바위처럼 든든하고 다정하고 따뜻한 마음을 발견한 듯한 표정이었다.

두 순수한 눈빛의 만남은 그리 오래 지속되지 않았다. 그녀는 곧 환상을 털어내듯 눈을 깜빡이면서 고개를 가볍게 흔들고는 매슈가 혼자 나오지는 않았으리라는 생각에 그의 뒤쪽을 살폈다.

"키아란은……? 그분에게 필요한 거라도 찾고 있나요?"

"아뇨." 매슈는 짤막하게 대꾸한 뒤 잠시 다른 곳으로 시선을 돌렸다. "그 친구는 침대에 누워 있어요."

"여태껏 한 번도 그분 곁을 떠난 적이 없잖아요!" 멜랑에홀은 놀란 표정으로 말했다. 키아란이 은근히 원망스러울 때도 없지 않았지만 그래도 그의 처지를 이해하고 동정해온 터였다.

"하지만 보다시피 지금은 아니죠." 매슈는 퉁명스럽게 말을 이었다. "나도 내 시간을 가지고 싶을 때가 있어요. 신선한 공기를 쐰다거나…… 그리고 어차피 그 친구는 줄곧 이부자리에 누워 꼼짝도 하지 않으니까요."

"역시 날 찾으러 나온 건 아니군요." 멜랑에홀이 씁쓸하게 내뱉으며 재빨리 몸을 일으키자 매슈는 자기도 모르게 한 손을 내밀었다. 하지만 그녀가 그의 손을 피하며 제 힘으로 일어서는 바람에 얼른 다시 손을 내려야 했다. "그래도 날 보고 다른 곳으로 가버리지는 않았네요." 멜랑에홀이 천천히 말했다. "최소한 그 점에는 감사드려요."

"나는 자유로운 처지가 못 돼요." 매슈가 항의하듯 말했다. "당신도 잘 알잖아요."

"우리가 나란히 걸었을 때도, 당신이 내 짐을 든 채 내 곁에서 걸었을 때도 자유롭지 못한 처지이기는 마찬가지였죠." 멜랑에홀이 날카롭게 쏘아붙였다. "키아란을 앞세워 그의 뒤를 따라 걸으며 내게 미소 짓고, 험한 길이 나올 때면 곁으로 바싹 붙어 도와주고, 함께 있어 기쁘다는 듯 내게 듣기 좋은 이야기를 할 때도 말이에요. 그땐 왜 자유로운 처지가 아니라고 말하지 않았죠? 왜 우리를 그대로 내버려둔 채 그 사람을 데리고 다른 길로 가버리지 않았죠? 그랬으면 나는 진작 마음을 접고 금세 당신을 잊어버렸을 거예요. 하지만 이제는 잊고 싶어도 잊을 수가 없어요! 내 목숨이 다할 때까지 못 잊을 거라고요!"

매슈의 입술과 뺨의 모든 근육이 순간적으로 팽팽하게 긴장되며 일그러졌다. 멜랑에홀로서는 그게 분노 때문인지 고통 때문인지 가늠할 수 없었다. 그의 표정을 자세히 관찰하기엔 서로 너무나 가까이 서 있었던 것이다. 이윽고 매슈가 고개를 돌려 그녀의 시선을 피했다.

"그렇게 비난하는 것도 무리는 아니죠." 그가 거칠게 숨을 몰아쉬며 속삭이듯 말했다. "내 잘못이에요. 그렇게 달콤하고 완전한 행복을 맛볼 수 있으리라 기대해서는 안 되었는데, 얼른 당신 곁을 떠났어야 했는데, 그러지 못해서…… 나로선 그 친구의 뜻을 따를 수밖에 없었어요. 그 친구, 키아란이 당신 식구들과 같이 가고 싶어 했거든요. 당신의 선량한 이모와 함께…… 아, 그래도 내가 마음을 굳게 다져먹고 당신을 멀리했어야 했는데. 당신을 가만 내버려뒀어야……." 그는 갑자기 돌아섰다가 다시 급하게 몸을 돌려 한 팔로 그녀의 몸을 안고는 자신의 얼굴 가까이로 거칠게 끌어당겼다. 그녀는 자신의 살을 사정없이 파고드는 강한 손가락의 힘을 느꼈다. "당신이 내게 얼마나 가혹한 요구를 하고 있는지 알기나 해요? 알 리가 없지! 당신은 당신 얼굴을 제대로 본 적도 없을 거예요. 다른 사람들의 눈동자에 비친 희미한 영상이나 보았을까? 아니면 연못에 비춰봤거나. 물론 연못에 고개를 숙이고 자신의 얼굴을 들여다볼 수 있을 만큼 한가한 시간이 있었다면 말이죠. 그 얼굴이 절망에 빠져 허우적거리는 남자에게 얼마나 큰 힘을 발휘했는지, 당신이 과연 알 수 있을까요? 극심한 가뭄으로 허덕이던 사람이 바로 곁에 흐르는 물을 보고 달려들었다는 게 그리도 이상한가요? 아, 당신 곁에 머무르며 당신의 고요한 마음을 어지럽히느니 차라리 죽는 게 나았을 것을. 오, 주여, 저를 용서하소서!"

일반적으로 여성이 또래의 남성들보다 두세 살쯤 더 성숙하다는 점을 고려한다 해도, 그녀는 아직 소녀에 가까운 나이였다. 멜랑에흘은 그의 격렬하고 절절한 고백에 일말의 두려움이 섞인 황홀함과 함께, 마치 물에 젖어 진하게 풍겨 나오는 냄새처럼 그에게서 발산되어 나오는 강렬한 고뇌에 깊은 감동을 느꼈다. 그녀의 몸을 움켜진 손만이 아니라 그의 몸 전체가 무섭게 떨리고 있었다. 자신이 겪고 있던 괴로움보다 한층 더 크고 격렬한 그의 고통을 깨닫자 이제까지의 비참한 심경이 눈 녹듯 사라지는 듯했다. 그녀는 천천히 손을 들어 그의 손을 부드럽게 감싸 쥐며 입을 열었다.

"감히 주님을 대신할 생각은 없지만, 만일 내게 그럴 자격이 있다면 기꺼이 당신을 용서할게요. 내가 당신을 사랑하는 게 당신 죄는 아니잖아요. 웨일스를 떠나온 이래 당신만큼 나한테 다정하게 대해준 사람은 없어요. 그리고 당신은 그때도 내게 분명히 말했어요. 서약을 한 처지라고…… 어떤 서약인지는 말하지 않았지만 틀림없이 그렇게 얘기했다고요. 그러니 고통스러워하지 말아요. 오, 내 사랑, 그렇게 괴로워하지 말아요……."

그렇게 서 있는 동안 황혼의 빛이 한층 더 짙어졌다. 새빨갛게 타오르던 노을이 서서히 사위며, 어둠의 첫 그늘이 새의 빠른 날갯짓처럼 두 사람의 얼굴을 스치고 지나가 찬연한 빛 속으로 녹아들었다. 그의 눈에도, 그녀의 커다란 눈에도 눈물이 맺혀 있었다. 이윽고 그가 그녀의 얼굴 쪽으로 고개를 숙였다. 두 사람은 누가 먼저랄 것도 없이 입을 맞추었다.

*

　마지막 기도를 알리는 종소리가 투명한 저녁 하늘을 가로지르며 온 경내에 맑게 울려 퍼지자 반쯤 잠에 빠져 있던 캐드펠 수사는 눈을 떴다. 젊어서 전쟁터에 나갔을 때도 그랬지만, 나이 들어 이 수도원에 들어와서도 그는 혼곤한 잠을 금방 떨치고 일어나 밤과 낮의 두 세계를 최대한 활용하는 생활에 익숙해 있었다. 자리에서 일어난 그는 황혼으로 물든 바깥으로 나서면서 손을 뒤로 돌려 작업장 문을 닫았다.

　허브밭과 장미밭을 가로질러 성당까지 가는 데는 얼마 걸리지 않았다. 그 저녁나절의 아름다운 황혼의 빛에 취해, 또 내일 거행될 성녀의 축제를 떠올리며 행복한 마음으로, 그는 기운차게 걸음을 옮겼다. 서녘 하늘 전체가 젊은이의 볼처럼 순수하고 부드럽고 따뜻한 빛으로 물들지 않았다면 아마 장미밭 곁을 지나가면서 굳이 서쪽을 기웃거리지 않았으리라. 바로 그 두 연인이 있는 방향이었다. 보이지 않는 개천을 향해 흘러내리는 경사진 언덕 꼭대기에서 새빨간 서쪽 하늘을 배경으로 서로를 꼭 끌어안은 두 사람의 그림자가 검은 실루엣으로 선명하게 떠올라 있었다. 매슈와 멜랑에흘이군, 캐드펠은 생각했다. 그가 스쳐 지나는 동안에도 두 사람은 내내 서로를 부둥켜안은 채 입을 맞추고 있었다. 캐

드펠은 마음속으로 기도를 드리며 두 눈 깊숙이 각인된 그들의
모습을 품은 채 성당으로 멀어져갔다.

7

6월 21일 저녁, 교황 대사의 사절이—이제는 교황 대사의 사절이 아니라 황후의 사절이라 해야 옳을 테지만—슈루즈베리 외곽에 도착했다. 그의 전령은 성의 정문 쪽으로 안내받아 가다가 마침 시미언 포어와 그의 패거리를 잡아들이기 위해 다리 쪽으로 내려가던 휴 베링어와 마주쳤다. 부하 여섯 명이 휴를 뒤따르고 있었다. 범죄자들이 고향에서 멀리 떨어진 낯선 고장으로 오면서 틀림없이 무장을 했으리라 여긴 터였다. 휴로서는 우연히 마주친 이 방문객이 그리 반갑지 않았으나 수많은 위험 요소가 왕당파를 에워싸고 있음을 잘 알았기에 예를 갖추어 전령을 접견하기로 했다. 주교의 사절이 무슨 일로 이곳에 왔든, 그 내용을 미리 파악해두고 적절히 대처할 수 있도록 준비를 해둬야 할 것이었다.

성의 정문 곁에 마련된 문지기실에서, 다소 둔해 보이는 중년의 향사는 마주 선 휴에게 메시지를 전달했다.

"행정 장관 각하, 잉글랜드의 여왕 전하와 윈체스터 주교 각하께서는 그분들을 대신하여 평화와 질서라는 선물을 갖고 각하를 찾아오는 사절을 기꺼이 맞아주기를 바라십니다. 사절은 이 왕국의 재난을 해결하는 일에 각하께서도 함께 나서주십사 요청할 것입니다. 저는 그 사절의 방문 사실을 미리 통보하기 위해 전령의 자격으로 이렇게 먼저 왔습니다."

여왕이라…… 대관식도 치르기 전에 그러한 직함을 취했다니. 우려했던 일이 마침내 일어나려는 것인가!

"주교 각하의 사절을 환영하는 바이며 이곳 슈루즈베리에서 아주 정중하게 영접할 것을 약속드리오." 휴는 말했다. "사절이 전하는 모든 말을 주의 깊게 경청하도록 하겠소. 하지만 지금은 지체할 수 없는 급한 용무가 있소. 그대의 주인은 언제쯤 도착하시겠소?"

"아마 두 시간 정도면 당도하실 겁니다." 향사가 거리를 대충 가늠해보더니 대답했다.

"좋소. 그 정도면 당면한 작은 문제를 처리하고도 그분을 영접하는 데 필요한 준비를 갖출 시간이 있겠구먼. 그분은 몇 명의 수행원을 대동하고 있소?"

"저를 제외하면 병사 둘뿐입니다, 각하."

"그렇다면 그대를 내 부관에게 맡기겠소. 그가 이 성안에 그대와 다른 두 병사의 숙소를 마련해줄 거요. 그대의 주인은 내 집으로 안내해 아내로 하여금 모시도록 하겠소. 지금의 접견 절차가 약식으로 이루어지는 것을 양해해주기 바라오. 이 어스름 녘을 놓쳤다가는 앞둔 용무를 해결하기 곤란할 것 같아서 말이오. 혹 결례가 되었다면 후에 별충하겠소."

전령의 말은 마구간으로 옮겨져 보살핌을 받을 것이고, 전령 또한 휴의 부관인 앨런 허바드의 안내를 받아 편안한 숙소에 들 것이다. 그곳에서 부츠와 가죽 코트를 벗고 고기와 포도주를 즐기면 그도 꽤 흡족해하리라. 휴의 대리인인 젊은 부관 허바드는 정중한 주인 역할을 충분히 훌륭하게 수행해낼 사람이었다. 얼마 전 부관으로 승격한 그는 어떤 임무가 주어지든 기꺼이, 또 신속하게 일을 완수해내곤 했다. 그렇게 전령과의 접견을 마친 뒤 휴는 여섯 명의 부하들을 데리고 급히 성을 떠났다.

저녁기도가 끝난 직후, 밝지도 어둡지도 않은 어중간한 시각이었다. 대십자상 앞에서 곡선을 그리며 뻗어 있는 가파른 와일가로 접어들 무렵에는 다들 황혼 녘의 어스름에 눈이 익은 상태였다. 날이 너무 캄캄하면 먹잇감을 놓칠 가능성이 높고, 그렇다고 너무 훤하면 놈들이 멀리서부터 쉽사리 그들의 동정을 탐지할 수 있을 것이다. 전문적인 자들이라면 틀림없이 망보는 자를 세워놨으리라.

동쪽으로 구부러진 와일가를 따라 나아가 시내를 둘러싼 성벽에 난 잉글리시 게이트 앞에 이르렀을 때, 키가 훌쩍하고 깡마른 몸에 덥수룩한 머리와 초롱초롱한 눈을 가진 아이 하나가 대문 너머 어둠 속에서 튀어나와 휴의 소맷자락을 붙잡았다. 수도원 앞 동네에 사는 워트의 심부름꾼이었다. 이 영리한 아이는 노름 꾼들의 접선 장소를 파악해내고는 이토록 중요한 임무에 커다란 공헌을 한다는 사실에 신이 나서 휴가 나타나기만을 기다리고 있었다.

"각하, 놈들이 모두 모였습니다. 수도원에서 나온 녀석 넷이랑, 또 이 지역 사람이 열두어 명 되는데 대부분은 시내 사람들입니다요." 자기가 사는 수도원 앞 동네 사람들이 시내 사람들에 비해 훨씬 착하고 똑똑하다는 점을 강조하려는 듯 그는 경멸 섞인 투로 말을 이었다. "말들은 여기 두고 걸어가시는 게 좋을 겁니다. 다리 위에서 말발굽 소리가 나자마자 놈들이 모두 튀어 달아날 수 있으니까요. 이 시간에는 소리가 멀리까지 날아가거든요."

그들의 모임 장소가 멀지 않다면 그렇게 하는 게 좋으리라. "그자들은 어디 있지?" 휴는 말에서 내리며 물었다.

"저 다리 맨 끝에 있는 아치 밑입니다요. 땅이 바싹 말라 있고, 다른 데서 잘 보이지 않는 곳이죠." 그 아치 밑에 통행이 불가능할 정도로 강물이 차는 경우는 홍수가 날 때뿐이었다. 수위가 낮아진 요즘 같은 시기라면 아마 마른 풀로 둘러싸인 아늑한 보금자리가 되어 있을 것이리라.

"그자들에게 등이 있더냐?"

"침침한 등롱 하나가 있어요. 하지만 놈들이 주사위를 던지는 판판한 돌만 비출 정도라, 물가까지 내려가지 않는 한 어디에서도 보이지 않지요."

그렇다면 망보는 자가 소리를 치자마자 쉽게 등불을 꺼버릴 수 있겠군. 그런 뒤 다들 놀란 새들처럼 사방으로 흩어지겠지. 그 사기꾼 일당이 제일 먼저, 그리고 제일 빠르게 움직일 것이다. 놈들에게 사기당한 자들을 잡아들이기야 쉽겠지만 사실 그들은 남의 돈을 훔치거나 남들에게 피해를 끼친 사람들이 아니다. 그들의 죄라면 그저 제 돈을 털릴 정도로 어리석다는 사실뿐이다.

"말은 여기 두고 간다." 휴는 마음을 정하고 말했다. "모두 이 소년의 말을 들었겠지. 놈들은 저 다리 밑에 있다. 우리가 습격하면 일부는 강둑을 따라 게이 초원 쪽으로 도망갈 테고, 일부는 그 반대편, 빽빽한 덤불이 우거진 곳으로 튈 것이다. 그러니 우리 일행은 셋씩 두 조로 나누어 각기 양쪽 비탈을 맡도록 한다. 나는 서쪽 조와 함께 움직이겠다. 만일 이 지방의 멍청한 젊은이들이 보이거든 그냥 내버려두되, 다른 지방에서 온 자들은 기필코 붙잡도록 하라."

그렇게 작전을 세운 뒤 그들은 무성한 잡초의 초록빛과 시내의 불빛을 받아 반짝이는 세번강 위 다리를 건너 강둑의 덤불 속으로 숨어들었다. 각기 적당한 자리를 잡고 대기할 무렵, 저녁놀이 어느덧 서쪽 지평선으로 가늘게 사라지면서 사방에 부드러운 벨벳 같은 어둠이 깃들기 시작했다. 샛길을 따라 서쪽으로 접근한 휴는 마침내 석조 아치 밑에서 희미하게 반짝이는 빛을 포착했다. 그자들이 있는 곳이었다. 수가 너무 많아 아무래도 더 많은 인원을 동원하는 게 좋았을 것 같다는 생각이 잠시 스쳤다. 하지만 휴는 이곳 사람들까지 전부 잡아들일 마음이 없었다. 그저 정신없이 각자의 집으로 내빼 일확천금이라는 꿈의 허망함을 새삼 절감하게 하는 것으로 족하리라. 그가 정말 잡고 싶은 것은 사기꾼들이었다. 이 지역의 멍청이들은 시장의 처분에 맡기도록 하자.

그는 하늘이 더 어두워진 뒤에 놈들을 잡아들이기로 했다. 여름밤이 부드러운 날개를 접으며 대지에 내려앉고 있었다. 달도 보이지 않는 밤이었다. 이윽고 휴의 휘파람을 신호로, 그들은 양옆에서 아래로 조금씩 포복해 내려갔다.

그러나 그들의 움직임이 너무 빨리 드러났다. 바람 없는 조용한 밤, 둑 위로 무성하게 자라난 덤불이 부스럭 소리를 낸 탓이었다. 아래쪽에서 망을 보던 귀 밝은 자가 날카롭게 휘파람을 불자 순간적으로 사위가 고요해졌다. 이내 등롱의 불이 꺼지며 다리의 석조 아치 밑은 칠흑같이 어두워졌다. 휴와 부하들은 이제 벌떡 일어나 빠르게 걸음을 옮겼다. 어둠 속에서 많은 사람들의 몸이 소리 없이 일어나 사방으로 움직이고, 자빠지고, 달아나기 시작했다. 들리는 소리라곤 겁먹은 헐떡임뿐이었다. 휴의 부하들은 아치 밑을 봉쇄하기 위해 가까스로 덤불을 뚫고 육박해 들어갔다. 다리 밑에 있던 자들은 감히 휴의 부하들에게 덤벼들 엄두를 내지 못하고 일부는 왼쪽으로, 또 일부는 오른쪽으로 달려갔다. 얕은 물속을 텀벙거리며 도망치는 자들이 있는가 하면 몇몇은 더 깊은 물로 뛰어들어 건너편 강둑을 향해 헤엄쳐갔는데, 이들은 아주 어렸을 적부터 이 강에서 놀며 자라 그 흐름에 익숙한 시내 사람들임이 분명했다. 슈루즈베리에서 태어나고 자란 이들은 그 냥 가게 내버려두자. 그들이 돈을 잃었다면 본인의 어리석음 때 문이니, 제 잠자리에 누워 후회하고 속죄하게 하자. 그들을 혼내 주는 일은 각자의 아내들에게 맡기면 될 일이다!

이제 아치 밑에는 이곳의 강에 익숙지 않아 얕은 물가 너머로 는 더 이상 나아갈 엄두를 내지 못한 자들만이 은신해 있었다. 궁 지에 몰린 이들은 갑자기 무기를 빼 들더니 이리저리 휘두르며 온 힘을 다해 아치 밖을 돌파하기 시작했다. 싸움은 그리 오래가 지 않았다. 긴장으로 가득한 어둠 속에서 강변의 무성한 풀밭에 흩어진 휴의 부하들은 각기 자신에게 덤벼드는 자들과 맞붙었으 나 곧 몸 여기저기에 칼을 맞아 깊고 얕은 상처를 입었다. 함정 을 탈출한 자들이 관목 숲을 뚫고 달아나는 소리가 점차 멀어져 갔다. 이제 다리 밑 어둠 속에는 꺼진 등롱과 사방에 흩어진 주사 위들만 널려 있었다. 사기꾼들로서는 큰 손실을 입고 다시 새로 운 주사위 세트를 준비해야 하겠지만, 어쨌든 몸은 구해낸 셈이 었다.

휴는 베인 상처에서 피를 흘리며 무성한 풀밭을 뚫고 나아가 게이 초원에서 넓은 길과 다리로 이어지는 좁은 길을 따라 내달렸다. 저 앞에서 시커먼 뒷모습만 보이는 한 사람이 욕설을 내뱉으며 달아나고 있었다. 휴는 큰길을 향해 고함쳤다. "저놈 잡아라! 법을 어긴 자다!" 수도원 앞 동네와 시내에 사는 주민들 대부분은 잠자리에 들려는 시작이었다. 그러나 세상에는 정당한 일 때문이든 혹은 뒤가 구린 일 때문이든 늦도록 자지 않고 돌아다니는 사람들이 있으며, 그들 중 적어도 일부는 이러한 요청에 기꺼이 응하는 법이다. 물론 휴가 재난을 부른 것인지 아니면 적절한 도움의 손길을 부른 것인지는 그에 응한 사람이 품은 마음의 향방에 따라 달라지겠지만 말이다.

이제 서쪽 지평선에 얇은 노란색 띠만 남긴 채 완전히 어둠에 잠긴 부드러운 여름밤 하늘에 휴의 고함에 흔쾌히 응하는 날카로운 외침이 울려 퍼지더니, 이내 숨 가쁜 격투가 벌어지는 듯 어지러운 소리가 이어졌다. 얼른 큰길로 뛰어 올라간 휴의 눈앞에 말을 탄 세 사람의 검은 그림자가 나타났다. 다리로 이어지는 길목에 멈춰 서 있는 이들 둘은 가운데 있는 사람을 호위하듯 양옆에 바짝 다가서 있었고, 가운데 사람은 말 등에서 허리를 숙여 한 손으로 자신의 말에 기대선 채 숨을 헐떡이면서도 여전히 저항하려고 버둥거리는 사람의 멱살을 움켜쥐고 있었다.

"댁이 원하는 사람이 바로 이자 같군요." 자신에게로 다가서는 휴를 바라보며 그가 입을 열었다. "도움을 요청하는 소리를 듣고 붙잡았습니다. 이 지역의 치안관이십니까?"

맑은 울림을 지닌 좋은 목소리인데, 목청을 죽여 낮은 소리로 말하는 것에는 익숙지 않은 모양이었다. 어두워 얼굴은 제대로 보이지 않았지만 안장에 반듯하게 앉은 유연하고 균형 잡힌 몸매는 뚜렷이 드러났고, 전체적인 분위기로 보아 젊은 사람이 분명했다. 그는 생포한 자를 자기보다 우선권을 지닌 자에게 양도하려는 듯 멱살 잡은 손을 살짝 늦추었다. 도망자는 반쯤 풀려난 상태인데도 손길을 뿌리치고 달아나는 대신 도전하듯 제자리에 떡 버티고 서더니 이제 어쩔 거냐고 묻는 듯한 눈길로 휴를 바라보았다.

"덕분에 송사리 한 마리를 잡았습니다." 휴는 자신이 쫓던 이를 알아보고 씩 웃으며 말을 이었다. "아쉽게도 월척은 아니지만요. 우리는 먹잇감을 찾으러 온 사기꾼 일당을 막 급습하던 참이었습니다. 당신이 붙잡은 이 젊은 신사분은 시내에서 온 훌륭한 금세공인으로, 그 사기꾼들에게 속은 얼간이에 불과하죠. 어이, 대니얼, 아마 그자들과 어울리면서 갖고 있던 금과 은을 몽땅 털린 것 같은데."

"주사위 놀이를 하는 건 죄가 아닙니다." 대니얼은 괜스레 이리저리 발을 굴러 흙먼지를 피워 올리며 투덜거렸다. "막 운이 돌아오던 참이었는데……."

"그자들이 갖고 온 주사위로는 어림도 없소. 하지만 당신이 저녁 시간을 쓸데없는 짓에 허비하고 빈털터리로 집에 돌아가는 걸 죄라 규정할 수 없는 건 사실이지. 아까 그곳으로 돌아가 다른 사람들과 함께 순순히 치안관을 따라가겠다면 나로서는 당신을 고발할 하등의 이유가 없소. 얌전하게 굴면 자정께에는 집으로 돌아갈 수 있을 거요."

대니얼 아우리파버는 감사의 뜻을 표하고는 어깨를 축 늘어뜨린 채 다리 밑으로 되돌아가 이미 붙잡힌 사람들 사이에 합류했다. 다리를 건너는 요란한 말발굽 소리로 미루어, 누군가 얼른 말을 타고 사기꾼 일당이 도망친 서쪽으로 달려가려는 모양이었다. 이곳에서 1킬로미터 정도만 더 가면 깊숙한 숲이었다. 얼른 그들을 잡지 않으면 그다음부터는 사냥개들을 동원해야 하고, 게다가 야간에는 불가능한 일이니 추적은 내일 날이 밝을 때까지 미뤄지게 될 것이다.

"이거, 애초에 작정했던 환대와는 영 거리가 먼 상황이 되어버렸군요." 휴는 사내의 희미한 얼굴을 올려다보면서 말했다. "아무래도 당신이 모드 황후와 윈체스터 주교가 보낸 사절인 것 같아 하는 말입니다. 한 시간 전쯤 전령에게서 소식을 들었는데, 이렇게 금세 오실 줄은 몰랐습니다. 아마 도착하실 즈음에는 이 문제를 매듭지을 수 있을 거라 생각했지요…… 나는 휴 베링어라고 합니다. 이곳에서 스티븐 전하를 대리하는 행정 장관으로 일하고 있지요. 성안에 수행원들이 묵을 곳을 마련해놓았으니 안내원을 딸려 보내도록 하겠습니다. 그리고 당신은 나를 만나러 온 손님이니 우리 집에 체류하시는 게 좋겠습니다."

"대단히 친절하시군요." 황후의 사절이 쾌활하게 말했다. "기꺼이 그러도록 하지요. 하지만 그에 앞서 체포한 시내 사람들 일부터 처리하고 그들을 귀가시키는 게 좋지 않을까요? 제 일은 그 뒤로 미루셔도 괜찮습니다."

*

"그다지 성공적이지 못한 작전이었어요." 나중에 휴는 캐드펠에게 조용히 털어놓았다. "그자들의 무기와 대담성을 과소평가한 제 탓입니다."

그날 밤 데니스 수사가 관리하는 접객소에서는 네 사람의 손님이 돌아오지 않았다. 길드퍼드에서 온 상인 시미언 포어, 장갑 제조공 월터 바곳, 양복장이 존 슈어, 말편자공 윌리엄 헤일스. 그 중 윌리엄 헤일스는 시내 사람들을 사기도박에 끌어들인 죄로 다른 떠돌이 행상인과 함께 슈루즈베리 성의 석조 골방에 갇혔으나, 나머지 셋은 몇 군데 찰과상만을 입고 서쪽 롱숲 최북단 가장자리를 뒤덮은 잡목림 속으로 도망칠 수 있었다. 포근한 여름밤이니 거기 편안한 잠자리를 마련하고는 자기네가 입은 손실과 거액에 이르는 이익을 점검해볼 터였다. 이제 수도원이나 시내로 돌아갈 수 없는 처지였고, 어찌 됐든 그들에겐 대목이라 할 만한 날이 하루 더 남아 있었다. 부상을 입은 사람이 그 지역을 얼쩡거렸다간 대번에 현지 주민들의 의심을 살 테지만, 그렇다고 벌써 남쪽으로 돌아갈 수는 없을 것이다. 잔꾀로 세상을 살아가는 사람들은 어떠한 상황에도 금세 적응하여 부정직한 돈벌이 판을 벌이는 법, 그들의 수단이 주사위 노름 하나에 그치지는 않으리라.

한몫 두둑이 벌어 아내에게 돌아가겠다는 허황된 꿈을 안고 나왔던 시내의 젊은 건달들과 소박한 장인들은 성의 문지기실로 끌려가 훈계와 경고를 잔뜩 들은 뒤 빈털터리나 다름없는 신세로 맥없이 집에 돌아갔다.

대니얼 아우리파버의 오른손에 끼워져 있는 반지, 중앙에 타원형 홈이 파인 은반지가 성으로 들어가는 통로에 설치된 횃불 빛에 반사되지만 않았어도 그날 밤 일은 그렇게 끝났을 것이다. 한순간 반지에서 번쩍이는 빛을 감지한 휴는 금세공인의 팔에 한 손을 얹어 그를 멈춰 세웠다.

"그 반지…… 그것 좀 잠깐 봅시다!"

대니얼은 무언가 켕기는 구석이 있어서라기보다는 그저 당황한 듯 잠시 주저하다가 곧 반지를 빼서 건네주었다. 반지가 손가락에 꽉 끼어 있어 힘을 써야 했으나 뺀 자리에 별다른 자국이 남아 있지 않은 것으로 미루어 보아 평소 늘 끼고 다니는 건 아닌 듯했다.

"이거 어디서 났소?" 휴가 횃불 밑으로 반지를 가져가 거기 새겨진 문양과 글자를 들여다보며 물었다.

"정직하게 제값 주고 산 겁니다." 대니얼은 방어하듯 말했다.

"그 점에 대해서는 의심하지 않소. 그런데 누구한테서? 그 노름꾼들 중 한 녀석에게서 샀소? 그중의 누구였소?"

"그 상인…… 시미언 포어라는 사람한테서요. 그 사람이 먼저 보여주면서 사라고 권하더라고요. 세공이 워낙 잘된 물건이라 값을 두둑이 쳐줬죠."

"두둑이? 당신은 곱절로 가격을 치른 셈이오. 곧 이 반지를 잃게 될 가능성이 농후하거든. 이게 누군가에게서 훔친 물건일지도 모른다는 생각은 들지 않았소?"

순간 신경질적으로 눈을 깜박이는 금세공인의 표정으로 보아, 그 역시 잠시나마 그런 생각을 했던 게 분명했다. 하지만 그는 급히 마음을 다지고 항의하듯 말했다. "아뇨! 그렇게 생각할 이유가 어디 있었겠습니까? 그 사람은 풍채도 좋고 돈도 많은 사람 같아 보였는데요. 본인 입으로도 그렇다고 했고……."

"바로 오늘 수도원에서 한 순례자가 미사 도중에 이것과 똑같이 생긴 반지를 잃어버렸소." 휴가 말을 이었다. "라둘푸스 수도원장님은 반지를 찾기 위해 수도원 경내를 샅샅이 뒤져본 다음 혹시라도 장물로 장에 나올 가능성에 대비해 시장에게도 그 소식을 통보해두었지. 나는 시장에게서 그 반지의 생김새에 관해 자세한 얘기를 전해 들었고, 여기 새겨진 문양과 글자로 보아 이 반지는 윈체스터 주교의 것이 틀림없소. 주교가 어떤 순례자에게 안전한 통행권으로 하사한 물건이지."

"하지만 저는 그 사람을 믿고 그걸 샀습니다!" 대니얼은 당황하여 항의했다. "그가 요구한 돈을 다 주고 정직하게 사들였으니 그 반지는 제 겁니다."

"도둑한테서 산 장물이지. 운이 없었군. 자, 이번 일을 통해 사권 지 얼마 되지 않은 사람이 무언가를 제 가치보다 더 싼 값으로 사라고 권할 땐 신중한 태도로 응하라는 교훈을 얻었으리라 믿소. 내 말이 틀렸소? 시세보다 싼 값이라 떠들지 않았소? 하지만 떠돌이 주사위 노름꾼은 절대로 손해 보는 일이 없지. 아마 긁어낼 수 있는 만큼 긁어냈을 거요. 그자들에게 지갑을 몽땅 털렸다면 앞으로는 주의하도록 해요. 이 반지는 내일 아침 수도원장님께 보내 그분을 통해 주인에게 돌아가게 할 거요." 금세공인이 화를 내며 무어라 항변하려 하자 휴는 그의 입을 틀어막듯 고개를 가로저으면서 단호하게 덧붙였다. "어떻게 해도 이걸 찾을 방법은 없소. 그러니 잠자코 돌아가 아내에게 용서나 구하는 게 좋을 거요."

*

황후의 사절은 자신의 말보다 조금 작은 말을 탄 휴와 보조를 맞추며 어둠이 점점 더 짙어져가는 와일가의 언덕을 천천히 올라갔다. 말 못지않게 주인도 훌쩍한 것이 꽤 장신이군, 휴는 곁눈으로 그를 훑어보며 생각했다. 나보다 머리 하나는 더 크겠는데. 나이는 나랑 같거나 한두 살쯤 어려 보이고.

"슈루즈베리에는 처음 오십니까?"

"예. 어쩌면 이 주에 발을 들인 적이 있을지도 모르겠는데, 사실 정확히 어디가 주 경계인지 잘 몰라서요. 언젠가 러들로 근방에 들렀었거든요. 지나오면서 보니 이곳 수도원은 아주 크고 근사하더군요. 베네딕토회 수도원입니까?"

"그렇습니다." 휴는 이어지는 이야기를 기다렸지만 상대에게선 더 이상 말이 없었다. "혹시 가족 중 베네딕토회 수도원에 들어간 사람이 있습니까?"

어둠 속에서도 생각에 잠긴 그의 얼굴에 번지는 미소가 희미하게 보였다. "어떻게 보면 그렇다고도 할 수 있지요. 피를 나눈 가족은 아니지만, 그분은 그렇게 말해도 좋다고 허락해주실 테니까요. 저를 아들처럼 대해주신 분입니다. 수사복을 입은 분들만 보면 그분 생각에 친근한 마음이 우러나요. 최근 이곳으로 순례자들이 많이 몰려왔다는 얘기를 들은 것 같은데, 특별한 축제라도 있습니까?"

"위니프리드 성녀님의 유골을 옮기는 행사가 있죠. 4년 전 이곳 수도원 사람들이 웨일스에서 성녀님의 유골을 모셔 왔거든요." 문득 캐드펠이 들려준 성녀의 유골에 얽힌 진실이 떠올랐지만 휴는 이 생각을 접어둔 채 관례적인 이야기만 늘어놓았다. "아직 내가 슈루즈베리에 오기 전의 일이죠. 그 이듬해에야 스티븐 전하께 내 영지를 바치며 지지의 뜻을 표했거든요. 그 영지들은 이 주 북쪽에 있습니다."

이윽고 그들은 언덕 꼭대기에 이르러 성모마리아 성당 쪽으로 방향을 틀었다. 휴의 사저 대문은 활짝 열려 있었고 그 양쪽 기둥에서는 마치 환영을 표하듯 횃불이 활활 타오르고 있었다. 이미 휴의 전언을 들은 얼라인은 손님이 묵을 방을 깨끗이 치워놓고 음식을 마련하는 등 만반의 준비를 갖춘 채 두 사람을 기다리고 있었다. 상대가 누구든 어떤 진영의 사람이든, 무릇 손님은 따뜻하고 풍족하게 대접받아야 하는 법이었다.

얼라인이 문을 열고 그들을 맞아들였다. 홀 벽에는 횃불들이 가득 꽂혀 있고 식탁에도 촛불들이 밝혀져 있었다. 대낮처럼 환한 실내에서 그들은 본능적으로 고개를 돌려 처음으로 서로의 얼굴을 제대로 마주 보았다. 그렇게 한참을 응시하는 가운데 두 사람의 눈이 점점 더 커졌다. 그들 중 누가 먼저 그런 생각을 했을까? 어쨌든 두 사람 모두 틀림없이 어디선가 본 얼굴이라 여기며 기억을 더듬기 시작했다. 얼라인이 어리둥절해하면서도 미소 띤 얼굴로 두 사람을 번갈아 쳐다보는 가운데, 이윽고 그들의 머릿속에 지난날의 사건이 분명하게 떠올랐다.

"어디서 봤나 했더니!" 휴가 반갑게 외쳤다. "이제 알겠군요."

"예, 전에 뵌 적이 있지요." 손님도 고개를 끄덕이면서 말했다. "딱 한 번, 이 지역은 아니었지만……."

"밝은 곳에 들어오기 전까지는 전혀 몰랐습니다." 휴가 말했다. "그땐 당신 목소리를 몇 마디밖에 듣지 못했으니까요. 당신은 잊었을지도 모르지만 나는 그때 들은 말을 생생히 기억하고 있습니다. '한 사람 때문에 많은 분들이 수고를 하시는군요!' 당신의 이름은 들은 적이 없어요. 그저 가짜로 둘러댄 이름뿐. 산사람의 아들 로버트라고 했던가…… 티터스톤 클리에 자리 잡은 도둑 소굴에서 이브 위고냉을 구출해낸 기사였죠. 그 뒤에는 이브와 그의 누나를 무사히 고향에 데려다줬을 테고."

"장관님은 그 포위 공격군의 지휘관으로 있었고요." 손님이 환한 표정으로 말을 이었다. "그때 그대로 행방을 감춰버린 건 용서하십시오. 스티븐 왕의 영토에 들어와도 좋다는 허가장을 받지 못한 처지라 어쩔 수 없었습니다. 이제 도망칠 필요 없는 상황에서 당당하게 장관님과 마주하게 되니 기쁘기 그지없습니다."

"그리고 더는 산사람의 아들 로버트 행세를 할 필요도 없고요." 휴도 반가운 마음에 활짝 웃어 보였다. "내 이름은 이미 알려드렸고, 이제는 당신의 이름을 밝힐 차례인 것 같은데."

"저는 안티오크²⁵ 태생으로, 거기 사람들은 절 다우드라 불렀습니다. 하지만 제 아버지는 노르망디 공 로베르 2세²⁶ 휘하에 속한 잉글랜드 분이셨죠. 저는 아버지의 동료들이 지켜보는 가운데 세례를 받았고 제 대부가 되어주신 사제의 이름을 물려받아 올리비에 드 브르타뉴라는 이름을 얻었습니다."

1년 반이라는 시간이 흐른 뒤 다시 만난 그들은 이제 밤이 깊을 때까지 얼굴을 마주한 채 많은 이야기를 나누며 즐거운 시간을 보낼 터였다. 물론 사절로서 올리비에가 맡은 공식적인 임무를 처리하는 것이 먼저였지만 말이다.

"제가 이 여정에 오른 것은……" 올리비에는 심각한 얼굴로 입을 열었다. "이 나라 모든 지역의 행정 장관들에게 과거 어느 분께 충성을 맹세했든 이제는 모드 황후가 제공하는 평화를 받아들이고 그분에게 충성 서약을 하지 않겠느냐 권고하는 임무를 받아서입니다. 주교와 협의회에서는 이 땅이 너무나 오랫동안 양당파로 나뉘어 분열되어왔고 서로 반목하고 대립하는 과정에서 너무나 많은 피해와 손실을 입어왔다며 우려를 전하고 있습니다. 사실 저로서는 제 편이 아닌 당파를 비난하고 싶은 마음이 추호도 없습니다. 양측 모두에 그 나름대로 타당한 명분이 있으니까요. 또 이 재난을 종식시키는 협정에 실패한 책임 또한 양측이 똑같이 져야겠죠. 링컨 전투에서 운세의 흐름이 약간만 바뀌었어도 스티븐 왕 쪽에 승리가 돌아갔겠지만, 어쨌든 지금은 모드 황후 쪽의 기세가 드높습니다. 왕은 포로가 되었고 황후는 왕좌에 올라 떠오르는 태양과 같은 입장이니, 지금이야말로 이런 대립 상태에 종지부를 찍어야 할 때가 아닐까요? 이 나라의 질서와 평화와 건전한 법규를 위해, 그리고 스스로를 법 밖에 선 존재로 규정하고 수많은 불의와 폭력을 휘둘러온 자들을 제압할 정부를 국민에게 돌려주기 위해서라도 말입니다. 아무런 규제도 없는 무법천지보다는 강한 군주가 존재하는 상태가 훨씬 더 나은 법입니다. 평화와 질서를 위해 황후를 받아들이고 그분께 충성하는 관리로서 이 주를 다스리시면 어떻겠습니까? 황후는 이미 웨스트민스터에 입성하셨습니다. 이제 대관식 준비도 착착 진행되고 있지요. 이럴 때 모든 행정 장관이 하나로 뭉쳐 그분의 권위를 강화해주시면 성공의 전망은 훨씬 더 밝아질 겁니다."

"내게 스티븐 전하께 했던 충성 서약을 무르라 요구하는군요."

휴가 조용히 중얼거렸다.

"그렇습니다." 올리비에는 진솔한 태도로 말을 이었다. "반역을 꾀하라는 게 아닙니다. 황후를 사랑할 필요도 없어요. 그저 미워하는 마음을 억제하기만 하면 됩니다. 이 지역의 백성들, 나아가 이 나라의 백성들에게 변함없는 충성을 바치기 위해 하는 일이라 생각해주십시오."

"그런 거라면 애초에 충성을 서약한 편에 서서 더 잘할 수 있어요." 휴는 빙그레 웃어 보였다. "내가 지금 최선을 다해 하고 있는 일이 바로 그런 것이기도 하고요. 이 목숨이 붙어 있는 한 계속 그렇게 할 겁니다. 난 스티븐 전하의 사람이고, 그분을 저버리지 않을 겁니다."

"이것 참!" 올리비에도 빙그레 웃으며 한숨을 내쉬었다. "솔직히, 당연히 이렇게 나오시리라 예상했습니다. 저 같아도 서약을 뒤집지 않을 테니까요. 제 주군은 황후 편 사람이고, 저는 주군을 따르는 사람입니다. 우리의 처지가 정반대였다면 저 역시 장관님과 똑같은 대답을 했겠지요. 하지만 저의 이런 청에는 그 나름의 중대한 명분이 있습니다. 백성들이 지금 같은 상황을 얼마나 더 견뎌낼 수 있을까요? 들판에서 일하는 농부들, 약탈로 인해 헐벗고 굶주리는 가난한 도시 사람들…… 이들은 한쪽이 어느 한쪽을 물리쳐주기만 한다면 스티븐이든 모드든 가리지 않고 기꺼이 받아들일 겁니다. 저는 최선을 다해 제가 맡은 임무를 수행할 뿐이고요."

"그렇죠. 당신의 임무나 그 수행 방식에 잘못된 점이 없다는 건 인정합니다." 휴는 말했다. "그래, 다음 목적지는 어딥니까? 마음 같아서는 여기서 하루 이틀쯤 쉬었다 떠나라 권하고 싶군요. 아마 그렇게 하시지 않겠지만요. 당신과 나눌 이야기가 참으로 많은데……."

"여기서 북동쪽으로 스태퍼드와 더비, 노팅엄을 거쳤다가 동부로 갈 생각입니다. 그중 몇몇은 일부 영주들이 이미 그랬듯이 권유를 받아들이겠지요. 또 어떤 이들은 장관님처럼 스티븐을 지지하는 입장을 고수할 테고요. 아마 바람 따라 팔랑대는 바람개비같이 이리저리 입장을 바꾸며 매번 그 대가를 요구하는 이들도 있을 겁니다. 뭐, 어떻게 나와도 상관없습니다. 우리는 그런대로 잘 처리해나가고 있으니까요. 그리고 저는……." 그가 포도주 잔을 옆으로 밀어놓더니 식탁 앞으로 상체를 숙이고서 말을 이었다. "여기서 며칠 지내려고 합니다. 보다 개인적인 다른 용무가 있거든요. 찾고 있는 사람이 있습니다. 그를 만날 때까지, 혹은 이곳에서 그를 찾을 수 없다는 사실을 확인할 때까지 머물고 싶어요. 축제 때문에 많은 순례자가 몰려왔다는 말씀을 들으니 희망이 더 커지는군요. 낯선 사람들이 많이 모이는 곳은 눈에 띄지 않으려는 사람에게 좋은 은신처가 되는 법이니까요. 제가 찾는 사람은 뤼크 메버렐이라는 청년입니다. 혹시 그런 사람이 이곳에 오지 않았나요?"

"그런 이름은 처음 듣는데요……." 휴는 호기심과 흥미를 느끼며 대답했다. "하지만 눈에 띄지 않으려 애쓰는 이라면 아마 본명을 밝히고 다니지 않겠죠. 그 사람은 왜 찾으려는 겁니까?"

"한 부인께서 그 친구를 불러들이고 싶어 합니다. 여긴 윈체스터에서 북쪽으로 멀리 떨어진 곳이라 얼마 전 협의회가 진행되는 동안 벌어진 사건들이 제대로 알려지지 않았을지도 모르겠는데, 사실 그곳에서 저와 아주 가까운 사람 하나가 죽었습니다. 그 소식 들으셨나요? 스티븐의 아내, 즉 왕비가 파견한 어느 성직자가 대담하게도 교황 대사의 권위에 도전하는 발언을 했고, 그 바람에 한밤중에 거리에서 피습당했다가 다른 사람 덕에 간신히 목숨을 건지고 도망쳤습니다."

"아, 들었습니다. 라둘푸스 수도원장님께서 협의회에 참석했다가 돌아와 자세한 소식을 전해주셨어요. 성직자가 피습당했을 때 라이날드 보사르라는 기사가 나타나 그를 도와줬다지요. 듣자 하니 로랑스 당제 밑에 있던 사람이라던데요."

"로랑스 당제는 제 주군이기도 합니다."

"브롬필드에서 그분의 조카들을 위해 애쓰는 걸 보고 그러리라 짐작했지요. 그러잖아도 수도원장님의 입에서 당제라는 이름이 나오는 순간 당신의 얼굴이 떠오르더군요. 그럼 보사르라는 사람과는 잘 아는 사이였습니까?"

"예, 팔레스타인에서 1년 동안 함께 종군했고, 잉글랜드로 돌아올 때도 같은 배를 탔습니다. 참 훌륭한 분이었죠. 제게도 좋은 친구가 되어주었고요. 결국 정직한 적을 옹호하다가 불의의 죽음을 당하다니…… 그날 밤 저는 그분과 함께 있지 않았습니다. 제가 곁에 있었다면 목숨을 잃지 않았을지도 모르는데…… 그 생각을 하면 안타까울 뿐이에요. 그분은 무장하지 않은 부하 한두 명만 데리고 있었습니다. 그 성직자를 습격한 자들은 대여섯 명이나 되었고요. 살인자는 어둠과 혼란을 틈타 그런 야비한 짓을 저질렀죠. 그러곤 깨끗이 내빼 그 뒤로 전혀 꼬리를 잡히지 않고 있어요. 라이날드의 아내 되시는 분…… 줄리아나라고 하는데, 저는 그 부인을 전혀 모르고 있다가 주군과 함께 윈체스터로 오면서 처음 뵈었습니다. 라이날드의 가장 큰 영지가 그 근처에 있거든요." 그의 목소리가 더욱 진지해졌다. "저는 그 부인을 몹시 존경하게 되었습니다. 남편 못지않게 대단한 분이시죠. 그보다 더 훌륭한 여성을 찾기란 힘들 겁니다."

"상속자는 있습니까? 성인이든 아직 어린아이든 말입니다." 휴가 물었다.

"아뇨, 두 사람 사이에는 아이가 없었어요. 라이날드는 쉰 남짓한 나이였고, 아내분도 남편과 크게 나이 차이가 나지 않습니다. 그런데도 아주 아름다우시죠." 찬미조라기보다는 객관적인 사실을 설명하는 건조한 말투였다. "이제 혼자가 되셨으니 재혼하자고 덤비는 남자들을 떨쳐내느라 꽤 고생하실 겁니다. 부인께는 본인 소유의 영지들이 있고, 또 두 분 모두 이미 재산 상속에 관해 고민하고 의논했다 하시더군요. 1년 전 그분들이 뤼크 메버렐이라는 청년을 집으로 들인 것이 바로 그 때문이었습니다. 줄리아나 부인의 친척뻘 되는 젊은이로 나이는 스물네다섯쯤 되는데, 짐작건대 아마 본인 소유의 토지가 없지 싶습니다. 두 분은 그 청년을 상속인으로 삼을 생각이었어요."

올리비에는 촛농이 흐르는 촛불들 곁에서 손바닥으로 턱을 감싸 쥐고 미간을 찌푸린 채 얼마간 침묵을 지켰다. 휴는 가만히 그의 모습을 살폈다. 반듯한 골격과 올리브빛 피부, 매를 닮은 황금빛 눈. 자세히 살펴볼 만한 가치가 있는, 참으로 아름다운 얼굴이었다. 마치 접힌 날개처럼 그의 머리통을 풍성히 감싼 흑청색 머리칼이 일렁이는 촛불 빛 속에서 푸르스름한 빛을 발했다. 노르망디 공 로베르 2세 휘하에 있던 잉글랜드인의 아들. 안티오크에서 태어나 앙주 출신 귀족의 부하가 되어 종군하다가 세계를 가로질러 노르만인들보다 더 노르만적인 인물이 되어 이곳까지 이른 사람……. 모험의 운명을 타고난 남자에겐 이 세계도 그리 넓지 않은 게지, 휴는 조용히 생각했다.

"저는 그 집에 세 차례 방문했습니다." 올리비에가 말했다. "하지만 뤼크 메버렐이라는 그 청년을 의식하고 자세히 본 적은 한 번도 없어요. 사실 그 사람에 관해 제가 알고 있는 거라곤 다른 이들에게서 들은 얘기뿐이죠. 그 많은 이야기 중 믿을 만한 것들을 가려내어 머릿속에 잘 새겨두었습니다. 일단 청년이 줄리아나 부인에게 아주 헌신적이라는 점에는 모두가 동의합니다. 하지만 그 사람의 마음에 대해서는 말들이 많더군요. 그가 부인을 지나치게 사랑한다는 둥…… 말하자면 어머니에 대한 아들의 사랑이 아니라는 거죠. 몇몇은 그가 부인 못지않게 라이날드에게도 충성을 다했다고들 이야기하지만, 이제 그런 목소리는 점차 힘을 잃어가고 있어요. 라이날드가 거리에서 칼에 찔려 죽을 당시 뤼크는 바로 그의 곁에 있었습니다. 그러고서 이틀 뒤 그곳에서 사라져 다시는 모습을 보이지 않았고요."

"무슨 얘긴지 짐작이 가는군요." 휴는 조심스레 숨을 들이쉬었다. "그러니까, 그곳 사람들은 청년이 사랑하는 여자를 손에 넣기 위해 제 주군을 찔렀다는 둥 수군대고 있는 겁니까?"

"그 사람이 행방을 감춘 이후로 그런 이야기가 떠돌기 시작했지요. 대체 누가 처음 발설했는지는 알 수 없으나 이젠 다들 드러내놓고 수군댑니다."

"하지만 그랬다면 왜 애써 얻은 전리품을 그냥 두고 사라져버렸을까요? 그건 말이 안 됩니다. 만일 거기 그대로 머물렀다면 이상한 소문도 나지 않았을 텐데요."

"사실 그 사람이 종적을 감췄든 말든 그런 소문을 막을 수는 없었을 겁니다. 그의 행운을 시기해서 어떻게 해서든 그를 헐뜯으려는 사람들이 있으니까요. 그들은 이제 청년이 사라진 두 가지 그럴싸한 이유를 찾아낸 참이지요. 첫째, 순수한 자책감과 죄의식입니다. 너무 늦게 손을 쓰는 바람에 라이날드를 구해내지 못했다고요. 그리고 두 번째는, 누군가 자기가 한 짓을 눈치챘을까 봐 두려워 그 진실을 은폐하기 위해 달아났다는 겁니다. 둘 다 그 사람으로선 종적을 감출 만한 이유가 되지요. 특히 두 번째 이유는…… 무언가를 얻기 위해 일을 저질렀지만 막상 그러고 보니 목적했던 바를 성취하기가 더 어렵게 느껴지는 경우도 있지 않습니까."

"그 부인께서는 청년에 관해 뭐라고 말씀하십니까? 상황이 이렇다면 그분의 반응이 아주 중요할 것 같은데요."

"모두 비열하고 얼토당토않은 말로 치부하시지요. 부인은 자신의 친척뻘 되는 그 청년을 매우 소중히 여겨왔고, 지금도 그렇습니다. 물론 이성으로서의 애정은 아니에요. 그 청년이 자신에게 그런 생각을 품어왔다고도 생각지 않으실 거고요. 부인은 그 청년이 라이날드를 구하기 위해서라면 기꺼이 목숨도 내놓을 사람이라고 주장하십니다. 그가 행방을 감춘 건 현장에서 그분이 죽는 광경을 직접 목격하고 충격과 슬픔을 이기지 못해 미칠 지경이 되었기 때문이라 하시더군요. 청년이 고통과 슬픔으로 얼마나 혼미한 상태가 되었는지야 알 길이 없지만, 부인은 그 사람을 확고히 믿고 있어요. 나아가 그 사람을 찾아내 다시 곁으로 불러들이고 싶어 합니다. 그를 아들처럼 생각하시거든요. 지금은 과거 어느 때보다도 그 사람을 필요로 하고 계시지요."

"그러니까 당신이 뤼크라는 청년을 찾는 건 바로 그 부인 때문이군요. 하지만 그를 북쪽 지방에서 찾는 이유가 뭡니까? 남쪽이나 서쪽으로 갔을 수도 있고, 켄트 지방의 어느 항구를 통해 해외로 나갔을 수도 있는데요."

"그 사람이 행방을 감춘 이래 딱 한 번 그 행적에 관한 이야기가 들려왔습니다. 뉴베리 방면 큰길을 따라 북쪽으로 가는 모습이 목격되었다더군요. 저도 바로 그 길을 통해 왔습니다. 애빙던과 옥스퍼드를 경유해서요. 오는 내내 혼자 여행하는 뤼크 메버렐이라는 젊은이를 본 적이 없느냐고 물으며 그의 행적을 수소문했습니다. 하지만 그에 관해서는 아는 게 거의 없는 터라 그저 이름만 대고 찾을 수밖에 없는 처지예요. 당신도 말했듯이, 그가 가짜 이름을 대고 다닌다면 그나마도 가망 없는 노릇이겠지요!"

"그 사람의 생김새도 모르는 겁니까? 나이 말고는 아무것도? 거참, 그야말로 유령을 찾아다니는 셈이군요!"

"잃어버린 건 어떻게든 되찾을 수 있는 법입니다. 충분한 인내심만 갖는다면." 매를 닮은 올리비에의 열정적인 얼굴은 언뜻 인내심 같은 것과 거리가 멀어 보였지만, 꽉 다문 그 입술에는 추호도 흔들리지 않을 단호하고 순수한 결단력이 어려 있었다.

"적어도······" 휴는 묵묵히 생각하다 입을 열었다. "내일 위니프리드 성녀님이 제단으로 옮겨지는 자리에 참석해 데니스 수사에게 확인해볼 수는 있을 겁니다. 거기 숙박하고 있는 순례자 명부를 훑어보고 그 또래의 젊은이가 있는지, 또 혼자든 아니든 그와 비슷해 뵈는 사람을 특정할 수 있는지 있는지 말이지요. 그리고 시내에 묵고 있는 외지 사람들은 코비저 시장이 그 대부분을 꿰고 있어요. 이곳에서는 모두가 서로를 잘 알거든요. 하지만 그가 이 지역에 있다면 아마 수도원을 피난처로 삼았을 가능성이 더 높습니다." 휴는 입술을 잘근잘근 씹으며 열심히 머리를 굴려

보았다. "내일 날이 밝는 대로 수도원장님께 아까 찾은 반지를 돌려드리고 행방불명된 손님들에 대해 알려야겠지만, 일단 나는 축제에 참석하기에 앞서 도망친 자들을 잡기 위해 부하 열두 명과 함께 서쪽 숲 근방을 뒤질 겁니다. 놈들이 주 경계를 넘어갔거나 아예 국경 너머 웨일스로 내빼버리면 더 이상 어떻게 할 방도가 없어요. 하지만 짐작건대 아마 그렇게 멀리 가지는 않을 겁니다. 필요 이상으로 오랫동안 들판을 방황하면서 지내려 들지는 않을 거거든요. 내가 그자들을 추적하는 동안 당신은 시장의 도움을 받아 그 청년을 찾아보는 게 어떻겠습니까? 그런 다음 성녀를 모셔 오는 행사를 보러 갔다가 데니스 수사에게 손님 명부를 뒤져달라고 부탁하는 겁니다."

"그게 좋겠군요." 올리비에의 얼굴에 안도와 반가움의 기색이 떠올랐다. "저도 수도원장님께 인사를 드리고 싶습니다. 윈체스터에서 그분을 뵀었거든요. 그분이야 저를 눈여겨보지 않으셨겠지만……." 그는 검고 긴 속눈썹으로 감싸인 황금색 눈을 빛내며 말을 이었다. "그리고 그 수도원에는 전에 브롬필드와 클리에서 뵀었던 수사님도 계시죠…… 당신과 가까운 사이 같던데, 그분도 아직 그곳에 계십니까?"

"그럼요. 지금쯤 성무일도를 끝내고 잠자리에 드셨을 겁니다. 우리도 내일은 꽤 바쁠 테니 이만 잠자리에 들어야겠군요."

"우리 주군의 어린 친척들에게 참 잘 대해주셨죠. 다시 그분을 뵈면 정말 좋을 것 같습니다."

휴는 미소 띤 얼굴로 올리비에를 응시했다. 그가 이야기하는 수사의 이름이 무엇인지는 물어볼 필요도 없었다. 하긴, 이 사람이 이름을 알고나 있을까? 함께 집으로 오던 길, 피를 나눈 가족은 아니지만 자신을 아들처럼 대해주신 분 덕에 베네딕토회 수사복을 입은 사람만 보면 친근한 마음이 우러난다고 하면서도 정작 그 수사의 이름은 입에 올리지 않은 터였다.

"뵙게 될 겁니다!" 휴는 그렇게 말한 뒤 흡족한 기분으로 자리에서 일어나 잘 치워둔 침실로 손님을 안내했다.

8

축제 날 아침, 라둘푸스 수도원장과 수사들은 아침기도 시간이
되기 한참 전에 일어났다. 대부분의 수사들이 성녀의 행렬을 준
비하는 일에서 각기 중요한 역할을 담당하고 있었다. 휴가 보낸
사자가 수도원장의 공관에 도착한 것은 이슬이 촉촉이 내려 서늘
하고 청량한 새벽녘이었다. 그즈음 큰 마당은 아직 라일락빛 그
늘에 잠긴 채였고, 수도원 건물들의 지붕과 정원의 큰 나무들만
이 햇살을 받아 거대한 붓으로 내리그은 듯한 줄무늬를 화단에
드리우고 있었다.

"우리 접객소에 묵고 있던 사람들이 그런 불미스러운 짓을 저
질렀다는 거요?" 반지를 건네받은 수도원장은 영광스러운 축제
날 흠이 될 만한 그 불미스러운 사건에서 벗어난 것에 크게 기뻐

하면서도 무척 놀라 말했다. "그것도 넷이나? 그런 골치 아픈 사람들이 떠나버려 일단은 다행이구먼. 하지만 그들이 무장을 한채 가까운 숲으로 도망쳤다면 다른 손님들에게도 떠나는 길을 조심하라고 미리 일러줘야겠군."

"지금 베링어 님이 부하들과 함께 롱숲 외곽을 수색하고 있습니다." 사자가 말했다. "어젯밤에는 그자들이 이미 숲속으로 숨어버린 뒤라 추적할 수 없었지만 오늘은 사정이 다릅니다. 또 어제 잡힌 일당 중 한 사람이 자기 무리에 관해 보다 자세한 사항들을 실토할지도 모르고요. 어디에서 왔는지, 그동안 어느 곳에서 범죄를 저질러왔는지에 대해 집중적으로 추궁할 계획입니다. 어쨌든 적어도 오늘 축제에는 아무런 지장이 없을 겁니다."

"참으로 고맙소. 키아란이라는 사람도 반지를 찾아 무척 고마워할 거요." 수도원장은 자신의 책상 위에 놓여 있는 성무일도서로 힐끗 시선을 던지며 앞으로 몇 시간 동안 치러야 할 의식의 부담을 떠올리고 가볍게 미간을 찌푸린 채 한마디 덧붙였다. "오늘 오전 대미사 때 이곳에서 장관을 만날 수 있겠소?"

"예, 원장님. 장관님도 참석할 예정입니다. 손님도 한 분 모시고 온답니다. 일단은 그 사기꾼들 문제부터 처리한 뒤 대미사 전에 여기 도착할 것 같습니다."

"손님이 오셨다고?"

"황후의 궁에서 온 사절이 간밤에 도착했습니다. 올리비에 드 브르타뉴라는, 로랑스 당제의 가신입니다."

휴에게 그랬듯 라둘푸스에게도 로랑스 당제라는 이름은 큰 의미가 없었으나, 어쨌든 그는 알겠다는 듯 고개를 끄덕여 보였다. "그럼 장관에게 대미사가 끝난 뒤 손님과 함께 남아달라 전해주시오. 여기서 점심을 함께하고 싶군. 메시르²⁷ 드 브르타뉴와 인사를 나누고 남쪽 소식도 들었으면 좋겠군."

"그렇게 전하겠습니다, 원장님." 사자는 공손히 대답한 뒤 곧바로 그곳을 떠났다.

응접실에 혼자 남겨진 라둘푸스 수도원장은 잠시 우두커니 서서 손바닥에 놓인 반지를 내려다보며 생각에 잠겼다. 교황 대사이자 주교인 헨리의 비호가 담긴 반지. 여행자에게는 크나큰 도움이 될 만한 물건이다. 잉글랜드건 웨일스건, 법과 질서에 대한 존경심이 남아 있는 곳이라면 어디에서나 유용할 것이다. 이미 법의 한계선을 넘은 자들, 붙잡히는 즉시 구속당하거나 목숨을 잃을 처지인 이들만이 그렇게 막강한 힘을 지닌 반지를 무시할 수 있으리라. 오늘의 이 영광스러운 행사가 끝난 뒤에는 이곳에 묵었던 많은 손님이 다시 고향으로 돌아갈 터, 그들이 사방으로 흩어지기 전에 범죄자들이 서쪽 근방의 숲속에 은신해 있으며 여차하면 소지한 무기를 사용할지도 모른다고 주의를 줘야겠군. 수도원장은 다시금 생각했다. 그리고 그자들이 공격할 엄두를 내지 못할 만큼 여럿이 무리를 지어 떠나도록 조처해야겠어.

어쨌든 적어도 한 순례자에게 그의 특별한 안전 통행권을 돌려줄 수 있게 되어 그의 마음은 여간 흡족한 게 아니었다.

수도원장이 책상 위에 놓인 조그만 종을 울리자 잠시 후 비탈리스 수사가 들어왔다.

"접객소에서 키아란이라는 사람을 찾아 이리로 좀 와달라고 전해주겠소?"

*

캐드펠 수사 역시 일찍 잠에서 깨어 작업장 문을 열고 화롯불을 약하게 되살렸다. 몹시 흥분해 신들린 듯한 상태에 빠진 사람들, 혹은 군중 속에서 짓밟혀버린 사람들이 나오는 경우에 대비해 탕약과 따뜻한 외용약을 준비해두어야 했다. 그동안 단순한 환희 정도가 아니라 광기에 가까운 황홀경에 빠진 이들을 숱하게 봐온 터였다.

그 밖에도 몇 가지 손볼 것들이 있었으니, 이처럼 혼자서 자잘한 일들을 처리하는 시간이 캐드펠에게 무척 기쁘고 즐거웠다. 오스윈 수사에게는 아침기도 종이 울릴 때까지 푹 자라고 얘기해두었다. 얼마 후 그 젊은이는 현재 위니프리드 성녀의 관이 안치된 세인트자일스 구호소 일을 맡게 될 것이다. 전염성이 있는 병에 걸려 시내에 출입할 수 없는 불행한 사람들은 이제 필요한 기간만큼 그곳에서 푹 쉬며 그의 치료를 받게 되는 것이다. 캐드펠이 몹시 애착을 느끼던 제자 마크 수사는 이미 그곳을 떠나 다른 곳에서 부제副祭 자리에 올랐으며, 잠시도 한눈파는 일 없이 오로지 사제라는 오랜 목표만을 향해 나아가는 중이었다. 만일 그가 다시 이곳을 방문한다면 더없이 따뜻한 격려와 애정, 그리고 자신이 뿌린 씨앗들이 풍성한 결실을 거둔 광경을 볼 수 있으리라. 마크만 한 재목은 못 될지언정 오스윈 수사 역시 훌륭한 젊은이니, 자신의 손에 맡겨진 불행한 사람들을 성실하게 돌봐줄 것이다.

캐드펠은 수도원의 서쪽 경계를 이루는 메올 시내 둑길로 내려갔다. 막 떠오른 해가 수도원 건물들의 높은 지붕과 개천 너머 여기저기 흩어진 잡목림, 그리고 저 너머 풀밭에 수많은 빛의 화살들을 쏘아댔다. 메올 시내 말고도 그보다 훨씬 위쪽에서 내려오는 또 다른 물줄기가 있었다. 수도원 경내로 흘러들어 양어장과 부화장, 물방앗간과 그 너머 연못에 물을 대고 메올 시내와 합류해 세번강으로 나가는 줄기였다. 경사진 완두밭 아래로 흐르는 개천 역시 수위가 퍽 낮아져 모래와 잡초로 이루어진 매끄러운 섬들이 군데군데 드러나 있었다. 이번 축제가 끝난 뒤엔 비가 좀 와주면 좋겠는데, 캐드펠은 생각했다. 하지만 지금 당장은 말고, 하루 이틀만 더 기다려주기를.

그는 다시 경사진 완두밭을 따라 올라갔다. 올된 완두는 벌써 수확을 끝냈고, 나머지 완두도 적당히 익었으니 축제가 끝난 뒤 거둬들여야 할 것이다. 이틀쯤 지나면 축제의 흥분은 사그라들어, 수도원의 일과와 계절의 순환과 영속되는 밤낮의 리듬이 그 차분한 흐름을 재개하리라. 더불어 무수한 인간들의 운명도 엄청나게 다채로운 양상으로 전개될 것이고……. 생각에 잠긴 채 작업장으로 이어지는 길에 들어서던 그는 닫힌 문 앞에서 서성이는 멜랑에흘을 발견했다.

자갈을 밟는 소리를 들었는지 멜랑에흘이 기대감 어린 얼굴로 뒤돌아보았다. 흡사 진줏빛 아침 햇살과도 같은 환한 표정에, 거친 리넨 가운과 아직 소녀티가 남아 있는 얼굴 윤곽은 부드러운 라일락빛 그늘로 감싸여 있었다. 그날 행사에 입을 옷을 준비하느라 공을 많이 들인 듯 정성껏 주름을 세운 스커트는 티 하나 없이 깨끗했다. 구릿빛으로 타오르는 진갈색 머리를 꼼꼼하게 땋아 위로 단단히 틀어 올린 탓에 관자놀이와 양 볼과 눈썹도 위로 비스듬히 끌려 올라갔는데, 그러느라 검은 속눈썹으로 감싸인 푸른 눈이 길게 찢어져 한층 신비로워 보였다. 그녀에게서 발산되는 환한 빛은 햇살이 아니라 바로 그 눈과 얼굴에서 나온 것이었다. 그녀의 눈동자는 오래전 캐드펠이 동방으로 향하던 중 남프랑스의 산악 지대에서 보았던 용담꽃만큼 짙푸른색을 띠었고, 양 볼에는 투명한 상앗빛과 발그레한 장밋빛이 어우러져 있었다. 희망과 행복, 기대감으로 가득한 모습이었다.

그녀는 발그레한 얼굴에 미소를 머금은 채 아주 예쁘게 절을 하고는 사흘 전 캐드펠이 흐륀에게 주었던, 양귀비즙이 담긴 조그만 약병을 건넸다. 병마개는 꽉 닫혀 있었다.

"이걸 수사님께 돌려드리러 왔어요. 흐륀이 이것 없이도 견딜 수 있다면서, 자기보다 더 필요한 사람에게 주면 좋겠다고 하더라고요."

캐드펠은 나무 마개로 봉하고 얇은 양피지로 감싼 후 밀랍을 먹인 끈으로 묶은 투박한 유리병을 받아 들었다. 아예 손도 대지 않은 듯, 애초에 그가 건네준 모양 그대로였다. 지난 사흘 동안 캐드펠의 손길에 얌전히 제 몸을 내맡기던 아이. 캐드펠이 아픔을 잊게 해줄 약을 건넸음에도 아이는 그 약을 고스란히 남겨둔 채, 동시에 자신의 내밀하고 고결한 마음 또한 꿋꿋하게 지켜내며 고통을 선택한 것이다. 주께서는 내가 그 마음의 흐름에 간섭하는 것을 금하시겠지, 캐드펠은 생각했다. 성자나 성녀 못지않은 성스러운 존재가 아이의 마음을 두드린 것이 분명하니까.

"흐뢴이 그걸 마시지 않아서 화나신 건 아니죠?" 자못 걱정스러운 말투였으나, 바로 얼마 전 사랑하는 이와 끌어안고 입 맞춘 이 행복한 시기에 조금이라도 어두운 그림자가 드리우리라고는 생각지 않는지 멜랑에홀의 얼굴에는 여전히 미소가 떠올라 있었다. "그 애가 수사님을 믿지 못해서 그런 건 아니에요. 흐뢴은…… 이제 자신의 것을 바칠 때가 되었다고 했어요. 저로서는 그게 무슨 말인지 잘 이해할 수 없지만요!"

"잠은? 잘 자던가?" 캐드펠은 물었다. 어쩌면 아픔을 덜어줄 약이 손 닿는 곳에 있다는 사실만으로도 마음이 편해졌을지 모른다. "화가 나다니, 내가 어떻게 화를 낼 수 있겠나! 그래, 아이가 잠은 잘 자던가?"

"자기 말로는 잘 잤대요. 제가 보기에도 그런 것 같고요. 아주 생기 있어 보였거든요. 저도 그 애를 위해 열심히 기도했어요."

더없이 행복한 기분으로, 가까운 이들에게 마구 토로하고 싶은 그 넘치는 격정의 무게가 실린 행복한 마음으로 기도했으리라. 그러한 따뜻함과 애정이 분명 동생에게도 전달되었으리라 캐드펠은 믿었다.

"잘했네. 동생이 은혜를 받을 걸세. 흐륀이 당부한 대로 이 약은 이걸 더 필요로 할 사람을 위해 잘 간직해두지. 동생의 믿음 덕분에 이것이 지닌 약효는 더욱 강해질 거야."

멜랑에홀은 고개를 뒤로 젖혀 은혜의 빛으로 충만한 대기를 마음껏 호흡하며 가벼운 걸음으로 돌아갔고, 그는 오두막으로 들어가 필요한 물건들과 여러 종류의 약들을 준비하기 시작했다.

그 아이가 믿음의 마지막 경계선에 이르렀군, 캐드펠은 생각했다. 고통은 하찮은 것이며 신의 신비 속에 머무는 상태야말로 지고의 행복임을 깨달은 영적인 통찰의 영역으로 날아오른 것이다. 이는 언어의 힘이 미칠 수 없는 신비로운 영역이었다. 고통을 기꺼이 감내하는 것은 곧 그 고통을 은혜로 변형시키는 행위요, 아직 신의 참뜻을 이해하지 못한 다른 이들에게 자신이 체험한 은혜를 축복의 단비처럼 흩뿌리는 행위인 셈이다.

그는 적막한 작업장에 홀로 앉았다. 하느님께 감히 계시를 요구하는 나는 도대체 어떻게 생겨먹은 작자인가? 흐륀 같은 아이도 아무 요구 없이 고통을 감내하는데 늙은 수사인 나는 하느님의 참뜻을 의심하고 있으니, 부끄럽지도 않은가?

*

　춤추듯 가벼운 걸음으로 허브밭을 빠져나오던 멜랑에흘은 무심결에 고개를 돌려 오른편을 바라보았다. 서녘 하늘에 반사된 동녘의 햇살이 시내 쪽에서 언덕을 거스르며 정원으로 가득 흘러들었다. 조금 지나면 태양에서 환하게 퍼져 나오는 거대한 빛의 물결에 주춤하다가 서서히 사위어갈 테지만, 아직 커다란 접객소 건물과 성당이 막 떠오르는 해를 우뚝 막고 서 있는 이 순간 들판은 더없이 부드러운 새벽빛에 잠겨 있었다.

　꽃들이 화사하게 피어난 정원 저 끝을 따라 누군가 길바닥을 유심히 살피며 연약한 발로 조심조심 걸음을 옮기고 있었다. 늘 그의 곁을 그림자처럼 따라다니는 사람은 보이지 않았다. 어제의 마법이 계속 이어지는 걸까? 매슈 없이 홀로 있는 키아란을 멜랑에흘은 물끄러미 바라보았다. 그가 혼자라는 사실 자체가 수많은 기적의 가능성을 잉태한 이날의 서두를 여는 하나의 작은 사건 같았다.

　키아란은 경사진 언덕길을 따라 개천 쪽으로 내려가고 있었다. 아침의 밝은 빛을 등지며 그의 몸이 검은 그림자로 변할 무렵, 멜랑에흘은 갑자기 방향을 돌려 그의 뒤를 따라가기 시작했다. 개천으로 가는 길은 무성하게 자란 완두밭 가장자리를 따라 물방아 연못을 둘러싼 빽빽한 덤불숲과 나란히 이어져 있었다. 그녀는 그 길을 반쯤 따라가다가, 이렇게 몰래 남의 뒤를 밟아도 괜찮을까 싶은 마음에 잠시 멈춰 섰다. 그때 물가에 이른 키아란이 걸음을 멈추고 초록빛의 얕은 개천을 유심히 살피기 시작했다. 지난 몇 주 내내 맑은 날씨가 계속된 터라 여기저기 개천 바닥의 바싹 마른 바위들이 튀어나와 있었다. 그는 상류와 하류를 번갈아 살펴보다가 물속으로 들어갔다. 맨발을 겨우 덮을 정도로 수위가 낮아진 서늘한 개천 물에 발을 담가 통증을 가라앉히려는 모양이었다. 참 이상하기도 하지, 저 사람이 혼자서 여기까지 오다니! 멜랑에홀은 생각했다. 어제까지만 해도 있을 수 없는 일 아니었던가. 그 두 사람은 늘 함께 붙어다녔는데, 이제는 줄곧 떨어져 있었다.

그 호젓한 시간을 방해하지 않으려고 살그머니 돌아서려는 순간, 그의 움직임이 그녀의 눈에 들어왔다. 키아란은 어떤 작은 물건에 가느다란 끈을 끼워 넣더니 단단히 매듭을 지었다. 이어 두 손을 들어 끈 끝을 다시 목에 걸린 목걸이의 줄에 묶을 때, 작은 물건에 햇살이 반사되면서 순간적으로 새하얀 빛이 번쩍거렸다. 그는 그것을 목깃 안쪽으로 집어넣었다. 그게 무엇인지 깨닫고 멜랑에홀은 숨죽인 작은 탄성을 발했다. 목적지에 도착할 때까지 안전을 보장해줄 그 반지를 되찾았구나! 그녀는 진심으로 기쁘고 반가웠다.

뒤에서 나는 기척에 키아란이 놀라 잔뜩 경계하는 표정으로 돌아보았다. 그녀는 당황하여 어찌할 바를 모르다가 그와 눈이 마주치자 풀밭 쪽으로 내려갔다.

"반지를 찾았네요!" 몰래 훔쳐보고 있었다는 찝찝함을 떨쳐내고자, 또 어색한 침묵을 메우고 싶기도 하여 멜랑에흘은 헐떡이며 얼른 입을 열었다. "정말 잘됐어요! 도둑도 잡혔나요?"

"멜랑에흘! 당신도 일찍 나왔군요. 예, 보다시피 반지를 찾았습니다. 조금 전 수도원장님께서 돌려주셨죠. 하지만 도둑은 아직 잡히지 않았어요. 다른 일당과 함께 숲으로 달아난 것 같더군요. 하지만 이제 난 아무 걱정 없이 어디든 마음대로 갈 수 있지요."

짙은 눈썹 아래 깊숙이 박힌 검은 눈을 크게 뜨며 싱긋 웃어 보이는 모습에, 그녀는 문득 그의 젊음과 아름다움을 의식하며 커다란 매혹을 느꼈다. 중병을 앓고 있을지언정 키아란은 에너지로 충만한 멋진 젊은이였다. 게다가 전보다 키도 더 커 보이고 허리도 반듯해진 것 같았다. 마치 이 영적인 날의 햇살이 새로운 희망을 안겨주기라도 한 듯, 그의 얼굴은 전에 없이 환하고 밝고 열정적으로 빛나고 있었다.

"여기서 이렇게 만나 얼마나 기쁜지 당신은 모를 겁니다." 그가 부드러우면서도 격렬한 어조로 말을 이었다. "꼭 주님께서 당신을 보내주신 것 같아요. 당신과 단둘이 얘기할 기회를 엿보던 참이었거든요. 내가 불행한 운명에 처한 나머지 다른 사람들에 관해 무지하다거나 무관심하리라 생각하지는 말아요. 사실……당신에게 부탁할 게 있어요. 반지를 되찾았다는 사실을 매슈한테는 전하지 말아줘요! 정말 간절하게 부탁합니다."

"매슈가 모르고 있나요?" 멜랑에홀이 어리둥절해 물었다.

"예. 원장님이 사람을 보내 날 부르셨을 때 그 친구는 곁에 없었거든요. 그가 알아서는 절대 안 돼요! 당신이 그 친구를 사랑한다면, 그리고 조금이라도 나를 불쌍히 여긴다면 부디 비밀을 지켜줘요. 나는 아직 아무한테도 얘기하지 않았으니 당신만 입을 다물면 돼요. 원장님 역시 남들한테 이 반지에 대해 말씀하시지 않을 테고요. 그분이 무엇 하러 그런 얘기를 하시겠어요? 그러니 당신과 내가 입을 다물면 누구도 알지 못해요."

멜랑에홀은 혼란스러웠다. 웬일인지 눈에 눈물이 차올랐다. 어두운 그늘이 질 정도로 아주 수척해진 그의 얼굴을 보고 연민에 사로잡힌 것이다. 키아란의 두 눈은 뜨거운 불길을 내면에 가둔 채 조용히 살아 숨 쉬는 심장처럼 빛을 발하고 있었다.

"하지만 왜요?" 그녀가 물었다. "왜 매슈에게 이 사실을 비밀로 하고 싶어 하는 거죠?"

"그 친구와 당신을 위해서죠. 그리고 나를 위해서! 그 친구가 당신을 사랑하고 당신 또한 같은 마음이라는 걸 내가 눈치채지 못했을 것 같아요? 두 사람을 가로막는 건 딱 하나, 나뿐이에요. 그걸 알았을 때 정말 괴로웠죠. 어떻게 해서든 그런 상황을 변화시키고 싶었어요. 이제 내 유일한 바람은 당신과 그 친구의 행복한 결합이에요. 그가 나를 그렇게 변함없이 아껴주는데 내가 어찌 그 친구의 행복을 바라지 않을 수 있겠어요? 당신도 매슈가 어떤 사람인지 잘 알죠? 그는 자신과 당신의 마음을 희생해버릴 거예요. 어떻게 해서든 자기 임무를 완수하기 위해, 나를 아베르다론에 무사히 도착하게 하기 위해 다른 모든 것은 제쳐둘 테죠. 하지만 나는 그 희생을 받아들이지 않을 생각입니다. 그런 상황은 도저히 견딜 수 없어요! 내가 원하는 건 그저 혼자 아베르다론으로 가서 편안히 쉬는 것뿐인데, 왜 나 때문에 당신 두 사람이 불행한 처지에 빠져야 하죠? 지금 그는 내가 아무 데도 갈 엄두를 내지 못한다고 생각하고 있어요. 반지가 없으니까요. 그러니 계속 그렇게 생각하도록 내버려둬야 해요. 난 몰래 떠나겠어요. 당신네 두 사람을 축복하면서."

나직하면서도 열정적인 그의 말을 들으며 멜랑에흘은 세찬 바람에 흔들리는 나뭇잎처럼 부들부들 떨고 있었다. "그럼 나는 어떻게 해야 하죠? 내가 어떻게 해주기를 바라는 거예요?"

"그저 이 반지에 대해서는 아무 말 말고 매슈와 함께 성녀님의 유골을 모셔 오는 행렬에 참석하면 돼요. 당신이 청하면 그 친구는 기꺼이 따라나설 거예요. 아마 나는 여기 얌전히 남아 성녀님의 관이 경내로 들어오기를 기다리고 있겠거니 생각하겠죠. 두 사람이 경내를 떠나 있는 동안 나는 내 길을 갈 겁니다. 발도 거의 나았고 반지도 되찾았으니 내 걱정은 할 필요 없어요. 난 바라던 안식처에 무사히 도착할 거예요. 당신은 그냥 그 친구를 행복하게 해주면 됩니다. 그리고 내가 떠났다는 걸 그가 알게 되면 무슨 수를 써서든 그 친구를 붙잡아줘요. 내가 부탁하고 싶은 건 그게 전부예요."

"하지만 매슈는 금방 눈치챌 거예요." 멜랑에홀이 걱정스레 말했다. "이리저리 당신을 찾아다니다가 이내 정문의 문지기한테 물어보고 당신이 떠났다는 사실을 알게 되겠죠."

"아뇨, 그럴 리는 없어요. 나는 이쪽 길로 빠져나갈 테니까요. 여기 개천을 건넌 뒤 서쪽으로 길을 잡아 웨일스로 갈 생각이에요. 그러니 문지기는 내가 떠나는 걸 볼 수 없죠. 자, 봐요, 여름철이라 물이 발목까지도 올라오지 않잖아요. 일단 웨일스에 들어서면 아무 문제도 없을 겁니다. 그곳엔 내 친척들이 살고 있거든요. 오늘은 사람들이 들끓을 테니 내가 잠시 보이지 않는다 해도 매슈는 그리 이상하게 여기지 않겠죠. 당신이 제 역할만 잘해주면 아마 몇 시간 동안 내 생각은 하지도 않을 거예요. 난 당신이 매슈를 맡고 있는 동안 조용히 떠나겠어요. 혼자서도 충분히 해낼 자신이 있어요. 그것도 아주 홀가분하게요. 당신이 그 친구를 사랑한다는 걸 잘 아니 말입니다."

멜랑에홀은 길게 한숨을 내쉬더니 결심이 선 듯 고개를 끄덕였다. "알겠어요."

"그를 꼭 붙잡아요. 마음으로나마 두 사람을 축복하겠습니다. 그 친구한테 이 모든 게 다 내가 계획한 일이었다고 얘기해도 상관없어요. 하지만 나중에!" 키아란은 그렇게 말하더니 혼자만의 생각에 젖어 들면서 한순간 미소를 지었지만, 그 미소는 나타나자마자 이내 사라졌다.

"정말로 그이와 날 위해 그렇게 할 작정인 거죠? 그이를 위해서 혼자 떠나시겠다니…… 아, 당신은 정말 좋은 사람이에요!"
멜랑에흘은 열렬히 말하며 그의 손을 잡아당겨 잠시 자신의 가
슴에 얹었다. 그는 친구에 대한 사심 없는 애정으로 스스로를 희
생해가며 그녀에게 온 세상을 안겨주고 있었다. 지금 이 순간이
아니면 그에게 감사를 전할 기회는 다시 오지 않으리라. "이렇
게 해주신 건 결코 잊지 못할 거예요. 평생 당신을 위해 기도하
겠어요."

그녀가 손을 놓자 키아란은 조금 전에 그랬듯 뜻 모를 묘한 미
소를 지어 보였다. "아니, 그러지 말아요. 나라는 사람은 그냥 잊
어줘요. 그 친구 역시 나를 잊도록 도와주고요. 그게 내가 받을
수 있는 최상의 선물이에요. 다시는 나에 관한 얘기를 하지 않는
게 제일 좋죠. 자, 이제 가서 그 친구를 찾아봐요. 내가 혼자 무사
히 떠날 수 있느냐 없느냐는 전적으로 당신에게 달려 있어요."

멜랑에흘은 여전히 감사와 존경이 어린 눈빛으로 그를 응시하
며 몇 걸음 뒤로 물러선 뒤 두 손을 벌린 채 살짝 고개를 숙이고
는 정중히 돌아서서 비탈을 올라갔다. 그리고 잠시 후, 언덕 위
평탄한 땅에 이른 그녀는 장미가 우거진 꽃밭 사이로 난 길을 따
라 날듯이 가볍게 달리기 시작했다.

*

수사들, 수도원 고용인들, 시내에서 온 이들까지 모두가 아침

식사를 마치고 큰 마당에 모여들었다. 일찍이 그곳에 그토록 많은 군중이 모인 적은 없었다. 수도원 앞 동네도 시끌벅적하긴 마찬가지였다. 슈루즈베리의 상인 조합원들과 시장을 비롯한 남녀노소 시민들이 세인트자일스를 향해 떠날 엄숙한 행렬에 참석하고자 나와 있었다. 수사들 중 절반가량이 로버트 부수도원장의 지휘하에 세인트자일스로 가 위니프리드 성녀의 관을 모셔 오면, 수도원장과 나머지 수사들은 수도원에서 대기하고 있다가 그들이 돌아올 때 촛불과 꽃을 들고 합창을 하면서 맞이할 예정이었다. 시내와 수도원 앞 동네의 신심 깊은 이들, 또 수도원에 묵고 있는 순례자들 중 몸이 성한 사람들은 모두 로버트 부수도원장을 따라갈 테고, 거동이 불편하거나 기력이 없는 자들은 수도원장과 함께 남아 있다가 자신의 헌신적인 마음을 증명하기 위해 행렬이 돌아올 때 가능한 한 조금이라도 걸어 나가 성녀를 맞아들일 것이다.

"나도 저분들과 함께 가고 싶어요, 이모." 멜랑에흘은 큰 마당을 가득 메운 시끌벅적한 인파 사이에서 얼굴을 발그레하게 붉히며 흥분한 목소리로 말했다. "세인트자일스까지 그리 먼 길은 아니잖아요. 하지만 흐륀에게는 힘들겠죠."

흐륀은 창백한 얼굴로 시종 입을 다문 채 멜랑에흘과 제 이모 사이에 서서 목발에 몸을 기대고 있었다. 최근에 경험한 은총 때문인지 그의 아마색 머리칼은 더욱 밝아진 듯했고, 수정처럼 투명하고 커다란 눈동자는 아주 먼 곳을 응시하고 있었다. 흐륀은 누나의 말에 짧게 대꾸했다. "나도 조금은 따라가고 싶어. 아마 금방 뒤처지겠지만 날 기다려줄 필요는 없어."

"내가 너를 두고 혼자 가버릴 것 같니?" 위버 부인이 혀를 차면서 투덜거렸다. "나랑 같이 갈 수 있는 만큼 가보자. 네 누나는 다리가 말짱하니 끝까지 갔다가 돌아오면서 널 위해 몇 차례 더 기도를 올려줄 수 있겠지. 그러면 우리 모두에게 좋을 거야."

위버 부인은 허리를 숙여 흐뤤의 셔츠와 코트 깃을 잡아당겨 반듯하게 펴주고는 얼굴이 너무 창백하다며 걱정 어린 말을 몇 마디 늘어놓았다. 부인이 오랜 세월 옷감 짜는 일을 하느라 거칠어진 손으로 조카의 머리칼을 반듯한 이마 뒤로 넘겨주는 내내, 흐뤤은 마치 아무도 쫓아올 수 없는 곳으로 가버린 사람처럼 멍한 얼굴을 하고 고요히 서 있을 뿐이었다.

"넌 어서 가보려무나." 그녀가 아이에게서 시선을 떼지 않은 채 멜랑에흘에게 말했다. "낯익은 사람들을 찾아서 따라가. 아마 질 나쁜 녀석들도 무리에 한둘 섞여 있을 거다. 넌 그저 글로버 부인이나 약제사 집 과부 곁에 붙어서—"

"매슈가 함께 갈 거예요." 멜랑에흘이 낯을 붉히며 얼른 말했다. "그 사람도 간다고 하더라고요. 아까 아침기도를 마치고 나오면서 만났거든요."

거짓말을 아니었지만 온전한 진실이라고도 할 수 없었다. 멜랑에흘 자신이 매슈에게 내내 그 행렬을 따라가고 싶다고, 한 걸음 한 걸음마다 사랑하는 사람들을 생각하며 기도드리고 싶다고 이야기한 터였다. 물론 '그들'이 누구인지 구체적으로 거론하지는 않았다. 매슈의 머릿속에는 자연스레 그녀의 남동생이 떠올랐으리라. 하지만 그녀는 고뇌하는 두 친구, 이제 자신이 어떻게 하느냐에 따라 운명이 달라질 남자들에 대해서도 동생을 생각하는 것 못지않게 생각하고 있었다. 심지어 큰 용기를 내 이렇게 말하기도 했다. "키아란은 가엾게도 행렬을 따라갈 수 없으니 흐뢴처럼 여기서 기다려야 할 거예요. 하지만 우리가 오가며 두 사람을 위해 기도하면 되지 않을까요?"

그러자 매슈는 잠시 주저하는 기색으로 주위를 둘러보더니, 얼른 다시 그녀 쪽으로 고개를 돌리고서 대답했다. "그래요, 같이 갑시다. 당신하고 나하고 둘이서. 짧은 길이나마 함께 가요. 그 정도는 괜찮겠죠. 적어도 이번 한 번만은…… 나도 한 걸음씩 옮길 때마다 흐뢴을 위해 기도할게요."

"그래, 얼른 가서 그 사람을 찾아보렴." 위버 부인은 그저 흡족한 기색이었다. "매슈가 잘 보살펴주겠지. 사람들이 슬슬 무리를 이루고 있으니 서둘러야겠다. 우리는 여기서 너희가 들어오는 광경을 지켜보마."

멜랑에홀은 기뻐하며 신나게 달려갔다. 로버트 부수도원장이 선창자인 안젤름 수사를 앞에 세운 채 함께 갈 수사들을 정문 앞에 정렬시키고 있었다. 흥분해서 우왕좌왕하던 순례자들도 기도문을 웅얼거리며 수사들 뒤편으로 모이기 시작했다. 화사한 꽃들과 불 밝힌 초, 공물, 십자가와 깃발 등이 용의 꼬리처럼 연신 꿈

틀거리고 뒤틀리며 색색의 대열을 이루었다. 매슈는 그녀를 기다리고 있다가 반갑게 한 손을 내밀어 자기 옆으로 끌어당겼다.

"허락을 받은 겁니까? 이모님이 나랑 같이 가도 좋다고 하셨어요?"

"예. 키아란 때문에 마음이 쓰이는 건 아니죠?" 그녀는 근심스럽게 물었다. "행렬을 따라갈 수 없는 처지니 그분으로서도 여기서 기다리는 편이 좋을 거예요."

맨 앞에 선 수사들이 행진에 어울리는 성가들을 합창하기 시작했다. 로버트 부수도원장이 제일 먼저 정문을 나서자 다른 수사들도 정연하게 대오를 맞추어 합창을 하면서 그를 따랐고, 이어 슈루즈베리시의 명사들과 유지들이, 다시 또 긴 대열을 이룬 순례자들이 걸음을 옮겼다. 성가 중 각자 익숙한 대목을 따라 부르며, 그들은 파도처럼 정문 밖으로 몰려 나가서는 오른쪽으로 방향을 틀어 세인트자일스를 향해 나아갔다.

*

캐드펠도 로버트 부수도원장이 인솔하는 무리에 끼어 애덤 수사와 나란히 걷고 있었다. 그들은 수도원 담장 곁의 큰길을 따라가다가 말발굽이 사방에 찍힌 커다란 세모꼴의 마시장터를 지난 다음 드문드문 흩어진 집들과 햇살에 바랜 풀밭 사이로 난 길을 따라 오른쪽으로 꺾어 인가들이 끝나는 지점으로 향했다. 곧 부드러운 초록빛 언덕 위에 솟은 구호소 성당의 야트막한 탑과 지붕, 그곳 정원을 둘러싼 긴 나무 울타리가 찬란한 동쪽 하늘을 배경으로 검게 떠올랐다. 명절이나 축제 때나 입는 가장 좋은 옷을 걸치고 나온 수도원 앞 동네 사람들이 중간중간 합류하는 바람에 행렬은 점점 더 길어지고 빛깔도 한층 화사해졌다.

구호소 성당은 어둡고 비좁아 수사들과 시내에서 온 유지들밖에 들어갈 수 없었다. 나머지 사람들은 문 앞에 몰려선 채 안에서 진행되는 의식을 잠깐이라도 구경하려고 목을 길게 빼고 기웃거렸다. 캐드펠은 입술만 달싹여 건성으로 성가와 기도문을 따라 외우며 위니프리드 성녀의 우아한 참나무 관에 새겨진 은빛 상감 장식 위로 촛불 빛이 밝혀지는 광경을 지켜보았다. 관은 4년 전 그들이 귀더린에서 처음 옮겨 왔을 때처럼 제단 위에 얌전히 놓여 있었다. 자신이 성녀를 수도원 성당으로 모셔 가는 임무에 자원하여 이 여덟 명의 수사들 사이에 들어온 동기가 과연 스스로 소망했던 것만큼 순수했는지, 캐드펠은 자문해보았다. 처음 성녀를 그곳에 모셔 온 이들 중 하나라는 마음에 일종의 기득권을 주장했던 건 아닐까? 아니면 그저 겸허한 참회의 행위였을까? 그는 어느덧 예순 살이 넘은 노인이었다. 참나무 관의 육중한 무게와 그 날카로운 모서리가 어깨뼈를 사정없이 파고들던 기억이 아직 생생했다. 구호소에서 수도원 성당까지는 그리 가까운 편이 아니니 아마 가는 길이 적잖이 고될 것이다. 어쩌면 성녀는 그가 자신의 거취 문제를 처리한 방식에 대해 탐탁잖은 마음을 그런

190

식으로 드러낼지도 모른다. 그러니까, 다시금 어깨뼈를 짓누르며 고통을 주는 방식으로 말이다!

마침내 미사가 끝나고, 키와 보폭을 고려하여 선발한 여덟 명의 수사들이 관을 들어 어깨에 얹었다. 부수도원장이 우뚝 솟은 당당한 머리를 숙여 성당의 낮은 문을 통해 오전의 햇살이 넘실거리는 바깥으로 나서자 문 앞에 몰려 있던 군중이 길을 열어주었다. 곧 행렬이 새로 만들어졌다. 이번에도 로버트 부수도원장이 맨 앞에 섰고, 찬송을 부를 수사들과 관을 멘 수사들이 그 뒤에 차례로 늘어섰다. 십자가와 깃발들과 촛불들, 그리고 화환을 든 열성적인 부인들이 관 양옆을 에워싸고 있었다. 수사들이 정연하게 걸음을 맞추며 엄숙하게 합창하는 가운데 위니프리드 성녀—혹은 밀봉된 관 속에서 그녀를 대신하고 있는 그 무엇—는 수도원 성당에 마련된 자신의 제단을 향해 나아가기 시작했다.

관이 전보다 훨씬 더 가볍게 느껴지는군. 다른 일곱 명의 수사들과 보조를 맞춰 걸음을 옮기며 캐드펠은 생각했다. 그런 일이 있을 수 있나? 불과 4년 사이에? 물론 인간의 몸이 그렇게 가벼워질 수도 있다는 사실을 그는 잘 알고 있었다. 오래전 옛 기독교인들이 살다 죽은 사막의 동굴 회랑에 들어갔던 일이 떠올랐다. 그때 그는 건조한 공기가 육체에 어떤 영향을 미칠 수 있는지 똑똑히 확인한 터였다. 생명의 즙은 영혼으로 화해버리고 육신은 쭈글쭈글한 껍데기가 되어버린 광경……. 지금 이 참나무 관 속에 들어 있는 것이 무엇이든, 그것은 마치 다른 누군가의 손이 힘껏 떠받쳐주고 있기라도 한 듯 그의 어깨 위에 가뿐히 얹혀 있었다. 캐드펠은 그 무게를 전혀 느낄 수 없었다!

9

환희에 취해 서로 밀치고 노래하는 무리 사이에 끼어 나아가는 동안 매슈와 멜랑에흘에게 어떤 놀라운 일이 일어났다. 1킬로미터 가까이 이어지는 그 길 어딘가에서, 장엄한 합창과 헌신의 파도에 휩쓸린 두 사람은 다른 모든 이를 잊고 심지어 자기 자신조차 잊은 채 어떤 말도 동작도 없이 하나의 마음이 되었다. 고개를 들어 서로를 바라보았을 때 그들의 눈에 비친 것은 그저 상대방의 눈과 햇살의 찬연한 후광뿐이었다. 길을 따라오는 내내 두 사람 사이엔 단 한 마디도 오가지 않았으니, 이미 그들에게 말이 필요 없는 까닭이었다. 그러다 마시장터 곁을 지나고 모퉁이를 돌아 수도원 정문 가까이 이르렀을 때, 찬란한 사제복을 걸치고 거대한 주교관을 쓴 수도원장이 일행을 이끌고 마중하러 나오는 광경을 보았을 때, 아직 얼마간 떨어져 서로의 찬양을 듣던 양쪽 합창단이 이내 하나의 목소리를 이루며 하느님을 찬양하는 드높은 외침을 발하기 시작했을 때, 열광한 사람들이 감격에 겨워 헐떡일 때, 멜랑에흘은 곁에서 부드러운 흐느낌 비슷한 숨소리를 들었다. 매슈의 입에서 나온 그 소리는 곧 신들린 듯 순수한 환희에 가득 찬 웃음으로 바뀌었다. 그리 큰 소리는 아니었다. 격정으로 꽉 잠긴 목에서 터져 나온, 심지어 그 자신도 의식하지 못하는 숨죽인 웃음소리였다. 참으로 아름다운 소리라고 생각하며, 멜랑에흘은 고개를 들어 아찔한 쾌감에 입을 벌리고 눈을 둥그렇게 뜬 채 멍하니 그를 바라보았다. 매슈가 웃고 있다니! 그동안 아주 가끔씩 쓸쓸한 미소가 그의 얼굴을 스쳐 간 적이야 있지만 그나마도 매번 너무 빨리 사라져버렸고, 더욱이 지금처럼 소리 내어 웃는 모습은 그동안 한 번도 보지 못했다.

두 행렬은 곧 하나가 되었다. 십자가를 든 사람들이 맨 앞에서 나아가고 라둘푸스 수도원장과 부수도원장과 성가대 수사들이 다음으로, 그리고 성녀의 관을 멘 캐드펠과 동료들이 그 뒤를 따랐다. 관을 멘 수사들의 소맷자락이라도 건드려보거나 매끄러운 참나무 관을 한 번이라도 쓸어보려는 열성적인 신자들이 양쪽에 무리를 이루었다. 행렬이 왼쪽으로 방향을 틀어 정문 안으로 들어서는 순간, 합창단을 지휘하는 안젤름 수사가 한층 목청을 높여 아름다운 목소리로 선창을 했다.

캐드펠 수사는 동시에 두 가지 꿈을 꾸는 사람처럼 움직이고 있었다. 그의 몸이 하나의 확고한 리듬에 맞추어 동료들과 보조를 맞추며 나아가는 동안, 그의 정신은 또 다른 세계로 날아올라 장중한 발소리, 기도문을 웅얼거리는 열띤 목소리와 환희에 가득한 외침, 그보다 더 크게 들리는 찬송, 그리고 다른 모든 소리를 압도하는 안젤름 수사의 아름다운 음성이 뒤섞인 푹신한 소리의 구름 위를 둥둥 떠다녔다. 큰 마당은 물론 회랑으로 둘러싸인 안마당의 입구와 성당 앞까지 온통 인파로 빼곡히 들어차 있었다. 사람들이 물러나 길을 내주기를 기다리는 사이, 캐드펠은 그 친숙한 땅을 굳건히 버티고 선 채 처음으로 주위를 둘러보았다. 이미 무리를 이룬 사람들 너머에서 무엇이든 보고 듣기 위해 군중 속으로 급히 파고드는 이들이 보였다. 그리고 짧은 순간, 서로 손을 맞잡은 채 구경하기 좋은 자리를 찾느라 뒤편을 헤매고 다니는 멜랑에흘과 매슈의 모습도 눈에 들어왔다.

그들은 독한 포도주에 취한 사람들처럼 비틀비틀 움직이고 있었다. 그럴 만도 했다. 오랫동안 수도 생활을 해온 캐드펠 자신조차 이 순간 무슨 최면에라도 걸린 듯 다리가 노곤하게 풀리고 정신이 합창의 운율 위를 떠다니며 기분 좋은 도취 상태에 빠져들고 있지 않은가. 친숙하면서도 낯선, 그래서 초연하면서도 당황스러운 기분이었다. 캐드펠은 두 다리에 힘을 주며 허리를 꼿꼿이 세웠다.

행렬은 성당의 본당으로 나아가다가 오른쪽으로 꺾여져 그들을 기다리는 빈 제단으로 향했다. 따뜻한 햇살로 달궈진 성당 안은 고요하기 그지없었다. 이들은 관을 제단에 내려놓고 각자의 자리로 돌아감으로써 가장 막중한 임무를 마쳤다. 곧 수도원장과 부수도원장이 들어와 자리를 잡고, 수사들이 성가대석을 채웠다. 이어 슈루즈베리 시장과 길드 조합원들, 슈롭셔의 유지들, 일반 방문객들이 오전 중반의 따사로운 햇살이 내리비치는 바깥에서 서늘하고 침침한 석조 건물 안으로 차례차례 들어왔다. 밖에서는 축제 기분에 들떠 왁자하게 떠들어대던 이들도 성당 안으로 들어 오자 경의 어린 태도로 침묵을 지켰으니, 성당 안은 수많은 사람 들의 다채로운 빛깔과 온기와 숨결로 가득 차 있음에도 무척이나 고요했다. 성녀의 관에 새겨진 은제 장식들에 반사된 촛불 빛마 저 마치 견고한 보석인 듯 미동도 하지 않았다.

라둘푸스 수도원장이 앞으로 나오면서 대미사의 장엄한 의식 이 시작되었다.

사면 벽과 지붕으로 막힌 그 공간 안에 수많은 사람들의 강렬한 열정이 하나로 모였다. 잠시라도 미사 의식에서 시선을 떼거나 이 를 진행하는 수도원장의 말을 흘려듣는다는 것은 불가능한 일이 리라. 그동안 캐드펠도 미사 도중 다른 사람들의 문제에 대해 생 각하며 딴전을 피운 일이 적지 않았으나 지금은 아니었다. 미사가 진행되는 내내 그는 군중 속에서 어떤 개인의 얼굴도 의식하지 못 했다. 이 순간 이들은 그저 인류라는 하나의 존재였고, 캐드펠 자 신의 자아 또한 그 속에 완전히 파묻혀 있었다. 아니, 그보다는 자 신의 자아가 공기처럼 팽창하여 전체의 모든 부분을 속속들이 채

우는 것만 같았다. 그는 멜랑에흘과 매슈를 잊었고, 키아란과 흐뤤을 잊었다. 휴가 왔는지 확인하느라 주위를 둘러보지도 않았다. 그의 앞에는 오직 하나의 얼굴만이 존재했다. 한 번도 본 적 없는 얼굴이지만, 그는 자신이 경외를 품고 흙 속에서 정성껏 꺼내 올린 그 가늘고 연약한 뼈들을 아직도 생생하게 기억하고 있었다. 또 성녀가 산사나무 향기 나는 그곳에 몸을 누이고 쉴 수 있도록 파낼 때보다도 더욱 정성을 다해 다시금 흙 속에 파묻던 일도 떠올랐다. 그분은 늙도록 살다 하늘로 갔지만 무슨 이유에서인지 그는 늙은 그녀의 모습을 상상할 수가 없었다. 그의 마음속에 자리 잡은 위니프리드 성녀는 늘 열일곱여덟 살 소녀의 얼굴을 하고 있었다. 크래독 왕자[28]에게 쫓길 때의 그 모습……. 그 가늘고 연약한 뼈들은 젊은 여인의 음성을 발했으며, 그의 심상에 어렴풋이 떠오른 얼굴 또한 풋풋하고 열정적이며 더없이 아름다웠다. 그러나 그 얼굴은 늘 반쯤 고개를 돌린 채였다. 언제고 다시 고개를 돌려 그를 똑바로 바라봐주면 좋으련만…….

미사가 끝날 무렵 수도원장은 제단을 돌아 성가대석으로 이어지는 입구 오른편에 있는 자신의 자리로 물러났다. 이어 두 팔을 펼친 채 우렁찬 목소리로, 성녀에게 청원할 것이 있는 사람은 누구든 제단 앞에 나와 무릎을 꿇고 기도드리거나, 그 관을 어루만지고 입 맞추어도 좋다고 말했다. 이내 사람들이 경건한 침묵 속에 차례로 나아왔다. 로버트 부수도원장은 세 단으로 이루어진 계단의 발치에 서 있었다. 몸이 불편해 제단에 오르거나 무릎을 꿇기 힘든 이들을 거들기 위해서였다. 특별히 기원할 것이 없는 사람들은 구석에 물러선 채 이 기념할 만한 날 일어나는 일들을 하나도 놓치지 않으려고 눈과 귀를 크게 열고 있었다. 미사시간 동안 하나가 되었던 모든 이가 어느새 각자의 얼굴을 되찾고서 서로 낮게 수군대기 시작했다.

캐드펠 수사도 이제 차례차례 앞으로 나아와 무릎을 꿇고 관을 어루만지는 이들의 얼굴을 뚜렷이 식별할 수 있었다. 청원자들의 긴 대열이 거의 사라질 무렵, 흐뤼인이 앞으로 나왔다. 아이가 넘어질까 걱정되는 듯 위버 부인과 멜랑에흘이 양편에서 그를 부축하고 있었다. 매슈 역시 그들 못지않게 근심 어린 표정으로 뒤에 바싹 붙어 따라왔다. 흐뤼인은 언제나 그러듯 뒤틀린 발가락으로 타일 바닥을 살짝살짝 디디며 힘겹게 걸음을 옮겼다. 그의 얼굴은 보는 이의 눈을 시리게 할 만큼 창백했고, 관에 붙박여 움직이지 않는 그 눈동자는 밝은 푸른빛을 띤 얼음처럼 투명했다. 이모와 누나가 아이의 귀에 입술을 대고 격려하듯 뭐라 소곤댔지만 흐뤼인은 온통 그 제단에만 신경이 쏠려 아무것도 의식하지 못하는 것 같았다. 이윽고 차례가 되자 그는 두 사람을 떨쳐내더니 잠시 주저하는 기색을 보였다가 마침내 혼자서 앞으로 나아가기 시작했다.

로버트 부수도원장이 그의 상태를 눈여겨보고는 한 손을 내밀었다. "무릎을 꿇을 수 없다고 해서 부끄러워할 것 없네. 주님과 성녀님께서 자네의 성심을 알아주실 게야."

"아뇨, 부수도원장님." 흐륀은 떨리는 목소리로 아주 낮게, 그러나 먼 곳에 있는 사람에게까지 들릴 정도로 또렷하게 대답했다. "저는 할 수 있어요! 할 겁니다!"

그가 허리를 반듯하게 펴면서 손의 힘을 풀자 목발이 양쪽 겨드랑이에서 빠져나왔다. 왼쪽 것은 요란한 소리를 내며 타일 바닥에 떨어졌고, 오른쪽 것은 멜랑에흘이 얼른 앞으로 달려들어 주저앉으면서 짧은 외침과 함께 두 팔로 받아 안았다. 누나가 제 목발을 끌어안고 웅크린 사이, 흐륀은 뒤틀린 발로 바닥을 디뎌 똑바로 서더니 제단에 시선을 고정하고는 천천히 걸음을 옮기기 시작했다. 계단 발치까지는 두세 걸음 정도밖에 되지 않았다. 그가 가볍게 비틀거리자 위버 부인은 걱정스레 앞으로 나아갈 듯 몸을 움찔했고, 로버트 부수도원장도 얼른 한 손을 내밀었다. 하지만 흐륀은 한눈팔지 않았다. 자신의 목표 외에는 그 무엇도 보고 듣지 못하는 것 같았다. 어떤 목소리가 그를 부르기라도 하는 걸까? 그는 어서 와보라며 어르고 격려하는 엄마의 두 팔을 향해 뒤뚱뒤뚱 걸어가는 아이처럼 숨을 잔뜩 죽인 채 한 발 한 발 나아가고 있었다.

계단 첫 단에 얹힌 쪽은 뒤틀린 오른발이었다. 디디는 동작이 다소 서투르고 미숙하긴 했으나 그 발은 더 이상 뒤틀려 있지 않았고, 이어 그의 체중이 실리는 순간에는 보기 좋게 똑바로 펴진 듯 훌륭하게 무게를 떠받쳤다.

그제야 캐드펠은 성당 안이 물을 끼얹은 듯 고요하다는 사실을 알아차렸다. 이곳에 모인 모든 이가 마법에라도 걸린 듯 일제히 숨을 죽이고 있었다. 자신들이 목격한 사실을 아직 제대로 받아들일 수 없는 것이다. 로버트 부수도원장마저 그 기다란 몸을 똑바로 세운 채 넋 나간 사람처럼 정신없이 제단 쪽을 바라보았다. 바닥에 웅크려 앉아 목발을 끌어안고 있던 멜랑에홀도 더는 손가락 하나 까딱할 수 없었다. 마치 이 마법에 심장을 바친 사람처럼. 그저 필사적인 눈빛으로 동생의 발걸음을 좇을 뿐이었다.

마침내 세 번째 계단에 이른 그는 더없이 유연한 동작으로 무릎을 꿇더니 제단 앞 장식과 관 밑으로 늘어진 황금빛 천을 붙잡았다. 이어 두 손을 모으고, 두 눈을 감았음에도 환한 빛을 발하는 얼굴을 쳐들었다. 소리는 나지 않았으나 입술의 움직임으로 보아 성녀께 기도를 드리는 게 분명했다. 그 기도 내용 가운데 자신의 다리를 고쳐달라는 요청 같은 건 포함되어 있지 않을 터였다. 그는 그저 순종의 뜻으로 기꺼이 자신을 성녀의 두 손에 내맡겼을 뿐이고, 성녀는 그를 위해 자신이 뜻한 바를 행한 것이다.

흐뤤은 아기가 엄마의 치맛자락을 붙잡듯 제단의 휘장을 붙잡고 일어섰다. 그 순간 틀림없이 성녀가 그의 양쪽 겨드랑이를 떠받쳐 일으켜 세웠으리라. 그는 금발로 덮인 머리를 숙여 휘장에 입을 맞추곤 똑바로 일어서더니, 실제로 성녀가 누워 있든 말든, 오로지 그분의 것이며 그분의 주권하에 있는 이 참나무 관의 은빛 테두리에 입술을 가져갔다. 그런 다음 비로소 뒤로 물러나 세 개의 계단을 차례로 밟고 내려갔다. 뒤틀렸던 발과 위축되었던 다리는 이제 아무 방해도 되지 않았다. 계단 발치에서 그는 성녀께 정중하게 허리를 굽혀 보인 뒤 돌아서서 떨고 있는 이모와 누나를 안심시키듯 싱긋이 웃어 보이며 열여섯 살 먹은 여느 청년처럼 기운차게 걸어갔다. 더 이상 필요 없게 된 목발은 계단 아래 얌전히 놓여 있었다.

마침내 마법의 주문이 풀렸다. 기적과 그 절대적 본질이 백일하에 드러난 참이었다. 성가대석과 회중석은 물론 이 광경을 주시하고 귀 기울이던 사람들이 들어찬 모든 곳에서 떨리는 한숨이 일제히 터져 나왔다. 엄청난 열기로 진동하는 기도의 웅얼거림과 함께 눈물인지 웃음인지 모를 소리가 퍼지는가 싶더니, 뒤이어 경이와 찬양의 폭풍우를 동반한 우레와도 같은 함성이 한꺼번에 일었다. 그 메아리가 돌벽과 드높은 아치형 지붕, 성당 뒷면, 양쪽 회랑에 부딪쳐 성당 안을 거듭거듭 휘돌았으니, 내내 고요히 서 있던 촛불들마저 거세게 요동할 정도였다. 멜랑에홀은 매슈의 두 팔에 안긴 채 감격을 이기지 못해 흐느끼면서 힘없이 늘어졌고, 위버 부인은 눈물을 펑펑 쏟으며, 동시에 세상에서 가장 행복한 여자처럼 환하게 웃으며 친구들 사이를 돌아다녔다. 로버트 부수도원장이 행사의 주관자로서 두 팔을 높이 쳐들고 감사찬송의 서두를 떼자 선창자인 안젤름 수사가 얼른 노래를 이어받았다.

기적, 기적, 기적……

이 북새통 속에서 흐륀은 여전히 허리를 꼿꼿이 세운 채 반듯하고 긴 두 다리로 바닥을 굳건히 딛고 있었다. 고함치고 흐느끼고 기뻐 날뛰는 사람들을 묵묵히 바라보는 그의 눈빛에는 일종의 당혹감이 어려 있었다. 온갖 무의미한 소리들이 파도처럼 자신을 거듭 덮치고 흘러가도록 가만 내버려두면서, 그는 이 성스러운 곳에 자신과 성녀 외에는 아무도 없던 짧은 순간을, 자신이 경험한 평화롭고 고요한 순간을 새삼 그리워했다. 더없이 감미롭고 은밀한 그 만남의 순간, 성녀는 그가 해야 할 모든 일을 일러주었다.

*

캐드펠 수사는 성당 안에 있던 사람들이 모두 빠져나간 뒤 다른 수사들과 함께 자리에서 일어섰다. 흥분과 환희로 들뜬 군중은 햇살이 찬연한 성당 바깥으로 쏟아져 나가 자신들이 목격한 기적을 큰 소리로 외쳐대며 수도원 앞 동네와 시내에 소식을 전했고, 접객소에서 점심을 먹으면서도 내내 그 이야기만 화제로 삼았다. 저녁기도 때까지 흥분은 가라앉지 않을 터였다. 그리고 축제가 끝나면 다들 각 지역으로 흩어져 이 소식을 널리 알리고 위니프리드 성녀를 찬양하며 슈루즈베리로 순례 여행을 떠나라고 다른 이들을 부추기리라. 이제 이곳은 장애가 있는 이가 대번에 치유된 곳이니, 수백 명의 목소리가 이를 입증할 것이다.

식당에 모인 수사들은 각자의 내면에 이는 소용돌이를 억누르며 침묵의 규율에 따라 평소처럼 조촐한 식사를 시작했다. 너무나 반가운 침묵이었다. 다들 새벽부터 일어나 행사를 준비하고 이리저리 뛰어다니느라 정신적으로도 육체적으로도 완전히 지쳐 있던 터였다. 이들은 그저 겸허하고 감사한 마음으로 말없이 식사를 이어갔다.

10

접객소 식당에서, 매슈는 조금 전 체험한 놀라운 사건들로 인한 흥분이 채 가시지 않아 여전히 상기된 표정으로 멜랑에홀 곁에 앉아 식사를 했다. 그가 다른 일을 떠올리고 미간을 찌푸린 채 주위를 돌아보기 시작한 건 식사가 거의 끝날 무렵이었다. 그때까지만 해도 평소와 달리 밝고 환하던 그의 얼굴빛에는 거의 변함이 없었다. 행사가 시작될 때부터 줄곧 위버 부인네 가족과 함께 감격스러운 체험의 기쁨을 나누며 다른 모든 일은 까맣게 잊고 있었던 것이다. 흐륀 역시 놀라움에 넋이 나가 대화는커녕 식사를 하고 싶은 마음도 들지 않았다. 두 여자가 먹을 것을 권했으나 그는 현실에서 너무나 멀리 떠나가 있었으니, 아무래도 금세 돌아올 것 같지 않았다.

"키아란이 보이질 않네요." 갑자기 매슈가 멜랑에흘의 귀에 대고 조용히 속삭이더니 자리에서 몸을 일으켜 사람들이 붐비는 홀을 두리번거렸다. "혹시 성당에서 그 친구 봤어요?"

멜랑에흘 역시 키아란에 대해 까맣게 잊고 있었다. 매슈의 심각한 표정을 보자 아침의 일이 선명하게 되살아나면서 가슴이 덜컥 내려앉았다. 하지만 그녀는 태연한 기색을 유지한 채 매슈의 팔을 잡아당겨 다시 곁에 주저앉혔다. "아뇨, 사람이 워낙 많았잖아요. 하지만 그분도 분명 그곳에 있었을 거예요. 경내에 남아 있었으니 제일 먼저 들어와 좋은 자리를 잡았겠죠. 우리는 성당 뒤쪽에 서 있느라 제단 앞에 무리 지어 있던 사람들을 다 살피지 못했고요." 온전한 진실은 아니었지만 멜랑에흘은 흔들리는 희망을 다잡기 위해 단호한 목소리로 말했다.

"하지만 지금은 어디 있는지…… 이 안에서는 보이질 않는데요." 이미 수많은 사람이 들어찬 데다 서로 이야기를 나누느라 이곳저곳으로 돌아다니는 이들도 적지 않아 그의 모습을 찾기가 쉽지 않았다. "그 친구를 찾아봐야겠어요." 그때까지도 크게 걱정을 하지는 않았지만 아무래도 확인은 해봐야겠다는 생각에 매슈는 자리에서 일어났다.

"그러지 말고 앉아 있어요!" 멜랑에흘이 말했다. "경내 어딘가에 있을 거예요. 혼자 시간을 보내도록 내버려둬요. 마음이 내키면 다시 나타나겠죠. 내일 다시 맨발로 여행을 떠나려면 푹 쉬어야 할 테니 자리에 누워 있을지도 몰라요. 지금 굳이 그분을 찾아

나설 이유가 있나요? 단 하루만이라도 그 사람 없이 지낼 수는 없어요? 더구나 이런 날에?"

매슈가 그녀를 내려다보았다. 환하고 밝은 기운은 어느새 싹 가셔 있었다. 그는 소매를 움켜쥔 그녀의 손을 부드럽게, 그러나 단호하게 떨쳐내며 입을 열었다. "그 친구를 찾아야 해요. 당신은 흐륀과 함께 여기 있어요. 그냥 잘 있는지 확인만 하고 금방 올게요."

그는 날카로운 시선으로 좌우를 둘러보며 축제 기분에 들뜬 사람들 사이를 조용히 빠져나갔다. 멜랑에흘은 그를 따라갈까 생각했다가 이내 마음을 고쳐먹었다. 매슈가 경내를 돌아다니며 그를 찾는 동안 키아란은 그곳에서 점점 더 멀어질 것이다. 그렇게 시간이 흐르면 그 자신이 바라는 대로 사람들의 마음에서도 차차 멀어질 것이고……. 그러나 기쁨에 찬 사람들과 함께 머물러 있으면서도 그녀는 마음이 편치 못했다. 매슈가 얼른 돌아오지 않는 이 유예의 상태를 다행으로 여겨야 할지 불길한 조짐으로 여겨야 할지 알 수가 없었다. 결국 그녀는 조용히 자리에서 일어나 살그머니 접객소를 빠져나왔다. 옆에 앉은 위버 부인은 작은조카에게 일어난 일이 그저 기쁘고 놀랍기만 해 웃었다 울었다 하며 정신없이 이야기를 늘어놓는 중이었고, 주변 사람들도 그녀의 말에 맞장구치면서 요란하게 떠들어대느라 바빴다. 한가운데 앉은 흐륀은 그들이 퍼부어대는 질문에 어눌한 말투로나마 최대한 성의껏 대꾸해주기는 했지만, 마음은 이곳에서 멀리 떨어진 곳, 자신이 체험한 계시의 세계 속으로 물러나 있었다. 그 자리에 멜랑에흘의 존재는 필요치 않았으니, 그녀가 잠시 자리를 비워도 궁금해하는 이는 없을 것이다.

정오의 찬란한 햇살로 이글거리는 큰 마당은 더없이 적막했다. 점심 식사 직후의 고요한 순간. 늘 이리저리 오가고 정문을 드나드는 이들로 북적이는 곳이지만, 지금은 느릿느릿 걸음을 옮기는 한두 사람만 눈에 띌 뿐이었다. 멜랑에흘은 마음을 졸이며 회랑으로 둘러싸인 안마당에 들어섰다. 전날 필사한 경전의 내용을 들여다보는 수사 한 사람, 그리고 자신의 작업실에서 저녁기도 때 부를 찬송을 준비하는 안젤름 수사 말고는 아무도 보이지 않았다. 이어 마구간 쪽으로 방향을 틀었지만, 매슈가 그곳에 가볼 리 없다는 사실을 이미 알고 있었다. 애초에 걸어서 여기 온 데다, 키아란이 말을 얻어 탄다는 건 생각할 수도 없는 일이니 말이다. 정원에서는 견습 수사 둘이 산울타리를 이룬 회양목의 무성한 가지를 잘라내는 중이었고, 헛간들과 창고들이 늘어선 곳에서는 수도원의 고용인 몇몇이 한가롭게 쉬며 경내의 다른 사람들이며 수도원 앞 동네와 시내 주민들과 마찬가지로 그날 오전에 일어난 기적에 관한 이야기를 주고받고 있었다. 공들여 가꾼 장미들이 아름답게 자라난 수도원장의 아담한 정원 역시 텅 비어 있었다. 활짝 열린 문 사이로 몇몇 손님이 어른거리는 공관 내부가 살짝 들여다보였다.

이제 멜랑에흘은 깊은 근심에 휩싸인 얼굴로 돌아섰다. 그녀는 거짓말에 소질이 없어, 드물게 선의의 목적으로 거짓말을 할 때도 말투나 태도가 영 어색해 금세 들키곤 했다. 매슈가 눈치를 챈 것일까? 경내 어느 곳에서도 그의 모습을 찾을 수가 없었다. 하지만 분명 이곳을 벗어나지는 않았을 것이다. 키아란은 정문으로 나가지 않았고, 따라서 문지기도 그에게 아무런 단서를 주지 못하리라. 그녀 역시 아무 말 하지 않을 작정이었다. 친구에 대한 깊은 애정이 마침내 상실감에 밀려나 그를 잃었다는 사실을 그가 받아들일 때까지는 잠자코 있는 게 좋을 터였다.

그녀는 견습 수사들이 분주하게 일하는 회양목 산울타리 쪽으로 돌아오다가 마침내 맞은편에서 걸어오던 매슈와 정면으로 마주쳤다.

울타리로 둘러싸인 호젓한 공간에서 그와 마주친 순간, 멜랑에 흘은 죄책감을 느끼며 자기도 모르게 한 발짝 물러섰다. 매슈가 자신을 알아보고 살짝 얼굴을 찌푸리기는 했을망정 반가움과 미안함이 뒤섞인 듯한 표정을 지어 보였음에도, 그 어느 때보다 그가 멀고 낯설게만 느껴졌다.

"키아란이 떠나버린 것 같아요!" 매슈는 쉰 목소리로 차갑게 내뱉더니 그녀를 가만히 바라보았다. "미안하지만 이제 당신 자신이 스스로를 지켜야 해요, 멜랑에흘. 내가 잠시 등을 돌린 사이 그가 떠났어요. 모든 곳을 뒤져봤는데 종적이 묘연해요. 정문의 문지기는 못 봤다지만 여기서 나간 게 분명해요. 아, 혼자 그렇게 가버리다니! 나는 그 친구를 따라가야 해요. 주님께서 당신과 함께하시길. 잘 있어요!"

그는 무뚝뚝한 표정으로 그렇게 몇 마디만 내던진 뒤 가버릴 참이었다! 매슈가 몸을 돌려 두어 걸음 내디뎠을 때, 멜랑에홀이 달려들어 두 손으로 그의 팔을 붙잡았다.

"안 돼요, 안 돼! 왜요? 무슨 이유로? 왜 그 사람한테 당신이 필요하다는 거예요? 그가 떠나버렸다고요? 그럼 가라고 해요! 보내주란 말이에요! 당신 인생이 그 사람 것도 아니잖아요. 그 사람이 원하는 건 당신의 자유예요. 자기와 함께하기보다 당신 스스로의 인생을 살기를 원한다고요. 그는 당신이 날 사랑한다는 걸 알아요! 설마 그걸 부인할 생각은 아니겠죠? 그리고 내가 당신을 사랑한다는 것도 그 사람은 잘 알죠. 그는 당신이 행복해지기만을 바라고 있어요! 이 세상에 친구의 행복을 바라지 않을 사람이 어디 있겠어요? 왜 그의 마지막 바람을 거부하는 거예요?"

너무 많은 말을 해버린 걸까? 그 말들 중 대체 어느 대목이 치명적인 실수로 작용했을까? 다시 그녀 쪽으로 돌아선 매슈의 얼굴은 대리석처럼 싸늘하고 무정하기만 했다. 그는 거칠게 그녀의 손길을 뿌리치며 전에 없이 사나운 어조로 으르렁거렸다.

"그의 바람이라고? 그 친구랑 이미 얘기가 되어 있었군! 당신은 다 알았지? 그가 떠날 작정이라는 걸, 난 맹세를 어긴 한심한 인간이 되어 여기 혼자 남겨지리라는 걸 알고 있었던 거야! 언제지? 키아란과 얘기한 게 언제냐고!" 그가 그녀의 두 손목을 움켜쥔 채 무자비하게 흔드는 바람에 멜랑에홀은 비명을 지르며 무릎을 꿇고 주저앉았다. "말해! 그 녀석이 떠날 작정이라는 걸 언제 알았느냐고!" 매슈가 사나운 얼굴을 그녀에게 들이대며 다그쳤다.

"오늘…… 오늘 아침에 들었어요……. 혼자 떠나고 싶다고……."

"혼자 떠나고 싶다고! 어떻게 그럴 수 있지? 주교의 반지를 도둑맞은 상황에서 어떻게…… 그 반지 없이는 감히 움직일 생각도 품지 못했는데. 겁이 나 경내 밖으로는 한 발짝도 못 나가겠다고……."

"그 사람은 반지를 갖고 있어요." 멜랑에흘은 사실대로 말했다. 더 이상 그를 속일 엄두가 나지 않았다. "오늘 아침에 수도원장님께 받았다고 했어요. 그러니 걱정하지 말아요. 반지를 갖고 있으니 그는 안전할 거예요. 당신이 함께 있지 않아도 괜찮다고요!"

잠시 섬뜩한 침묵이 흐른 뒤, 매슈가 다시 입을 열었다. "그 친구가 반지를 갖고 있다고? 당신은 그걸 알고도 입을 꽉 다문 채 있었군! 알고 있는 게 참 많아. 말해! 그 녀석 어디 있어?"

"떠났어요." 멜랑에흘은 떨리는 목소리로 속삭이듯 말했다. "당신이 행복하기를 바란다고, 우리 둘이 맺어지기를 바란다고 하면서…… 그냥 가게 해줘요. 그 사람을 내버려두라고요. 그가 당신을 놓아줬잖아요!"

매슈가 몸을 흔들며 웃음 비슷한 소리를 냈다. 하지만 그 소리는 일찍이 그녀가 들었던 어떤 웃음소리와도 닮지 않았다. 살을 파고들어 피를 얼어붙게 만드는 소름 끼치는 웃음이었다.

"그 녀석이 나를 놓아줘? 그래, 그렇게 둘이 공모를 했군! 맙소사, 대체 어디로 간 거지? 분명 저 문으로 나가지는 않았는데…… 자, 어서 털어놔. 당신은 모든 걸 알고 있잖아. 그가 어떻게 이곳을 나갔지?"

"그 사람은 당신을 좋아했어요." 이제 멜랑에흘은 흐느껴 울기 시작했다. "당신이 자길 잊고 행복해지기를 바랐다고요. 행복하게 잘 살기를—"

"그가 어떻게 나갔지?" 매슈가 쥐어짜듯 되풀이해 물었다.

"개울을 건너서……." 멜랑에흘은 띄엄띄엄 말을 이었다. "지름길로 해서 웨일스로 간다고 했어요…… 그곳에 친척이 있다고……."

매슈가 거친 숨을 몰아쉬며 그녀의 손목을 사납게 놓아버리는 바람에 멜랑에흘은 힘없이 바닥에 쓰러졌다. 그는 곧장 등을 돌렸다. 그들이 함께한 모든 시간을 까맣게 잊어버린 듯했다. 강박적인 집착이 그의 혼을 빼놓은 것이다. 멜랑에흘은 방금 일어난 일을 도무지 있는 그대로 받아들일 수가 없었다. 이 순간 그녀가 이해하는 것이라곤 자신이 사랑하는 이를 놓쳐버렸다는 사실, 또 그가 그녀와는 상관없고 그녀가 관여할 권리도 없는 어떤 의무를 다하기 위해 무자비하게 등을 돌려 떠나가고 있다는 사실뿐이었다. 그녀는 벌떡 일어나 그를 쫓아가서 두 팔로 끌어안고서 돌처럼 싸늘하면서도 광기 어린 그의 눈을 올려다보면서 애원하듯 말했다. "그 사람을 내버려둬요! 제발 그냥 가게 놔두라고요! 그 사람은 당신을 내 곁에 남겨둔 채 혼자 떠나고 싶어 했어요⋯⋯."

그러자 다시금 섬뜩한 웃음소리가 새어 나왔다. 오늘 오전 함께 성녀의 관을 따라갈 때 보았던 부드러운 미소와는 완전히 딴판인 웃음, 마치 목에 걸려 있던 걸쭉한 진액 같은 것이 터져 나오는 듯한 웃음이었다. 그는 그녀의 손을 뿌리치려고 팔을 흔들어댔다. 그녀가 다시 무릎을 꿇고 쓰러지면서도 온 힘을 다해 매달리자, 손을 힘껏 비틀어 빼내더니 흐느끼고 있는 그녀의 얼굴을 호되게 후려쳤다. 그러곤 바닥에 쓰러진 그녀를 내버려둔 채 그대로 가버렸다.

*

수도원장의 공관에 마련된 라둘푸스와 손님들의 식사 자리는 꽤 길어졌다. 그만큼 나눌 이야기가 많아서였다. 제일 먼저 나온 화제는 물론 오전에 일어난 기적에 관한 것이었다.

"오늘 우리는 큰 은혜를 받은 것 같소이다." 수도원장이 입을 열었다. "과거에도 은총의 증거를 여럿 보긴 했지만 그렇게 많은 사람이 모인 가운데 그렇게 강렬하고 인상적인 광경을 보기는 처음이오. 그 일에 대해 어떻게 생각하시오? 기적이란 대체로 애초의 기대에 미치지 못하는 법이지. 속임수라 말하는 이들도 있긴 하지만, 그런 일에 늘 고의성이 있는 것은 아니오. 가끔은 인간이 스스로에게 속는 경우도 있거든. 성인들 못지않게 악마들도 힘을 가졌고 말이오. 하지만 이 소년은 아주 맑고 투명해 보이더군. 그 아이가 누굴 속인다거나 누군가에게 속아서 그런다고는 상상할 수 없었소."

"저도 다리가 불편한 사람이 목발을 버리고 당당하게 걸어 나갔다가 순간의 열정이 사그라진 뒤 다시 원래의 상태로 돌아갔다는 얘기를 몇 번이나 들었습니다." 휴가 말했다. "그 아이가 다시 목발 신세를 져야 할지 아닐지는 시간이 증명해주겠죠."

"이 소란과 흥분이 조금 가라앉으면 내가 직접 아이와 얘기를 나눠볼 생각이오." 수도원장이 말을 이었다. "에드먼드 형제에게 듣자니 캐드펠 형제가 요 사흘 동안 그 아이를 치료해줬다는데, 그 덕에 다리 상태가 어느 정도 좋아졌을지도 모르지. 하지만 그렇게 갑자기 씻은 듯 말끔히 낫게 할 수는 없었을 거요. 나는 우리가 바로 이곳에서 주님의 은총이 깃든 행복한 광경을 목격했다고 진심으로 믿고 있소. 캐드펠 형제와도 얘기해봐야겠군. 그 형제는 소년의 상태에 대해 잘 알고 있을 테니."

라둘푸스 수도원장처럼 존경스러운 성직자와 자리를 함께해서인지 올리비에는 내내 몹시 공손한 태도로 조용히 앉아 있었으나, 캐드펠의 이름이 나오는 순간 그 입술이 살짝 벌어지고 두 눈이 빛났다. 자기가 찾는 그 수사의 이름을 알고 있었다는 얘기군, 휴가 이를 놓치지 않고 생각했다. 이는 그 두 사람 사이에 그저 멀리서 고개 숙여 인사를 나누는 정도 이상의 무언가가 오갔다는 뜻이리라.

"이제 당신이 저 남쪽에서 가져온 소식들을 좀 들었으면 좋겠소만." 수도원장이 올리비에를 향해 입을 열었다. "당신도 황후의 수행원들과 함께 웨스트민스터에 갔었소? 듣자 하니 황후가 그곳에 입성했다 해서 묻는 말이오."

올리비에는 런던에서 일어난 일들에 관해 성심껏 이야기했다. "저는 옥스퍼드에 머물고 계신 주교 각하의 뜻에 따라 이 임무를 수행하게 되었습니다. 런던이 아니라 윈체스터에서 출발했지요. 하지만 황후님이 웨스트민스터에서 대관식을 준비하고 계시는 건 사실입니다. 솔직히 그 진행 속도는 아주 더디지만요. 런던 시민들은 자신들의 힘과 권위를 명확히 알며, 그걸 제대로 인정받을 수단 또한 자기들 손에 달려 있다는 사실도 잘 알고 있습니다. 아무튼 제가 보기에는 그랬습니다." 자신의 주군인 황후의 지혜, 혹은 그 결핍에 관해 느끼는 불안을 필요 이상으로 자세히 표현하고 싶지 않은 듯, 그가 순간적으로 아랫입술을 내밀고 이맛살을 찌푸렸다. "수도원장님께서도 협의회에 참석하셨으니 거기서 어떤 일이 일어났는지 잘 아실 겁니다. 황후께서는 훌륭한 기사 한 분을 잃으셨고, 저는 소중한 친구 하나를 잃었죠. 거리에서 불시에 당한 피습이었습니다."

"라이날드 보사르." 라둘푸스가 우울하게 중얼거렸다. "잠시도 그 사람을 잊은 적이 없소."

"원장님께 여쭙고 싶은 게 한 가지 있습니다. 여기 계신 장관님께는 이미 말씀드렸죠. 저는 황후님을 위한 임무를 수행하며 여러 곳을 다니고 있습니다만, 그 일 외에도 다른 용무가 있습니다. 라이날드의 아내분께서 지시하신 일이죠. 라이날드는 집에 한 젊은이를 데리고 있었는데, 그분이 살해되었을 때 그 청년도 현장에 같이 있었습니다. 그리고 사건이 있고 얼마 후 말없이, 아무도 모르게 집을 떠나 종적을 감췄지요. 부인 말씀으로는, 청년은 사라지기 전부터 사람들을 일절 만나지 않고 내내 침묵을 지켰다고 합니다. 떠난 뒤로 그가 목격된 건 딱 한 번, 뉴베리를 향해 북쪽으로 올라가고 있는 모습이었고 이후로는 종적이 묘연합니다. 제가 북쪽으로 간다는 사실을 알자 부인께서는 여정 동안 그 사람의 행방을 수소문해달라고 부탁하시더군요. 자기는 그 청년을 믿고 또 소중히 생각한다고, 꼭 곁에 두고 싶다고 말입니다. 원장님께는 모든 걸 숨김없이 털어놓고 싶어 말씀드립니다만, 그곳 사람들 중에는 그 청년이 라이날드를 죽인 죄책감 때문에 도망쳤다고 떠들어대는 이들도 있습니다. 줄곧 줄리아나 부인을 사랑하고 있다가 거리에서 싸움이 난 틈에 라이날드를 죽이고 부인을 차지하려 했는데, 일이 너무 커지는 바람에 겁을 집어먹고 도망쳤다는 거죠. 하지만 제가 알기로 그가 종적을 감추기 전까지는 그런 소문이 전혀 없었습니다. 자식이 없어 그 청년을 아들처럼 여기고 또 그에 대해 누구보다 잘 아는 줄리아나 부인은 그 사람을 확고히 믿고 있지요. 그가 무슨 이유로 집을 떠났든, 부인은 한시라도 빨리 그를 데려와 결백을 입증하고 싶어 합니다. 그래서 저는 이번 여행 내내 기회가 생길 때마다 그 청년에 관해 수소문해왔지요. 여기서도 그에 대해 좀 알아보고자 하는데, 허락해주시겠습니까? 수도원 접객소를 담당하시는 수사님은 이곳에 묵어가는 손님들의 이름을 훤히 꿰고 있을 겁니다. 유감스럽게도 그 청년에 관해 제가 아는 거라곤 이름 하나가 전부거든요. 분명 청년을 본 적이 있긴 할 텐데 무심히 지나쳐 얼굴을 기억하지 못하고 있지요. 그래도 어쩌면 청년이 본명을 사용하고 있을지 모르니 희망을 걸어보려 합니다."

"그 정도만 가지고 사람을 찾기는 좀 힘들겠군." 라둘푸스 수도원장은 빙그레 웃으면서 말했다. "하지만 알아볼 수야 있겠지. 그가 무고한 사람이라면, 얼른 그를 찾아 무사히 데려갈 수 있도록 기꺼이 거들겠소. 그 사람 이름은 어떻게 됩니까?"

"뤼크 메버렐입니다. 스물다섯 살에 키는 보통이고 골격이 잘 발달했다고 합니다. 머리와 눈빛은 검고요."

"그런 청년이라면 수도 없이 많을 텐데." 수도원장이 고개를 저었다. "게다가 이름도 그렇소. 자기 존재를 감추고 싶다면 본명을 쓸 리가 없지. 괜히 이름을 더럽히고 싶지도 않을 테고…… 하지만 한번 알아보도록 하시오. 누군가 깊숙이 몸을 숨길 만한 곳으로 지금 이 수도원처럼 좋은 장소도 없을 거요. 사방에서 별의별 사람들이 다 몰려와 있으니 말이오. 데니스 형제가 접객소 손님들 중 나이와 특징을 기준으로 몇몇 사람들을 금방 확인해줄 거요. 뤼크 메버렐이라는 그 청년은 아마 좋은 집안 출신에 교육을 잘 받았을 테고 학식도 꽤 풍부하겠지?"

"그 점은 확실합니다."

"자, 어서 데니스 형제한테 가보시오. 내 기꺼이 허락하겠소. 데니스 형제는 기억력이 비상한 사람이지. 여기 묵는 이들에 대해 잘 알 거요."

*

하지만 수도원장 공관에서 나온 두 사람은 우선 캐드펠 수사부터 찾으러 나섰다. 캐드펠은 좀처럼 눈에 띄지 않았다. 휴가 제일 처음 찾아간 곳은 그들이 은밀히 의논할 일이 생길 때마다 이용해온 허브밭 작업장이었다. 그곳에는 아무도 없었다. 어쩌면 안젤름 수사와 저녁기도 때 쓸 음악의 미묘한 대목에 관해 토론을 벌이고 있을지도 모른다 싶어 안마당으로 가봤지만 거기에도 없었다. 혹시 진료소에 비축해두었던 약이 요 며칠 사이 다 떨어져 약장을 점검하고 있는 건 아닐까? 그러나 그곳에서도 캐드펠 수사의 모습은 보이지 않았다. 그가 이미 오늘 아침에 와서 약장을 다시 채워두었다고 에드먼드 수사가 친절하게 설명해주었다. "입안에 피가 나는 환자를 치료하기 위해 이곳에 오셨었죠. 제가 보기에 그 환자는 열의가 지나쳐서 그렇게 된 것 같습니다. 어쨌든 지금은 출혈이 그쳐 조용히 잠들어 있고, 캐드펠 형제는 얼마 전에 되돌아가셨어요."

채소밭에서 열심히 잡초를 뽑고 있던 오스윈 수사도 점심 시간 이후로 캐드펠 수사를 보지 못했다고 했다. 그는 연신 눈을 껌뻑이며 중천에 뜬 해를 올려다보더니 이렇게 말했다. "뭐, 지금쯤 성당에 계시지 않나 싶은데요."

*

캐드펠은 위니프리드 성녀를 모신 제단 앞 계단 발치에 무릎을 꿇고 앉아 있었다. 두 손은 모아 세우는 대신 수사복 무릎 위에 얌전히 포개놓고, 두 눈 또한 크게 뜬 채였다. 최근 다리가 꽤 뻣뻣해져서 무릎을 꿇을 때마다 그저 일어나는 순간만 기다리곤 했지만, 지금 그는 한참을 그런 자세로 묵묵히 앉아 움직이지 않았다. 육체의 통증은 물론 마음의 고통도 전혀 없이, 그저 은혜의 바다를 헤엄치는 물고기처럼 무한히 감사한 마음뿐이었다. 그의 가슴속에 살아 숨 쉬는 동쪽 바다. 그 한끝에 우리 주님의 육신이 묻힌 저 성스러운 도시 예루살렘이 있는, 내륙으로 둘러싸인 고요한 전설의 바다. 더없이 맑고 푸르고 깊고 순수한 은혜의 바다. 이곳에 누워 있든 않든, 여전히 이곳을 주재하는 위니프리드 성녀가 캐드펠의 마음을 찬연하고 무한한 은총으로 채워준 터였다. 그분이 언제 어떤 방식으로 자비를 베푸는지 그로서는 알 길이 없으나 거기 엄청난 힘이 깃들어 있는 것만은 사실이었다. 성녀는 자비의 손길을 받을 자격을 충분히 갖춘 한 순수한 소년에게 손을 내밀었다. 그렇다면, 그 소년만큼 순수하지 못할지언정 은혜를 갈구하는 마음만은 그에 못지않은 이 수사에게는 어떻게 해주실 것인가?

그의 뒤편 본당에서 누군가 조용히 다가왔다. "두 번째 기적을 베풀어달라고 기원하시는 건가요?" 귀에 익은 목소리였다.

캐드펠은 성녀의 관을 둘러싼 은빛 광채로부터 마지못해 눈길을 돌려 뒤를 돌아보았다. 예상대로 휴 베링어가 검고 여읜 얼굴에 미소를 띤 채 서 있었다. 이내 그의 어깨 너머, 그보다 큰 남자 하나가 침침한 어둠 속에서 부드러운 빛이 지배하는 영역으로 들어서는 모습이 시야에 들어왔다. 돌출한 광대뼈 밑으로 매끄럽게 팬 올리브빛 뺨, 아치를 그리며 뻗어 있는 두 눈썹 밑으로 드러난, 매를 닮은 호박빛 눈동자, 그를 향해 조심스러운 미소를 머금고 있는 길고 부드러운 입술.

있을 수 없는 일이다. 하지만 그는 그 얼굴을 보고 있었다. 올리비에 드 브르타뉴가 어둠을 벗어나 제단의 촛불 빛이 지배하는 밝은 영역으로 들어섰다. 위니프리드 성녀가 마침내 고개를 돌려 결함은 많으나 충실한 종복을 똑바로 응시하며 미소 짓는 순간이었다.

두 번째 기적. 그게 아니고 무엇이겠는가! 성녀께서 두 손으로 아낌없이 기적을 베풀고 계셨다.

11

그들은 안마당으로 나갔다. 셋이 이렇게 한자리에 모인 것은 처음이었으니, 그 자체만으로도 반갑고 신기한 일이었다. 그 겨울밤 브롬필드 수도원에서 캐드펠과 올리비에 사이에 긴밀하고 따뜻한 마음의 교류가 이루어졌다는 사실을 휴는 아직 모르는 채였다. 무언가 마음속 걸림돌이 작용한 듯 올리비에가 그러한 사실을 굳이 드러내지 않으려 했던 것이다. 캐드펠과 올리비에는 짤막하게 다정한 인사를 주고받았지만 그 간단한 대화의 이면에는 엄청난 무게를 지닌 침묵이 도사리고 있었다. 그들 사이에서 보이지 않게 오고 가는 내밀한 마음의 교류를 명확히 감지한 휴는 적당한 시점이 올 때까지 모르는 척 기다리기로 마음먹었다. 시급히 해결해야 할 다른 일, 뤼크 메버렐의 행방에 관한 문제가 있기도 하니까.

"우리의 친구가 누군가를 찾고 있습니다." 휴가 입을 열었다. "데니스 수사님께 도움을 요청할 생각입니다만, 수사님도 옆에서 거들어주시면 좋겠습니다. 고향을 떠나 북쪽 어딘가로 가고 있는 뤼크 메버렐이라는 청년이라는군요. 수사님께 자초지종을 말씀드리세요, 올리비에."

올리비에가 아까의 이야기를 되풀이하는 동안 캐드펠은 처음부터 끝까지 주의 깊게 귀를 기울였다.

"죄 없는 사람의 누명을 벗겨주고 진짜 범인을 찾아내는 일이라면 최선을 다해 돕겠소." 캐드펠이 입을 열었다. "나도 그 살인 사건에 대해서는 들었소. 훌륭한 기사가 정정당당하게 자기 의견을 밝힌 상대측 성직자를 보호하려다 자기편 사람에 의해 살해당했다고…… 우리 입장에서는 목에 걸린 가시와도 같은 일이지. 이대로 넘겨버릴 수는 없소."

"그 기사가 정말로 자기편 사람에 의해 살해당했다고 확신하십니까?" 휴가 날카롭게 물었다.

"확신하고말고. 마틸다 왕비를 대신해 두려움 없이 의견을 밝힌 이에게 분노를 느낀 자라면 뻔하잖은가? 그때껏 마음속으로 스티븐을 지지하던 사람들이라면 드러내놓고 그 성직자에게 박수를 보내지는 못했을지언정 마음속 깊이 공감을 느꼈을 걸세. 그를 공격한 게 과연 단순한 강도들의 소행일까? 그렇다면 여행에 필요한 최소한의 물품 외에는 값진 물건을 하나도 갖고 있지 않은 평범한 성직자를 택할 이유가 무엇이겠나? 값나가는 장신구나 귀중품을 잔뜩 갖고 다니는 귀족들이며 고위 성직자들이며 상인들이 우글우글한 윈체스터 시내에서 말이야. 라이날드는 그 성직자를 도우려다 죽고 말았네. 그런 파렴치한 짓을 저지른 자는 황후의 추종자가 틀림없어. 라이날드와 같은 처지에 서 있으나 그 사람과는 달리 아주 저열한 인간이지."

"이치에 맞는 합당한 말씀입니다." 올리비에가 말했다. "어쨌든 당장 제게 더 시급한 일은 뤼크를 찾아 다시 집으로 데려가는 겁니다."

"지금 이곳에 묵고 있는 이들 가운데 그 또래 청년은 스무 명도 더 될 거요." 캐드펠은 뭉뚝한 갈색 코를 문지르면서 말을 이었다. "하지만 직업이나 신분이 다른 사람들을 제외하고, 또 같이 온 사람들이 당사자에 대해 잘 알고 있는 경우를 제외하면 남는 인원이 몇 안 되겠지. 혼자 온 사람들도 있긴 하지만 그런 경우는 극히 드물고…… 대체로 순례자들은 찌르레기들처럼 떼로 몰려다니는 습성이 있거든. 어쨌든 가서 데니스 수사와 얘기해보는 게 좋겠소. 그 형제라면 지금쯤 접객소에 묵고 있는 사람들 대부분에 관해 훤히 꿰고 있을 거요."

데니스 수사는 기억력이 비상하고 떠도는 소문이나 새로운 소식에 열심히 귀를 기울이는, 경내에서는 으뜸가는 소식통이었다. 그는 접객소에 손님이 많으면 많을수록 즐거워했다. 거기서 오가는 온갖 이야기를 들을 수 있는 데다, 다양한 직업을 가진 갖가지

부류의 사람들을 상대할 수 있으니 말이다. 게다가 그는 방문객들의 이름을 꼼꼼하게 적어놓은 명부도 갖고 있었다.

데니스 수사는 조그만 창고에서 현재 저장된 양식과 물품의 수량을 살피고 있었다. 내일부터는 수요가 급격히 줄 터이니 보유고를 감안하여 필요한 양을 꼼꼼히 추산해야 했다. 캐드펠 수사와 행정 장관이 다른 손님과 함께 들어와 용건을 이야기하자, 그는 물품 대장 작성을 잠시 미뤄둔 채 적극적으로 나서서 질문에 대답하기 시작했다. 뤼크 메버렐을 찾아내려면 우선 그에 관한 빈약한 정보, 즉 스물다섯 살쯤 되는 나이에 상류층에 가까운 유족하고 교양 있는 집안 출신, 머리와 눈썹이 검은 중키의 남자라는 특징과 인상에 부합하지 않는 이들을 걸러내야 했다. 그의 검지가 숙박객 명부를 죽 훑어 내려감에 따라 후보자의 숫자는 대폭 줄어들었다. 순례 여행을 떠나는 신자들 대다수가 여성이라는 속설은 아마도 사실인 듯했다. 그리고 남자들 중 상당수는 40대나 50대였고, 젊은이들의 경우에는 평민계급 출신이거나 수도사, 사제, 혹은 성직자 지망생들이 많았다. 뤼크 메버렐은 그 어느 쪽에도 해당되지 않았다.

"혼자 온 청년은 없습니까?" 휴가 마지막 페이지를 훑어보면서 물었다.

데니스 수사는 동그랗게 삭발한 불그레한 머리를 기울인 채 꼭 울새를 연상시키는 날카로운 갈색 눈으로 명부를 재차 더듬어나갔다. "하나도 없소. 그 또래의 젊은 향사들은 절박하게 기원해야 할 일이 있는 영주들 혹은 그 아내들과 함께가 아니면 좀처럼 순례를 떠나는 법이 없지. 이런 축제에는 청년들 몇몇이 보다 엄격한 학습 과정에 들어가기에 앞서 잠시 한가로운 시간을 보내느라 자기들끼리 어울려 오기도 하고. 그렇지만 혼자서는…… 무슨 재미로 이런 곳에 오겠소?"

"이곳에 함께 온 두 청년이 있네." 캐드펠이 휴에게 말했다. "한가롭게 놀러 온 건 분명 아니야. 솔직히 말하자면 뭔가 수수께끼 같은 사람들이지. 둘 다 우리가 찾고 있는 그 청년과 비슷한 나이에, 특징이나 인상도 대충 맞아떨어지고. 데니스 형제, 형제도 그 청년들을 알 겁니다. 아베르다론으로 가는 길이라는 젊은이와 그 친구 말입니다. 둘 다 학식 있는 젠트리 출신이지. 게다가 남쪽에서 왔고. 레딩 수도원의 애덤 수사가 애빙던에서 그 친구들과 같은 곳에서 묵었는데, 아마 그보다 더 남쪽에서 온 것 같다고 합디다."

"아, 맨발로 온 그 청년 말이지요!" 데니스는 몇 안 되는 젊은이들의 이름이 적힌 페이지로 돌아가더니 키아란의 이름을 손가락으로 가리켰다. "그리고 노상 그 청년 곁에 붙어 있는 친구도 있지요. 그래, 그 두 사람이 스물다섯 살쯤 됐을 겁니다. 체격이나 머리 색깔도 찾고 있는 그 사람이랑 비슷하고요. 하지만 찾는 사람이 하나뿐이라고 하지 않았습니까?"

"어쨌든 이제 조사해볼 만한 후보가 최소 둘은 된다는 얘기지요." 캐드펠이 말하고는 휴에게로 고개를 돌렸다. "설혹 둘 다 우리가 찾는 청년이 아니라 해도, 누가 압니까? 그들이 남쪽에서 올라오던 중 어딘가에서 혼자 가는 그 사람을 보았을지 말입니다. 우리야 그들이 누구이고 어디 출신인지, 무슨 연유로 어떻게 해서 둘이 만나게 되었는지 등에 관해 자세히 캐물을 권한이 없지만, 수도원장님이라면 가능하겠지요. 굳이 감출 이유가 없다면 그들도 원장님께는 기꺼이 털어놓을 거고요."

"그렇게 해보죠." 휴가 눈을 빛내며 끼어들었다. "적어도 물어는 볼 수 있으니까요. 또 그 두 사람이 우리가 찾는 청년과 무관하다 해도 기껏해야 30분쯤 시간을 허비한 정도일 테니 딱히 큰 손해는 없을 겁니다."

"둘 중 하나는 불치의 병에 걸려 죽을 자리를 찾아 아베르다론으로 가는 중이라 하고, 다른 하나는 마지막까지 자기 친구를 따라갈 결심이라 하니, 두 사람이 길을 떠난 동기는 우리가 찾는 청년의 그것과 부합되지 않네. 하지만 종적을 감추고 싶어 하는 청년이라면 남들한테 가짜 이름을 대고 객지를 돌아다니는 이유도 그럴싸하게 지어낼 수 있겠지. 혹은 그 둘이 애빙던과 슈루즈베리 사이에서 혼자 여행하는 뤼크 메버렐을 만났을지도 모르고. 물론 그 청년이 자기 본명을 그대로 밝히고 다닌다면 말이지만."

"그런데……" 올리비에가 창고에 들어온 이후 처음으로 입을 열었다. "만일 둘 중 한 사람이 제가 찾는 그 청년이라면, 다른 하나는 대체 누구일까요?"

"그들에게 물어보면 곧장 답이 나올 얘기를 우리끼리 서로 묻고 있군요." 휴가 결심한 듯 말을 이었다. "이럴 것 없이, 당장 라둘푸스 수도원장님께 가서 그 둘을 불러달라 부탁드리고 일이 어떻게 돌아가는지 한번 봅시다."

*

수도원장에게 두 청년을 불러달라고 부탁하기란 그리 어렵지 않았다. 문제는 그들을 찾아내는 일이었다. 수도원장의 부름을 받는 즉시 그들을 보게 되리라 예상했건만, 심부름을 보낸 사람은 아주 오랜 시간이 지난 뒤에야 돌아오더니 수도원 경내에서 그들을 찾을 수 없었다고 보고했다. 문지기에게 듣자니 그 두 청년이 정문을 나가는 건 보지 못했다고, 하지만 매슈라는 청년이 점심 식사 시간이 끝난 지 얼마 되지 않아 단검을 회수하러 와서는 자기네는 이미 떠날 채비를 마쳤으며 그동안 편히 묵게 해줘 고맙다면서 후하게 보시를 했다고, 이로 미루어 볼 때 그 두 사람이 떠난 것 같다는 것이었다. 캐드펠은 그때 매슈의 행동거지가 평소와 비슷했는지, 혹시 허둥지둥하거나 불안과 당혹감에 휩싸인 사람처럼 보였는지 물었다. 자신도 모르게 튀어나온 질문이었다.

심부름꾼은 그런 것까지는 묻지 않아 모르겠다며 고개를 가로 저었다. 캐드펠이 정문을 지키는 수사를 찾아가 직접 질문을 던지자 그는 주저하지 않고 대답했다. "몹시 흥분한 것 같았습니다. 말투는 여느 때와 다름없이 부드럽고 정중했지만 안색이 백지장 같았고 눈에서는 불똥이 튀는 것 같았죠. 머리카락까지 곤두서 있는 듯했습니다. 하지만 오늘 오전 기적이 일어난 뒤로 이곳에 있는 사람들 모두 황홀한 꿈을 꾸고 있는 듯한 표정이니, 전 그저 또 한 사람이 아직 흥분이 가시지 않은 상태에서 그 소식을 품고 밖으로 나가려는구나 생각했지요."

"떠났다고요?" 캐드펠이 수도원장 공관으로 돌아가 그 소식을 전하자 올리비에는 낭패한 표정으로 말했다. "이제 알 수 없는 이유로 묘한 짝을 이루어 나타났던 그 두 젊은이 중 하나가 제가 찾고 있는 그 사람일지도 모른다는 생각이 점점 더 강해지는군요. 저는 뤼크 메버렐의 용모를 알지 못하지만 최근 그 집에 두세 번 방문했으니 그 사람은 저를 눈여겨봤을 수도 있습니다. 오늘 제가 여기 나타난 걸 보고 눈에 띄지 않으려 서둘러 가버린 게 아닐까요? 자기를 찾으러 왔다고는 생각지 못했겠으나, 그래도 얼른 종적을 감추는 편이 좋겠다 여겼을 겁니다. 게다가 병든 동행인이라…… 누군가에게 질문을 받았을 때 좋은 핑계가 되겠지요. 어떻게든 그 두 사람과 얘기를 해보고 싶군요. 그 사람들이 떠난 게 언제랍니까?"

"매슈가 단검을 찾으러 왔던 시간을 고려해보건대, 아마 정오에서 한 시간 반 정도 지난 때가 아니었을까 싶소."

"도보로 떠났겠지요! 게다가 그중 한 사람은 신발도 신지 않았고요!" 올리비에는 이제 일말의 희망을 찾아낸 듯 눈을 반짝이고 있었다. "그들이 어느 길을 택했을지 정확히 짚어내기만 한다면 따라잡기란 그리 어렵지 않겠습니다."

"짐작건대 오스웨스트리 쪽 길로 갔을 거요." 캐드펠이 말했다. "그렇게 국경을 넘어 웨일스로 들어가려 하겠지. 데니스 수사의 말에 의하면 키아란이 그렇게 할 작정이라고 얘기한 적이 있다는군."

"그리 멀리 가지 못했을 겁니다." 올리비에가 말했다. "수도원 장님만 허락하신다면 제가 말을 타고 그들을 따라잡겠습니다. 이런 기회를 놓쳤다가는 두고두고 후회할 거예요. 설혹 제가 찾는 그 사람이 아니라 해도 서로 손해 볼 일은 없을 테고요. 그 사람이 뤼크 메버렐이든 아니든, 확인한 뒤에는 다시 이리로 돌아오겠습니다."

"이곳은 당신에게 낯선 고장이니 내가 시내 저편까지 동행하도록 하지요." 휴가 말했다. "하지만 내게도 업무가 있고, 또 오늘 아침 사기꾼 일당을 추적한 일이 어찌 되었는지 확인해야 하니까 거기서 작별하는 게 좋겠습니다. 아무래도 그 일당은 숲속 더욱 깊은 곳으로 들어간 모양이에요. 그게 아니라면 지금쯤 소식이 들어왔을 텐데. 아무튼 날이 어두워지기 전에 다시 만나도록 합시다. 적어도 오늘 밤만이라도 맥과 함께 지내고 싶으니까. 가능하다면 더 오래 묵으셔도 좋고요."

올리비에는 서둘러 일어나 수도원장에게 정중히 인사하고는 캐드펠 쪽으로 돌아서더니, 황망한 중에도 구름장 사이로 한순간

내비치는 햇살처럼 환한 미소를 지어 보였다. "수사님과도 조용히 이야기를 나누고 싶군요." 그가 부드럽게 입을 열었다. "그러기 전까지는 이곳을 떠날 생각이 없습니다. 하지만 우선 이 일부터 마무리 지어야겠지요. 지금이 아니면 다시는 기회가 오지 않을 테니까요."

휴와 올리비에가 대미사 전에 말을 맡겨둔 마구간으로 부지런히 걸음을 옮겼다. 라둘푸스 수도원장은 깊은 생각에 잠긴 표정으로 그들을 지켜보았다.

"그 두 젊은이가 그리 급하게, 또 그리 갑작스럽게 떠난 이유가 무엇이라 생각하오, 캐드펠 형제? 정말 메시르 드 브르타뉴가 이곳에 있는 것을 보고 그랬을까?"

캐드펠은 잠시 생각하다가 고개를 가로저었다. "아뇨, 저는 그렇게 생각하지 않습니다. 오늘 오전에 그토록 엄청난 인파가 몰려들었는데 그 속에서 어떻게 올리비에를 발견할 수 있었겠습니까? 누군가 남쪽에서 이렇게 멀리 떨어진 곳까지 자기를 찾으러 왔으리라 생각했을 리도 없고요. 하지만 그들이 그렇게 급히 떠난 것이 좀 의외이긴 합니다. 키아란의 경우, 저는 그 친구가 다시 맨발로 여행길에 나서기 전에 하루나 이틀은 푹 쉬고 싶어 할 거라고 생각했거든요. 그리고 매슈의 경우에는, 그 사람이 몹시 좋아해서 푹 빠진 여성이 있습니다. 그 친구가 자기 마음을 제대로 알고 있는지는 잘 모르겠지만요. 오늘 오전에 그는 그 여성과 함께 위니프리드 성녀님의 행렬을 따라왔습니다. 그때 그의 마음속에는 자기가 좋아하는 여자와 그 가족, 그리고 오늘 목격한 은혜와 축복에 대한 생각밖에 없었을 겁니다. 그 여성이 바로 오늘 모든 사람이 보는 앞에서 엄청난 자비와 축복을 받은 흐뢴이라는 소년의 누나니까요. 그런 여러 정황으로 미루어 보건대, 그가 이렇게 갑자기 떠난 건 그러지 않으면 안 될 어떤 피치 못할 사정 때문이라 여겨집니다. 틀림없이 아주 강력한 요인이 있었을 겁니다."

"그의 누나라……." 라둘푸스 수도원장은 올리비에의 일 때문에 잊고 있던 기적을 새삼스레 떠올렸다. "저녁기도 때까지 아직 한 시간쯤 남았으니 그사이 그 소년과 얘기를 좀 나눠보고 싶소. 캐드펠 형제가 소년의 다리를 마사지해줬으니 잘 알겠지. 그대의 치료가 오늘 우리가 목격한 일과 어느 정도 연관이 있으리라 생각하오? 그리고 그 소년이, 나로서는 그렇게 어린 친구가 속임수를 썼으리라 믿고 싶지 않지만, 혹시라도 사람들의 주목을 끌기 위해 자신의 증세를 실제보다 더 과장했을 가능성은 없을지―"

"없습니다." 캐드펠은 아주 단호하게 말했다. "그 아이에게서는 털끝만큼도 그런 불순한 요소를 찾아볼 수 없었습니다. 그리고 제 보잘것없는 기술에 대해서 말씀드리자면…… 글쎄요, 오랜 기간에 걸쳐 꾸준히 마사지를 해줄 경우 아이가 다리를 쓰는 데 지장을 주던 힘줄과 근육의 경직 현상을 어느 정도 해소하여 육체의 무게를 일부나마 지탱하게 만들 수 있을 겁니다. 그러나 뒤틀린 발을 펴주고 위축되어 있던 힘줄과 근육을 단번에 되살아나게 한다는 건 절대로 있을 수 없는 일이지요! 세상에서 가장 훌륭한 의사도 그런 일은 해낼 수 없습니다. 아이가 처음 저를 찾아온 날 저는 그에게 통증을 덜고 편히 잠들 수 있게 해주는 물약을 주었습니다, 원장님. 그런데 사흘 뒤 그 아이는 약을 전혀 사용하지 않은 채 고스란히 돌려보냈어요. 성녀님께서 자신을 선택하여 장애가 있는 다리를 고쳐주시리라 기대할 이유가 없다면서 말입니다. 자기는 성녀님께 드릴 게 아무것도 없으니 자신의 고통을 바치겠다 하더군요. 아무 보상도 바라지 않고 그냥 드리고 싶다고요. 그렇게 제 육신의 고통을 사랑하는 마음으로 받아들였는데, 오늘 아침 통증이 사라져버린 겁니다. 그 광경을 우리 모두가 목격했고요!"

"훌륭한 소년이군. 정말이지 그런 기적을 경험할 자격을 갖춘 셈이오!" 라둘푸스는 몹시 감동하여 기쁘게 말을 이었다. "어서 그와 이야기를 나누고 싶군. 지금 캐드펠 형제가 가서 그를 이리로 데려와주겠소?"

"기꺼이 그렇게 하겠습니다, 원장님." 캐드펠은 대답한 뒤 그곳을 나왔다. 위버 부인은 회랑 안마당의 양지바른 곳에서 다른 부인들에게 빙 둘러싸여 앉아 있었다. 그들과 열심히 이야기를 주고받는 그녀의 얼굴은 환희로 가득 차 주변의 분위기까지 환하게 밝혀주었다. 그러나 흐뢴은 그곳에 없었다. 멜랑에흘은 햇살에 눈이 따가운 듯 회랑의 그늘 속으로 물러앉아 시종 고개를 숙인 채 동생의 것으로 보이는 리넨 셔츠의 해진 솔기를 꿰매고 있었다. 캐드펠이 말을 걸자 그녀는 수줍게 고개를 들었다가 얼른 다시 숙였는데, 그 짧은 순간에도 캐드펠은 오전에 갓 핀 장미꽃처럼 화사하게 피어올랐던 얼굴이 몇 시간 만에 맥없이 시들어버렸다는 사실을 놓치지 않았다. 게다가 왼쪽 뺨에는 멍든 것처럼 푸르스름한 자국도 나 있었다. 혹시 잘못 본 걸까? 캐드펠이 동생에 대해 묻자 그녀는 아련한 과거의 행복했던 기억을 떠올리는 사람처럼 희미한 미소를 머금었다.

"흐뤼은 피곤하다면서 숙소로 갔어요. 이모는 그 애가 침대에 누워 잠들었겠거니 생각하시지만 제가 보기엔 그저 남들하고 얘기하지 않아도 괜찮은 곳에 혼자 조용히 있고 싶어서 자리를 피한 것 같아요. 자기 자신도 도무지 이해할 수 없는 일에 관해 뭐라 대꾸하기가 싫은 거죠."

"이해하지 못하는 쪽은 아마 우리 쪽이겠지." 캐드펠이 말했다. 그래서 그 아이에게는 아무 의미도 없는 일들에 관해 자꾸 물어대는 거고." 이어 캐드펠이 멜랑에흘의 턱을 살짝 잡아 햇빛 쪽으로 돌리자 그녀는 신경질적으로 고개를 흔들어 그 손길을 뿌리쳤다. "얼굴을 다쳤나? 멍 자국을 보니 생긴 지 얼마 안 된 것 같은데."

"별거 아녜요. 제 실수로…… 정원에서 달리다가 넘어졌거든요. 보기 흉한 줄은 알지만 어쨌든 지금은 아프지 않아요."

자못 차분해 보이긴 했으나 그녀의 두 눈은 벌겋게 충혈되고 눈꺼풀도 약간 부어 있었다. 그날 아침만 해도 함께 행복한 시간을 보내던 매슈가 이내 친구를 따라가면서 자신을 떠나버렸으니 눈물을 흘렸을 만도 하리라. 하지만 뺨의 멍 자국은 어쩌다 생겼을까? 그는 더 묻고 싶어 머뭇거렸으나, 멜랑에홀은 이야기하고 싶지 않은 듯 다시 옷감을 들어 부지런히 손만 놀릴 뿐 캐드펠에겐 눈길도 주지 않았다.

캐드펠은 한숨을 내쉰 뒤 큰 마당을 가로질러 접객소로 향했다. 이처럼 은혜로운 날에도 지상에는 한 조각 슬픔이 남아 있는 법이다.

흐뤈은 남성 공동 숙소의 자기 침대에 조용히 앉아 있었다. 홀로 평온함과 기쁨에 젖어 있던 그는 캐드펠이 방으로 들어서자 반갑게 웃어 보였다.

"그러지 않아도 수사님을 뵙고 싶었어요! 수사님도 거기 계셨죠? 다 보고 들으셨죠? 자, 제 몸이 어떻게 달라졌는지 보세요!" 흐뤈은 캐드펠 앞에서 똑바로 서더니 다리를 굽히고, 발로 바닥을 쿵쿵 구르고, 발목과 발가락을 구부리고, 무릎을 턱까지 올려 보였다. 그 모든 동작이 아무 고통 없이, 아주 수월하게 이루어졌다. "제 몸은 이제 완벽해요! 성녀님께 부탁드리지도 않았는데…… 제가 어찌 감히 그런 청을 드릴 수 있었겠어요? 그랬는데도 이런 일이 일어나다니……." 그는 다시 한번 그 순간으로 돌아간 듯 황홀하게 말했다.

캐드펠은 아이의 곁에 앉아 어제까지만 해도 뻣뻣하게 굳어 있었으나 이제 아주 유연해진 그의 관절들을 유심히 살폈다. 이 순간 소년은 아무 흠 없는, 완벽하고 온전한 육체를 갖추고 있었다.

"너는 네 누나 멜랑에흘을 위해 기도했지." 캐드펠이 부드럽게 입을 열었다.

"예, 그리고 매슈를 위해서도요. 정말이지 온 마음을 다해 기도했어요…… 하지만 그 사람은 가버렸어요. 둘 다 가버렸죠. 어째서 그렇게 되어버린 걸까요? 누나만 행복하다면 전 평생 목발 신세를 져도 상관없는데. 결국 제 기도는 아무 효험이 없었던 셈인지……."

"아직 그렇게 단정할 수는 없어." 캐드펠은 단호하게 말했다. "떠났던 사람이 다시 돌아올 수도 있으니 말이다. 스스로 의심에 빠지지만 않으면 네 기도는 큰 효험을 발휘할 거다. 하느님께도 시간이 필요하고, 기적에도 때가 있는 법이거든. 세상을 사는 우리 모두가 인생의 절반을 기다림으로 보낸단다. 그러니 이번에도 믿음을 갖고서 기다려보자꾸나."

흐뢴은 희미한 미소를 머금은 채 잠자코 귀 기울이다가 공손하게 대답했다. "예, 수사님. 그럼 기다려볼게요. 그런데 그 둘 중 누군가 이곳을 떠나면서 너무 서둘렀는지 이걸 두고 갔더라고요."

흐뢴은 서로 붙어 있는 두 침대 사이에 손을 넣어 제법 불룩하지만 가벼운 자루를 꺼내 캐드펠 앞에 내려놓았다. 주인의 허리띠에 잡아맬 수 있게끔 튼튼한 가죽끈을 단 갈색 자루였다. "침대 사이에 이게 떨어져 있었는데, 둘이 아주 비슷하게 생긴 자루를 가지고 있던 터라 누구 것인지는 모르겠어요. 설마 이곳으로 돌아오기를 원하거나 곧 돌아오게 되리라 생각해서 놔둔 건 아니겠죠? 아니면 매슈가 다시 오겠다는 표식으로 놓고 갔거나…… 물론 그냥 깜박 잊은 채 두고 갔을 가능성이 높지만요."

캐드펠은 놀란 눈으로 자루를 물끄러미 내려다보았다. 중요한 의미를 지닌 물건이긴 하지만, 그렇다고 여기서 함부로 열어볼 수는 없는 노릇이었다. 그는 진지하게 입을 열었다. "네가 이걸 직접 들고 가 원장님께 맡겼으면 좋겠구나. 수도원장님이 널 불러오라 하셨거든. 너와 이야기를 나누고 싶어 하셔."

"저랑요?" 흐뤼은 다시 소박한 시골 아이의 모습으로 돌아가 자신 없이 머뭇거렸다.

"그래. 그러지 못할 이유도 없잖니? 너도 원장님 못지않게 믿음이 깊은 사람이니 그분과 동등하게 대화를 나눌 수 있어."

"저…… 저는 자신이 없는데요……." 소년이 더듬거렸다.

"괜찮아. 그 어떤 것도 두려워할 필요가 없단다."

흐뤼은 잠시 담요 속에서 주먹을 불끈 쥐더니 이내 그 천사 같은 하얀 얼굴을 들어 얼음처럼 투명한 푸른 눈으로 캐드펠의 눈을 응시하며 환하게 웃어 보였다. "예, 그럴 필요 없겠죠. 가겠습니다." 그는 리넨 자루를 든 채 긴 다리로 바닥을 디디고 당당하게 일어나서는 앞장서서 문 쪽으로 걸어갔다.

　"형제도 함께 있는 게 좋겠군." 캐드펠이 수도원장 공관의 응접실로 흐뤈을 들여보내 인사시킨 뒤 돌아서서 문을 나서려 하자 수도원장이 말했다. "그래야 이 아이 마음이 더 편할 거요." 또한 수도원장의 근엄한 눈빛에는 이 자리의 증인이 되어달라는 의미도 담겨 있었다. "흐뤈은 형제를 잘 알지만 나는 아직 낯설게 여겨질 거요. 물론 앞으로는 나와도 친해지리라 믿지만." 그러면서 수도원장은 흐뤈이 들어와 간단히 설명하며 건넨 갈색 리넨 자루를 책상 위에 올려놓았다.

　"기꺼이 그렇게 하겠습니다, 원장님." 캐드펠은 대답한 뒤 감탄 어린 마음으로 서로를 살펴보는 두 사람의 강렬한 시선을 가로막지 않고자 구석에 있는 등받이 없는 의자에 자리 잡고 앉았다. 창밖에서는 타는 듯 강렬한 빛깔의 꽃들이 머리가 어지러울 정도로 진한 향기를 내뿜었고, 흐뤈의 눈동자처럼 푸른, 하지만 그만큼 투명하지는 않은 드높은 오후의 하늘이 한껏 펼쳐져 있었다. 온갖 경이로 가득한 찬연한 하루가 황혼 녘을 향해 서서히 저물기 시작하는 시간이었다.

　"오늘, 자네는 하늘이 선택한 사람으로서 크나큰 은혜를 받았네." 라둘푸스는 아이를 향해 부드럽게 입을 열었다. "그 자리에 있던 다른 사람들이 그렇듯, 나 역시 우리가 무엇을 보았는지, 어떤 감정을 느꼈는지에 대해서는 잘 알고 있네. 하지만 나는 자네가 보고 느낀 것이 무엇인지도 알고 싶어. 자네는 오랫동안 고통을 겪으면서도 전혀 불평하지 않고 지내왔다더군. 오늘 어떤 심경으로 성녀님의 제단 앞에 나아갔을지, 내 감히 짐작해볼 수 있을 것 같네. 자, 그 순간 자네에게 일어난 일에 대해 말해줄 수 있겠나?"

흐륀은 두 손을 무릎 위에 모은 채 조용히 앉아 초연하고도 편안하게 벽 너머를 응시하고 있었다. 조금 전까지 엿보이던 불안과 소심함은 그의 얼굴에서 어느새 말끔히 사라지고 없었다.

"사실 내내 난처한 마음이었습니다." 아이가 조심스럽게 입을 열었다. "제 누나와 앨리스 이모님이 너무나 큰 기적을 바라고 계셨거든요. 저는 그 어떤 것도 원치 않았습니다. 그저 이곳에 와 기도를 드리는 것으로 족했지요. 그런데 제단 앞으로 나아간 순간, 성녀님의 소리를 들었습니다."

"위니프리드 성녀님이 자네에게 말씀을 하시던가?" 라둘푸스가 조용히 물었다.

"저를 부르셨어요."

"어떤 말로 부르셨지?"

"글쎄요…… 말씀을 하신 건 아닙니다. 그분에게 말이 무슨 필요가 있겠습니까? 그분은 그저 저를 부르셨고, 그래서 저는 갔습니다. 거기 계단이 있다, 하나하나 밟고 올라와라, 네가 할 수 있다는 걸 너도 잘 알지 않느냐. 저는 그대로 했습니다. 올라갈 수 있다는 걸 알았기에 올라갔지요. 또 그분이 넌 무릎을 꿇을 수 있으니 그렇게 하라고 하셔서 무릎을 꿇었습니다. 저는 그저 그분이 하라는 대로 했습니다. 그리고 앞으로도 그렇게 할 겁니다!" 그렇게 말하는 내내 흐뤈은 얼굴에 미소를 머금은 채 햇살조차 시들어버릴 만큼 강렬한 눈빛으로 맞은편 벽 너머를 응시했다.

"자네의 말을 믿네." 수도원장은 찬탄과 존경이 어린 눈빛으로 소년을 바라보았다. "자네가 장차 스스로에게 도움이 될 만한 어떤 기술과 재능을 가졌는지는 모르지만, 이 순간 아무 흠 없는 육신과 순수한 마음과 영혼이 자네에게 있는 것을 확인하니 나로서는 무척 기쁠 뿐이야. 앞으로 어떤 직업을 택하든, 그 강한 믿음과 의지가 자네를 잘 인도해주리라 믿네. 이 수도원을 떠난 뒤에도 우리한테 부탁하고 싶은 게 있다거나 도움을 요청할 일이 생기거든 언제든지 서슴없이 전하도록 하게."

"원장님, 제가 이곳을 떠날 필요가 있을까요?" 두 눈에서 발산하던 강렬한 빛이 사그라드는가 싶더니 흐뤈은 어느새 다시 열여섯 살 난 소년으로 돌아가 열렬한 어조로 말을 이었다. "성녀님이 저를 불러주셨는데 제가 어떻게 아무 응답도 없이 저만의 인생을 살 수 있겠습니까? 저는 성녀님 곁에 있고 싶습니다. 평생 그분 곁을 떠나지 않을 겁니다."

12

"저 아이를 거두실 생각이십니까?" 문이 닫히자 캐드펠이 물었다. 소년이 정중하게 인사를 드리고 황홀한 기쁨에 젖은 채 그곳을 떠난 뒤였다.

"그의 마음이 변치 않는다면 받아들일 작정이오." 수도원장이 대답했다. "저 아이는 은총의 살아 있는 증거요. 하지만 당장 서약을 받지는 않을 거요. 나중에 후회할지도 모르잖소? 지금은 경이와 환희에 빠져 있으니 세상과 동떨어져 지내는 생활도 기꺼이 받아들이려는 마음이겠지. 한 달이 지나도 그 마음에 변함이 없다면 그의 의지와 진심을 믿고 기꺼이 받아들이겠소. 물론 그렇더라도 견습 기간은 반드시 채우도록 해야 할 거요. 본인 스스로 확신이 설 때까지는 급하게 결정을 내리게 하지 않는 게 좋겠지." 이어 수도원장은 미간을 찌푸린 채 책상에 놓인 리넨 자루를 바라보았다. "그런데 이걸 어떻게 한다지? 두 청년이 쓰던 침대 사이에 떨어져 있었다면, 그들 중 한 사람의 물건이란 말이오?"

"그 아이 말로는 그렇습니다." 캐드펠이 대답했다. "키아란이 주교님의 반지를 도둑맞았을 때 그 두 사람이 각자의 자루를 부수도원장님께 보여주었던 건 원장님도 기억하시겠지요. 그러니 부수도원장님은 그들의 자루 속에 무엇이 들었는지 알고 계실 겁니다. 제가 아는 거라고 해봐야 문지기실에 넘겨졌던 단검뿐이고요."

"아, 그렇겠구먼. 하지만 우리에겐 그 사람들의 소지품을 뒤져볼 권리가 없잖소. 이것이 둘 중 누구의 것인지를 알아내는 게 중요한 일 같지도 않고. 메시르 드 브르타뉴가 두 사람을 따라잡거나, 나아가 그들을 설득해 함께 돌아오면 그때 보다 자세한 내용을 알게 되겠지. 우선 그에게서 소식이 올 때까지 기다려봅시다. 이건 여기 보관하도록 하고. 좀 더 자세한 사정을 알아내면 그에 상응하는 적절한 조치를 취할 수 있을 거요."

*

어느덧 그 은혜로운 하루도 서서히 기울어가고 있었다. 아침나절과 한가지로 하늘은 여전히 맑았으며, 대기는 포근하고 감미로웠다. 경내에 있는 모든 사람이 저녁기도에 참석한 뒤 접객소의 식당에서 수사들 못지않게 차분하고 경건한 자세로 음식을 들었다. 점심때만 하더라도 식당이 온통 흥분에 들뜬 목소리로 가득했으나, 이제는 다들 나른한 충족감에 젖어 부드러운 소리로 조용히 이야기를 나누고 있었다.

캐드펠 수사는 성서 독회에 참석하는 대신 정원으로 나가 경사진 완두밭의 완만한 능선 위에 서서 한동안 하늘을 바라보았다. 해가 개천 건너편의 잡목림 뒤로 모습을 감추려면 아직 한두 시간 정도 더 지나야 할 터였다. 오늘 아침 동편의 휘황한 일출을 반사하던 서쪽 하늘은 이제 엷은 황금빛으로 물들어 있었다. 빛을 더욱 짙게 하거나 그 순수함을 흐트러뜨릴 만한 구름 한 조각도 없이 말끔한 하늘이었다. 담으로 둘러싸인 허브밭에서는 아찔하리만치 달콤하고 알싸한 허브 향내가 진하게 피어올랐다. 참으로 아름다운 곳이요, 참으로 빛나는 하루였다. 그런데 왜 어떤 사람들은 도망치듯 이곳을 허겁지겁 빠져나가야 했을까?

답을 알 수 없는 질문들이 꼬리를 물었다. 왜 누군가는 그런 집착에 시달리는가? 왜 키아란은 일부러 고통을 감수하고 있을까? 어째서 그는 그 경건하고 헌신적인 노력을 자신의 의무로 여기는 것일까? 이렇게 경사스러운 날 작별 인사를 하거나 감사의 뜻도 표하지 않은 채 홀쩍 떠나버린 이유는 무엇일까? 이곳을 떠나며 보시를 남긴 사람은 매슈였다. 왜 매슈는 오늘 하루를 온전히 이곳에서 보내자고 친구를 설득할 수 없었던 것일까? 오전까지만 해도 멜랑에홀과 손을 잡은 채 흥분과 환희에 들떠 있던 그가 왜 몇 시간 뒤 아무 일도 없었던 듯 그녀를 내팽개치고 키아란을 호위하여 그 힘겨운 순례를 다시 시작한 것일까?

그들은 두 사람인가, 세 사람인가? 키아란, 매슈, 그리고 뤼크 메버렐……. 만일 셋이라면, 그들은 서로 만난 적이 있을까? 뤼크 메버렐은 뉴베리 남쪽에서 마지막으로 목격되었다. 혼자서 북쪽을 향해 걷고 있었다고. 또 키아란과 매슈를 맨 처음 만난 사람, 그러니까 레딩에서 온 애덤 수사는 그들 둘이 애빙던 남쪽에서 왔다고 했다. 한편 그 두 사람 중 하나가 뤼크 메버렐이라면, 그는 어디서, 어떻게 하여 다른 한 사람과 동행하게 되었을까? 그리고 그 동행은 대체 어떤 사람이며, 무슨 이유로 그 여행길에 오른 것일까?

지금쯤 올리비에는 두 청년을 따라잡아 이 중 몇 가지 의문에 대한 해답을 얻었으리라. 그는 돌아올 거라고, 자신이 좋은 친구로 기억하고 있는 이들과 대화할 시간을 갖기 전에는 슈루즈베리를 떠나지 않겠다고 했다. 캐드펠은 올리비에의 약속을 믿었고, 그 약속으로 인해 마음이 따뜻해지는 것을 느꼈다.

그는 작업장으로 발길을 돌렸다. 약을 달이거나 포도주를 돌보기 위해서가 아니었다. 그런 일이야 지금쯤 동료들과 참사회 회의장에 있을 오스윈 수사가 이미 전부 마치고 화롯불까지 꺼놨을 것이다. 야간이나 아침 일찍 화롯불을 피워야 할 경우에 대비해 상자 안에 부싯돌과 부싯깃도 준비해뒀으리라. 캐드펠이 작업장으로 가는 건 깊이 생각해야 할 일이 있을 때 종종 그러듯 혼자서 조용히 앉아 있을 시간과 공간이 필요해서였다. 오늘은 감사해야 할 일도, 생각해야 할 일도 많았다. 지금 그의 마음이 이토록 불편한 건 무엇 때문일까? 흔히 기적은 응당한 자격을 갖춘 이들뿐 아니라 엉뚱한 사람들에게도 찾아오곤 한다. 위니프리드 성녀가 흐륀에게 손을 내민 것이야 하등 이상한 일이 아니었다. 그러나 두 번째 기적은…… 그야말로 엄청난 기적이었다. 그녀의 하찮은 종복으로서는 감히 요청할 엄두도 내지 못할, 놀라우리만치 관대한 처사였다. 올리비에를 보내주시다니! 그는 그 아이를 주님과 하늘의 처분에 맡긴 터였다. 평생 다시 보지 못한다 해도 아무 불만을 품지 않을 생각이었다. 침침한 본당에서 휴의 목소리를 들었던 순간이 떠올랐다. "두 번째 기적을 베풀어달라고 기원하시는 건가요?" 그 자신은 몰랐겠지만 휴가 바로 기적의 전령 노릇을 한 셈이다. 그때까지만 해도 캐드펠은 한 번의 기적에 놀라고 감사한 마음뿐이었다. 성녀께 무엇도 요구할 생각이 없었다. 하지만 그 순간 고개를 돌리니 거기 올리비에가 서 있었다…….

문을 열고 허브 냄새가 감도는 어둑한 작업장 안에 발을 들여놓을 즈음, 엷은 황금빛이 감돌고 있긴 하나 서쪽 하늘은 아직 맑고 밝았으며 해는 잡목림 한참 위쪽에 걸려 있었다. 훗날 그는, 키아란과 매슈의 긴밀한 관계가 한꺼번에 뒤집혀 정반대로 뒤틀리는 것을 보고 그때껏 자신의 내면에 갇혀 운신하지 못하던 지혜의 어느 부분이 자유롭게 풀려나며 사건의 본질을 어렴풋이나마 파악하기 시작한 것이 바로 그 순간이었다고 술회할 것이다. 물론 진실은 아직 온전한 형태를 갖추지 못한 채 모호한 계시의 형태를 띠고 있었다. 그리고 그가 문턱을 넘어서는 순간, 마치 은신처에 엎드려 있다 놀라서 자신을 방어하기 위해 몸을 움츠리는 야생동물처럼 오두막의 그늘진 구석 어딘가에서 무엇인가 살짝 움직이며 나직한 숨소리를 내는 바람에 그 계시를 정확히 포착해낼 만한 여유는 곧장 사라져버렸다.

캐드펠은 걸음을 멈추고 문을 활짝 열었다. 상대에게 도망칠 구석이 있다는 확신을 주기 위해서였다. "놀라지 마시오!" 그가 부드럽게 말했다. "내가 내 작업장에 들어가는 데 남의 허락을 받아야 할 이유는 없지 않겠소? 주인이 제 집에 들어가는 게 누군가를 위협하는 일은 아니지."

밝은 곳에 있다 들어온 터라 실내는 더욱 침침하게 느껴졌으나 그 어둠에 적응하자 이내 선반과 그 위에 촘촘히 늘어선 포도주 단지들, 낮은 천장의 들보에 매달려 부스럭대며 흔들리는 허브 다발들이 시야에 뚜렷이 잡히기 시작했다. 맞은편 벽에 붙여놓은 기다란 나무 벤치 위에 어지럽게 펼쳐져 있던 치맛자락이 천천히 움직이는가 싶더니, 머리칼은 무르익은 밀대처럼 진한 황금빛을 띠고 눈꺼풀은 눈물로 얼룩져 잔뜩 부어오른 멜랑에홀의 모습이 보였다.

멜랑에홀은 한마디도 꺼내지 않았지만, 얼굴을 다시 두 팔 속에 묻어버지도 않았다. 이제 그녀는 자신이 신뢰하는 이 조용하고 비밀스러운 수사에게 두려움 없이 제 모습을 내보이고 있었다. 그녀는 바닥에 놓인 닳아빠진 가죽신에 두 발을 꿰고 나무 벽에 연약한 두 어깨를 기댄 채 가슴 저 깊은 곳으로부터 터져 나오는 큰 한숨을 토해내며 맥없이 늘어졌다. 캐드펠은 잘 다져진 흙바닥을 가로질러 다가가 그녀의 곁에 자리를 잡았다. 멜랑에흘은 몸을 떼거나 움츠러들지 않고 가만히 앉아 있었다.

"자……" 목이라도 가다듬을 시간을 주고자 캐드펠이 먼저 천천히 입을 열었다. 실내가 침침해 얼굴은 잘 보이지 않았다. 멜랑에흘은 오히려 이를 다행스럽게 여기리라. "이곳에는 자네를 구해줄 사람도 괴롭힐 사람도 없으니 자유롭게 얘기해도 괜찮아. 우리 둘 말고는 아무도 듣지 못하니 함께 잘 의논해보세. 자, 나는 모르고 자네만 알고 있는 비밀이 뭔가?"

"우리가 뭘 의논한다는 거죠?" 그의 견실한 어깨 밑에서 멜랑에흘이 침울한 어조로 나직하게 말했다. "어차피 그 사람은 가버렸는데요."

"가버렸다는 건 돌아올 수도 있다는 뜻이니까. 길은 항상 양쪽으로 뻗어 있는 법이거든. 이쪽이 있으면 저쪽이 있지. 자넨 여기 혼자 앉아 뭘 하고 있었나? 동생이 건강한 두 다리로 똑바로 걸어 다닐 수 있게 되었는데 함께 기뻐하지 않고서."

얼굴을 보지 않아도 몸에 와 닿는 부드러운 감촉을 통해 그는 미묘한 움직임을 감지할 수 있었다. 환한 웃음은 아닐지언정 그녀의 얼굴엔 희미한 미소가 피어나 있으리라. "동생의 기쁨을 망치지 않으려고 피해 온 거예요." 그녀가 낮게 말을 이었다. "오늘 오후부터 내내 꾹 참고 견뎌왔어요. 제가 괴로워하고 있다는 건 아무도 눈치채지 못했겠죠. 수사님만 빼고요." 원망이라기보다는 체념 어린 말투였다.

"세인트자일스에서 관을 가지고 돌아올 때 매슈와 함께 있는 모습을 봤네. 자네나 그 친구나 기쁨으로 가득해 보이더군. 지금 자네의 마음이 갈가리 찢겨 있다면 그 친구의 마음은 편할 것 같나? 천만에! 자, 그러고 나서 어떤 일이 있었던 건가? 대체 무엇이 자네와 그 친구의 마음을 엉망으로 만들어놓은 거지? 자넨 다 알고 있잖나! 어서 얘기해보게. 그들이 떠난 마당에 더 이상 망쳐버릴 게 뭐가 있겠나? 이제 남은 게 있다면 무언가를 구해내고 되찾을 가능성뿐이지."

멜랑에흘은 캐드펠의 어깨에 이마를 기댄 채 한동안 조용히 울었다. 이제는 아까보다 실내가 훨씬 밝아 보였다. 멜랑에흘이 부어오른 눈두덩과 절망으로 가득한 얼굴을 그대로 드러내놓은 터라 캐드펠은 자줏빛으로 변한 뺨의 멍 자국을 똑똑히 볼 수 있었다. 캐드펠은 그녀의 어깨를 한 팔로 감싸 바싹 끌어당겼다. 그렇게 하여 육신은 어느 정도 안정을 찾을지 모르나 영혼은 보다 오랜 시간이 지나고서야, 또 보다 많은 생각을 거친 뒤에야 어느 정도 편안함을 얻으리라.

"그 친구가 때렸나?"

"제 잘못이에요." 멜랑에홀은 재빨리 매슈를 옹호했다. "그 사람을 꽉 붙들고 놓지 않았거든요."

"그 정도로 다급했던 건가? 꼭 가야 한다고 하던가?"

"예, 그 자신과 저를 희생시키는 한이 있어도 가야 한댔어요. 아, 수사님, 그 사람은 왜 그랬을까요? 저는 제가 그 사람을 사랑하듯 그도 저를 사랑한다고 믿었어요. 하지만 보세요! 화가 나자 제게 어떻게 했는지 좀 보시라고요!"

"화가 났다고?" 캐드펠은 멜랑에홀의 어깨를 감싸 쥔 채 그녀의 얼굴을 가만히 쳐다봤다. "자기 친구에게 그렇게 집착한 이유는 둘째치고라도, 대체 왜 자네에게 화를 낸 거지? 자네가 그런 반응을 보이는 건 너무도 당연한 일인데…… 그걸 두고 화를 내다니!"

"그 사람이 화를 낸 건 키아란이 떠난 걸 제가 숨기고 있었기 때문이에요." 멜랑에홀은 침울하게 말을 이었다. "저도 키아란에게 부탁을 받고 그랬을 뿐인데…… 키아란이 저와 매슈를 위해서, 그리고 그 자신을 위해서라도 제발 조용히 떠나게 해달라고, 매슈를 꼭 붙잡고 있어달라고 했거든요. 반지를 찾았다는 얘기도, 자기가 떠날 거라는 얘기도 매슈한테는 하지 말라고요. 그저 매슈가 자기를 잊도록 도와달라고 했어요. 그 사람은 우리가 함께 남아 행복해지기를 바랐어요……."

"그럼 둘이 함께 떠난 게 아니라는 건가?" 캐드펠이 날카롭게 물었다. "키아란이 먼저 혼자 몰래 이곳을 빠져나갔다고?"

"그런 게 아니라……" 멜랑에흘은 한숨을 내쉬었다. "키아란은 우리가 잘되기를 바라서……."

"그때가 언제지? 키아란과 언제 그런 얘길 나눴나? 그는 언제쯤 이곳을 떠났고?"

"수사님도 기억하시죠? 어제 오전에 제가 여기 왔었잖아요. 그러고서 돌아갈 때 개울가에서 키아란을 만났어요……." 멜랑에흘은 숨을 깊이 몰아쉰 뒤 그날 아침 키아란을 만나 나눈 이야기를 기억나는 대로 모두 털어놓았다. 캐드펠은 놀란 눈으로 그녀를 뚫어지게 바라보며 주의 깊게 귀를 기울였다. 조금 전 오두막에 들어설 때 계시처럼 얼핏 떠올랐던 어렴풋한 직관이 이제 다시 소용돌이치며 훨씬 더 선명해지고 있었다.

"계속 얘기해보게! 자네와 매슈 사이에서 있었던 일들까지 전부. 자네가 키아란이 부탁한 대로 했다는 건 알겠네. 매슈를 꼭 붙잡고 있었겠지. 그는 키아란이 수도원 밖으로 나가기를 두려워해 접객소 안에 붙어 있으리라 믿은 채 오전 내내 친구에 대해서는 아무 생각도 하지 않았을 테고. 매슈가 진실을 알아챈 건 언제였지?"

"점심 식사를 마친 다음이에요. 그때껏 한 번도 키아란을 보지 못했다는 생각에 매슈는 몹시 불안해했어요. 키아란을 찾아 수도원 구석구석을 돌아다녔죠…… 그러다 정원에서 다시 저랑 마주쳤고요. 그때 그 사람이 그랬어요. '미안하지만 이제 당신 자신이 스스로를 지켜야 해요.'" 그녀는 암기한 내용을 선생님 앞에서 반복하는 아이처럼 시름없는 목소리로 고스란히 되풀이했다. "그러다 제가 말을 삐끗하는 바람에 키아란과 얘기했다는 걸 매슈에게 들키고 말았어요. 키아란의 계획을 알면서도 제가 한마디도 꺼내지 않았다는 걸 눈치챈 거죠."

"그런 다음에는?"

"그 사람은 웃었어요." 멜랑에홀은 안간힘을 쓰며 속삭이듯 말했다. "오늘 아침까지만 해도 저는 그 사람이 웃는 소리를 도통 들어본 일이 없어요. 오전에 제게 웃음을 보이긴 했지만 그건 그저 부드러운 미소였거든요. 하지만 그때, 오후의 그 웃음은 완전히 달랐어요! 분노가 어린 쓰디쓴 웃음이었죠." 멜랑에홀이 더듬거리며 내뱉는 한 마디 한 마디가 캐드펠의 모든 기억과 추측을 비웃으며 그의 마음속에서 서서히 형성되어가는, 기존의 것과 완전히 다른 형상에 새로운 선들을 덧보탰다. "그 녀석이 나를 놓아줘? 그래, 그렇게 둘이 공모를 했군!" 그녀의 마음에 선명하게 각인되어 있던 잔인한 말들이 매슈가 내뱉은 그대로 생생하게 재현되는 듯했다. 그 짧은 몇 마디가 지금껏 캐드펠이 알고 있던 모든 상황을 일거에 변화시켰다. 헌신적인 시종은 무자비한 추적이 되었고, 사심 없는 애정은 강렬한 증오로, 고결한 자기희생은 계산된 도주로, 자발적인 고행은 육신의 갑옷으로 그 모습을 바꾸었다.

목에 걸린 십자가를 벗겨내려 했을 때 키아란이 숨넘어갈 듯한 비명을 내지르며 그걸 꼭 움켜쥐던 광경이 떠올랐다. 그때 매슈는 이렇게 말했다. "저걸 벗겨내야 합니다…… 그러지 않고서야 어떻게 그 고통에서 벗어날 수 있겠어요?"

그래, 그렇겠지! 캐드펠은 성 위니프리드 축제에 참석하겠다며 이곳에 온 그들에게 자신이 건넸던 말도 생생히 기억하고 있었다. "금방이라도 죽음을 맞이할 운명인 사람들조차 그분의 은총을 받아 생명을 얻은 바 있지." 오, 위니프리드 성녀님, 이제 저를 도와주소서. 아니, 우리 모두를 도와주소서. 세 번째 기적으로 그들을 보살펴주소서!

캐드펠은 멜랑에흘의 턱을 잡아 그 얼굴을 똑바로 마주한 채 말했다. "자, 이제 나는 가볼 데가 있으니 당분간은 자네 자신이 스스로를 돌봐야 하네. 어서 머리를 손질하고, 동생이나 이모님 앞에서 태연한 표정을 유지할 자신이 생기면 그들에게 돌아가도록 하게. 얼마간은 성당 안에 들어가 있는 것도 방법이지. 지금 그곳은 조용할 테고, 또 자네가 거기서 오래도록 기도를 드린다고 해서 이상하게 여길 사람은 없으니까. 만일 지금 자네가 웃어 보일 수만 있다면 아까 눈물을 흘렸다는 걸 누가 알아도 전혀 이상하게 여기지 않을 걸세. 가능한 한 최선을 다해보게. 나는 꼭 해야 할 일이 있으니."

그 이상 당장 멜랑에흘에게 확실히 약속할 수 있는 건 없었다. 멜랑에흘이 불안과 기대 사이를 오가며 가만히 지켜보는 가운데, 캐드펠은 아무 말 없이 돌아서서 급히 정원을 빠져나와 수도원장 공관으로 향했다.

*

캐드펠이 나간 지 얼마 되지 않아 이내 다시 면담을 요청하자 라둘푸스는 은근히 놀랐지만, 읽고 있던 책을 곁으로 밀어놓은 채 망설임 없이 그를 들였다. 틀림없이 무척 다급한 일 때문에 찾아왔으리라.

"원장님, 상황이 급변했습니다. 메시르 드 브르타뉴는 잘못된 방향으로 가고 있습니다. 그 두 청년은 오스웨스트리가 아니라 메올 시내를 건너 웨일스로 가는 가장 빠른 서쪽 길에 들어섰을 겁니다. 게다가 그 두 사람은 함께 떠나지도 않았습니다. 키아란은 오전 중 자기 친구가 축제 행렬을 따라다니는 사이 경내를 빠져나갔고, 매슈는 그 사실을 알자마자 같은 길로 그를 따라갔습니다. 그런데 한시라도 빨리 그들을 따라잡아 더 이상 가지 못하게 해야 할 이유가 있습니다. 빠르면 빠를수록 좋습니다, 수도원장님. 그중 한 사람, 아니 그 둘 모두를 위해서라도요. 그러니 제가 말을 타고 그들을 쫓아가도록 허락해주십시오. 또 사람을 시켜 이 내용을 시내에 있는 휴 베링어에게 전하고 같은 길로 제 뒤를 따라오라 명해주시기 바랍니다."

시종 엄숙하고 차분한 표정으로 귀를 기울이던 수도원장은 짧게 물었다. "형제는 그런 소식을 어디서 입수했소?"

"키아란이 떠나기 전 그와 대화를 나눈 사람에게서요. 그 여성의 말이 모두 사실이라는 점에는 의문의 여지가 없습니다. 아, 그리고 부탁드릴 것이 하나 더 있습니다. 두 청년 중 하나가 두고 갔다는 그 자루를 열어보게 해주십시오. 거기 그들의 신상에 관한 단서를 잡을 수 있을 만한 물건이 담겨 있는지 알고 싶습니다. 최소한 그중 한 청년에 관한 단서라도 말입니다."

라둘푸스 수도원장은 입을 꾹 다문 채 잠시 망설이는 기색으로 앉아 있었다. 그러나 이내 결심한 듯 리넨 자루를 촛불 곁으로 끌어당겨 매듭을 풀더니 내용물을 모두 책상 위에 쏟아냈다. 여행에 부담을 주지 않을 정도로 최소한의 소지품만을 들고 다니는 가난한 순례자의 짐답게 거기서 나온 건 얼마 되지 않았다.

"이 물건들이 누구의 것인지 알겠소?" 수도원장이 날카로운 눈길로 캐드펠을 올려다보며 물었다.

"잘 모르겠지만 짐작은 갑니다. 아니, 사실은 확신합니다만 저도 실수를 범할 수 있으니까요. 이것들을 자세히 좀 보겠습니다."

캐드펠은 손을 휘저어 몇 안 되는 소지품들을 책상 위에 좍 펼쳤다. 지난번 로버트 부수도원장이 열어봤을 때도 이미 얄팍했던 돈지갑은 이제 거의 텅 비어 있다시피 했다. 오래되어 가죽 장정이 닳아버린 성무일도서 한 권이 셔츠에 소중히 싸여 있었는데, 캐드펠이 손을 대는 순간 셔츠가 책상에서 미끄러져 바닥에 떨어졌다. 그는 얼른 성무일도서부터 펼쳤다. 표지 안쪽에 교회 서기의 것을 닮은 조심스러운 필체로 주인의 이름이 적혀 있었다. 줄리아나 보사르. 그리고 그 아래 보다 서툰 필체의 글이 이어져 있었다. "1140년 크리스마스에 나 뤼크 메버렐에게 물려주시다. 주께서 우리 모두와 함께하시길!"

"아멘." 캐드펠은 그렇게 중얼거리며 허리를 굽혀 셔츠를 집었다. 촛불이 있는 쪽으로 들어 올린 순간 셔츠 왼쪽 어깨 부분에 묻은 실처럼 가느다란 얼룩이 눈에 띄었다. 얼룩은 어깨 너머 아래로 이어지며 가슴 왼쪽 부분을 둥그렇게 감싸고 있었다. 셔츠는 원래 누르스름한 빛깔이었던 듯한데 여러 차례 세탁을 해서인지 그 실 같은 얼룩을 빼면 온통 하얗게 표백된 채였다. 캐드펠은 가슴 부분이 위로 향하도록 방향을 잡아 책상 위에 그것을 펼쳐놓았다. 자세히 보니 안쪽으로 약간 번진 자국이 남아 있고 바깥쪽으로는 예리한 윤곽을 그리며 이어진 가느다란 갈색 얼룩은 가슴 왼쪽 부위의 꽤 넓은 면적과 왼쪽 소매의 윗부분까지 둘러싸고 있었다. 이미 희미해진 상태이나 육안으로 충분히 식별할 수 있을 만큼 뚜렷했으며, 그 자국의 정체를 짐작하게 해줄 만한 희미한 자취들도 군데군데 남아 있었다.

캐드펠처럼 저 머나먼 나라의 전쟁터를 누비고 다닌 적은 없지만 라둘푸스 또한 옷에 남아 있는 그 얼룩이 무엇인지 알아볼 수 있었다. "핏자국이군."

"그렇습니다." 캐드펠은 셔츠를 개키면서 대답했다.

"자루의 주인은 줄리아나 보사르라는 부인의 집에 있던 사람이고." 수도원장의 움푹 들어간 두 눈이 우울한 빛으로 캐드펠의 얼굴을 응시했다. "그렇다면 우리가 이 수도원에 살인자를 들였다는 뜻이오?"

"그런 것 같습니다." 캐드펠은 한 사람의 삶, 살고 싶다는 소망 같은 건 일절 없는, 심지어 지갑의 마지막 동전까지 털어낸 이의 삶의 흔적들을 다시 거두어 자루 속에 집어넣으며 말을 이었다. "하지만 또 다른 살인을 예방할 기회는 아직 남아 있을지도 모릅니다. 지금 수도원장님께서 절 보내주시기만 한다면요."

"마구간에서 가장 좋은 말을 골라 타고 가시오." 수도원장은 짧게 대답했다. "나는 휴 베링어에게 소식을 전하리다. 부하들을 여럿 데리고 형제의 뒤를 쫓아가라 하겠소."

13

올리비에는 오스웨스트리 대로를 따라 북쪽으로 가고 있었다. 몇 킬로미터쯤 나아가던 그는 다부진 몸매에 영리한 인상의 소년 이 염소를 풀어놓은 무성한 풀밭 앞에서 고삐를 잡아당겼다. 소 년은 염소들을 잡아맨 기다란 끈을 부드럽게 당기며 초저녁 빛이 내리비치는 무성한 풀밭으로 여유롭게 다가왔다. 잉글랜드 귀족 에게 굽실거릴 이유가 없는 이곳 변경 지대의 사람들이 흔히 그 러듯, 그는 아무 두려움 없이 말 탄 사람을 올려다보고는 싱긋이 웃으며 인사를 건넸다.

잘생긴 얼굴에 두려움을 모르는 대담한 아이였다. 말 탄 사람 역시 그러했으니, 둘은 서로에게 호감을 느끼며 상대를 마주 보 았다.

"주께서 함께하시기를!" 올리비에가 입을 열었다. "여기서 염소들에게 풀을 먹인 지 오래되었니? 혹시 다리를 절며 걷는 사람과 멀쩡하게 걷는 사람 둘이 지나가는 모습을 보지 못했는지 궁금하구나. 나이는 둘 다 나랑 비슷할 텐데."

"주님께서 나리와도 함께하시길 바랍니다!" 소년이 명랑하게 말했다. "점심 먹을 걸 싸 와서는 정오부터 쭉 이 자리에 있었는데, 그런 사람들이 지나가는 건 못 봤어요. 틀림없어요. 이리로 지나가는 모든 사람과 얘기를 주고받았거든요. 말을 타고 달려가는 사람들은 빼고요."

"내가 엉뚱한 곳에서 시간을 허비한 모양이군." 올리비에는 그렇게 중얼거린 뒤 길 가장자리에서 풀을 뜯는 말을 내려다보며 잠시 생각에 잠겼다. "그들이 다른 길을 택한 게 분명해. 애야, 만일 좀 더 빨리 웨일스로 가고 싶다면 어느 길을 택하는 게 좋겠니? 그 두 사람은 나보다 먼저 슈루즈베리를 떠났는데, 그들에게 반드시 전해야 할 말이 있거든. 슈루즈베리에서 나와 서쪽으로 방향을 잡으려면 어떻게 가야 하지?"

지루한 일상을 보내던 소년에게는 더없이 반가운 질문이었다. 그는 최상의 경로를 알려주고 싶은 마음에 잠시 궁리를 해보다가 마침내 입을 열었다. "몬트퍼드 다리를 건너 오던 길을 1.5킬로미터쯤 되짚어가면 오른편에 마찻길이 보일 거예요. 그 길로 가다가 첫 갈림길이 나오면 서쪽 길을 택하셔야 해요. 곧은길은 아니지만 어쨌든 계속 이어져 있을 거예요. 슈루즈베리랑 6킬로미터쯤 떨어져 그 도시를 에워싸는 식으로 해서 롱숲을 지나는 길이에요. 슈루즈베리에서 나오는 모든 길과 이어져 있기도 하니까 틀림없이 그 사람들을 만날 수 있을 거예요!"

"정말 고맙구나." 올리비에는 그렇게 말하고서 소년의 손에 동전 하나를 떨구어주었다. 마침 아이가 손을 올린 참이었는데, 이는 구걸을 하려는 것이 아니라 올리비에의 잘생긴 밤색 말에 감탄하여 그 어깨를 쓰다듬기 위해서였다. "주께서 너와 함께하시길!" 그는 축복의 말을 건넨 뒤 말고삐를 잡아당겨 오던 길을 향해 다시 출발했다.

"나리와도 함께하시길 빕니다!" 소년은 올리비에의 등 뒤에 대고 소리친 다음 그와 말이 길모퉁이를 돌아 숲 너머로 사라질 때까지 한참을 지켜보았다. 어느새 염소들이 그의 곁으로 가까이 모여들었다. 저물녘이 다가오는 시간, 슬슬 집으로 돌아가야 했다. 소년은 염소들에 묶인 줄을 모아 당기고는 즐겁게 휘파람을 불면서 들판을 가로지르기 시작했다.

한편 올리비에는 금세 세번강을 가로지르는 다리에 이르렀다. 나무들로 뒤덮인 가파른 비탈이 강의 한쪽 둑을 이루고, 다른 한쪽에는 툭 트인 평탄한 풀밭이 펼쳐져 있었다. 그 너머 군데군데 흩어진 숲 사이로 구불구불한 길 하나가 보였다. 그 경로가 서쪽보다는 남쪽 방향으로 많이 치우쳐 있는 듯했다. 하지만 길을 따라 1.5킬로미터쯤 나아가자 눈앞을 좌우로 가로지르는 보다 넓은 길이 나왔다. 그는 소년의 말을 떠올리며 오른편으로 방향을 틀었고, 잠시 후 갈림길에 이르러서는 서쪽으로 접어들었다. 숲 사이로 나타났다 사라지기를 반복하며 그의 눈을 찌르곤 하던 해는 이제 슈루즈베리 저편으로 서서히 내려앉고 있었다. 그는 롱숲 북쪽 끝에 흩어진 잡목림을 드나들며 구불구불하게 뻗은 그 길을 계속 나아갔다. 황혼 녘의 빽빽한 숲이 이어지다가 히스와 덤불이 우거진 들판이 나타나는가 하면 작은 밭뙈기들이나 농가들이 이어지기도 했다. 그 미로와도 같은 길이 슈루즈베리에서 이어진 샛길과 만날 때마다 올리비에는 말을 세우고 무슨 소리가 들리지 않을까 싶어 집중하여 귀를 기울였다. 오두막이나 개간지 근방에서 사람을 만날 때마다 두 청년에 관해 물었지만 아무도 그들을 본 사람이 없었다. 하지만 아직 절망하기엔 일렀다. 몇 시간 앞서 출발했다지만 아직 어느 쪽 샛길로도 나타나지 않은 것을 보면 아마 그들은 슈루즈베리시를 우회하는 바로 이 길 어딘가에 있을 터였다. 맨발인 사람에게는 수월한 길이 아니니 중간중간 자주 쉬어야 했으리라. 최악의 경우 그들을 놓쳐버린다 해도, 이 구불구불한 길은 그가 애초에 남동쪽에서 슈루즈베리로 접근했던 큰길로 이어질 테니 그는 휴가 기다리고 있는 시내로 돌아갈 수 있을 것이다. 그 정도의 여정은 그에게 고즈넉한 저녁나절의 가벼운 운동이나 다름없었다.

*

캐드펠 수사는 서둘러 장화를 신고 수사복 자락을 접어 올린 뒤 마구간에서 가장 좋은 말을 골라 안장을 얹었다. 승마라는 즐거움을 누릴 흔치 않은 기회였으나 그런 것을 생각할 겨를이 없었다. 지금쯤 심부름꾼은 그가 핵심만을 요약해 정리해준 내용을 머릿속에 넣은 채 이미 다리를 건너 시내의 휴에게로 가고 있을 터였다. 전언을 들으면 휴 또한 수도원장이 그랬듯 사태의 급박함을 눈치채고 아무것도 묻지 않으리라.

캐드펠의 전언은 다음과 같았다. "키아란이 가장 가까운 길을 택해 웨일스로 향하고 있네. 하지만 아마 사람들로 붐비는 큰길은 피할 거야. 내 생각엔 남쪽으로 꺾어지는 작은 길을 돌아 로마인들이 만든 옛길을 타지 않을까 싶네. 우리가 어리석게도 줄곧 방치한 채 이용하지 않아서 그렇지, 사실 그 길은 카우스 북쪽의 국경선까지 시종 평탄하게 이어져 있다네."

사실 이는 캐드펠의 추측에 지나지 않았으며 그 자신도 그 불확실성에 대해 잘 알고 있었다. 웨일스에 친척이 있다니 국경 지대에 관해 조금은 아는 바가 있겠지만 키아란은 원래 이 고장 사람이 아니다. 하지만 이미 이곳에서 사흘을 묵었고 그사이 줄곧 도주를 계획했다면 수사들이나 손님들과 한가롭게 얘기를 나누는 가운데 여러 가지 정보를 입수할 수 있었으리라. 어쨌든 당장은 시간이 촉박했기에, 캐드펠은 자신이 택할 길을 마음속으로

정한 뒤 곧장 그 방향으로 나아갔다.

정문으로 나가 큰길을 우회해 서쪽 길로 접어들었다가는 시간만 낭비할 것이었다. 그는 고삐를 쥔 채 총총걸음으로 정원을 가로지르다가 저녁기도에 참석하느라 일찌감치 안마당으로 들어서던 제롬 수사와 맞닥뜨렸다. 그는 몹시 놀란 표정이었다. 분명 호들갑을 떨며 로버트 부수도원장에게 이 사실을 보고하겠지만, 캐드펠은 아랑곳없이 수확을 기다리는 완두밭을 빙 돌아 내려가 조용히 흐르는 초록빛 개천을 건넌 뒤 좁은 풀밭을 가로질러 거기서 말 등에 올라탔다. 해는 막 서편 숲 너머로 침몰하는 중이었다. 캐드펠은 가물거리는 햇살을 향해 박차를 가해 자신의 손바닥만큼이나 훤한 길을 따라 빠르게 내달리기 시작했다. 정서 방향으로 한참을 달리니 큰길이 나왔다. 그는 구보로 800여 미터쯤 더 가다가 남쪽으로 급하게 방향을 틀고, 얼마 후 서쪽으로 말머리를 돌렸다. 키아란은 이제야 추적을 시작한 캐드펠과 올리비에는 물론 매슈보다도 훨씬 앞서 출발했다. 하지만 그는 발바닥의 통증으로 절룩이며 걷고 있는 데다 두려움에 질린 상태였다. 누구라도 연민을 느낄 만한 모습이리라.

그렇게 조금 더 달리던 캐드펠은 눈에 띄지 않지만 자신이 잘 아는 작은 오솔길에 이르자 남서쪽으로 방향을 잡아 롱숲 북쪽 끄트머리에 해당하는 울창한 숲 그늘로 들어섰다. 바닥이 암반으로 되어 있는 데다 여기저기 바위가 돌출한, 개간할 가치가 없는 오래된 숲속 나뭇가지 사이로 난 좁은 길이었다. 깊지 않은 토양

위로 바위들이 솟은 지역. 히스밭과 고지대의 거친 풀과 덤불 사이로 나무들이 드문드문 서 있었고, 지대가 낮아 습한 곳에는 오래된 나무 밑마다 짙푸른 이끼가 무성했다. 이제 국경과 꽤 가까워졌으리라. 길을 따라 조금 더 나아가자 울창한 숲이 앞을 가로막았다. 키 큰 나무들이 하늘을 뒤덮고, 그 아래 빽빽하게 들어찬 관목들 밑으로는 덤불과 찔레와 양치식물 들이 뒤엉켜 자라는 짙은 삼림이었다. 사람의 손이 거의 닿지 않은 원시림 같아 보였으나 놀랍게도 이따금씩 툭 트인 경작지들이 나타나곤 했다.

이윽고 그는 그 길을 정동과 정서 방향으로 칼로 날카롭게 베어낸듯 지나가는 아주 오래된 도로와 만났다. 누가 이런 곳에 길을 놓았을까? 로마 병사들의 행군로는 이제 좁은 오솔길로 변해 엷은 풀밭으로 뒤덮여 있었지만, 여전히 처음 건설된 형태 그대로 완벽한 수평면을 유지한 채 창처럼 똑바로 뻗어가며 언덕을 오르내렸다. 캐드펠은 그 길로 접어들어 나뭇가지 사이로 아직 찬연한 빛을 발하는 황금빛 노을을 향해 말을 몰았다.

*

핸우드 마을 북서쪽에 있는 해묵은 삼림, 마을과 멀찌감치 떨어진 그곳에는 누구라도 감쪽같이 몸을 숨길 수 있는 작은 숲들이 있었다. 범법자들이 남의 물건을 약탈하거나 밀렵하면서 생활하기에 더없이 좋은 곳이었기에, 지역 사람들은 자신들의 자그마한 터전을 보호하느라 농토와 목장에 울을 둘러치고 함께 뭉쳐 이런저런 예방 조처를 취해둔 터였다. 감히 이곳을 지나려 하는 여행자들은, 필요한 경우 마을 사람들에게 잠자리나 그 밖의 도움을 청할 수도 있긴 하지만 보다 깊은 숲속에 들어서려면 알아서 스스로를 지켜야 했다. 휴 베링어가 다스리는 슈롭셔의 치안 상태는 다른 곳들에 비해 전반적으로 양호한 편이었으나 그래도 범법자들은 있기 마련이니, 그들은 짧은 기간이나마 이곳에 몸을 숨기곤 했다. 영지에서 쫓겨난 소작인들이 숲에 터를 잡는 경우도 있었다.

워낙 위험한 지역이라 국경 근방에 자리한 몇몇 소규모 영지들은 제대로 돌보지 않아 점점 황폐해졌고, 경작하지 않은 채 그냥 버려둔 밭도 부지기수였다. 지난 4월까지만 해도 그곳 카우스 성은 웨일스인들에게 점령되어 있었으니, 이는 일대에서 평화로운 생활을 영위하던 주민들에게 또 다른 위협이었다. 이후 휴가 성을 되찾긴 했지만 마을을 비우고 떠난 주민들 중 많은 수가 아직 돌아오지 않은 채였다. 이 한여름에는 숲에서 지내는 데 큰 어려움이 없기에, 여기 숨어든 범죄자들도 짐승 사냥이나 좀도둑질로 당분간은 연명할 수 있을 것이다. 아마 남쪽 지방에서 자기네가 저지른 범죄가 잊힐 때를 기다리며, 그리고 고향으로 돌아갈 수 있을 때까지 어디서 더 시간을 보내면 좋을지 궁리하며 머물고 있으리라.

길드퍼드의 상인을 자처하던 시미언 포어는 슈루즈베리에서 거둔 성과에 큰 불만이 없었다. 어차피 관헌의 의심을 받지 않고 판을 벌일 수 있으리라 기대할 수 있는 최대한의 기간을 사흘 밤 정도로 잡아둔 터였다. 그가 몰래 훔쳐낸 대니얼 아우리파버에게 팔아치운 반지, 윌리엄 헤일스가 시장의 노점들에서 훔쳐낸 다양한 물건들, 또 존 슈어가 길고 매끄러운 손가락들을 이용해 군중들의 자루와 지갑에서 빼낸 동전들, 여기에 시내와 수도원 앞 동네의 도박꾼들에게 사기를 쳐 벌어들인 돈까지, 이미 그들은 꽤 많은 수익을 보았다. 관리들의 급습이 있었을 때 윌리엄 헤일스가 붙잡힌 건 유감스러운 일이지만, 나머지 사람들은 한두 군데 멍 자국이 생긴 것 말고는 아무 탈 없이 무사히 탈출했으니 전체적으로 보아 그럭저럭 괜찮은 결과라 할 만했다. 윌리엄에게는 안된 일이나 본인의 운수가 그러했던 것을 어쩌랴. 그들 중 누구에게나 언제든 일어날 수 있는 일이었다.

그들은 통행이 빈번한 길을 피하며 최대한 그 지역 사람들의 눈에 띄지 않게끔 애썼다. 밤이면 먼저 개가 있는지 확인한 뒤 조용히 들어가 도둑질을 했다. 예의 유서 깊은 옛길 아래쪽, 잡목이 빽빽하게 우거진 깊은 숲속에 오래전 누군가 숲을 개간하다 버려둔 낡은 오두막을 발견한 덕에 당분간은 그곳에서 지낼 수 있었다. 갑자기 날씨가 나빠지지 않는 한 잠시 그렇게 한가롭게 지내다가 슈루즈베리에서 남쪽 멀리 이동한 다음 아무도 자신들의 정체를 알지 못하는 동쪽 지방으로 갈 작정이었다.

옛길을 이용하는 사람은 극히 드물었고, 어쩌다 누군가 지나간

다 해도 근처에 사는 주민인 경우가 대부분이라 그들은 그냥 내
버려두었다. 만일 그런 사람들이 변을 당하거나 사라져버리면 하
루도 안 되어 다른 이들이 그들을 찾아 나설 터였다. 하지만 다른
지역에서 온 듯 보이는 사람이 혼자서 지나갈 경우에는 습격을
마다하지 않았다. 여행자 하나쯤이야 없어져도 누가 금방 찾으러
나설 염려가 없는 데다, 또 그런 사람은 많든 적든 어느 정도의
금전을 지니고 있기 마련이니까. 깊은 숲속에서 사람 하나 감쪽
같이 처치하는 일은 손바닥 뒤집기보다 쉬웠고, 누가 이를 눈치
챌 가능성은 영원히 없다시피 했다.

그날 밤 그들은 오두막 앞에 설치해둔 진흙 구덩이에 등걸불을
넣고 둘러앉아 훔쳐 온 닭을 구워 먹은 뒤 나른한 포만감을 즐기
고 있었다. 이곳에는 밤이 일찍 찾아왔지만 그들의 눈은 이미 숲
의 어둠에 익숙했고, 또 거의 매일 무료하게 낮 시간을 보내는 터
라 밤에도 기운이 팔팔해 늦도록 잠을 이루지 않았다. 그때 월터
바곳이 망을 보러 시내 쪽으로 뻗은 좁은 길을 향해 살며시 다가
가다가 급히 되돌아왔다. 하지만 그의 얼굴은 놀라움이 아니라
기대감으로 가득 차 있었다..

"한탕 벌일 기회야. 수도원에서 본 녀석 하나가 이리로 오는
중이야. 맨발로 온 그놈 말이야…… 여전히 발을 절면서 저 길을
걷고 있어. 놈이 사라져도 아무도 눈치채지 못할걸."

"그 녀석이?" 시미언 포어가 말했다. "바보야, 그 녀석 뒤에는
늘 그림자처럼 따라다니는 놈이 있잖아. 그러니 두 놈이 있다는

애긴데, 만일 그중 하나가 도망쳐버리기라도 하면 어쩔래? 금방 우리를 사냥할 사람들이 몰려올 거야."

"내 말 못 들었어?" 바곳이 희희낙락대며 말을 이었다. "지금은 그 그림자가 없다니까. 틀림없이 혼자야. 아마 제 친구를 따돌렸거나 서로 합의하고 헤어진 모양인데. 그러니 이제 놈이 어찌 되든 알 게 뭐야?"

"놈은 아무 쓸모가 없으니 그냥 가게 내버려둬." 슈어가 경멸하듯 말했다. "기껏해야 셔츠하고 바지밖에 더 건지겠어?"

"아니!" 바곳이 눈을 빛냈다. "이 친구야, 자네 뭘 모르는군. 놈은 돈을 아주 넉넉하게 갖고 있어. 남에게 알리지 않으려고 신경을 써서 아무도 눈치채지 못했을 뿐이지. 붐비는 성당에서 매번 곁에 다가갈 때마다 그 감촉을 느꼈다고. 분명 외투와 바지와 셔츠 안쪽에 두툼한 돈 자루를 차고 있었어. 그걸 빼내려면 칼을 써야 했는데, 그러기엔 너무 위험해서 그땐 그냥 포기해버렸지. 게다가 생각해봐, 돈 한 푼 없이 놈이 혼자 길을 나섰겠어? 자, 어서 일어나. 이제 놈을 잡는 건 식은 죽 먹기니까."

그 자신만만한 태도에 다른 두 사람도 선뜻 자리를 털고 일어났다. 뜻밖의 횡재수를 그냥 보낼 수는 없었다. 세 사람은 단검을 들고 무성한 덤불 사이로 실처럼 뻗어 있는 옛길을 향해 나아갔다. 그 위로 활짝 열려 있는 하늘은 아직도 맑고 훤했다. 슈어와 바곳은 길 이편에 몸을 숨기고, 시미언 포어는 건너편 크고 무성하게 자란 관목들 뒤에 숨었다. 길에 반사된 밝은 빛에 몸이 드러나지 않도록 주의해야 했다. 숲의 이쪽 구역에는 줄기가 옹이투성이에 어른 팔로 세 아름이 넘는 거대한 너도밤나무들이 꽤 많았다. 이곳저곳의 삼림이 벌채되거나 개간되거나 사냥터로 모습을 바꾸는 동안에도 롱숲에는 아직 사람의 손길이 닿지 않은 지대가 곳곳에 보존되어 있었으니, 그런 숲의 고목들 뒤에 서서 세 사내는 이제 먹잇감이 다가오기를 가만히 기다리기 시작했다.

이윽고 발소리가 들려왔다. 거칠고 무성한 풀밭을 힘겹게, 그러나 참을성 있게 밟고 나아오는 소리였다. 보다 넓은 다른 길을 택해 부드러운 잔풀을 밟고 왔다면 고통이 훨씬 덜했겠지만, 그러기 위해서는 두 배는 더 멀리 돌아야 했을 것이다. 그의 거친 숨소리가 점점 선명해지는가 싶더니, 이어 침침한 어둠 속에 크고 거무스레한 형체가 나타났다. 그는 숲 어딘가에서 집어 들었을, 옹이가 가득한 긴 나뭇가지를 지팡이 삼아 걷고 있었다. 양발 모두 성치 않긴 마찬가지였으나 아마 날카로운 돌을 잘못 디뎌 발바닥을 베었거나 발목이 삐긋하기라도 한 듯 오른쪽 발을 유난히 더 조심스레 내디뎠다. 조금이라도 인정이 있는 사람이라면 그런 모습에 연민과 동정을 느끼지 않을 수 없으리라.

키아란은 덤불 속을 기어다니는 조그만 야행성 동물들 못지않게 잔뜩 긴장해 두 귀는 물론 온몸의 털까지 모두 바짝 곤두세웠다. 매슈와 함께 여행할 때도 늘 두려움에 사로잡혀 있었는데, 정작 그 무서운 인간을 떨쳐버린 지금도 두렵기는 마찬가지였다. 탈출은 전혀 탈출이 아니었다.

마침내 그를 두려움에서 놓여나게 한 건 그보다 훨씬 더 극심한 공포였다. 키아란이 지나가는 순간 바굿이 그의 뒤편에, 포어와 슈어는 앞쪽 양옆에 자리를 잡고 섰다. 팽팽하게 긴장된 피부가 그의 곤두선 두 귀보다 먼저 뒤편의 기척을 감지했다. 서늘한 저녁 공기를 가르며 육중한 몸과 한 팔이 소리 없이 날아오는 느낌에 그는 숨죽인 짧은 비명을 내지르며 몸을 돌려 있는 힘껏 장대를 휘둘렀다. 그를 향해 들어오던 칼이 장대를 맞아 긴 껍질과 나뭇조각을 휘날렸다. 바굿이 왼손을 뻗어 그의 겉옷 자락을 붙잡고 뱀처럼 날렵하게 재차 칼을 휘둘렀지만 키아란은 그 손을 뿌리치며 뒤로 훌쩍 물러나서는 공포로 넋이 나가 발의 통증도 잊은 채 길 밖으로 후다닥 달려가 나무들이 빽빽하게 뒤엉킨 어둠 속으로 무작정 돌진해 들어갔다. 숨을 헐떡이고 고통에 연신 신음을 내뱉으면서도 그는 놀란 산토끼처럼 정신없이 달리고 또 달렸다.

그 병자가 극한 상황에 몰리자 그토록 빨리 달아날 줄 누가 알았을까? 하지만 공포로 인해 솟아난 순간적인 힘이 그리 오래가지는 못할 터였다. 세 사람은 약간 넓게 흩어져 쫓아가기 시작했다. 키아란이 지칠 즈음 삼면에서 그를 에워쌀 작정이었다. 서두를 필요도 없었다. 덤불을 마구 헤집으며 달리는 소리와 고통으로 터져 나오는 흐느낌이 뒤섞인 기괴한 소리가 어스름 녘의 숲속에 연신 울려 퍼졌다.

나뭇가지와 찔레 덩굴이 키아란의 얼굴을 채찍처럼 후려갈겼다. 그는 장대를 휘두르며 온몸으로 덤불을 뚫고, 아픈 발로 죽은 나뭇가지와 몇 해에 걸쳐 쌓인 푹신한 낙엽층을 비척비척 밟으며 죽어라 내달렸다. 세 남자는 그의 속도가 점점 느려지는 것을 눈치채고 한층 느긋하게, 심지어 웃음까지 터뜨리며 뒤를 쫓았다. 그중 여위고 몸이 날랜 양복장이가 약간 떨어진 곳에서 그와 나란히 달리다가 이제 앞길을 가로막을 생각으로 비스듬히 방향을 틀었다. 대열을 이탈한 양 한 마리를 모는 개처럼 여유 있게 내달리며 동료들에게 휘파람을 부는 여유까지 보였다. 키아란은 중앙에 거대한 너도밤나무 고목 한 그루가 우뚝 서 있는 아담한 빈터 앞에 이르러 크게 호흡을 가다듬고는 온 힘을 다해 그 너머 숲속으로 달려갔다. 하지만 고목 뿌리께 있는 마른 낙엽을 밟고 그만 미끄러져 줄기에 몸을 부딪치며 나동그라지고 말았다. 간신히 몸을 일으켜 넓은 줄기에 등을 기대고 설 즈음 세 사내는 이미 사정없이 육박해 들어오고 있었다.

키아란은 미친 듯 장대를 휘두르면서 이 극한의 상황에서 자신이 누구의 이름을 부르는지도 의식하지 못한 채 마구 외쳐댔다.

"사람 살려! 매슈, 매슈, 나 좀 도와줘!"

이에 응답하는 외침은 없었으나 나뭇가지들이 후드득대며 부서지는 소리와 함께 갑자기 누군가 튀어나와 풀밭을 쏜살같이 가로지르더니 바깥의 몸에 힘껏 부딪쳐 그를 바닥으로 쓰러뜨렸다. 이어 그는 긴 팔을 뻗어 키아란의 몸을 견고한 나무 기둥에 붙여 세우곤 그 곁에 떡 버티고 선 채 단검을 치켜들었다. 서쪽 하늘에 남아 있던 희미한 빛을 받아 붉게 충혈된 매서운 얼굴과 칼날이 무섭게 번득였다.

"모두 물러서!" 매슈가 이를 드러내면서 사납게 으르렁거렸다. "이자는 내 거야!"

14

세 남자는 본능적으로 뒤로 물러서다가 이곳으로 뛰어든 이가
겨우 한 사람에 불과하다는 사실을 깨닫고 이내 걸음을 멈추더니,
맹수처럼 상대를 바라보며 서서히 두 사람의 주위를 맴돌기 시작
했다. 공격을 포기할 생각은 전혀 없었다. 그들은 두 젊은이를 주
의 깊게 살펴보며 변화된 상황을 냉정하게 계산하고 있었다. 이
제는 남자 둘, 그리고 단검 한 자루를 상대해야 했다. 처음에 쫓던
청년 못지않게 조금 전 나타난 청년에 대해서도 그들은 잘 알고
있었다. 며칠 동안 같은 곳에 묵으며 같은 방과 같은 식당을 사용
한 이들이었다. 아마 청년들 역시 그들에 대해 잘 알고 있으리라.
사방이 어둑어둑해 얼굴의 세밀한 윤곽은 구분할 수 없었으나 어
렴풋한 인상만으로도 서로를 알아보기에는 충분했다.

"내가 뭐랬어! 저 녀석이 근처에 있을 거라고 했잖아." 시미언 포어가 부하들과 눈짓을 교환하면서 말을 이었다. "뭐, 상관없지. 함께 나란히 눕혀주면 되니까."

조금 전 큰 소리로 자신의 권리를 선포한 이후 매슈는 더 이상 아무 말도 하지 않았다. 그들이 등지고 선 나무가 워낙 거대해 뒤에서 공격을 받을 가능성은 거의 없었다. 바곳이 나무 한쪽으로 돌아가자 매슈는 상대를 노려보며 서서히 마주 돌았다. 상대는 셋이나 되었고, 키아란은 공포에 질려 있는 데다 발까지 성치 않아 막상 접전이 시작되면 셋 중 하나도 감당하기 어려운 상태였다. 그러나 이 와중에도 그는 장대를 단단히 움켜쥔 채 한쪽 방향을 지키고 있었다. 남에게 차압당한 목숨을 지키기 위해 필요하다면 이와 손톱으로라도 맞서 싸울 태세였다. 매슈는 쓰디쓴 웃음을 머금었다. 어차피 자신에게 목을 내놓아야 할 처지임에도 불구하고 목숨에 그렇게 강한 애착을 보인다니, 그로서는 오히려 고맙게 여겨질 지경이었다.

"나를 따라오지 않는 게 좋았을 텐데." 키아란이 나무 기둥에 한쪽 뺨을 댄 채 나직하게 말했다.

"마지막까지 자네랑 함께하겠다고 맹세했잖아?" 매슈 역시 나직한 말로 응수했다. "내가 한번 맹세한 건 어떻게든 지키는 성격이라. 특히 이번 맹세는 더더욱."

"무사히 도망칠 수 있었는데…… 하지만 이제 우리 둘 다 죽은 목숨이야."

"아직은 모르지. 게다가, 날 원치 않았다면 왜 내 이름을 소리 쳐 불렀지?"

키아란은 당혹스러운 표정으로 침묵을 지켰다. 자신이 매슈의 이름을 불렀다는 사실조차 모르고 있었던 것이다.

"우리가 서로에게 익숙해진 게지." 매슈가 음산하게 말을 이었다. "내가 자네에 대한 권리를 주장하듯, 자네도 나에 대한 권리를 주장한 셈이야. 다른 사람이 자넬 차지하는 꼴을 내가 가만히 두고 볼 것 같아?"

한편 세 남자 또한 어둠 속에 모여 눈으로는 여전히 먹잇감들을 바라보면서 의논을 이어가고 있었다.

"곧 놈들이 공격해올 거야." 키아란이 절망 어린 목소리로 내뱉었다.

"아니, 놈들은 어둠이 오기를 기다릴걸."

사실이었다. 세 남자는 서두르지 않았다. 경계를 늦추지 않되 위협적인 태도를 취하지도 않았으며, 괜스레 말을 하여 에너지를 낭비하지도 않았다. 그들은 짐승을 사냥할 때처럼 참을성 있게 때를 기다리고 있었다. 이제 일정한 간격을 두고 빈터를 에워싼 형태로 흩어져 어둠 속에 살그머니 물러나 있기는 했지만 그 모습이 아예 보이지 않는 것은 아니었다. 쥐구멍 앞에 몇 시간이고 앉아 있는 고양이처럼 가만히 기다리며 상대의 피를 말리고 진을 빼놓으려는 모양이었다.

"더는 못 견디겠어." 키아란이 흐느낌 비슷한 소리를 내며 숨을 들이쉬었다.

"마음만 먹으면 일을 쉽게 끝낼 수도 있지." 매슈가 이를 앙다 문 채 속삭이듯 대꾸했다. "그 목에서 십자가만 벗겨내. 그럼 모든 괴로움에서 벗어날 수 있어."

얼마 남지 않은 빛이 빠르게 사위고 있었다. 어둠 속에서 살그머니 움직이며 정신을 교란하는 세 형체를 뒤쫓느라 키아란과 매슈는 잠시도 긴장을 늦출 수 없었고, 그렇게 몽롱한 어둠을 끊임없이 갈퀴질하다 보니 환각 같은 것이 보이기 시작했다. 이런 식으로는 오래갈 수 없으리라. 공격자들은 연신 나무 주위를 맴돌며 먹잇감들이 무방비 상태에 놓이는 순간을, 둘 중 하나가 엉뚱한 방향을 바라보느라 이쪽의 동정을 놓치는 순간을 포착하려 애쓰고 있었다. 아마도 이미 지쳐 쓰러질 지경이 된 키아란 쪽이 먼저이리라. 이제 조금만 있으면. 아주 조금만 더 기다리면…….

*

캐드펠 수사가 저 앞쪽 오른편 어딘가에서 울리는 절망적인 외침을 들은 것은 현장에서 1킬로미터 조금 못 미친 곳에 이르렀을 때였다. 그 내용은 알아들을 수 없었지만, 거기 절망적인 공포가 어려 있음은 의심할 여지가 없었다. 나뭇가지를 흔들거나 나뭇잎을 살랑거리게 할 만한 바람 한 점 없는 고요한 숲속에서는 무슨 소리든 아주 멀리까지 울려 퍼지는 법이다. 캐드펠은 급히 말을 몰아 앞으로 내달렸다. 그 절규하는 듯한 외침이 터져 나온 곳에 도착했을 때 자신이 어떤 광경과 맞닥뜨리게 될지 그는 분명히 확신하고 있었다. 자칫하다가는 현장에 도착하기도 전에 잉글랜드 땅 절반 가까운 거리에 이르는 이 추격전이 끝나버릴지 몰랐다. 그럴 경우 그로서는 손쓸 여지가 없을 것이다. 매슈가 마침내 참회의 고행에 진력이 난 키아란을 따라잡은 것이 분명했다. 문득 키아란의 말이 떠올랐다. "아무 목적도 없이 이런 일을 감내할 만큼 저 자신을 미워하는 건 아니니까요." 어쩌면 혼자가 된 키아란은 이제 마음을 놓고 무거운 십자가를 벗어버린 뒤 아픈 발을 감싸줄 구두를 찾으려 하지 않았을까? 그런데 매슈가 나타나 자신을 지킬 무기 하나 없는 그 겁쟁이 청년을 덮친 게 아닐까?

이내 두 번째 소리가 숲의 적막한 침묵을 깨뜨렸다. 캐드펠은 말발굽 소리에 하마터면 그 소리를 놓칠 뻔했으나 미세한 진동을 통해 이를 감지하고는 얼른 고삐를 잡아당겼다. 무언가 부서지는 소리, 혹은 누군가 빽빽한 덤불을 뚫고 번개처럼 내닫는 소리였다. 곧 그 내용을 알 수 없는 짧은 외침이 이어졌다. 크지는 않으나 긴장이 어린 날카로운 외침. 위압조로 외치는 남자의 목소리. 다름 아닌 매슈의 목소리였다. 의기양양해하거나 겁에 질린 기색은 느껴지지 않는, 그보다는 무언가에 도전하는 듯한 짧고도 단호한 외침이었다. 저 앞에, 이제 그리 멀리 떨어지지 않은 곳에 그 두 청년과 또 다른 이가 있었다.

캐드펠은 말에서 내린 뒤 고삐를 쥐고 최대한 발소리를 죽이며 소리가 난 곳을 향해 달리기 시작했다. 휴는 서둘러야 할 이유가 있다고 판단했을 땐 아주 신속하게 움직이는 사람이었고, 캐드펠의 짧은 전언에서 그 이유를 발견했을 것이다. 아마 가장 빠른 길로 시내를 떠나 서쪽 다리를 건넌 뒤 비교적 좋은 길을 통해 남서쪽으로 내달려 이 옛길과 만났을 테고, 지금쯤이면 채 2킬로미터도 떨어지지 않은 곳까지 왔으리라. 캐드펠은 잠시 발길을 멈추어 타고 온 말을 붙잡아 맸다. 자신이 여기서 말을 내렸으며 근처 어딘가에 있음을 알리기 위한 표식이었다.

이제 사위는 고요했다. 그는 소리를 내지 않기 위해 덤불 가장자리를 돌아간 뒤 본능적으로 길을 찾아 소리가 난 쪽으로 나아갔다. 이제 그곳은 부자연스러우리만치 고요했다. 잠시 후, 나뭇가지 사이로 어스름 녘의 마지막 빛살이 어른거리는가 싶더니 비교적 넓은 빈터가 저편에 나타났다.

순간 어떤 그림자 하나가 그 희미한 빛 사이를 조용히 가로지르는 바람에 그는 제자리에 얼어붙고 말았다. 키가 크고 여윈 남자가 덤불 사이를 뱀처럼 소리 없이 미끄러져 나아가고 있었다. 그 그림자가 완전히 지나갈 때까지 기다렸다가 캐드펠도 빈터를 향해 다시 걸음을 옮기기 시작했다.

빈터 한가운데 거대한 너도밤나무 한 그루가 서 있었다. 사방으로 팔을 뻗은 가지들 밑으로 드리운 어둠 속에 무언가 움직이는 것이 보였다. 한 사람, 아니 두 사람이 나무의 줄기에 등을 기대고 서 있었다. 한순간 날카로운 빛이 번쩍였다. 캐드펠은 그게 무엇인지 금세 알아차렸다. 언제라도 상대를 찌를 태세가 되어 있는 단검이었다. 두 사람은 궁지에 몰린 채 다른 이들에게 둘러싸여 있는 듯했다. 캐드펠은 조용히 선 채 점점 더 어두워져가는 빈터 전체를 자세히 훑어보았다. 한쪽 구석의 나뭇잎들이 가늘게 떨리고 있었다. 예상대로 다른 녀석들이 있는 것이다. 그 반대편에도 누군가가 있었다. 좋지 않은 의도를 품고서 어두운 숲속을 은밀히 배회하는 세 남자. 아마도 그들 모두 무장을 한 채 살인의 기회만을 노리고 있으리라. 슈루즈베리의 다리 밑에서 주사위노름을 하다 종적을 감춘 세 남자……. 도주했던 그들이 이제 이 숲속에 나타나 또다시 흉악한 일을 벌이고 있었던 것이다.

캐드펠은 잠시 망설였다. 어떻게 하는 게 좋을까? 살그머니 길쪽으로 돌아가 휴를 기다려야 할까? 아니면 그가 당도할 때까지 시간을 벌기 위해서라도 무언가 일을 벌여 공격자들을 당황시키고 주의를 분산시키는 편이 나을까? 그는 말을 묶어놓은 곳으로 돌아가기로 마음먹었다. 말에 올라 마치 기마병 대여섯 명쯤이 몰려오기라도 하는 듯 마구 고함을 지르고 난리를 피우면서 이리 들이닥칠 생각이었다. 하지만 그 결심을 행동에 옮기기 전, 갑자기 상황이 돌변했다.

세 남자 중 하나가 벽력같은 고함을 내지르며 뛰쳐나오더니 나무 밑에 서 있던 한 사람에게 달려들었다. 한순간 강철빛이 번뜩이며 그 사람 역시 공격자와 맞서기 위해 나무 밑의 어둠 속에서 튀어나왔다. 매슈였다. 나무 밑으로 달려들던 사내는 공격하는 척하다가 슬쩍 옆으로 몸을 틀었고, 그와 동시에 다른 두 사내가 뛰어나와 아직 나무에 붙어 있던 사람을 향해 달려들었다. 공포에 질린 비명이 터져 나오자 매슈가 얼른 몸을 돌려 단검으로 허공을 베면서 다른 한 팔을 뻗어 동료를 다시 나무줄기로 밀어붙였다. 키아란은 반쯤 실신하여 매끄러운 줄기에 등을 기댄 채 맥없이 주저앉아버렸고, 매슈는 그의 앞에 서서 단검을 마구 휘둘러댔다.

캐드펠은 제 원수를 지키기 위해 사력을 다하는 매슈의 모습을 숨죽인 채 지켜보았다. 살의로 가득한 맹수 같은 세 남자가 일제히 칼을 휘두르며 맹렬하게 육박해 들어오는 순간, 비로소 정신이 들었다.

"꼼짝 마!" 캐드펠이 가슴 가득 숨을 들이쉰 뒤 사납게 소리쳤다. "저 세 놈을 잡아라. 우리가 쫓던 놈들이 여기 있다!"

상황이 워낙 급박한지라 메아리가 동시에 남쪽과 북쪽 두 방향에서 동시에 울려오고 있다는 걸 미처 의식할 겨를도, 그 신묘함에 감탄할 겨를도 없었다. 흥분에 휩싸인 상태로 요란한 메아리에 귀를 기울이면서도, 캐드펠은 자기가 혼자라는 사실을 명확하게 인식하고 있었다. 이어 그는 박쥐 날개 같은 양 소매를 펄럭이며 나무 밑의 난투 현장으로 곧장 돌진해 들어갔다.

아주 오래전, 그는 다시는 무기를 들지 않겠다고 맹세한 바 있었다. 그래서 어쨌단 말인가? 무기라곤 갖고 있지 않지만, 그리고 관절염 증세가 있긴 하지만 캐드펠에게는 아직 쓸 만한 두 주먹이 있었다. 그는 너도밤나무 밑으로 달려들어 한 남자의 뒤로 늘어진 두건을 두 손으로 움켜쥔 뒤 거세게 비틀어 그의 목을 졸랐다. 그러나 정작 남자를 놀라게 한 건 그러한 공격보다 그 전에 캐드펠이 외쳐댄 소리였다. 소리가 들리자마자 한데 뭉쳐 있던 검은 형체들은 일제히 갈라진 터였다. 그중 두 남자는 양쪽으로 물러나 소리의 진원지를 찾아 정신없이 주위를 둘러보는 중이었고, 캐드펠의 공격을 받은 남자는 캑캑대면서 단검을 마구 휘둘러댔다. 그 서슬에 캐드펠의 검은 소맷자락 일부가 길게 베여 늘어졌지만 그는 아랑곳없이 온몸으로 사내를 짓눌러 바닥에 엎어놓은 뒤 머리칼을 움켜쥐고 얼굴을 땅바닥에 마구 짓찧었다. 언제고 그 잔인한 행위에 대해 마음 깊이 속죄해야 하겠으나, 십자군의 사나운 피가 끓어넘치는 지금으로서는 그저 통쾌하기 그지없었다.

그즈음 캐드펠은 사건이 새로운 국면에 접어들었음을 감지했다. 그가 기대하고 바라던 순간이었다. 말발굽으로 대지가 진동하는 소리가 들리는가 싶더니 명령을 발하는 단호한 목소리가 이어졌다. 그는 아래 깔린 남자의 몸과 두건을 움켜쥔 손아귀의 힘을 늦추지 않은 채 그 소리에 귀를 기울였다. 이윽고 캄캄한 빈터가 움직임으로 가득 찼다. 그때 남자가 순간적으로 온 힘을 모아 거세게 몸을 뒤채는 바람에 캐드펠은 옆으로 밀려나고 말았다. 손아귀가 약간 느슨해진 틈을 타 시미언 포어는 재빨리 기어 달아나기 시작했다. 다른 이들도 이미 도망치고 있었지만, 그들 중 누구도 아직 그곳에서 멀어지지 못한 상태였다.

캐드펠의 손아귀에서 빠져나와 연신 헐떡이며 기어가던 시미언 포어는 복수심에 차 나무뿌리 주위를 더듬거리다가 잔뜩 웅크리고 있던 남자를 찾아냈다. 귀중품인 듯한 장신구와 그것이 매달린 줄에 손이 닿자 그는 온 힘을 다해 낚아챘다. 격렬한 고통으로 인한 비명과 함께 줄이 끊어지면서 그 물건은 시미언 포어의 손에 들어왔다. 그는 얼른 몸을 일으켜 가장 가까이 있는 덤불을 향해 몸을 날렸다. 말을 타고 그곳에 이른 사람 하나가 허리를 잔뜩 숙여 손을 내뻗었으나, 그는 아슬아슬하게 피해 재빨리 달아나버렸다.

캐드펠은 두 눈을 뜨고 크게 심호흡을 했다. 어두운 빈터 전체가 움직임으로 들끓으며 격렬하게 진동했다. 이제 그곳을 지배하는 폭력은 목적과 의미를 가진 것으로 바뀌어 있었다. 거대한 너도밤나무 밑에 누워 있던 그는 꾸물꾸물 일어나 앉아 잠시 주위를 둘러보았다. 저 앞에서 누군가 길을 향해 등을 돌린 채 부싯돌과 부싯깃으로 침착하게 불을 붙이고 있었다. 이윽고 부싯깃에 불이 붙었다. 기름과 송진을 충분히 먹인 횃대가 그 불꽃을 빨아들여 점점 더 탐스럽게 피어났다. 횃불은 곧 두 개, 세 개로 늘어났다. 이윽고 주위가 환하게 밝아지면서 너도밤나무 가지 아래 빽빽한 덤불로 벽을 두른, 동그랗고 아담한 빈터 전체가 눈에 들어왔다.

어둠 속에서 휴가 빙긋이 웃으며 나타나 캐드펠에게 한 손을 내밀었다. 반대편에서도 누군가 재빨리 달려와 그를 내려다보았다. 도드라진 광대뼈와 움푹 파인 뺨, 쏘는 듯한 황금빛 눈, 두 뺨을 부드럽게 덮고 있는, 까마귀 날개처럼 검푸른빛을 띤 고수머리.

"올리비에?" 캐드펠은 놀라 말했다. "지금쯤 오스웨스트리 대로에서 헤매고 있을 줄 알았는데. 어떻게 이곳까지 온 거요?"

"주님과 염소 치는 아이 덕분이죠." 올리비에가 부드럽고 친숙하면서도 활기 넘치는 목소리로 대답했다. "그리고 수사님이 고래고래 소리쳐주신 덕분이기도 하고요. 자, 보세요! 수사님이 이기신 겁니다."

*

길드퍼드의 상인 시미언 포어, 장갑 제조공 월터 바곳, 양복장이 존 슈어는 모두 달아난 뒤였다. 하지만 휴의 부하 대여섯 명이 뒤를 쫓고 있으니 조만간 끌려와 이번에는 장터에서 벌인 단순한 사기 행위 이상의 범죄에 대해 문초를 받을 것이다. 횃불 빛으로 밝혀진 조그만 빈터를 어둠이 빈틈없이 둘러싼 가운데, 이제 사위는 더없이 고요해 모든 것이 움직임을 완전히 정지한 것만 같았다. 캐드펠이 찢어진 소맷자락을 펄럭이며 자리에서 일어났고, 이내 세 사람은 너도밤나무 주위에 반원을 그리며 둘러섰다.

강렬한 횃불 빛으로 인해 빛과 어둠이 한층 선명하게 갈렸다. 삶과 죽음의 길목에서 헤매던 매슈가 천천히 걸어 나와서는 넓은 어깨를 바로 세우고 우뚝 선 채, 때 이르게 잠에서 깨어나 의지할 무언가를 찾으려는 사람처럼 주위를 둘러보았다. 조금 전까지 그의 가랑이 사이에 잔뜩 웅크리고 있던 키아란의 모습도 눈에 들어왔다. 그는 두 팔로 머리를 감싼 채로 여전히 부들부들 떨고 있었다.

"일어나!" 매슈가 그를 향해 내뱉고는 나무에서 한 걸음 더 물러났다. 손에 들린 단검 끝에 핏방울이 맺혀 있었고, 그걸 쥔 손에서는 훨씬 많은 피가 흘러내리고 있었다. 손가락 관절 여기저기 검으로 베인 자국이 보였다. "일어나라니까! 다친 곳도 없잖아."

키아란은 서서히 상체를 일으키더니 무릎을 꿇고 앉았다. 환한 불빛에 피로와 두려움의 극한을 넘어선, 땟국 진 납빛 얼굴이 드러났다. 그는 캐드펠이나 휴에겐 눈길도 주지 않은 채 절망 어린 얼굴로 오로지 매슈의 얼굴만 올려다보았다. 두 사람의 시선에 이는 불꽃을 감지하고 휴가 팽팽한 긴장 상태를 깨뜨릴 모종의 단호한 조치를 취하고자 몸을 움직였으나 캐드펠이 그의 팔에 한 손을 얹어 제지했다. 휴는 캐드펠을 힐끗 쳐다보고는 그 뜻을 받아들였다. 캐드펠이 그렇게 나오는 건 그럴 만한 이유가 있기 때문이리라.

키아란의 찢긴 옷깃에 난 핏자국이 그들이 보는 앞에서 점점 더 넓게 번져가고 있었다. 그는 납처럼 무거워 보이는 두 손을 들어 목과 가슴에 대고 있던 리넨 천을 빼냈다. 그의 목 왼쪽, 칼로 베인 듯 날카롭게 찢긴 자리에서 피가 흘러나왔다. 시미언 포어가 그의 십자가를 빼앗기 위해 줄을 힘껏 낚아챌 때 생긴 상처였다. 키아란은 이미 상징적인 절단의 과정이라도 거친 듯 목을 길게 빼고 더없이 비참한 굴종의 자세를 취했다.

"자, 이제 내가 여기 있네." 그가 담담한 어조로 조용히 입을 열었다. "더는 달아날 수 없으니 내 목숨은 자네 거야. 날 죽이게!"

매슈는 줄이 끊어지며 목에 남긴 그 잔혹한 상처를 물끄러미 내려다볼 뿐 꼼짝도 않고 서 있었다. 침묵이 견딜 수 없으리만치 무거워질 때까지도 그의 입은 도무지 열리지 않았다. 펄럭이는 횃불 빛을 받은 그 얼굴은 백치처럼 무표정했다.

"저 사람 말이 옳아." 캐드펠이 나직하게 말했다. "저 사람의 서약이 깨어졌으니 그 목숨은 온전히 당신의 것이오. 저 사람을 죽이시오!"

캐드펠의 목소리를 듣지 못한 걸까? 매슈는 마음의 고통 때문인 듯 그저 입술만 파르르 떨고 있었다. 하지만 그의 시선은 자기 앞에 비참하게 무릎 꿇고 있는 사람의 얼굴에서 단 한 순간도 떠나지 않았다.

"당신은 끈질기게 저 사람을 따라다녀 마침내 당신만의 서약을 지키게 되었소." 캐드펠이 부드러운 어조로 다그치듯 말을 이었다. "자, 맹세한 게 있잖소? 그러니 어서 일을 마무리 지으시오!"

그렇게 해도 법의 심판은 없을 것이다. 매슈 자신도 그 점은 잘 알고 있었다. 하지만 키아란의 굴종으로 이미 일은 끝난 셈이니 그로서는 더 이상 할 것이 없었다. 원수의 목숨을 좌지우지할 권한이 자신에게 돌아오고 키아란을 어떻게 처리해도 모두 정당화될 수 있는 상황에 이르자, 고결한 천성을 타고난 그는 그만 무력감에 빠져버린 것이다. 이제 그에게 남은 건 처연한 슬픔, 상대에 대한 역겨움, 그리고 지독한 자괴감뿐이었다. 무릎을 꿇은 채 아무 저항도 없이 처분만을 기다리는 저 비참하고 비루한 인간을 어떻게 죽인단 말인가? 이제 키아란의 죽음은 그에게 아무 의미도 없었다.

"다 끝났소, 뤼크." 캐드펠이 다시금 부드럽게 말했다. "당신이 해야 할 일을 하시오."

매슈는 여전히 침묵을 지켰다. 자신의 본명을 들었음에도 아무 반응을 보이지 않았다. 이제 그런 건 중요한 문제가 아니리라. 모든 목적을 포기한 뒤에 찾아드는 상실감과 공허함. 피에 젖은 그의 손이 맥없이 벌어지면서 단검이 풀밭에 떨어졌다. 그는 조용히 돌아서더니 발로 바닥을 더듬으며 무성한 덤불을 뚫고 어둠 속으로 사라져버렸다.

올리비에는 짧게 숨을 몰아쉬고는 놀란 표정으로 캐드펠의 팔을 움켜쥐었다. "그게 사실인가요? 수사님이 그 청년을 찾아내신 겁니까? 저 사람이 뤼크 메버렐이라고요?"그러고는 대답을 들을 새도 없이 여전히 흔들리는 덤불을 향해 달려가려 했다. 휴가 팔을 붙잡아 만류하지 않았다면 그는 그대로 뤼크의 뒤를 쫓아갔으리라.

"잠깐만 기다려요! 수사님의 말씀이 옳다면 당신이 여기서 처리해야 할 일이 남아 있습니다. 이자가 범인이에요. 키아란이 당신의 동료를 살해한 겁니다. 당신에게 권한이 있으니, 지금 뜻대로 이자를 처리하시지요."

"휴의 말이 맞소."캐드펠이 말했다. "직접 물어보시오! 이젠 저 사람도 숨김없이 실토할 거요."

키아란은 누구와도 눈을 맞추지 않은 채 풀밭에 맥없이 웅크리고 있었다. 누가 자기의 생사를 결정할 것인지, 어떤 형벌을 가할지 궁금하지도 않은 듯 그저 처분만 기다릴 뿐이었다. 올리비에는 묻는 듯한 눈길로 키아란을 힐끗 쳐다보더니 이내 강하게 고개를 가로저으며 자신의 말고삐를 잡았다. "제가 뭐라고 뤼크 메버렐이 용서한 사람을 처벌한단 말입니까? 이 사람은 제 짐을 짊어지고 제 갈 길로 가게 하세요. 저는 뤼크를 만나야 합니다."

그는 말을 몰아 빽빽한 덤불의 장막을 뚫고 급히 달려갔다. 이윽고 발굽 소리가 서서히 잦아들면서 주위는 다시 침묵에 빠져들었다. 캐드펠과 휴는 땅바닥에 웅크리고 있는 초라한 사람을 사이에 두고 말없이 서로를 바라보았다.

그제야 비로소 주위의 풍경과 소리가 서서히 인식의 범위에 들어오기 시작했다. 얼마간 떨어진 자리에서 휴의 부하 셋이 횃불과 고삐를 잡고 선 채 조용히 그들을 지켜보고 있었다. 어디선가 요란하게 격투를 벌이는 소리와 외침이 들려오다 뚝 그친 것으로 미루어, 도망자들 중 하나가 붙잡힌 듯했다. 시미언 포어는 이미 50미터도 채 떨어지지 않은 곳에서 붙잡혀 와 두 손목을 등자의 가죽끈에 묶인 채 시무룩한 얼굴로 서 있었다. 세 번째 도망자도 곧 잡힐 것이다. 오늘 밤의 모험은 그것으로 끝난 셈이었다. 당분간 이 지역은 무장하지 않은 채 맨발로 여행하는 순례자에게도 지극히 안전한 곳이 되리라.

"이자를 어떻게 하죠?" 휴는 혐오감을 감추지 않은 채 비참한 몰골을 하고 있는 청년을 내려다보았다.

"뤼크가 자신의 권리를 포기한 상황이니 나로선 관여하고 싶지 않네." 캐드펠은 말했다. "저 친구도 고발자가 없는 상황에서 스스로 죄를 고백한 셈이니 제 나름의 양심을 지켰다 할 수 있겠지. 목숨을 구하고자 감시자를 따돌린 채 도망친 것이야 다소 치사한 짓이긴 하지만, 그건 성질이 다른 문제고. 뤼크가 용서한 마당에 저자에 대한 권리를 주장할 사람이 어디 있겠나?"

키아란은 고개를 쳐들고는 캐드펠과 휴의 얼굴을 번갈아가며 쳐다보았다. 그런 식으로 사면받은 것이 도무지 믿기지 않는 듯 의심 어린 눈빛이었으나, 어쨌든 아직 살아 있다는 사실만은 분명했다. 그는 낮게 흐느껴 울기 시작했다. 아픔 때문일까, 안도감 때문일까? 혹은 그보다 더 깊은 뿌리를 지닌 다른 무엇 때문일까? 그의 목에 난 상처에서 흘러내리던 피가 말라붙으며 목에 기다란 검은 선이 생겨났다.

"진실을 있는 그대로 말하라." 휴가 부드러우면서도 냉정한 어조로 말했다. "보사르를 칼로 찌른 자가 자네인가?"

"예." 키아란의 창백한 얼굴에서 떨리는 목소리가 흘러나왔다.

"왜 그런 짓을 저질렀지? 그리고 왕비가 전하라 한 내용을 충직하게 전했을 뿐인 성직자를 공격한 이유는 무엇인가?"

한순간 키아란의 두 눈이 마지막 불꽃을 피우듯 과거의 자부심과 편견과 분노로 번득였다. "그자는 거만한 자세로 나타나 주교각하께 고함을 치고 협의회에 도전했습니다. 제가 모시던 분은 모욕을 당하고 분노하셔서—"

"자네의 상관은 하이드 미드 수도원의 부수도원장이라지?" 캐드펠이 그의 말을 자르며 물었다.

"저를 버린 사람을 어떻게 제 상관이라 떠들고 다닐 수 있겠습니까? 그건 거짓말입니다! 제가 모신 분은 헨리 주교님입니다. 그분도 저를 총애해주셨고요. 이제 와서는 그 총애도 영원히 잃고 말았지만…… 기독교도라는 사람이 그분께 그토록 오만 방자하게 구는 것을 저로서는 도저히 용납할 수 없었습니다. 그 사람은 주교님이 계획하고 의도하신 모든 것에 저항했어요. 정말 증오스러웠죠. 당시 제 감정은 그랬습니다." 키아란은 그때의 기억을 떠올리고 서글픈 감회에 젖어 말을 이었다. "그래서 제 상관을 기쁘게 해드리자고 마음먹었죠!"

"빗나간 계산이었지." 캐드펠은 말했다. "블루아의 헨리 주교가 진실로 어떤 사람이든, 그가 살인을 용납할 리 없으니까. 그리고 자네 당파 사람으로 많은 이들의 존경을 받던 라이날드 보사르는 그 공격이 촉발할 더욱 엄청난 재난을 사전에 예방해준 셈이야. 자, 말해보게. 자네의 눈에는 정직한 적을 존중해준 것이 죽어 마땅한 배신행위로 비쳤나? 아니면 함부로 칼을 휘두르다가 우연히 살인을 하게 된 건가?"

"그 사람은 저를 방해했습니다…… 저는 격노했고……" 이제 키아란은 기운 없이 더듬거리기 시작했다. "제가 벌이는 일을 똑똑히 인지하고 있었습니다. 그를 찔렀을 때…… 저는…… 기뻤습니다!" 그는 마지막 말을 내뱉은 뒤 힘겹게 숨을 몰아쉬었다.

"누가, 어떤 목적으로 자네에게 이런 속죄의 고행을 부과했나?" 캐드펠이 물었다. "조건을 붙여 자네의 목숨을 살려준 이가 누구냐 묻는 걸세. 그가 내건 조건은 정확히 어떤 것이었지? 모르긴 몰라도 최고의 권한을 가진 누군가가 그러한 짐을 지웠을 텐데."

"주교 각하였습니다……." 키아란은 잠시 말을 멈추었다. 한때 자신의 모든 걸 바쳤던 이에게 이제 영원히 거부당하고 추방당한 고통을 새삼스레 실감하는 듯했다. "이 사실을 아는 사람은 아무도 없었습니다. 저는 오직 그분께만 사실을 털어놨으니까요. 그분은 그 일이 황후 치하의 평화를 계획하는 일에 지장을 줄까 봐 저를 사직 당국에 넘기지 않고 이 사실을 그냥 조용히 묻어

두고 싶어 하셨습니다. 하지만 그렇다고 절 용서하실 의향도 없었죠. 저는 본디 더블린의 바이킹 왕국 출신이며, 제 혈통의 반은 웨일스계입니다. 그래서 주교님은 당신의 보호하에 저를 반고르의 주교님께 보내주겠다 약속하셨어요. 그분을 통해 앵글시의 카이르거비로, 그곳에서 다시 배를 타고 더블린으로 갈 수 있을 거라고 하시면서요. 하지만 거기까지 가는 내내 목에 십자가를 걸고 맨발로 걸어야 한다는 조건이 붙었습니다. 단 한 순간이라도 이를 어길 시에는 누구든 제 목숨을 빼앗을 수 있으며, 그 사람은 어떤 처벌도 받지 않을 거라고 말씀하셨죠. 그리고 전 다시는 잉글랜드 땅을 밟을 수 없는 처지가 되었습니다." 한순간 그의 목소리가 갈라지며 두 눈에 추방의 고통과 좌절된 야심, 거부당한 충성의 불꽃이 번뜩이다가 절망감과 함께 이내 사그러들었다.

"자네에게 그런 선고를 내렸다는 사실을 공표하지 않았다면, 뤼크 메버렐은 어떻게 그걸 알고 자네의 뒤를 쫓아온 건가?" 휴가 예리하게 물었다.

"저라고 알겠습니까?" 키아란은 이제 탈진한 듯 맥없이 대꾸했다. "제가 아는 거라곤, 윈체스터에서 출발해 뉴베리 근방의 교차로에 이르렀을 때 그 사람이 거기 서서 저를 기다리고 있다가 곧바로 곁에 따라붙었다는 사실뿐입니다. 그때부터 여행하는 내내 그는 한시도 제 곁을 떠나지 않고 악마처럼 저를 따라다니며 제가 서약을 어기기만 기다렸지요. 그러면 즉시 저를 죽여도 처벌받거나 죄책감에 시달릴 이유가 없으니까요. 제가 어떤 선고를 받았는지 자세히 알고 있더군요. 그렇게 가는 곳마다 따라다니며 한시도 저를 시야에서 놓치지 않았고, 자기가 무엇을 바라는지도 노골적으로 드러냈습니다. 저더러 서약을 어기라고, 십자가를 벗고 구두를 신으라고 유혹했죠. 아닌 게 아니라, 그 십자가는 정말 무거웠습니다! 그는 자기 이름을 매슈라 했는데…… 사실은 뤼크라고요? 그 사람을 아십니까? 저는 전혀 몰랐습니다…… 그는 제가 자신의 동료이자 주군인 분을 살해했다고, 그러니 반고르나 카이르거비까지 쫓아갈 거라고, 제가 끝내 십자가를 벗거나 구두를 신지 않은 채 배에 오른다면 더블린까지도 쫓아갈 거라고 했습니다. 어떻게 해서든 제 목숨을 빼앗을 심산이었어요. 하지만 그렇게 바라고 바라던 기회를 얻은 지금…… 그는 어째서 절 용서하고 떠나버렸을까요?" 그는 그저 의아함과 놀라움에 젖어 마지막 질문을 내뱉었다.

"죽일 가치가 없는 사람이라 생각한 게지." 캐드펠은 최대한 부드럽고 인자한 어조로, 그러나 솔직하게 대답했다. "그는 보다 유익하게 보낼 수도 있었을 많은 시간을 자네에게 쏟아부었다는 사실에 수치와 괴로움을 느끼며 가버렸네. 말하자면 가치의 문제야. 무엇이 가치 있는 것이며 무엇이 무가치한 것인지 그는 마침내 깨달은 걸세. 자네도 언젠가는 그 친구의 마음을 이해하게 되겠지."

"살아 있다 해도 이제 전 죽은 몸이나 다름없습니다." 키아란은 괴로워하면서 말했다. "주군도 없고, 친구들도 없고, 대의명분도 없는 이 상태에서는…….."

"그런 것들은 자네의 노력에 달려 있네. 주교가 명한 곳으로 가서 자네에게 주어진 운명을 감수하며 그 의미를 찾아보게나. 우리 모두가 그렇게 할 수밖에 없지."

캐드펠은 한숨을 내쉬며 돌아섰다. 남이 해주는 말 몇 마디가 이자의 마음에 과연 격심한 번뇌를 일으킬 수 있을까? 조금이라도 그의 생각을 바꾸어놓을까? 위협당해 가련한 처지로 몰린 그가 조금이라도 양심의 가책을 느끼는지, 아니면 여전히 제 목숨을 보전하는 데만 급급한지도 그로서는 알 수 없는 노릇이었다. 문득 극심한 피로를 느낀 캐드펠은 한쪽 입술을 비죽이 늘어뜨린 채 웃으며 휴를 바라보았다. "이제 그만 돌아갔으면 하는데. 자네 생각은 어떤가, 휴?"

휴는 모든 전말을 고백한 살인자를 찡그린 얼굴로 내려다보면서 묵묵히 서 있었다. 사정없이 쫓기다가 이제 짓밟힌 뱀처럼 풀밭에 늘어져 처분만 기다리는, 눈물로 얼룩진 구질구질한 얼굴을 하고 제 사소한 상처들을 어루만지고 있는 남자. 쓸데없는 연민일지 모르나, 어쨌든 가련한 몰골이 아닐 수 없었다. 그러나 그는 이제 스물다섯 살이라는 팔팔한 나이에 옷도 제대로 갖추어 입었고 몸도 튼튼한 젊은이였다. 앞으로 가야 할 길이 제아무리 어렵고 고통스럽다 할지라도 무난히 이겨낼 것이다. 게다가 법의 손길이 미치는 곳이라면 어디에서든 그 효력을 발휘할 주교의 반지도 갖고 있지 않은가. 세 악당은 밧줄로 단단히 결박되어 감시를 받고 있으니 더 이상 그를 괴롭힐 수 없었다. 오랜 시간이 걸릴지언정 키아란은 결국 무사히 목적지에 도착할 터였다. 꾸며낸 얘기처럼 아베르다론에서 축복받은 죽음을 맞이하여 어니스 엔흘리에 자리한 성인들의 공동묘지에 묻히는 대신, 고향으로 돌아가 새로운 삶을 시작할 것이다. 어쩌면 그 여행의 과정에서 그는 변화될 수도 있으리라. 아일랜드행 배들이 떠나는 카이르거비로 가는 동안 힘겨운 고행을 그대로 이어간다면, 더블린에 도착할 때, 혹은 속죄로 가득한 삶의 종말에 이를 즈음 그의 모습이 과연 어떻게 달라져 있을지 누가 알겠는가?

"기운이 회복되는 대로 여길 떠나게." 마침내 휴가 입을 열었다. "이제 이 길에서 강도들을 만날까 봐 두려워할 필요는 전혀 없네. 국경도 그리 멀지 않아. 혹시 하느님을 두려워해야 할 만한 일이 생기거든, 기도로 그분의 자비를 청하게."

휴가 그 말을 끝으로 단호하게 돌아서자 휴의 부하들도 이를 상황이 끝났다는 신호로 받아들이고 말들과 포로들을 챙기기 시작했다.

"사라진 두 사람은 어떻게 하죠?" 휴가 캐드펠에게 물었다. "길에다 제 부하 하나와 뤼크가 탈 여분의 말 한 마리를 남겨놓고 가는 게 좋지 않을까 싶습니다. 그 사람이 도보로 여기까지 오긴 했지만 돌아갈 때까지 굳이 걸을 필요는 없으니까요. 아니면 부하들을 시켜 그들을 찾아보게 해야 할까요?"

"그럴 것 없네." 캐드펠은 단호하게 말했다. "올리비에가 알아서 할 거야. 두 사람은 함께 돌아올 걸세."

캐드펠은 이제 나른한 만족감에 젖어들기 시작했다. 또다시 누
군가 죽는 일이 벌어질까 봐 몹시 걱정하다가 아슬아슬하게 그런
사태를 모면한 참이었다. 올리비에가 뤼크를 찾아내 함께 돌아올
것이다. 자기 인생의 유일한 목표나 다름없던 것이 순식간에 사
라지고 격렬한 열정이 소진된 지금 뤼크는 허탈한 공허함과 괴로
움을 주체하지 못해 애써 현실에서 도피하려 하고 있지만, 올리
비에가 끝까지 따라가 그 황량한 자리에 또 다른 사랑이 깃들 수
있게끔 따뜻하게 마음을 덥혀줄 것이다. 줄리아나 보사르 부인이
전해달라 부탁한 메시지도 그에게 크나큰 위로가 되리라. 반갑
게 그를 맞아들이겠다는 약속, 그 약속에는 미래가 깃들어 있었
다. 매슈이자 뤼크인 그는 원수의 뒤를 쫓아가기에 앞서 수도원
에서 자기 지갑의 마지막 동전까지 털어내며 어떤 미래를 상상했
을까? 분명 자신이 그때껏 따라다닌 원수의 목숨을 끝장낼 궁리
뿐, 이후의 일들에 대해서는 아무 생각도 없었을 것이다. 하지만
그 역시 아직 젊고 창창한 미래가 앞에 펼쳐져 있으니, 잠시의 시
간만 잘 보내면 다시 온전한 몸과 마음을 되찾을 것이다.

그렇게 최악의 고비를 넘기고 나면 올리비에가 그를 데리고 수
도원으로 돌아올 것이다. 캐드펠과 한갓진 시간을 보낸 다음에야
수도원을 떠날 것이라고 자기 입으로 분명히 약속하지 않았던가.
그의 약속이라면 분명히 믿을 수 있었다.

그리고 또 다른 젊은이는……. 일행이 모두 말에 오르자 캐드

펠은 고개를 돌려 키아란의 마지막 모습을 보았다. 그는 여전히 너도밤나무 고목 밑에 무릎을 꿇고 앉아 고개를 그들 쪽으로 향한 채였으나 두 눈은 감고 있는 듯했다. 꼭 움켜쥔 두 손이 가슴 앞에 들려 있었다. 새로 얻은 생명을 온몸으로 절절히 체감하며 기도를 드리는 모양이었다. 이미 피로가 극에 달한 상태이니 모두 이곳을 떠나는 즉시 그대로 쓰러져 곯아떨어질 것이다. 그렇게 지금의 그는 죽어버리고, 다시 눈을 떴을 땐 자신이 새로 태어났음을 깨닫게 되리라.

곧 휴의 부하들이 가죽끈으로 단단히 묶은 죄수들을 끌고 느릿느릿 나아갔다. 횃불을 든 사람들이 빈터를 가로질러 그곳을 떠나자 키아란의 모습은 마치 고목의 거대한 줄기에 흡수되기라도 하듯 어둠 속으로 점차 사라져갔다.

캐드펠은 크게 하품을 한 뒤 맨 앞에서 행렬을 이끄는 휴에게 말했다. "아, 나도 이제 늙은 모양이군! 어서 자고 싶은 마음만 간절하니 말이야."

15

　자정이 조금 지난 시각, 정문을 통과해 달빛으로 환한 큰 마당
에 들어서자 성당 안에서 새벽기도를 드리는 사람들의 찬송 소리
가 들려왔다. 과거 어느 여름밤, 혹은 어느 겨울 낮 함께 말을 타
고 돌아다닐 때도 그랬듯 두 사람은 서로 아무런 대화 없이 흡족
한 기분을 만끽하며 느긋하게 돌아왔다. 휴의 부하들은 죄수들의
걸음에 맞추느라 한두 시간 뒤에야 슈루즈베리 성에 도착할 것이
다. 어쨌든 날이 밝기 전에는 시미언 포어와 그의 부하들까지 모
두 육중한 자물쇠가 달린 감옥에 갇히리라.

　"찬송이 끝날 때까지 수사님과 함께 기다리죠." 휴가 말에서
내려서며 말했다. "수도원장님께서도 우리 일이 어떻게 됐는지
궁금해하실 테니까요. 하지만 지금 당장 모든 내용을 상세히 들

고 싶어 하지는 않으셨으면 좋겠네요."

"나랑 같이 마구간으로 가세. 수사들이 성당 안에 있는 동안 이 녀석의 안장을 내려주고 편히 쉬게 해줘야겠어. 예전부터 내가 쉬기에 앞서 말부터 돌봐야 한다는 가르침을 받아왔지. 자네도 그런 습관을 들이도록 하게나."

마구간 마당에 내리비치는 달빛으로도 그들에겐 충분했다. 자정이라 사방이 고요하고 대기가 가라앉아 있어 찬송 소리가 그곳까지 또렷하게 전해졌다. 캐드펠은 타고 온 말을 데리고 가 등에서 안장을 내려주고 제 구역에 편하게 자리 잡게 한 뒤 냉기를 피할 수 있게끔 가벼운 깔개도 넣어주었다. 어쩌다 한 번씩 이런 일을 할 기회가 생기면 오래전 자신이 몰았던 다른 말들과 이런저런 여정의 추억이, 그리고 조금 전에 일어났던 짧지만 격렬했던 충돌보다 덜 행복한 결말을 맞이한 전투들에 관한 기억이 되살아나곤 했다.

휴는 큰 마당을 등진 채 캐드펠이 일하는 광경을 묵묵히 지켜보았으나 고개는 찬송 소리가 들려오는 방향으로 기울어 있었다. 그러던 그를 뒤돌아보게 만든 건 발소리가 아니라 달빛을 받아 하얗게 빛나는 자갈길을 따라 그의 발치께로 살그머니 다가오는 길고 가느다란 그림자였다. 마당으로 이어지는 통로에서 걸음을 멈추고 들어갈지 말지 망설이는 듯, 달빛의 뿌연 후광을 흩뿌리며 서 있는 사람. 다름 아닌 하얀 옷차림의 멜랑에홀이었다.

"이 시간에 깨어서 뭘 하고 있나?" 캐드펠이 걱정스레 물었다.

"도무지 잠이 안 와서요. 어차피 절 찾는 사람은 없을 거예요. 모두들 깊이 잠들었거든요." 멜랑에흘은 허리를 꼿꼿이 세운 채 아주 조용히 입을 열었다. 정말 이 여성이 혼자 캐드펠의 작업장에 찾아들어 눈물을 흘리며 절망을 드러내던 어린 소녀란 말인가? 그 이후 자신에 대한 인상을 깨끗이 씻어내는 일에 모든 노력을 쏟아붓기라도 한 듯, 지금 그녀는 영 딴사람이 되어 있었다. 풍성한 머리를 꼼꼼하게 땋아 머리 위로 틀어 올린 모양새나 단정한 옷매무새도 그렇고, 마음의 결의를 단단히 다진 듯 얼굴도 아주 차분해 보였다. "그 사람을 찾았나요?" 그녀가 물었다.

떠날 땐 소녀였던 사람이 지금 돌아와 보니 성숙한 여자가 되어 있군, 이렇게 생각하며 캐드펠이 입을 열었다. "그래. 두 사람 다 찾았지. 둘 중 누구에게도 나쁜 일은 일어나지 않았고. 이제 두 사람은 헤어졌네. 키아란 혼자 길을 떠났지."

"매슈는요?"

"매슈는 좋은 친구와 함께 있으니 별일 없을 게야. 우리 둘은 그 사람들을 앞질러 왔지. 그들도 머잖아 도착할 걸세."

멜랑에흘은 이제 다른 이름으로 그를 부르는 법을 익혀야 하리라. 그리고 사건의 전말에 대해 이야기하는 일은 그 친구에게 맡기도록 하자. 현실에서 좀처럼 일어나지 않을 이상한 상황들이 빚어지지만 않았다면 결코 만나지 못했을 두 사람. 그들의 미래는 그리 순탄치 못할 것이다. 하지만 그 인연에도 결국 위니프리드 성녀의 힘이 작용하지 않았을까? 오늘 밤 캐드펠은 이를 확신할 수 있었다. 성녀께서 모든 일을 잘 이끌어주시리라는 것도. 이제 눈물 자국 같은 건 찾아볼 수 없는 그녀의 맑고 순수한 눈을 응시하며 그는 말을 이었다. "그래, 그 친구는 반드시 돌아올 테니 걱정 말게. 하지만 워낙 큰 혼란과 동요를 겪은 상황이니 자네가 큰 인내심과 지혜를 발휘해야 할 게야. 당장은 그에게 아무것도 묻지 말게나. 적당한 때가 되면 그 친구가 모든 걸 자세히 얘기해줄 테니까. 그를 나무라는 건 아무 도움도 안 될—"

"제가 어떻게 그 사람을 나무랄 수 있겠어요." 멜랑에흘이 단호하게 말을 끊었다. "그의 일을 방해한 게 바로 저였는데."

"그렇지 않아. 자네가 알지 못하는 속사정이 있네. 어쨌든 그가 돌아오면 어떤 모습을 보더라도 놀라지 말게. 그저 목마른 사람이 물을 마시는 것처럼 굴면 돼. 그 사람도 그렇게 할 걸세."

멜랑에흘이 캐드펠 쪽으로 살짝 몸을 돌렸다. 마치 내면의 등이 다시 켜지기라도 한 듯, 달빛을 받은 그 얼굴은 놀라우리만치 환하게 빛나고 있었다. "예, 전 그저 기다릴 거예요."

"지금은 방에 돌아가 잠을 청하는 게 좋겠구먼. 돌아올 때까지 생각보다 더 오래 걸릴 수 있거든. 그 친구의 괴로움이 워낙 커서…… 하지만 결국 오긴 올 거야."

멜랑에흘은 고개를 가로저었다. "그이가 올 때까지 깨어서 기다릴 거예요." 이어 그녀는 갑자기 진주처럼 환하게 웃어 보이더니 얼른 돌아서서 재빨리, 그러나 소리 없이 안마당 저편으로 사라졌다.

"수사님이 말씀하셨던 그 여성인가요?" 휴가 흥미가 동한 듯 미간을 살짝 찌푸린 채 멜랑에홀의 뒷모습을 눈으로 좇았다. "다리를 절던 소년의 누나이자 그 청년이 좋아한다는…….."

"그렇네." 캐드펠이 마구간의 반쪽짜리 문을 닫으며 대답했다.

"직조공 여자의 조카딸이고요?"

"맞아. 지참금도 없는 평민 출신의 아가씨지." 캐드펠은 담담하게 말을 이었다. "나도 평민 출신이라 저런 입장에 대해서는 잘 알지. 하지만 보통 사람이라면 몰라도 오늘 밤의 뤼크처럼 격렬한 고통 끝에 새로 태어난 젊은이라면 그런 사소한 문제들에 크게 구애받지 않을 걸세. 줄리아나 부인이 그 친구를 이웃 영지의 어느 여자와 결혼시키려는 계획을 품고 있지 않았으면 좋겠구먼. 내 보기에 저 두 사람은 이미 서로에게 깊은 애정을 느끼고 있거든. 그런 계획이 있어도 결국은 부인이 포기해야겠지. 게다가, 영지를 소유한 것과 기술을 가진 것의 차이가 대체 뭐란 말인가? 그저 스스로가 가진 것에 자부심을 느끼고 무슨 일이든 해나갈 수만 있다면……."

"수사님 같은 평민들 속에서 가장 비범한 인물들이 탄생했죠!" 휴가 흥겹게 동의를 표했다. "저 친구는 제가 본 수많은 명문가의 자녀보다도 홀을 훨씬 더 환하게 빛내줄 것 같은데요. 그나저나, 저 소리 들리십니까? 미사가 끝나가는 모양이군요. 어서 가보는 게 좋겠습니다."

*

　라둘푸스 수도원장은 새벽기도를 마친 뒤 평소처럼 차분하게 걸어 나오다가 안마당에서 자신을 기다리고 있던 두 사람과 마주 쳤다. 여러 기적들이 일어난 영광스러운 날답게 더없이 그윽하고 고요한 밤, 하늘에는 총총한 별들과 환하게 뜬 달이 온 세상을 하얗게 밝혀주고 있었다. 침침한 성당 안에 있다가 밖으로 나온 그는 풍요로운 달빛을 통해 자신과 마주 서 있는 두 사람의 얼굴에 어린 흡족함을, 아울러 피로한 기색을 분명히 확인할 수 있었다.

　"돌아왔구려!" 그가 반갑게 외치며 그들 뒤편을 넘겨다보았다. "다 온 건 아니군! 참, 메시르 드 브르타뉴는 엉뚱한 길로 갔다고 했었지. 그 사람은 아직 돌아오지 않았소. 혹시 중간에 만나지 못했소?"

　"만났습니다, 원장님." 휴가 말했다. "그 사람 일은 잘 풀렸습니다. 자기가 찾던 청년을 찾아냈죠. 그도 곧 돌아올 겁니다."

　"그리고 캐드펠 형제가 우려했던 악행은 어찌 되었소? 또 다른 살인이 일어날지 모른다고 했잖소."

　"아무도 피해를 입지 않았습니다, 원장님." 캐드펠이 말했다. "숲속으로 도망쳤던 무법자들만 빼면요. 그자들은 이제 체포되어 성으로 끌려가는 중입니다. 살인 사건이 생길까 우려했지만 그런 일은 일어나지 않았고, 서쪽 방면의 통행을 위협하던 요소도 사라졌습니다. 제가 말씀드렸던 것 기억하십니까? 그중 한 사람, 아니 그 둘 모두를 위해서라도 얼른 그들을 따라잡아야 한다고요. 다행히 제시간 안에 그들을 따라잡았고, 결국 그것이 둘 모두에게 좋은 결과를 가져다주었습니다."

"하지만……" 라둘푸스는 잠시 생각에 잠겼다가 입을 열었다. "형제와 내가 보았던 그 핏자국이 여전히 의문이자 문제로 남아 있군. 형제는 우리 수도원에 살인자가 묵었다고 했지. 그 말은 아직도 유효하오?"

"예, 원장님. 하지만 원장님이 생각하시는 것과는 좀 성질이 다릅니다. 올리비에 드 브르타뉴와 뤼크 메버렐이 돌아온 뒤에야 모든 진상이 분명히 드러날 겁니다. 아직 우리가 알지 못하는 몇 가지 사연들이 남아 있으니까요." 이어 캐드펠은 단호하게 덧붙였다. "하지만 오늘 밤 일어난 사건들은 하나같이 더할 나위 없이 제대로 마무리되었습니다. 모두가 그 점에 대해 주님께 감사드려야 할 겁니다."

"모든 게 다 제대로 마무리되었다고?"

"더없이요, 원장님."

"그렇다면 나머지 얘기는 내일 아침에 들어도 되겠군. 그대들도 쉬어야 할 테니 말이오. 아, 혹시 잠자리에 들기 전에 나와 함께 공관에 들어 약간의 술과 음식을 들 마음은 없소?"

"아내가 걱정하고 있을 겁니다." 휴는 합당한 이유를 들어 정중히 사양했다. "초대는 감사합니다만, 아무래도 아내를 필요 이상으로 오래 근심하게 두어서는 안 될 것 같군요."

이에 수도원장도 더는 권하지 않고 그들을 보내주었다.

"자네와 자네의 아내에게 주님의 축복이 있기를!" 캐드펠은
숙사의 계단을 올라 휴가 말을 매어놓은 정문 쪽을 향해 완만하
게 경사진 마당으로 힘겹게 걸음을 옮기며 한숨을 내쉬었다. "정
말이지 선 채로 잠이 들 판이었네. 아무리 좋은 포도주도 내 기운
을 북돋워줄 수는 없었을 거야."

*

달빛이 이미 사라지고 동녘 하늘은 아직 침침한 시각, 올리비
에 드 브르타뉴와 뤼크 메버렐이 천천히 말을 몰아 수도원 정문
을 통과했다. 두 사람 모두 이 지역에 익숙지 않은 터라 자기들
이 밤사이 얼마나 먼 길을 헤매고 다녔는지 명확히 알지 못했다.
올리비에가 그를 따라잡아 조심스레 말을 걸었을 때, 뤼크는 아
무 소리도 들리지 않는 듯 대꾸도 않고 두 손을 양옆에 축 늘어뜨
린 채 대충 휘저으며 무작정 앞으로만 나아가고 있었다. 어쩌면
자신을 제지하거나 붙잡지 않고 참을성 있게 지켜보면서 말없이
끈질기게 따라오는 그의 존재를 내심 의식하며 의아해했을지도
모른다. 마침내 뤼크가 숲 가장자리에 펼쳐진 무성한 풀밭에 털
썩 주저앉아 길게 드러눕자 올리비에도 말을 매어두고 그의 곁에
드러누웠다. 아주 가깝지는 않은, 그렇다고 뤼크가 자신의 존재
를 눈치채지 못할 정도로 멀지도 않은 곳이었다. 자정이 지날 무

렵 뤼크는 곯아떨어졌다. 지금 그에게 가장 절실한 게 바로 그것이었다. 지난 두 달간 그를 지탱해온 모든 힘과 충동이 완전히 빠져나가 그는 빈 껍데기에 불과한 존재가 되었다. 걸어 다니는 죽은 인간이지만 그렇다고 정말 죽을 수도 없는 존재에게 잠은 그야말로 유일한 탈출구였다. 그렇게 깊은 잠을 자고 일어난 뒤에야 비로소 상실과 고통으로 인한 탈진 상태, 그동안 그를 살아 움직이게 해준 절실한 염원, 그리고 주군의 죽음으로 인한 통렬한 슬픔에서 진정으로 놓여날 수 있을 것이다. 그의 주군은 그의 두 팔에, 어깨와 가슴에 기댄 채 죽었다. 아무리 지우려 애써도 결코 지워지지 않는 핏자국이 내내 그 일을 상기시키며 고통을 안겨주었지만, 그는 뜨겁게 타오르는 증오의 불이 자칫 사위어들지 않게끔 일부러 그걸 지니고 다녔다. 그러나 이제는 깊은 잠으로 그 모든 일에서 놓여날 터였다.

가장 일찍 깨는 여름새들이 첫 기지개를 켜며 숲의 적막한 어둠을 향해 자신 없는 울음을 토해내기 시작할 무렵, 뤼크도 마침내 눈을 떴다. 한 얼굴이 자신을 굽어보고 있었다. 낯선 얼굴, 그러나 아주 생기 있고 다정하고 고요해 보이는 얼굴이었다. 대체 이자는 누구일까? 그는 뤼크가 일어날 때까지 줄곧 정중하게 기다리고 있었다.

"내가 그자를 죽였습니까?" 뤼크가 물었다. 그 사람은 분명 답을 알고 있을 것이다.

"아뇨." 상대는 낮고 차분하면서도 또렷한 목소리로 대답했다.

"그럴 필요가 없었죠. 하지만 어차피 당신에게 그는 죽은 사람입니다. 당신은 그 사람을 잊을 수 있어요."

뤼크는 그 말뜻을 이해하지 못했지만 그냥 받아들였다. 서늘한 공기가 감도는 무성한 풀밭에 일어나 앉자 감각들이 다시 살아 움직이기 시작했다. 대지에서 피어오르는 향긋한 냄새와 나뭇가지들 사이로 어른거리는 별빛이 희미하게나마 의식에 와 닿았다. 그는 올리비에의 얼굴을 뚫어지게 응시했다. 올리비에 역시 희미한 미소를 머금은 채 묵묵히 그를 바라보았다.

"내가 아는 분인가요?" 뤼크가 의아한 듯 물었다.

"아뇨. 하지만 곧 알게 될 겁니다. 내 이름은 올리비에 드 브르타뉴, 당신의 주군과 마찬가지로 로랑스 당제 님을 모시고 있습니다. 당신의 주군과 친한 사이였죠. 우리는 로랑스 님이 휘하의 병력을 이끌고 성지에서 돌아오실 때 함께 왔습니다. 그리고 난 뤼크 메버렐에게 소식을 전할 임무를 띠고 이곳에 왔는데, 당신이 바로 그 사람이라 믿고 있어요."

"나한테 전할 소식이라고요?" 뤼크가 고개를 갸웃했다.

"당신의 친척인 줄리아나 보사르 부인의 전갈입니다. 부인에겐 영지를 물려받을 사람이 없어요. 그래서 지금 당신을 절실히 필요로 하지요. 당신을 만나거든 꼭 돌아오라는 말을 전해달라 당부했습니다."

뤼크는 줄곧 무감각하고 멍한 상태였다. 상대의 말을 믿지 못할 이유는 없지만, 이미 그에겐 어딘가로 가거나 무슨 행동에 나설 만한 추진력이 하나도 남아 있지 않았다. 그저 묵묵히 올리비에의 이야기를 들을 뿐이었다.

"이제 우리는 수도원으로 돌아가야 합니다." 올리비에가 짧게 내뱉고 자리에서 일어서자 뤼크는 순순히 따라 일어섰다. "당신이 저 말을 타요. 나는 걸어갈 테니까." 이번에도 뤼크는 올리비에가 시키는 대로 했다. 마치 조심스레 안내자의 손을 잡고 그가 이끄는 대로 걸음을 옮기는 어린아이와도 같은 태도였다.

그들은 마침내 옛길로 나왔다. 휴가 그들을 위해 남겨둔 두 마리 말과 그 곁의 풀밭에서 곤히 잠들어 있는 마부가 보였다. 올리비에는 자신의 말을 타고 뤼크는 새 말에 올랐다. 적어도 몸의 본능적인 감각만은 다시 깨어났는지, 가뿐하니 군더더기라곤 없는 동작이었다. 길을 아는 마부가 연신 하품을 해대며 그들을 안내했다. 메올 시내와 수도원 앞의 큰길로 이어지는 좁다란 다리까지 채 반도 가지 않았을 때, 뤼크가 불쑥 입을 열었다. 자신의 의지로 먼저 입을 여는 건 이것이 처음이었다.

"부인께서 내가 돌아오기를 원하신다고요……." 새롭게 되살아난 희망과 고통이 뒤섞인 목소리였다. "그게 사실입니까? 나는 말 한마디 없이 그분 곁을 떠났습니다. 나로선 그럴 수밖에 없었거든요. 지금 부인은…… 나를 어떻게 생각하실까요?"

"그분 역시 그럴 만한 충분한 이유가 있으리라 생각하고 계십니다. 그리고 당신이 다시 곁으로 돌아오기를 간절히 바라시지요. 나는 부인의 부탁을 받고 잉글랜드 땅의 절반을 헤매고 다니며 당신 소식을 수소문했습니다. 무슨 말이 더 필요하겠습니까?"

"돌아갈 생각은 꿈에도 하지 않았는데⋯⋯." 뤼크는 놀라움과 의구심이 어린 눈길로 부인이 있을 머나먼 고장 쪽으로 고개를 돌렸다.

남쪽에 있는 그곳은 말할 것도 없고 슈루즈베리에도 돌아가지 않을 작정이었다. 하지만 지금 그는 아침기도가 시작되기 전의 서늘하고 부드러운 여명 속에서 이 낯선 청년과 말머리를 나란히 둔 채 그곳으로 가고 있었다. 어제 경내를 빠져나오며 이용했던 길, 즉 수위가 줄어든 메올 시내를 건너 완두밭으로 올라가는 대신, 개천 위로 난 나무다리를 건너서 말이다. 두 사람은 물방앗간과 연못을 지나 큰길에 올라선 뒤 정문을 통과해 수도원 마당에 이르렀다. 그들이 말에서 내리자 마부는 자신의 말과 뤼크가 탔던 말을 함께 끌고 돌아 나가 시내 쪽으로 부지런히 걸어갔다.

뤼크는 멍하니 서서 주위를 둘러보았다. 감각들을 되살려내려 애쓰고는 있지만 아직은 흐릿한 상태에 있는 듯 보이는 모든 것이 그저 서먹하기만 했다. 그 시각 큰 마당은 텅 비어 있었다. 아니, 완전히 빈 건 아니었다. 접객소의 문으로 이어지는 돌계단에 누군가 앉아 있는 것이 보였다. 정문 쪽으로 얼굴을 향한 채 아주 차분하게 홀로 앉아 있던 그 사람은 이내 자리에서 일어서더니 넓은 계단을 내려와 가볍고 날랜 걸음으로 그에게 다가왔다. 멜랑에흘이었다.

그녀에게서만은 서먹하고 낯선 면을 하나도 찾아볼 수 없었다. 상대가 누구인지 알아보는 순간 뒤편 담벼락의 돌들은 물론 그녀가 밟고 오는 자갈들까지, 모든 것이 제 색깔과 형태와 현실감을 되찾는 듯했다. 어렴풋한 잿빛 하늘도 그 머리와 손의 윤곽을 흐리거나 머리칼의 환한 빛깔을 죽이지는 못했다. 마비되었던 감정들이 되살아나면서 고통스러운 충격과 함께 그는 갑작스레 소생하기 시작했다. 멜랑에흘이 고개를 들고 두 손을 벌린 채 다가왔다. 그녀의 입술과 두 눈에는 근심 어린 희미한 미소가 어려 있었다. 이윽고 그녀가 몇 발짝 떨어진 곳에서 처음으로 머뭇거린 순간, 뤼크는 그녀의 뺨에 난 검푸른 멍 자국을 보았다.

얼마나 충격적인 모습인가. 뤼크는 수치심과 슬픔으로 머리끝에서 발끝까지 온몸을 떨며, 기꺼이 자신을 받아들이고자 두 팔을 벌린 채 서 있는 그녀를 향해 비틀비틀 정신없이 걸어갔다. 이어 그녀의 발 앞에 털썩 무릎을 꿇은 그는 두 팔로 그녀를 끌어안고 가슴에 얼굴을 묻은 채 울음을 터뜨렸다. 연신 쏟아져 나오는 눈물. 위니프리드 성녀의 기적이 깃든 샘물만큼이나 치유력을 지닌 눈물이었다.

*

수사회가 끝난 뒤 수도원장과 부수도원장, 캐드펠 수사, 휴 베링어, 올리비에 그리고 뤼크가 수도원장 공관의 응접실에 함께 모여 앉았다. 뤼크는 더없이 차분하고 담담한 목소리로 라이날드 보사르 살해 당시의 정황과 그 뒤에 일어난 모든 일에 대해 자세히 이야기했다.

"제가 저도 모르는 사이 원장님을 속였습니다." 제일 먼저 말문을 연 사람은 수도원장의 부름을 받고 급히 그곳에 와 있던 캐드펠 수사였다. "살인자를 이곳에 묵게 한 거냐고 원장님께서 물으셨을 때, 전 그런 것 같다고 대답한 뒤 아직 두 번째 살인을 막을 기회가 있다고 말씀드렸죠. 그 피 묻은 셔츠를 발견했을 때 원장님께서 그걸 어떻게 해석하셨는지 전 나중에 가서야 깨달았습니다. 하지만 생각해보십시오. 그런 범행을 저지른 사람의 몸에 그토록 엄청난 양의 피가 묻을 수 있을까요? 소매나 목깃에 좀 튀기야 하겠지만 그렇게 가슴과 어깨 전체가 흠뻑 젖는 건 불가능합니다. 그건 치명적인 부상을 입고 죽어가는 누군가를 두 팔로 끌어안은 사람의 흔적입니다. 만일 살인자의 옷에 피가 묻었다면 범인은 옷을 보관하거나 갖고 다니지 않았을 겁니다. 태워버리든가 파묻든가 해서 반드시 없애버렸겠죠. 하지만 그 셔츠는, 잘 세탁되긴 했지만 금방 눈에 띌 정도로 선명한 핏자국의 윤곽을 간직하고 있었습니다. 미루어 보건대 그 주인은 옷을 성스러운 유품처럼 갖고 다닌 게 분명해요. 아마도 복수의 맹세를 잊지 않으려고 그랬을 겁니다. 그래서 저는 셔츠가 나온 자루의 주인, 즉 우리가 매슈로 알고 있던 뤼크가 살인을 저지른 범인이 아님을 알아챘습니다. 이어 그 두 청년의 대화 내용과 한 청년이 다른 청년을 헌신적이라 할 만큼 열심히 따라다니던 정황 등을 되새기다 보니 갑자기 모든 진상이 선명하게 떠오르더군요. 우리의 생각과 달리 매슈는 키아란을 헌신적으로 돌본 것이 아니라 그를 따라다니고 있었던 겁니다. 그리고 저는 그 모든 일이 키아란의 죽음으로 귀결될까 봐 두려웠습니다."

"캐드펠 형제의 해석이 맞소?" 수도원장이 뤼크를 바라보며 짧게 물었다.

"그렇습니다, 원장님." 뤼크는 자신이 키아란을 집요하게 따라온 이유를 애써 기억에서 되살리기라도 하듯 신중하게 생각을 거듭하며 그 전말을 밝혔다. "그날 밤 저는 주군과 함께 옛 사원 근처에 있었습니다. 그때 저쪽에서 네다섯 명쯤 되는 사람들이 나타나 예의 성직자를 습격했지요. 제 주군은 즉시 현장으로 달려갔고, 저도 따라갔습니다. 잠시 후 그들은 모두 달아났는데, 그중 한 사람이 갑자기 돌아서더니 주군을 칼로 찔렀습니다. 그 광경을 제 눈으로 똑똑히 보았습니다. 틀림없이 의도적으로 자행된 범죄였어요! 저는 그 자리에 앉아 주군을 끌어안았습니다. 저한테 정말 잘 대해주셨는데…… 저는 그분을 사랑했습니다." 그 순간을 떠올리며 뤼크는 눈시울을 붉힌 채 차분하게 말을 이었다. "이윽고 그분의 한쪽 눈이 가물거리더니 돌아가시고 말았습니다…… 저는 살인자가 참사회 회의장 곁의 골목으로 달아난 것을 본 터였죠. 얼른 그리로 달려갔는데, 안쪽 성구실에서 어떤 목소리가 들려왔습니다. 그날 밤 협의회를 마치고 막 참사회장에서 나오던 헨리 주교 앞에 키아란이 무릎을 꿇고 앉아 모든 전말을 얘기한 겁니다. 저는 숨어서 모든 내용을 엿들었습니다. 아마 그자는 주교의 칭찬을 들으리라 생각한 것 같더군요." 더없이 씁쓸한 말투였다.

"어찌 그런 일이!" 로버트 부수도원장은 몹시 놀라 말했다. "헨리 주교님이라면 단 한 순간이라도 그런 사악한 행위를 묵인하거나 용서하지 않으실 텐데."

"예, 그분은 용서하시지 않았습니다. 하지만 당신이 아끼는 이를 살인자로 관헌에 넘기고 싶어 하시지도 않았죠." 뤼크는 혐오의 감정을 감추지 않은 채 대답했다. "사실 그분은 당신이 조성하려 애쓰던 황후 치하의 평화와 번영을 위협하는 모든 요소를 제거하는 데만 급급했습니다. 오로지 그런 일로 지금보다 더한 분노와 반목을 촉발하게 될까 봐 마음을 쓰셨죠. 하지만 그렇다고 살인 행위를 용서할 수는 없는 노릇이었으니, 그리하여 키아란에게 조건을 걸었고 저는 그 내용을 모조리 엿들었습니다. 그분은 키아란을—그때까지 전 그자가 누구인지, 이름이 무엇인지도 몰랐지만요—고향인 더블린으로 영원히 추방하며, 반고르를 경유해 카이르거비로 가서 배를 탈 때까지 내내 무거운 십자가를 목에 건 채 맨발로 가라고 명하셨습니다. 만일 중간에 신을 신거나 십자가를 잠시라도 벗을 경우에는 누구든 그를 죽여도 죄를 묻거나 처벌하지 않겠다고 하시면서요. 하지만 그건 엄청난 기만이었습니다!" 그는 주교의 처사를 무자비하게 깎아내렸다. "그분은 그자에게 교회의 보호를 보증하는 반지를 주었을 뿐 아니라 그의 죄나 선고 내용을 일반에게 공표하지도 않았습니다. 그러니 그자가 반고르까지 가는 동안 조금이라도 위험에 빠질 일이 있겠습니까? 하지만 천만다행으로 주님께서 개입하시어 증인을 거기 불러 선고 내용을 엿듣게 하고 응분의 복수를 다짐하게 하신 것입니다."

"증인이라…… 바로 자네 말이지." 수도원장이 차분하고 조용한 목소리로 말했다.

"예, 저는 다짐했습니다, 원장님. 그 조건을 어길 땐 죽음의 고통도 감수하겠다고 키아란이 맹세한 순간, 저 또한 땅끝까지 그를 쫓아갈 것이며 만일 그가 아주 잠깐이라도 조건을 어긴다면 제 주군의 목숨을 빼앗아간 대가로 그의 목숨을 빼앗으리라고 엄숙히 맹세했지요."

"그 사람이 누군지는 어떻게 알았소?" 수도원장은 여전히 부드러운 어조로 물었다. "그땐 그의 얼굴을 제대로 보지 못했고 이름도 몰랐다고 하지 않았소?"

"그가 어느 길로 갈지, 어느 날 출발할지 알고 있었으니까요. 저는 튼튼한 구두를 신고 길가에 서서 맨발로 북쪽으로 걸어가는 사람을 기다렸습니다." 뤼크는 잠시 씁쓸하게 웃더니 말을 이었다. "그리고 그 사람의 목에 걸린 십자가를 확인했죠. 저는 그 곁에 따라붙어 제 본명과 신분은 밝히지 않은 채 그저 제가 앞으로 하고자 하는 일에 대해서만 이야기했습니다. 가짜 이름을 댄 건,

제가 모시는 부인이나 그분의 가문에 행여 누를 끼칠까 걱정이
되어서였지요. 그렇게 택한 이름이 복음서 저자 중 한 사람의 이
름이었습니다. 그때부터 여기까지 오는 동안 내내 그의 곁에 붙
어 다니며 밤이고 낮이고 결코 시야에서 놓치지 않았습니다. 그
를 죽일 작정이라는 사실을 결코 잊게 하지 않았어요. 그는 남들
에게 도움을 요청할 수도 없었습니다. 제가 마음만 먹으면 경건
한 순례자 행세를 하는 그자의 가면을 벗겨버릴 수 있는 입장이
었으니까요. 하지만 저도 그를 공개적으로 탄핵하기가 어려운 처
지였습니다. 헨리 주교에 대한 경외심과 두 당파의 반목에 불을
지피고 싶지 않은 마음—어쨌든 그건 그자와 저 사이의 개인적
인 원한이니까요!—도 일부 작용했지만, 무엇보다 그 사람을 반
드시 내 손으로 처리해야 한다는 생각 때문이었습니다. 저는 그
가 다른 누군가에 의해 죽는 것을 원치 않았고, 또 내 손으로 죽
이기 전에 그가 위험한 상태에 빠지는 것도 원치 않았습니다. 그
래서 내내 그에게 붙어 있었죠. 그자는 한사코 저를 피해 달아나
려 했지만 주교 궁정에서만 생활해온 터라 매우 유약했고, 더욱
이 발의 상태가 그러해 뜻대로 할 수 없었습니다. 저는 줄곧 그
곁을 떠나지 않으며 때가 오기만 기다렸고요."

　문득 고개를 든 그는 수도원장의 고요하면서도 연민 어린 눈빛
과 마주치자 검고 맑은 눈을 크게 뜨면서 덧붙였다. "제 행동이
옳지 않았다는 건 저도 압니다. 사람을 죽인다는 게 바람직한 일
은 아니지요. 하지만 이 불명예스러운 오점은 오로지 저의 몫입

니다. 제 주군은 결백한 상태에서 무덤으로 들어가셨지요. 자신의 적수를 지켜주려다가 말입니다."

그때껏 침묵을 지키고 있던 올리비에가 나직하게 말했다. "그리고 결국은 당신도 적수의 목숨을 지켰지요!"

*

대미사 내내 캐드펠은 딴생각에 잠겨 있었다. 뤼크가 죽음을 모면한 것도 다행이지만, 그가 죽음을 무릅쓰고 세 습격자의 칼로부터 자신의 원수를 지켜낸 일은 정말이지 기억할 만했다. 그렇게 그는 일종의 죽음에서 살아나며 다시 청신하고 생생한 젊음을 회복한 셈이다. 그래, 올리비에의 말이 맞아. 그 역시 목숨을 걸고 원수의 생명을 지켰으니, 그가 한 일과 그의 주군이 한 일의 차이가 무엇이란 말인가?

이어 열심히 기도하는 가운데 또 다른 사실이 뇌리에 떠올랐다. 위니프리드 성녀가 슈루즈베리에서 몇몇 이들에게 은총을 베풀어 고통에서 벗어나게 해준 요 며칠은, 성녀보다 미약한 자비심과 그보다 못한 지혜를 지닌 자들에 의해 잉글랜드 전체의 운명이 결정된 중요한 날들이기도 했다. 아마 지금쯤이면 황후의 대관식 날짜가 정해졌을 것이다. 아니, 어쩌면 이미 황후의 머리에 왕관이 얹혀 있을지도 모른다. 하느님과 성인들께서 분명 이모든 일을 똑똑히 지켜보고 계시겠지.

뤼크는 저녁기도 시간 조금 전에 다시금 수도원장을 만나고자 했다. 라둘푸스 수도원장은 용건도 묻지 않고 그를 들였다. 그가 무엇을 바라는지 이미 간파한 터였다.

"제 고백을 들어주시겠습니까, 원장님?" 그와 단둘이 마주 앉자 뤼크가 입을 열었다. "지킬 수 없는 맹세를 한 죄를 고백하고 죄 사함을 받고 싶습니다. 그리고 미래의 삶을 시작하기에 앞서 과거를 깨끗이 청산하고 싶은 마음이 간절합니다."

"올바르고 지혜로운 바람이오." 라둘푸스는 말했다. "자, 한 가지만 묻겠소. 혹시 그대는 맹세를 이루지 못한 것에 대해 죄 사함을 요구하는 거요?"

"아닙니다, 원장님." 이미 무릎을 꿇은 뤼크가 잠시 정직하고 순수한 얼굴을 들어 보였다. "그런 맹세를 한 일 자체에 대해 죄 사함을 받고 싶습니다. 제 크나큰 슬픔 속에 오만함이 깃들어 있었습니다."

"복수란 오로지 주님께만 속한 것이라는 사실을 깨달은 모양이군."

"그 이상을 깨달았지요. 저는 주님께서 틀림없이 죄 갚음을 해주신다는 걸 알았습니다. 오래 지체될 수도 있고 이상한 형태로 나타날 수도 있지만, 죄에 대한 응보는 확실히 온다는 점을요."

내내 절제된 목소리로, 생각을 더듬고 한참씩 뜸을 들여가며, 뤼크는 마음을 괴롭히던 원한과 고통과 초조감을 모두 털어냈다. 마침내 고해가 끝나고 죄 사함을 받자, 그는 큰 한숨을 내쉬면서 일어나 밝고도 단호한 표정으로 말했다.

"원장님께 부탁드릴 것이 하나 더 있습니다. 제가 떠나기 전에 여기 사제님들 가운데 한 분께서 저를 제 아내 될 사람과 맺어주셨으면 합니다. 깨끗이 정화된 몸으로 새로 태어난 이곳에서 삶과 사랑을 함께 시작하고 싶습니다."

16

이튿날인 6월 24일 아침, 많은 여행자들이 소지품을 꾸리고, 여행에 필요한 음식과 음료를 준비하고, 새로 사귄 많은 친구들과 작별 인사를 나누고, 같은 길을 떠날 사람들을 찾느라 분주하게 움직이기 시작했다. 모든 이의 마음속에 위니프리드 성녀를 향한 경외심이 깃들어 있음은 새삼 말할 필요도 없었으니, 아마 성녀는 자신을 경배하러 온 이들이 바깥세상에 전할 놀라운 소식을 안고 안전하게 집에 돌아갈 때까지 맑은 날씨로 축복할 터였다. 물론 방문객 대부분은 성녀가 베푼 기적 중 절반 정도만 알고 있었으나, 그것만으로도 그들에겐 충분한 경이였다.

일찍 출발하는 무리 중에는 레딩에서 온 애덤 수사도 끼어 있었다. 일단은 레딩 수도원장에게 보낼 편지들이 기다리고 있는 레민스터 수녀원으로 갈 예정이었다. 그는 자신의 밭에는 없는 희귀한 허브 씨앗들로 가득 찬 작은 주머니를 지니고서, 또한 학구적인 사람답게 레딩의 수도원에 도착할 즈음에는 여기서 목격한 기적적인 치유의 의미를 온전히 전할 수 있게끔 다양한 신학적 견지에서 그 사건을 되새겨보며 길을 떠났다. 성 위니프리드 축제는 그에게도 매우 유익하고 교훈적인 축제였다.

"원래는 오늘 떠날 작정이었는데, 아무래도 하루 이틀 더 있다 가야겠어요." 위버 부인은 수도원에서 보낸 잊을 수 없는 며칠 내내 붙어다니며 친분을 쌓아온 글로버 부인과 약제사 집 여자에게 말했다. "그 놀라운 일이 일어나는 바람에 이젠 내가 깨어 있는지 잠들어 있는지도 모르겠다니까요. 조카아이에게 여기 와서 훌륭하신 성녀님께 기도드리자고 권하긴 했지만, 정말로 이런 일이 일어날 줄 누가 생각이나 했겠어요? 그리고 이제 내 불쌍한 여동생의 자식들인 두 아이를 떠나보낼 때가 된 것 같아요. 흐뤼언은—주님께서 그 아이를 축복하시길!—자기를 고쳐주신 성녀님 곁을 평생 떠나지 않겠다며 수도사가 되어 이곳에서 지내기로 했어요. 사실 워낙 착해 빠져 사악한 속세에는 어울리지 않는 아이이니 그런 결심을 한 게 별로 놀랍지는 않아요. 내가 막을 수도 없는 일이고요. 또 매슈 청년, 아니 이제는 뤼크라고 불러야지, 그 청년이 나를 찾아왔더라고요. 자기 땅은 없지만 본시 뼈대 있는 가문 출신에 훌륭한 친척 여자가 양자로 받아들여준 덕에 때가 되면 한두 군데의 영지를 상속받게 될 사람인데—"

"아, 댁도 흐뢴과 멜랑에흘을 받아들여 먹여주고 키워줬잖아요." 약제사 집 과부가 끼어들었다. "그것 역시 훌륭한 일이죠."

"아무튼 간밤에 매슈…… 아니, 뤼크가 나를 찾아와서는 내 조카딸을 아내로 맞고 싶으니 허락해달라고 합디다. 그래서 솔직하게 대답했죠. 난 본디 정직한 사람이고 앞으로도 늘 그럴 테니 있는 그대로 말할 수밖에. 내 능력이 닿는 한 성심성의껏 그애 뒤를 봐줄 작정이긴 하지만 당장은 지참금이 거의 없다시피 한 형편이다. 그래도 괜찮겠느냐, 그랬더니 그 사람이 뭐라고 한 줄 알아요? 자기도 땡전 한 푼 없는 형편이라 자기를 찾으러 온 젊은 영주한테 부탁해 얼마간 돈을 빌려야 한다는 거예요. 앞으로 주님이 축복하셔서 운이 트이면 더 좋겠지만, 만일 그렇게 되지 않더라도 자기한테는 튼튼한 두 손과 굳센 의지가 있으니 두 식구 먹고사는 데는 아무 지장 없게 할 수 있다고요. 그 사람이야 혈혈단신이니 다른 한 식구는 내 조카딸을 가리키는 거죠. 그래서 전 주님이 두 사람을 축복하시길 빈다고 하면서 여기 남아 두 사람이 결혼식을 올리는 걸 보고 가겠다고 했죠. 달리 무슨 말을 하겠어요?"

"딸을 결혼시킬 때 곁에서 모든 일이 차질 없이 돌아가게끔 보살펴주는 일야말로 우리 같은 어른의 몫이죠." 글로버 부인이 진심을 담아 말했다. "어쨌든 두 아이를 잃어 서운하겠어요."

"그럼요." 그렇게 대답하며 위버 부인은 눈물을 흘렸다. 슬픔보다는 자부심과 기쁨으로 인한 눈물이었으니, 그동안 의무감을 갖고 돌보던 두 아이 중 하나는 반半성인 같은 존재가 될 것이고 또 하나는 훌륭한 남자와 결혼을 할 참이었기 때문이다. 이제 그녀는 차분한 마음으로 그들의 순탄한 출발을 돕고 미래를 축복해 줄 터였다. "그 애들이 정말 보고 싶을 거예요! 그래도 어쩌겠어요? 각자 본인들이 바라는 인생을 새롭게 시작하는 셈이니…… 둘 다 참 훌륭한 아이들이에요. 아마 내가 그런 만큼 그 아이들도 날 보고 싶어 하겠죠."

"내일 여기서 결혼식을 올린다죠?" 약제사 집 과부가 물었다. 출발 날짜를 하루쯤 연기할까 고민하는 표정이었다.

"오전 대미사 직전에요. 그런 다음 난 혼자 집으로 돌아가겠죠." 위버 부인은 자랑스러운 마음에 다시금 눈물을 흘렸다. 그 눈물이 마치 은총의 빛처럼 그녀의 얼굴에서 영롱하게 반짝였다.

"이틀 뒤에도 꽤 많은 사람이 남쪽으로 떠나니 그 사람들이랑 함께 가면 될 거예요." 글로버 부인이 굵은 팔로 친구를 끌어안으면서 말했다. "모든 일을 잘 마무리 짓고 떠나는 거죠. 정말 수고했어요!"

*

두 사람은 호젓한 성모마리아 성당에서 결혼식을 올렸다. 견습 수사들을 돌보는 임무를 띤 사제이자 그들의 수석 고해사제로 이미 흐뤈을 가르치기 시작한 폴 수사가 예식을 집전했다. 소년에 대한 애정으로 그 누나의 결혼까지 기꺼이 떠맡은 것이다. 결혼식장에는 신부의 가족과 증인들만 참석했다. 두 사람 모두 혼례 의상이 없어 뤼크는 외출복으로 걸치고 다니던 갈색 겉옷과 바지, 구겨진 셔츠를 깨끗이 세탁하고 손질해 입었고, 멜랑에 흙은 가지런히 땋아 화환처럼 틀어 올린 황금빛 머리칼과 잘 어울리는, 수수하면서도 산뜻한 홈스펀 드레스를 입었다. 그야말로 백합처럼 순결하고 별처럼 영롱하며 무덤처럼 엄숙한 모습이었다.

*

인상적이고 감동적인 사건들 이후에도 평범한 일상은 꾸준히 이어지는 법이다. 그날 오후 캐드펠은 흡족한 기분으로 일을 하러 나섰다. 어느새 풀씨가 여물고 작물을 수확할 때가 가까워진 터라, 그는 매년 이맘때면 틀림없이 찾아오곤 하는 두 가지 계절병에 대처할 준비를 시작했다. 그 하나는 수확 작업을 하는 이들의 손에 생기는 발진이요, 다른 하나는 가쁜 숨을 몰아쉬면서 연신 재채기를 하고 눈에 눈곱이 끼는 병으로, 언제 누가 그런 증상으로 고통받을지 모르니 미리미리 치료용 연고를 준비해두어야 했다.

작업실에서 소리쟁이와 맨드레이크 이파리들을 약연에 넣고 빻아 연고를 만드느라 분주하게 일하고 있는데, 누군가 자갈길을 따라 가벼운 걸음으로 성큼성큼 다가오더니 활짝 열린 문 너머 쏟아지는 햇살을 반쯤 가린 채 문 앞에서 머뭇거렸다. 캐드펠이 약연을 가슴에 끌어안고 한 손으로 초록 물이 든 절구를 쥔 상태로 뒤를 돌아보자 천장에 매달린 허브 다발들을 피하느라 고개를 숙이고 선 올리비에의 모습이 눈에 들어왔다. 그가 풍부한 울림이 깃든 부드러운 목소리로 물었다. "들어가도 되겠습니까?"

그러나 그는 이미 안에 들어와 있었다. 처음 이곳에 온 그는 호기심 어린 소년 같은 눈빛으로 캐드펠을 향해 싱긋 웃어 보였다. "제가 조금 늦었죠. 뤼크의 결혼식에 앞서 먼저 스태퍼드의 행정 장관을 만나 볼일을 보는 편이 낫겠다 싶어 찾아뵙는 걸 이틀쯤 미뤘습니다. 어쨌든, 애초에 말씀드린 대로 이렇게 돌아왔습니다. 결혼식에 늦지 않게 도착해 그 두 사람이 식을 올리는 것도 보았고요. 수사님도 그 자리에 참석하고 싶으셨을 것 같은데요."

"그랬지. 한데 세인트자일스에서 전갈이 와 거기 갔었소. 온몸이 종기로 뒤덮인 불쌍한 부랑자가 찾아와 그곳에서 하룻밤을 묵었다더군. 혹시라도 감염병이 돌까 염려되어 가봤는데 살펴보니 큰 문제가 되는 질병은 아니었소. 물론 더 일찍 치료를 받는 편이 훨씬 좋았겠지만, 지금이라도 그곳에서 일주일쯤 푹 쉬며 치료를 받으면 괜찮아질 거요. 결혼식을 못 보아 아쉽긴 해도, 두 젊은이한테는 내가 필요 없었으니까…… 그들에게 나는 이미 끝난 일의 일부이고, 당신은 새로 시작되는 일의 일부지."

"멜랑에홀이 여기 오면 수사님을 만날 수 있을 거라고 알려주더군요. 결혼식 때 수사님이 보이지 않아 몹시 서운해하던데요."

"그랬군. 어쨌든 잘 왔소. 예전 그때처럼 진심으로 환영하오." 캐드펠이 약연을 옆으로 밀어놓자 올리비에는 기름하게 잘 빠진 두 손으로 캐드펠의 두 손을 굳게 잡고는 과거 브롬필드에서 헤어질 때 그랬던 것처럼 자신의 올리브빛 뺨을 내밀었다. 캐드펠은 그 뺨에 입을 맞춘 뒤 말을 이었다. "자, 여기 앉지. 내가 손수 빚은 포도주를 한 잔 내오겠소. 그나저나, 당신은 그 두 사람이 결혼하리라는 걸 이미 알고 있었던 거요?"

"뤼크를 이곳으로 데려왔을 때 두 사람이 상봉하는 광경을 봤습니다. 그 순간 그들의 인연이 어떻게 귀결될지 바로 알겠더군요. 역시나 얼마 지나지 않아, 그러니까 두 사람이 서로의 마음을 확인한 뒤 그가 제게 결혼하고 싶다는 의사를 밝혔고요. 다른 모든 문제는 순탄하게 풀려나갈 겁니다. 뤼크의 고향으로 돌아가는 데 필요한 경비나 그 밖의 비용은 제가 대줄 거예요. 저는 다른 길로 더 돌아가야 하거든요."

"두 사람이 서로의 마음을 확인"했다는 말이 유독 귀에 꽂히는 듯했다. 캐드펠은 이제 1년 반 전에 목격했던, 그 신뢰 어린 다정한 관계를 떠올리고 있었다. 그는 평소와 달리 약간 떨리는 손길로 조심스레 포도주를 따른 뒤, 노쇠하고 굳은 몸과 대조되어 한층 더 젊고 강건해 보이는 청년 옆에 앉았다. 우아하고 선명한 윤곽이 드러난 그의 옆얼굴을 즐거운 마음으로 쳐다보면서 캐드펠이 입을 열었다. "에르미나는 어떻게 지내고 있소?" 올리비에가 환한 웃음을 띠며 고개를 들기 전부터 이미 그의 입에서 어떤 대답이 나올지 알 것 같았다.

"이번 여행 중 수사님을 만나게 되리라는 걸 알았더라면 그 두 사람, 이브와 제 아내한테서 아주 많은 메시지를 받아 왔을 텐데요!"

"과연 그렇게 됐군!" 캐드펠은 즐거운 탄성을 발했다. "내가 생각한 대로, 아니 간절히 바라던 대로 되었어! 당신이 임무를 잘 완수해내자 그들도 당신의 가치를 인정하고 에르미나와의 결합을 허락한 모양이오." 그래, 그 두 사람 역시 서로의 마음을 확인하고 결국 떼려야 뗄 수 없는 하나가 된 것이다. "언제 결혼했소?"

"지난 크리스마스 때 글로스터에서요. 그 사람은 이제 거기서 지냅니다. 이브도 마찬가지고요. 그 아이는 로랑스 님의 상속인이 되었지요. 이제 막 열다섯 살이 되었고, 우리와 함께 윈체스터로 가고 싶어 했습니다만 로랑스 님이 도무지 위험한 곳에 데리고 가려 하지 않으셨어요. 주님의 도우심으로 두 남매 모두 잘 있습니다." 이어 올리비에는 진지하게 덧붙였다. "이 혼란스러운 상황이 종식되면 에르미나를 수사님께 데려오겠습니다. 아니면 수사님을 그쪽으로 모시고 가거나요. 그 사람은 수사님을 잊지 않고 있어요."

"나도 그렇소, 나도! 이브에 대해서도 종종 생각하곤 하지. 그

322

아이는 두 번이나 내 품에 안긴 채 말을 탔소. 아직도 그 따듯한 체온과 묵직한 감촉이 선명해. 참 장하고 용감한 아이였는데!"

"이제는 안고 있기 힘드실 겁니다." 올리비에가 웃으면서 말했다. "특히 요새는 하루가 다르게 쑥쑥 자라고 있거든요. 얼마 지나지 않아 수사님보다 커질 것 같은데요."

"나야 시든 풀처럼 쪼그라들기 시작한 마당이니까. 그건 그렇고, 당신은 행복한 거요?" 캐드펠은 진지하게 물었다. 이미 내려진 축복보다 더욱 많은 축복이 그에게 깃들기를 갈망하는 마음뿐이었다. "당신과 에르미나 모두?"

"말로 다할 수 없어요." 올리비에가 대답했다. "게다가 수사님을 다시 뵙고 이렇게 이야기까지 나누니 얼마나 기쁜지 모르겠습니다! 우리가 헤어지던 때 생각나십니까? 브롬필드에서 에르미나와 이브를 데려가기에 적당한 시간이 오기를 기다리며 수사님과 함께 있었죠. 그때 수사님은 길을 알려주느라 땅바닥에 지도를 그려주셨어요."

환희도 지나치면 견딜 수 없는 지경에 이르는 법이다. 캐드펠은 포도주 잔이 빈 것을 보고 다시 일어나며 잠시 올리비에의 그 눈부신 얼굴에서 시선을 뗀 채 숨을 돌렸다. "이런 식으로 '그거 기억하느냐'를 이어가다가는 저녁기도 시간까지 해도 부족할 거요. 나는 그때 있었던 일들 중 무엇 하나 잊지 않아. 자, 흥분을 가라앉히고 포도주를 들면서 차근히 하나씩 되새겨봅시다."

*

    그러나 저녁기도까지 아직 한 시간쯤 더 남았을 무렵 휴가 불쑥 찾아와 그 추억 어린 대화는 중간에 끊기고 말았다. 휴의 표정이 심상치 않았다. 그는 많은 소식을 안고 왔으나 그것이 올리비에게는 충격과 당혹감을 안겨줄 만한 내용이었기에 즐거운 기색을 애써 억누른 채 천천히 입을 열었다.

    "새로운 소식이 있습니다. 조금 전 전령 하나가 워릭에서 말을 타고 도착했어요. 계속해서 말을 바꿔 타며 북쪽으로 소식을 전하고 있다 하더군요." 캐드펠과 올리비에는 이미 자리에서 일어나 마음을 졸이며 그의 얼굴을 뚫어지게 바라보고 있었다. 휴의 얼굴이 워낙 무표정해 좋은 소식인지 나쁜 소식인지 도통 가늠할 수가 없었다. 올리비에를 배려하고자 하는 마음에 그는 들떠 올라가려는 음성을 차분하게 죽이며 말을 이었다. "내게는 기쁜 소식이나 당신에겐 그리 달갑지 않을 겁니다, 올리비에."

    "런던에서 왔습니까? 황후에 관한 내용인가요?" 올리비에는 마음을 단단히 먹고 차분하게 물었다.

    "그래요. 런던에서 온 소식입니다. 하루 사이에 모든 게 뒤집혔어요. 대관식은 없을 겁니다. 어제 황후 일행이 웨스트민스터에서 식사를 하고 있는데 런던 사람들이 갑자기 경종을 울렸답니다. 시내의 모든 종이 울렸던 모양이에요. 이어 전 시민이 무장을 하고 거리로 나와 웨스트민스터로 행진하기 시작했고, 이에 궁에 있던 이들은 달아나버렸습니다. 황후와 수행원들 모두 입고 있던 옷 그대로, 물건들마저 내버려둔 채 달아났대요. 시민들은 웨스트민스터로 들어와 남아 있던 황후 쪽 사람들을 몰아냈다더군요. 황후는 런던에 입성한 이래 줄곧 협박과 비난을 일삼고 돈만 요구할 뿐 그들의 마음을 다독거릴 만한 행동은 전혀 보이지 않았어요. 결국 몇 마디 부드러운 말과 여왕다운 정중한 태도를 결여한 탓에 다 잡았던 왕관을 놓친 셈이지요." 이어 휴는 진심 어린 위로가 깃든 표정으로 덧붙였다. "당신을 생각하면 유감스러운 일이나, 솔직히 나로서는 한시름 덜었습니다."

"그 마음 이해합니다." 올리비에는 담담하게 말했다. "장관님의 입장에서야 왜 기쁘지 않겠습니까? 그나저나 황후님은…… 그분은 무사하신가요? 시민들이 황후님을 포로로 삼지는 않았습니까?"

"예, 전령의 말에 의하면 황후는 글로스터의 로버트, 그리고 다른 몇몇 충성스러운 가신들과 더불어 무사히 탈출했답니다. 하지만 나머지는 뿔뿔이 흩어져 각자 자기네 땅으로 숨어든 모양이에요. 이 모든 일이 불과 하루도 채 안 되는 사이에 벌어졌지요." 그러고서 휴는 황후가 짊어진 어리석음이라는 짐의 무게를 다소 덜어주려는 듯 이어 말했다. "스티븐 왕과 마틸다 왕비의 군대가 런던 남쪽 경계선을 침범해 들어온 터라 시민들은 심한 압박을 받고 있었을 겁니다. 그들 입장에서 곤경을 벗어날 유일한 길은 황후를 몰아내고 마틸다 왕비를 받아들이는 것이었겠죠. 게다가 마음이 마틸다 왕비 쪽에 쏠려 있는 상황이기도 하고 요."

"그래요, 모드 황후님은 지혜롭게 처신하지 못했으니까요." 올리비에가 말했다. "아무리 가슴이 쓰려도 지나간 원한에는 눈을 감았어야 했는데…… 그러질 못하셨어요. 그분이 당신에게 복종의 예를 표하고 지원 병력을 제공하겠다 나선 이의 권위를 무참하게 짓밟는 광경을 저도 본 적이 있습니다…… 그런 행동은 상대를 적으로 돌리기 십상이죠. 과거 어느 때보다도 친구가 필요한 시점에 그분 주위에는 적들만 우글우글했습니다. 황후님은 어디로 가셨답니까? 전령이 알고 있던가요?"

"옥스퍼드 쪽으로 갔답니다. 아마 무사히 그곳에 도착할 거예요. 런던 시민들의 목적은 그저 황후를 쫓아내는 데 있었으니 멀리까지 추적하지는 않겠죠."

"주교님은? 그분도 황후님과 함께 가셨나요?" 황후 측에서 기획한 모든 일의 성패는 헨리 주교의 노력 여하에 달려 있었다. 그는 황후를 위해 최선을 다했으며, 성공적이라 볼 수는 없을지언정 많은 대가를 치러가며 그런대로 인정받을 만한 성과를 거둔 터였다. 그런데 황후 자신이 모든 걸 망쳐버렸다. 스티븐은 아직 브리스틀에 갇혀 있지만 대관식을 거친 잉글랜드의 왕이라는 지위를 유지하고 있었으니, 휴의 두 눈이 빛을 발하는 것도 이상한 일은 아니리라.

"헨리 주교에 관해서는 아직 아무것도 모릅니다. 하지만 틀림없이 옥스퍼드에서 황후와 합류할 거예요. 만일 그가—"

"다시 편을 바꾸지만 않는다면요." 올리비에가 휴 대신 말을 맺더니 웃음을 터뜨리곤 안타까운 눈으로 캐드펠을 바라보았다. "예상보다 더 빨리 수사님 곁을 떠나야 할 것 같군요."

"한쪽의 운세가 치솟으면 다른 쪽의 운세는 기우는 법. 운세의 흐름에 불평을 늘어놓는 건 무의미한 짓이죠." 휴는 올리비에에게서 시선을 떼지 않은 채 물었다. "이제 어떻게 할 생각입니까? 당신이 무엇을 청하든 우리가 힘껏 도우리라는 건 잘 아실 테지요. 선택은 당신에게 달려 있습니다. 말들은 원기왕성하고 제 부하들은 아직 소식을 듣지 못한 상황입니다. 만일 여행에 식량이나 다른 물건들을 청한다면 뭐든 준비해드리지요. 그러나 만일 여기 머무는 편을 택한다면……"

올리비에는 고개를 가로저었다. 부드럽게 굽이치는 매끄러운 검푸른빛 고수머리가 그의 양쪽 뺨 위에서 춤을 추었다. "전 가야 합니다. 북쪽이 아니라 제가 떠나온 남쪽으로요. 이제 와 북쪽으로 갈 이유가 뭐겠습니까? 옥스퍼드로 갈 생각입니다. 황후님의 처지가 어떻든 그분은 제 주군의 주군이십니다. 황후님이 계시는 곳에 주군이 계실 테고, 그러니 저도 그분이 계신 곳으로 가야지요."

잠시 침묵이 흘렀다. 휴는 언젠가 올리비에에게 들었던 말을 떠올렸다. "이것 참!" 그가 한숨을 내쉬며 그 말을 그대로 되풀이했다. "솔직히, 당연히 이렇게 나오시리라 예상했습니다."

올리비에는 싱긋 웃어 보였다. "이제 가서 부하들을 부르고 말에 올라야겠습니다. 함께 당신 집으로 가실까요? 나도 베링어 부인께 작별 인사를 드려야 하니까요."

"뒤따라가겠습니다." 휴가 대답했다.

올리비에는 말없이 캐드펠 수사 쪽으로 고개를 돌렸다. 붉게 상기된 심각한 얼굴에 한순간 더없이 환한 미소가 활짝 피어났다가 이내 사라졌다. "수사님…… 기도하실 때 저도 기억해주십시오!" 그가 매끄러운 뺨을 내밀자 캐드펠은 조용히 입을 맞추었다. 두 사람은 뜨거운 애정으로 서로를 열렬히 끌어안았다. "다음에 뵐 때까지 안녕히 계세요!"

"주께서 당신과 함께하시길 바라오!" 캐드펠이 말했다.

올리비에는 자갈 깔린 길을 따라 빠르게 걷다가 이내 가볍게 달리기 시작했다. 낙담이나 실망의 기색이 없는, 그보다는 화급한 재난이나 승리의 소식을 전해 들은 사람이 서둘러 달려가는 듯한 모양새였다. 회양목 산울타리 모퉁이를 돌아갈 즈음, 그는 뒤를 돌아보고 손을 한 번 흔든 뒤 내처 달려가 이내 캐드펠의 시야에서 사라졌다.

"저 사람이 우리 편이면 얼마나 좋을까요!" 휴가 그 뒷모습을 물끄러미 바라보며 말했다. "그런데 참 이상한 일도 다 있습니다! 방금 저 사람이 돌아봤을 때, 그 모습이 얼핏 수사님처럼 보이지 뭡니까? 이목구비도 그렇고 표정도……."

캐드펠 역시 검푸른빛을 발하는 올리비에의 머리칼이 시야에서 사라진 뒤에도 줄곧 열린 문 너머를 묵묵히 바라보고 있었다. "아, 자네가 잘못 봤군." 마침내 자갈길을 딛는 가벼운 발소리마저 서서히 멀어지자 그가 무심코 입을 열었다. "저 친구는 제 엄마를 완전히 빼닮았어."

방심한 상태에서 자기도 모르게 내뱉은 말이었을까, 아니면 의도한 고백이었을까?

깊은 침묵이 이어졌지만 캐드펠은 그것이 조금도 불편하지 않았다. 그는 여전히 망막에 남아 있는 영상을 가만 응시하며 천천히 고개를 흔들었다. 평생 뇌리에 남을, 그리고 자신의 행위에 대한 상벌과는 무관하게 하느님과 성인들께서 은총을 베풀어주신다면 언젠가 다시금 육화하여 그의 눈앞에 나타날 영상이었다. 본디 기적이란 번개가 그렇듯 인간의 상식으로는 가늠할 수 없다지 않은가.

"그러고 보니 기억납니다." 캐드펠이 의도적으로 그런 말을 흘렸다는 것, 또한 그에 대해 자기 나름의 추측을 해도 괜찮으리라는 것을 감지하고 휴가 마침내 조심스레 입을 열었다. "저 사람이 어떤 분에 관해 얘기한 적이 있어요. 그분 때문에 베네딕토회 수사들만 보면 친근한 마음이 든다고…… 자기를 아들처럼 대해주신 분이라고……."

이에 캐드펠은 몸을 움찔했지만 곧 미소를 띤 채 고개를 돌려 자신을 뚫어져라 응시하는 친구의 시선을 정면으로 마주했다. "언제고 때가 되면 자네에게도 이야기하려 했네. 저 친구는 아직 모르고 앞으로도 내 입을 통해서는 결코 듣지 못할 사실을 말이야." 그는 조용히 말을 맺었다. "저 친구는 내 아들이야."

1 슈루즈베리 성 베드로 성 바오로 수도원 the Shrewsbury abbey of Saint Peter and Saint Paul

잉글랜드 슈롭셔주에 위치한 수도원으로, 원래 성 베드로에게 헌정된 작은 목조 교회였으나 11세기 후반 성 베드로와 성 바오로 두 사도에게 헌정한 석조 건물로 개축되었다.

2 스티븐 왕 King Stephen(1092 또는 1096~1154)

정복왕 윌리엄 1세의 외손자이며 잉글랜드 노르만 왕조의 네 번째 국왕. 외숙부이자 잉글랜드 왕인 헨리 1세가 살아 있을 때 헨리 1세의 딸인 모드 황후의 왕위 계승을 돕겠다고 서약했으나 1135년에 헨리 1세가 죽자 약속을 깨고 잉글랜드 군주의 자리를 차지했다.

3 모드 황후 Empress Maud(1102~1167)

마틸다(Matilda of England)라고도 불린다. 정복왕 윌리엄의 아들인 헨리 1세의 딸로, 신성로마제국 황제 하인리히 5세와 결혼했다가 그가 죽은 뒤 앙주 백작 조프루아 5세와 재혼해 헨리 2세를 낳았다.

4 웨스트민스터 사원 Westminster Abbey(잉글랜드, 런던)

템스강 북쪽에 위치한 건축물. 수백 년에 걸쳐 영국 정치의 본산으로 여겨졌으며 현재에도 영국 의회장으로 사용되고 있다. 제2차 세계대

전 당시 폭격당했으나 자일스 길버트 스콧에 의해 복구되었다.

5 헨리 주교 Henry of Blois(1096?~1171)

윈체스터의 주교. 정복왕 윌리엄의 딸 아델라와 블루아 공 스티븐 사이에서 태어난 넷째 아들로, 스티븐 왕의 막냇동생이다. 외숙부인 헨리 1세와 로마 교황의 힘을 등에 업고 막강한 권력을 누렸다. 형 스티븐을 왕위에 올리는 데 커다란 공헌을 했으며 이후에도 왕정 체제 수호를 위해 혼신의 힘을 쏟았다.

6 마틸다 왕비 Queen Matilda(1105~1152)

스티븐 왕의 아내이자 스코틀랜드 왕 맬컴 3세의 손녀. 부친이 사망한 뒤 잉글랜드에서 가장 강력한 주 가운데 하나인 불로뉴를 물려받아 잉글랜드 권력의 한 축으로 성장했으며, 1135년 남편 스티븐이 왕위에 오르면서 왕비로 등극했다. 스티븐 왕이 모드 황후에게 구금되어 있을 때 자신의 군대로 황후를 몰아내고 왕을 구출했다.

7 글로스터의 로버트 백작 Earl Robert of Gloucester(1090~1147)

헨리 1세의 서자이자 모드 황후의 이복형제로, 1135년 스티븐 왕이 왕위를 찬탈한 이후 모드 황후의 편에서 싸웠다.

8 라눌프 백작 Earl Ranulf(1099~1153)

1129년에 체스터 백작의 작위를 4대째 이어받아 잉글랜드의 3분의 1에 달하는 지역을 다스렸다.

9 라둘푸스 수도원장 Abbot Radulfus(?~1148)

헤리버트 원장의 뒤를 이어 1138년부터 1148년까지 슈루즈베리 수도원장을 지냈다.

10   로버트 페넌트 부수도원장 Prior Robert Pennant(?~1168)

12세기 전반에 슈루즈베리 수도원의 부수도원장을 지냈고, 1148년부터 1168년까지 슈루즈베리 수도원장을 지냈다. 성 위니프리드의 귀더린 순례를 담은 『성 위니프리드의 생애』를 남겼다.

11   시어볼드 대주교 Theobald of Bec(1090~1161)

캔터베리 대주교였으나 헨리 주교에 밀려 교황 대사의 자격을 얻지는 못했다. 스티븐 왕의 편에 서서 내전 이후 집권에 중요한 역할을 했다.

12   성 위니프리드 Saint Winifred(위니프리드 성녀)

홀리웰에 살았던 위니프리드에 관한 이야기는 중세 전설에 근거를 두고 있다. 그녀는 성 베이노의 조카이자 테비트라고 불리는 기사의 외동딸이었다. 크래독 왕자가 그녀를 겁탈하려 하자 달아났고, 분노한 왕자는 그녀의 목을 잘랐다. 하지만 성 베이노가 그녀를 되살렸고 새 생명을 얻은 위니프리드는 로마로 순례를 떠났다가 웨일스로 돌아와 귀더린 수녀회의 수도원장이 되었다고 전한다.

13   웬로크 Wenlock

슈루즈베리에서 남동쪽으로 20여 킬로미터 떨어진 곳에 위치한 도시.

14   클뤼니 수도원 Abbaye de Cluny(프랑스)

부르군드 마콩에 위치한 수도원으로, 910년 아키텐 공작 윌리엄에 의해 건립되었다. 엄격한 베네딕토 교단의 교리를 따르는, 유럽 1500여 개 수도원의 본산으로 위세를 떨쳤다.

15   성 밀부르가 Saint Milburga(?~715)

켄트족의 공주이자 머시아 왕국 미르왈드의 딸. 미르왈드가 웬로크에 수도원을 건립하며 밀부르가가 그 초대 원장이 되었다.

16　노르망디 공 윌리엄 William of Normandy(1028~1087)

잉글랜드의 왕. '정복자 윌리엄(William the Conqueror)'으로 불린다. 프랑스 북부 노르망디에서 아버지의 권력을 이어받은 그는 잉글랜드를 침공, 해럴드 2세를 상대로 승리함으로써 잉글랜드의 첫 번째 노르만 왕이 되었다.

17　헨리 1세 Henry I(1068~1135)

윌리엄 1세의 막내아들로 큰형 노르망디 공 로베르 2세를 물리치고 왕위에 올랐다. 유일한 딸인 모드 왕후에게 왕위를 물려주려고 했으나, 사후에 조카 스티븐이 왕위를 찬탈하며 잉글랜드 내전이 시작되었다.

18　브라이언 피츠카운트 Brian Fitz-Count(1090?~1149?)

헨리 1세의 가신. 왕의 총애를 얻어 기사 작위를 비롯한 모든 것을 후원받으며 자랐다. 모드 황후의 충신이기도 했던 그는 1139년 스티븐 왕에게 체포된다.

19　팔라딘 Paladin

샤를마뉴 대제를 섬기던 전설적인 열두 용사 중 하나다.

20　위버 Weaver

'직물 짜는 사람'이라는 뜻이다.

21　젠트리 Gentry

신사 계급으로 귀족 다음 가는 상류계급이다.

22　하이드 수도원 Hyde Abbey(윈체스터, 하이드 미드)

웨식스의 군주 에드워드가 903년 윈체스터 올드 민스터 근처에 건립한 수도원. 스티븐 왕과 모드 황후의 갈등으로 인한 무정부 상태를 거치며 불에 탔고 이후 재건되었다.

23 올드 민스터 Old Minster
660년부터 1093년까지 웨식스 교구와 윈체스터 교구의 성당이었고,
그 후신이 윈체스터 대성당이다.

24 뉴 민스터 New Minster
901년에 설립된 윈체스터 교구의 성당이다.

25 안티오크 Antioch
고대 시리아의 수도로, 현재 이름은 '안타키아'다.

26 노르망디 공 로베르 2세 Robert II, Duke of Normandy(1051~1134)
윌리엄 1세의 장남. 1067년 윌리엄이 왕좌를 비웠을 때 어머니와 함
께 섭정을 하기도 했으나 왕위는 물려받지 못했다. 형제들과의 불화와
전쟁을 겪다가 1134년 감금 상태에서 사망했다.

27 메시르 Messire
'각하' '귀하'를 뜻하는 옛 프랑스어다.

28 크래독 왕자 Prince Cradoc
7세기경 위니프리드 성녀를 유혹하려다 실패하자 살해한 것으로 알려
진 웨일스 클루이드의 왕자. 위니프리드 전설에 등장하는 인물이지만
역사적으로 실존했던 인물이기도 하다.

캐드펠 수사 시리즈 10
고행의 순례자

초판 1쇄 발행. 1999년 7월 10일
개정판 1쇄 발행. 2024년 10월 30일

지은이. 엘리스 피터스
옮긴이. 김훈
펴낸이. 김정순
편집. 홍상희 허정은 허영수
마케팅. 이보민 양혜림 손아영

펴낸곳. (주)북하우스 퍼블리셔스
출판등록. 1997년 9월 23일 제406-2003-055호
주소. 04043 서울시 마포구 양화로 12길 16-9(서교동 북앤빌딩)
전자우편. editor@bookhouse.co.kr
홈페이지. www.bookhouse.co.kr
전화번호. 02-3144-3123
팩스. 02-3144-3121

ISBN. 979-11-6405-280-6   04840

옮긴이. 김훈
전문 번역가. 고려대학교 사학과를 졸업하고 1981년 동아일보 신춘문에 희곡 부문에
「빈방」으로 당선된 뒤 극작 활동과 번역 작업을 병행했다. 현재 부여에서 번역 작업을
하면서 지속 가능한 자연 생태 농업에 관심을 갖고 파트타임 농부로 일하고 있다.
옮긴 책으로 『아메리카 인디언의 가르침』『패디 클라크 하하하』『희박한 공기 속으로』
『매디슨 카운티의 추억』『피아니스트』『바람이 너를 지나가게 하라』
『세상 끝 천 개의 얼굴』『성난 물소 놓아주기』『그런 깨달음은 없다』『모든 것의 목격자』
『켄 윌버, 진실 없는 진실의 시대』『늘 깨어나는 지금』외 100여 권이 있다.